Best Time

白马时光

春天对樱桃树做的事

阿郎 著

百花洲文艺出版社
BAIHUAZHOU LITERATURE AND ART PRESS

“所有这些梦也是你们的梦，你我之间唯一的差别是我能把它们说出来。”

——沃纳·赫尔佐格

“我的电影总是在表现我一念之间的欲望。我总是跟着感觉走，但总是走得很规矩。”

——罗曼·波兰斯基

“电影不是在探讨人们做什么，而是探讨他们在做事情时脑子里想什么。”

——埃里克·侯麦

目　录
Contents

Part 1
情　之　红

目 录

Contents

Part 2

色之白

目　录
Contents

Part 3
爱 之 蓝

MAKE AMERICA
LOVE AGAIN

“我的电影从来无意写实，它们是镜子，是现实的片段，几乎跟梦一样。”

——英格玛·伯格曼

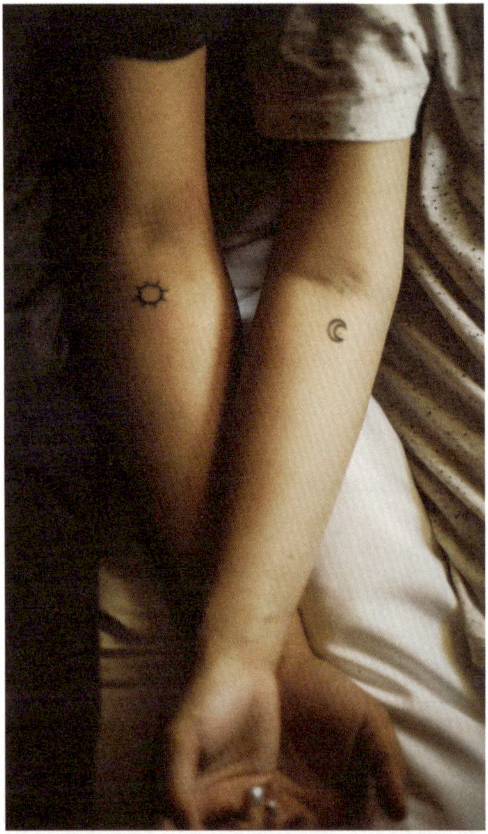

“我人生的一大遗憾就是，我不是另外一个人。”

——伍迪·艾伦

“我在任何地方，唯独不在此处。”

——让 - 吕克 · 戈达尔

自序

断刃与胭脂

在 2003 到 2011 这 8 年，我在《看电影》杂志主持一个叫作“情爱参考”的影评专栏。

2015 年在北京，遇到一个媒体朋友，第一次见面，她和我说：“我是看你的《情爱参考》长大的。”对于一个媒体人，这大概是吨位很大的夸奖了吧。

这个栏目的设置本意，就如“情爱参考”的字面意思。影片的选择，必须限制在类型的框架内。而在选择影片和图片的时候，我经常问自己的就是“有什么参考价值吗”。大概就是这样的思维，才在几个人试写之后，编辑部决定由我来主持这个栏目。

后来知道，做出这样选择，是因为我写的情爱参考“最不情爱”。在这个栏目一开始，我就知道一点，情爱只是引子，参考才是重要的。毕竟影片类型已经在那了，文字更需要洁身自好，电影是一个太特殊的产品了。

这个栏目，我一直坚持自己写。只是后来工作越来越忙，需要同事顶班的时候越来越多。8 年之后，决定交出这个栏目的时候，我没有感到轻松，反倒是很多奇怪的情绪，爬满心头。

关于这个栏目，广告部的同事经常告诉我，和客户进入闲谈阶段的时候，他们往往最先询问“情爱参考什么时候可以出书”。我不知道，或者说，我没有做好这个准备。这一等，又是 6 年。当那位媒体朋友再和我说起“情爱参考”这个栏目的时候，我知道，有些事情，已经被时间浇灌成型，是时候，拿到阳光里晾晒了。

电影被附加的东西太多，它是一个精神象征；是一个追求利润最大值的产品；是一个使命多元的工具；有时候，也是一种隐秘盛放。其实所有的艺术作品，都是欲望的花朵。电影在一开始，就是“给文盲找乐子用的”，这决定了它要负担的原始使命，总是比其他艺术形式更直接，更目的明确。

但彼时的电影之所以成为今日的电影，是因为他们更懂得在这些欲望的边缘，施加更为电影化的注脚。贪婪用理想主义点缀，就是 [华尔街]；暴力用正义去包裹，就是 [边境杀手]；情欲穿上爱情的外衣，就是 [美国美人]；自私用救赎去装点，就是 [海边的曼彻斯特]。

电影人一定是人性洞察方面的大师，他们知道人性的本质在哪，也知道人性的装扮点在哪。如果一个导演连钱都不爱，他也不会爱他的电影。如果一个电影人连人类的基本需求都不屑于关注，相信我，他的精神理论就会很可疑。

情爱电影很难拍摄，在电影史上，这类行走在悬崖边缘的高手们，都有行差踏错的时候，比如大岛渚、比如凯瑟琳·布雷亚。但在情爱电影这个框架内，这种行差踏错，反倒是当事人后来封神的一个仪式。这是另一个隐秘的通道，就像这么多年，人类对欲望不定期的开启与闭合。

在写这个栏目的时候，正赶上韩国电影开放。在最初那几年，韩国的情爱电影在尺度和手法上，呈现出管涌的态势，大概蓄积的时间太久，闸口处就越发汹涌。

这让我得以从另一种角度，知道电影到底是什么，在电影的公共层面和私人角度，存在一个怎样的数值。这个数值是一个变量，所有的电影创作，都是对这个变量的捕捉。这是电影人的痛点，也是乐趣所在。

当然，在这个栏目的后期，也遇到了情爱电影自身的迭代问题。说实话，当那种古典的情绪被一个更加激进的方式再次探求的时候，我是惶惑的，比如[九歌]。在别人的盛赞面前，我也试图抓紧它摇滚的精髓。但摇滚也好，再往前一点的女性主义也好，都不能成为某种借口。就像爱情不能成为欲望的借口一样，相反也禁止通行。

对于一种类型电影，研究太久，我得以窥探到各国人民对情爱电影的口味，附着了怎样的民族性。比如法国人的随性，韩国人的压抑。可是这些从拍摄手法到看问题角度的不同之间，那个叫作感情的东西，无一例外地成为情爱电影最后的落脚点。这个落脚点，又因为时代大环境的原因，呈现出越发令人眼花缭乱的形状。而这些纷乱的形状，组合在一起，构成了人类有电影以来的另一段隐秘历史。

我管这股历史的暗流叫作断刃与胭脂。

没有比感染了胭脂的断刃更残忍与美好、坚硬和柔软、冷酷与炙热的了。就像近乡情怯，大音希声，在原始与文明两个锋刃之间，人类一直在进行危险的舞蹈。

这也让我知道，人类一直都不是最聪明的族群，他们觉得对世界认识很多，但往往看不清自己。

有了电影之后，我们才更知道他们是谁，自己是谁。

阿郎

2017 年 3 月于北京

PART1

情之红

[巴黎野玫瑰] *37°2 le matin*

导演：让 – 雅克·贝克斯 Jean–Jacques Beineix

主演：让·乔治·安格利 Jean Hugues Anglade、柏翠丝·黛 Beatrice Dalle

出品：法国

年代：1986

异想天开的野性

贝蒂袅袅婷婷走上木楼梯，露出阳光一样灿烂的笑脸，野性的炫目的美丽的，手中一方耀眼的红纱。

我们知道任何一种性格的形成，都是外力与内因几方面作用的结果，贝蒂不认可社会上的人，说“他们都是狗杂种”；她活在自己的世界里，真的把那片草地当作自己的王国。但她有自己的追求和梦想，她认为爱人是个天才，他的作品早晚会轰动世界。真等到发表的那一天，贝蒂却没有看见——在这场与社会或者与世俗争斗的杀伐中，没有胜者。

桑格　贝蒂　小镇

“贝蒂是我认识刚一周的女孩，我们每晚做爱”，在影片开始伴随着轻轻流淌的钢琴曲，男主角桑格这样介绍这个正和他翻云覆雨的女孩。

他是一个杂工，在肥胖老板的压迫下做一些繁重的体力活。他有一辆破烂的卡车，那是他赖以糊口的工具。他还有一处木屋，矗立在小镇

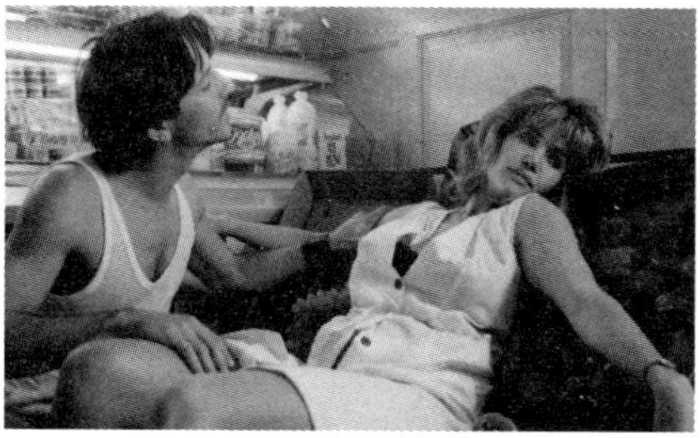

的一端，像一座骄傲的城堡。这也是桑格最温暖的栖息地了，劳累一天，在小屋里喝上一杯啤酒，看夕阳慢慢染红小屋的楼梯，我们的桑格总会在这个时候沉沉睡去，第二天他会精神抖擞地醒来，牛马一样再去开工。

这天夕阳还没来得及笼罩小屋，那个叫贝蒂的女孩，仙女一样出现在门口，挡住了阳光。桑格很快就知道，因为和顾客吵架，贝蒂被解雇，现在她无处可去。“他们都是杂种！”贝蒂结束了叙述，然后扑闪着大眼睛静静地看着桑格。

桑格站起身，走到门外，把贝蒂的东西放进屋里，他们的同居生活开始了。

喜欢极了贝蒂出现时的场景，镜头缓缓摇升，全景，阳光明媚，贝蒂袅袅婷婷走上木楼梯，镜头由贝蒂的脚缓缓摇上，露出贝蒂阳光一样灿烂的笑脸，野性的炫目的美丽的，手中一方耀眼的红纱。

桑格的生活变得更加丰富多彩，早晨他开着那辆破车意气风发地穿过小镇去上工，再神采飞扬地回到木屋，他和贝蒂一起喝酒一起看夕阳慢慢染红小屋，晚上则是他和她的天堂。

可是某天早晨，那个胖老板出现了，对于桑格这几天的工作，他很不满意，因为他听说桑格有了一个漂亮得要命的女人。这是个不合逻辑的借口，但在糊口问题面前任何逻辑都变得理直气壮。于是桑格接受了油漆房子的活，老板还顺便给贝蒂布置了油漆窗子的任务，但“没钱付给她报酬”。桑格和贝蒂一起快乐地干了起来，在他们灵巧的双手下，小镇变得像童话一样美丽。但胖老板并不满意，他要求把小镇的所有平房都油漆一遍。就在这时，一直观看的贝蒂暴跳如雷，她把胖老板的车子变成一个大画布，老板落荒而逃。但贝蒂并没有就此停止，她把桑格的东西一一掷出窗外，最后一个箱子被桑格死死抱住，他告诉她，那是他的过去。箱子里满满的都是笔记本，贝蒂安静下来。第二天桑格睁开眼睛，发现贝蒂还沉浸在他的小说中。

忍气吞声的桑格继续去完成老板的命令。傍晚，满身油污的桑格推开家门，惊奇地发现自己乱糟糟的狗窝变得一尘不染，贝蒂像一个快乐的少妇在厨房忙碌，桌上一顿丰盛的晚餐在等着他入席，贝蒂像一只乖巧的鸟扑到桑格的怀里，送给他一记悠长的吻。

第二天他们不得不再次面对胖老板的压榨，桑格依然唯唯诺诺地应承，而贝蒂的反应越发激烈，她对老板大叫：“他不是你的勤杂工，他是作家！”并差点掐死这个不识时务的家伙。胖老板再次落荒而逃，贝蒂再次疯了一样乱扔东西，桑格无声地躲开再去油漆房子，不远处的家里传来砰砰咚咚的声音……好像过了一万年，声音停止了，桑格疑惑着跑回去，看见贝蒂收拾了东西，站在楼梯口，看见他出现后，就随手把火把丢进房间。桑格的小木屋像花一样绽放开来。

好像都解脱了，桑格挽起贝蒂昂首穿过小镇。

我无法不把电影的前30分钟非常详细地叙述一遍，不仅仅是因为这段爱情美得让人心惊，还因为它暗示了人物的性格和他们的最终命运。贝蒂是一个偏激、易怒、有高危冲动隐患的女孩，对生活她不盲从不妥协，同时单纯自信有些理想化。桑格是一个成熟世故的男人，他曾经很有抱负，但在生活面前他败下阵来，蜷缩于小镇的一角，听天由命地生活。显然，贝蒂的到来为他注入了一种缺失很久的活力。离开小镇的时候，身后的大火和身前的太阳，像是他两段生命的结束与开始。

小说　孩子　王国

他们借住在贝蒂的朋友莉莎的家里，很快他们就和莉莎以及她的男友艾迪打成一片，他们喝酒、唱歌、兜风、大声谈论理想、取笑对方一事无成……仿佛他们就是整个世界，这个世界没有明天。我曾担心和许多欧洲电影一样，桑格或者是艾迪会不会和对方的女友发生点什么事，抑或莉莎像任何一个俗人那样最终会无法忍受他们的借住。就在我写这篇文字的时候，还在为自己的这个想法而羞愧，我实在是低估了导演和他的野心了，贝克斯绝不允许这样龌龊的事情发生，他的目的是更为广阔而厚重的东西。

对于贝蒂来讲，这段充斥着舞蹈、啤酒和做爱的生活，还有一个雷打不动的程序，打字、寄稿、等待。而桑格必须每次都抢在贝蒂之前把出版社的退稿信藏起来，因为她近乎病态地坚信桑格的作品会轰动世界。

艾迪的母亲去世了，四人一起回到他的家乡奔丧。葬礼结束，艾迪提出，由桑格和贝蒂留下来打理祖传的钢琴店。两人欣喜若狂，把这个幽静的小镇当作天堂。按照贝蒂的意愿，桑格扔掉了床垫，打通了朝阳的一堵墙，买了一辆闪耀着金属光泽的汽车，在夏天的傍晚，两人在郊外拥抱了整个天地……

贝蒂正为自己是否怀孕而兴奋着，她一遍遍地设想如果有了一个男孩或者是女孩之后，她要变成最最慈爱的母亲，她会在每天的夕阳里给她或他，讲妈妈曾给她讲过的故事，把他或她打扮成最俊美的王子或者最美丽的公主……桑格看到沉浸在母爱之中的贝蒂越来越温柔，紧绷着的心慢慢松弛下来，生活真的像人们说的那样五彩斑斓了。

在情节动荡之前，先让我们回忆一下他们的生活，那是令我们无法不怦然心动的爱情：在导演近乎煽情的镜头语言下，俏皮的贝蒂、执拗的贝蒂、歇斯底里的贝蒂，被桑格宝贝一样拥在怀中，任她踢打、哭闹，再慢慢变得安静。他们拆除挡光的墙的时候，在贝蒂性感的尖叫声里，挥动铁锤的桑格生机勃勃英气迫人。而贝蒂 22 岁生日的时候，桑格带她到了一处景色绝美之地，把手一挥，告诉她，这都是你的了！这个幸福的女子就把这里当作了自己的王国。

和莉莎、艾迪的共同生活也让人恍若置身天堂，四个人互相照应互相扶持互相取笑，在那座乌托邦一样的小楼里，他们毫无顾忌地梦想、失望、兴奋或者哀伤。人与人之间的隔阂，本性中的嫉妒都不存在了，透明得让人不敢相信。贝蒂是桑格的救世主，是她在他平庸之前挽救了他，“如果你喜欢，你可以去赌马，但不要做水电匠。”贝蒂相信他是一个很快就能震惊世界的作家，她和他的结晶是世界上最幸福的孩子。

但有一天，回到家的桑格发现，贝蒂不在，而桌上放着一张没有怀孕的检查结果。最后桑格在贝蒂的王国发现了她，贝蒂头发蓬乱、脸面肿胀、浑身是血、衣不蔽体，桑格紧紧拥抱她，害怕真的失去。后来这种事情越来越多了，甚至有一次贝蒂劫掠了一个可爱的孩子——她认为那就是自己的。终于有一天，贝蒂挖掉了自己的一只眼睛。在医院里，贝蒂被绑缚在病床上，无论桑格怎样呼唤都不再有反应，她彻底疯了。

桑格假扮成女人再次偷偷溜进病房，用枕头闷住了贝蒂。贝蒂挣扎，桑格泪如雨下。

深夜，桑格独坐桌前，一只通体雪白的猫蹲坐在桌旁一角，画外音响起：“你在写作吗？”桑格回答：“不，只是在思考。”

天才 死亡 梦想

我一直试图找出主人公的身世背景，尤其是贝蒂。显然，导演有意弱化了这一点，只把他们当作普普通通的年轻人。影片没有展现社会对桑格以及贝蒂的任何伤害，只是强调了他们自身性格上的缺陷，这也是贝蒂后来疯掉的原因。

母亲的身份是贝蒂与世俗和解的唯一可能，但就像之前那场大火一样，导演太决绝，他没有给这个一心梦想爱人成功与母亲身份的女人一点机会。受孕失败只是一种表象，彻底不妥协才是最终的缘由。桑格杀死了贝蒂看似突然，其实如果不是深入骨髓的爱，他完全可以任贝蒂就那么苟延残喘下去，桑格不允许那个鲜活的生命变成行尸走肉。在贝蒂的影响下，桑格性格的另一面被激活，他后来和贝蒂的种种浪漫之举，都是原来的他所做不来的。或者更极端一点说，根本就没有贝蒂，一切都是桑格的臆想，是他性格的两方面在互相冲突厮杀。贝蒂在小镇上的一把大火，他男扮女装去抢劫，甚至亲手杀死爱人都是在桑格头脑中完成的，影片中没有丝毫法律存在的痕迹，是一个极度自我的世界。

很明显，桑格是导演心目中完美的男人形象，他真诚，才华横溢，富有责任感，对贝蒂的爱与宽容具有一种理想化成分。但就是这样一个人，不被社会认可，挣扎在边缘地带。他两次和警察打交道的场景，被导演处理得颇为滑稽，在强大的国家机器和社会舆论面前，桑格只有俯首称臣的份儿，远没有贝蒂表现得那样激烈。这也可以从另一个角度证明，贝蒂是他一段日子以来的臆想，是他被压抑的性格的另一面。

影片的音乐很好，无论是开始时候咆哮的电吉他，还是中间的一波三折的钢琴曲，都让人有种如沐春风的感觉，并忠诚地执行了提示与渲染的任务。有一场戏，桑格弹钢琴，贝蒂在旁边捣乱，调皮地拨弄出几个刺耳的和弦外音，不想竟与原来的音符浑然一体。后来在贝蒂疯狂之前，这段曲子再次响起，让人恍若隔世。影片最后也没有告诉我们，桑格是不是贝蒂所认为的那种天才。也许像那首曲子一样，桑格的生命本可以风平浪静地平庸下去，因为几个和弦的映衬一下流光溢彩。也许根本就是贝蒂在异想天开，那么对于她来说这是一出残酷的悲剧，而对于电影，则曲高和寡不落俗套。

[爱你九周半] *Nine 1/2 Weeks*

导演：阿德里安·莱恩 Adrian Lyne

主演：米基·洛克 Mickey Rourke、金·贝辛格 Kim Basinger

出品：美国

年代：1986

那个漏水的楼梯间

他说：我数五十个数，希望你能回来。他还在阴暗的屋子里数数，而她已经走在阳光里了。

伊丽莎白·丽斯是一个成功的文化商人，在工作中她总能收放自如游刃有余。莫丽是她的好朋友兼助手，她们的合作一直令同行嫉妒。和所有的女人一样，她们对爱情和未来都怀着美好的向往，对谁将与自己共度此生进行过美丽的想象。看到电视中一些表现情爱的镜头，她们总是争着嘲笑对方过于敏感，可在内心深处，伊丽莎白对那一切有一种隐隐的按捺不住的渴望。

一天她和莫丽到一家中国超市买东西，两人对用传统做法制作的中国烤鸡产生了兴趣。就在两人叽叽喳喳地议论的时候，伊丽莎白看见一个颇具男人气的身影，她的心一动，可身影一晃，男人从她们身边走过，进了一家咖啡馆。

她们倒霉透了，抱着一大堆食物，可就是打不到出租车，莫丽对身边疾驰而过的出租车大声咒骂着，伊丽莎白则心不在焉地四处乱瞧，突然她的心绷紧了——透过那家咖啡馆的窗子，她看见那个男人正和别人说着什么。是的，他浑身洋溢着一种男人特有的魅力，和她梦想中的一模一样。

一个难得的不用工作的日子，伊丽莎白清清爽爽地在大街上游荡，其实她很喜欢这种小女人式的休息方式——没有合同、没有客户，只有自己一腔的女人情怀。闲逛一旦毫无目的起来，就会变得异常优美，看看喜欢的围巾，和要价太高的小贩讨价还价，这样的感觉真好。如果他在身边会更好吧？她为自己这个突然的想法惊呆了，他是谁？那个男人吗？

一个会下蛋的鸡玩具吸引了她，她想莫丽看见也会像她这样感兴趣的，就在她准备掏钱买下的时候，一个雄厚的男中音响起：“为什么我每次看见你，都和鸡有关？”是他！伊丽莎白掏钱的手僵硬在半空中。他们来到海边，来到一艘屋子一样的船上，透过明亮的玻璃窗，她看见远处白茫茫的水和黑黝黝的岸，看见岸上耸立的教堂和教堂顶盘旋的白鸽……伊丽莎白已经记不得他是怎么拉着自己的手，而自己又是怎样鬼使神差地听从他的召唤的，她觉得自己仿佛在梦中。

回头间，她看见那个男人正撤掉原来的床单，换上一条更洁白的。她知道他想干什么，这令她有些不快：“为什么？”“因为我自信！”这个钢铁一样的男人还在从容不迫地铺床，微微地笑着，仿佛伊丽莎白已经成为他一头待宰的羔羊，伊丽莎白有些愤怒，摔门而去……

第二天上班的时候，伊丽莎白有些恍惚，她对昨天的事情有些说不上来的情绪，或许那也没什么不好，毕竟他是那么优秀！莫丽看她有些不太对头，问她是不是病了，她摇摇头，可她知道自己确实病了。

有人来送花，是送给伊丽莎白的，可是这次卡片上不是惯常的客户的名字，他邀请她共进晚餐。

进行时

一个浪漫而温情的晚餐后，他们回到伊丽莎白的住处。房间里，伊丽莎白慢慢褪去白衫，他在窗前静静地看着。他太安静了，安静得有些令人担心，可又不知道应该担心什么。他一脸柔情地走到伊丽莎白身边说："我需要用这个。"他用白纱蒙起她的眼睛，用自己的嘴唇试探着在她脸上唇上亲吻。伊丽莎白有些害怕了，她感到有一丝危险在逼近，她全身僵硬莫名地颤抖起来，突然一丝凉意落到脸上，她知道那是水滴——冰块融化的水滴，不停地滴在脸上、胸上、腹部上……水滴滴到哪儿他的嘴唇就吻到哪儿，伊丽莎白感到莫名的兴奋，她开始隐隐期待和想象下一个水滴会落向哪里！

两人的激情之旅开始了，这种难以遏制的情爱，灼烧得伊丽莎白难以安心工作。他的电话常常在早晨就打进来，在她谈论工作的时候，他就在电话里向她说着绵绵情话，邀请她共度激情之夜。晚上他们在一起缠绵，他总能想出各种办法来刺激她。注意，影片最为人乐道的一段到来了，在厨房的地上，她宽衣解带，又一次地被他蒙上眼睛，他不停地喂她各种食物，草莓、西红柿、牛奶、甜点甚至辣椒，看她被辣得扭曲了脸，他就有一种莫名的兴奋，然后两人就在奶油和果酱之间疯狂地亲热……虽然感到有点不适，但她最后的疑虑总能在他的温柔中被化解为无形，她感到自己真的好幸福。

白天不用工作的时候，他们就像当初认识的时候那样四处闲逛，在勇敢者转盘的游戏前，他把她一个人放在上面，在最高处他要求停下来并邀请看管者去喝咖啡，吓得她大声喊叫，可是他不为所动。下来后她用力捶打他，可在他温柔的嘴唇的安抚下，她又变得软绵绵的。

他邀请她到自己的房间来，可他却被一个电话叫走了，他要求伊丽莎白等他，一个小时后他就会回来。伊丽莎白百无聊赖地在他的床上辗转反侧，她看见了他的衣橱，在好奇心的驱使下打开。衣橱里挂满了西装和整齐的衬衫，在一个抽屉里，她看见了一张他们正在亲热的照片……这时候电话响了，他问伊丽莎白，你这个好女孩是不是在偷看我的东西？伊丽莎白一时无言以对。他像幽灵一样出现在门口，他说要惩罚她，要她面壁，要抽打她。伊丽莎白害怕了，看她瑟瑟发抖的样子，他扑上来和她亲热，两个人又度过了一个激情的夜晚。

有一天在逛市场的时候，他看中了一张柔软的大床。看他煞有介事地和人讨价还价，她有些忍俊不禁。他要求让自己的女朋友试试床的性能，就把她的鞋脱掉，让她躺在上面，可是紧接着他又要求她张开腿。她震惊了，可又觉得很刺激，在他的鼓励下慢慢张开了腿，旁边那个卖货的胖女人惊讶地张大了嘴巴……

她还穿上他的西装戴上他的帽子，并粘上一撇小胡子，和他出入酒吧饭馆。吃饭的时候，两人旁若无人地亲吻，任由旁人震惊地瞪大了眼睛。

在回家的路上，两人在雨中快乐地打闹。一辆车疾驰而过，溅了他们一身，像那天的莫丽一样，伊丽莎白对着车子挥舞拳头大声咒骂。车在不远处停了下来，从车上跳下两个膀大腰圆的家伙，他拉起伊丽莎白一路狂奔。在一个地下楼梯间里，他们逃到了死路，看着渐渐逼近的壮汉，伊丽莎白勇敢地踢了那个最壮的家伙一脚，他痛苦地倒在地上，而他已经和另一个人滚打在一起，伊丽莎白捡起地上的刀，朝着那个和他纠缠的家伙屁股就是一下，两个家伙一瘸一拐地逃跑了。两人在这个不断漏水的楼梯间里亲热，伊丽莎白大叫着“我爱你”……

结局

就在伊丽莎白以为自己正享受着甜蜜的爱情的时候，他一脸柔情地说：“我喜欢看你在地上爬，给我爬一次好吗？”并把一些钱撒了一地，他在另一头冷冷地看着。她象征性地爬了几步，捡起了一些钱。可他不满足，他要求她继续爬，把全部的钱都捡起来，她表示拒绝后，他就用鞭子抽打她。她又害怕又疼大哭起来，可是哭声并没有迫使他停手，反倒变本加厉了……

两人一连几天都没有联系，伊丽莎白直到现在还有些害怕，那天的一切都是真的吗？

他的声音再一次在她的电话里响起，她果然没能抵抗得住诱惑。按照他的要求，伊丽莎白来到纳斯旅馆的209房间。房间里空无一人，正在这时候，她的电话响起，他要求她打开衣橱穿上已经准备好的衣服，并再一次蒙上眼睛。

伊丽莎白听到门响，听到有脚步声走近，有人开始抚摸她，脱掉她的衣服……她全身绷紧，又一次不可遏止地颤抖，她觉得他和她又一场肆意的激情就要开始了……可是她听到女人的呻吟声和笑声，她拽掉黑巾，看见一个半裸的女子正和他亲吻，而刚才抚摸自己的人正是这个女人。她怒不可遏，冲上去撕打，他把她们分开了，伊丽莎白成了夺门而逃的那一个……

第二天的阳光洒在床上，伊丽莎白睁着一夜未合的眼睛，看着身边这个酣睡中的男人，哀伤而绝望。她悄悄起身，收拾自己的东西。他恳求她留下来，并喃喃地述说自己童年的不幸和对伊丽莎白深沉的爱，她相信那是真的，可是真正的爱不应该是这样的。他说："我数五十个数，希望你能回来。"他还在阴暗的屋子里数数，而她已经走在阳光里了。

情爱镜头

影片中有许多被人津津乐道的情爱场面，甚至有一些已经被影迷列为经典镜头了。如冰块挑逗一场，晶莹的冰块慢慢融化，水滴滴下来，落在金·贝辛格光滑的皮肤上再慢慢滑落，金·贝辛格绷紧的皮肤和渐渐紧急了的喘息，把这一幕渲染得异常性感撩人。还有在乔·考克的歌声中，金·贝辛格的那段脱衣舞表演。贝辛格的身材曲线曼妙，乔·考克的歌声清澈缠绵，在若隐若现的百叶窗的衬托下，朦胧而蛊惑。米基·洛克的眼神也起到推波助澜的作用，他的眼睛里充满了雄性的光芒，那是一触即发的欲望，空气里满是粗重的呼吸。

至于在家具店的大床上那一段，更被认为是导演阿德里安·莱恩的一段神来之笔，整个场景没有任何暴露之处，但由于处在人来人往的商店，那个躺在床上邪邪地笑着的女人和微微张开的腿就具有了另一种别样的诱惑。

但影片最经典之处莫过于在那个漏水的楼梯间的激情戏了。灯光从背后打过来，贝辛格的脸朦朦胧胧，不断滴落的水滴在灯光的映衬下晶莹清澈，白衬衫被水浸湿，像皮肤一样贴在身上。水源源不断地落下，两人的衣服头发都变得湿漉漉的，水声、喘息声在狭小的空间里被无限放大，这个简陋的不断漏水的楼梯间成了欲望的天堂。

也有影迷把两人在厨房里那场爱情的盛宴列为经典。在我看来那场混合了奶油甜点的亲热，给人的感觉更多的是，一种可以品尝的邪恶。

又见虐恋

《性支配的女人》的作者蕾蒂格林说："适度的捆绑能增加对方对于接下来动作的期望，因此温柔地捆住他吧！这有助于将他内心的渴望撩拨到更高处。"

美国人对于虐恋的体会有些形而上，但影片所表现的的确令人心有戚戚。最开始的时候伊丽莎白只是对爱怀着巨大的热情，可适当的捆绑也的确令她有一种别样的刺激，后来她越来越沉浸其中。我不知道如果这样循序渐进下去，她会不会也喜欢上这种感觉。至于最后的出逃，我觉得那是导演向世俗的投降，扭捏一下而已。据称剪辑当中，影片被分成了两个版本，一个被列为 R 级，而另一个根本就没有送去评级。

这是一部用纯情外壳包裹起人性的电影，主人公之间狂放真挚的爱情和被摄影机渲染的诗意荡漾的画面，让人们对他们的爱情有了与众不同的体验。那是一场刺激而甜蜜的激情之旅，内心深处不可告人的欲望一次又一次地被无限放大，让观者有种跃跃欲试的参与感。影片最成功之处就在于激情场面的控制了，它充满了人性和对人性底层欲望的挖掘，这种挖掘把爱情和性再一次混合加工，使其具有一种无限的可能。而这种可能是很多人不愿意去碰触的部分。

尽管影片中过火的性爱场面和毫无意义的过场情节，莫名其妙的对话和自相矛盾的人物性格，使得很大一部分人接受无能。但不可否认的是阿德里安・林恩日后能够拍摄 [洛丽塔] 和 [致命诱惑]，正是得益于 [九周半] 的如潮好评。也正是这部让他得意的作品，成了他取之不尽的创作源泉，在 2002 年那部 [不忠] 里，戴安・莱恩与人在楼梯间里亲热的戏，还萦绕着 [九周半] 的影子。

同样，金・贝辛格和米基・洛克也正是凭借着 [九周半] 一飞冲天，他们在戏中的亲热场面，被当作情爱电影的经典画面。而有趣的是在银幕之下，他们完全没有火花，贝辛格说吻洛克就像吻烟灰缸，洛克也说贝辛格不够性感。这也导致了两人无法在这部影片的续集中再次聚首。

专家说一个吻要牵动嘴唇的 12 块肌肉，再加上舌头的 17 块肌肉，当动作时双方交换 9 毫克水、0.7 毫克蛋白质，那只有九周半时间的恋爱呢？它所要牵动是不是就应该是人的一生一世？走在阳光里的伊丽莎白是不是真的就此可以摆脱一切？也许此后她一生都要生活在那场记忆中，那个人，那场事，就是她一生的结。

[荡女姬卡] *Kika*

导演：佩德罗·阿莫多瓦 Pedro Almodovar

主演：维罗妮卡·福奎 Veronica Forque、彼德·考尤特 Peter Coyote

出品：西班牙

年代：1993

阿莫多瓦是个浑蛋

在阿莫多瓦的眼里，生活和生命都是多余的，他一生都在沉重晦涩之中嘲弄和戏谑。

说到情爱电影，佩德罗·阿莫多瓦是一个不能不提到的名字。虽然这样说有些低估了他和他的作品，但不可否认的是，这位西班牙电影大师的几乎每一部作品，都有一些令人眼晕的情爱镜头。所以有人把 [情迷高跟鞋] 和 [捆着我，绑着我] 看作是不朽的情爱之作，也就可以理解了。在他的电影中，热烈的情爱和艳丽的色彩、偏执的主题一样让人瞠目。但这一切都无所谓，在阿莫多瓦的眼里，生活和生命都是多余的，他一生都在沉重晦涩之中嘲弄和戏谑。他的每一个故事都怪异可笑而发人深省，变性、变态、死亡、暗恋、强暴、征服和被征服都成了他作品中点石成金的符号。边缘人群和另类的爱情在他的镜头下成了一种主流，那些诡异的氛围和艳俗的色彩竟是那么的顺理成章。仿佛那就是生活最初的形态，他所要做的就是还原。

在他众多另类的作品中，[吾栖之肤] 被定义为是一种疯狂到变态的

爱，[荡女姬卡] 被认为是最为诡异的一部。也有人把它译为 [爱欲情狂]，是的，它担得起诡异二字。

西班牙式爱情

影片一直遵循着三条主线发展，分别是姬卡和男友雷蒙的关系、姬卡和雷蒙的养父尼古拉斯的暧昧关系以及姬卡和家中女佣华娜的同性恋关系。

影片的开始有些令人不明所以，镜头跟着雷蒙的车子穿行在树林田野，音乐是那种典型的西班牙乐曲，叮叮咚咚的，和 [活色生香] 的开头有些相似。这一段镜头的运用是我个人极其喜欢的，从方向盘向上打在雷蒙俊秀的脸上，倒车镜里映出的不断后退的周遭景物，让人轻松而惬意。但以为阿莫多瓦就此迷途知返那就大错特错了，刚刚把车子停到门口的雷蒙听到一声枪响，他惊叫了一声“妈妈”，就冲进了室内。养父捧着鲜血淋漓的胳膊对他说：“这一次，我没有阻止住她。”雷蒙惊慌地撕开母亲胸前的衣服察看伤口，发现已经无力回天了。他趴在母亲渐渐冰冷的尸体上哀哀地哭，养父则在一旁说“快帮我止血，我也在流血啊”，并把母亲的遗书交给了他。

三年后，快乐的化妆师姬卡正在给学员上课，校长来告诉她，下课后要立即赶到公爵的庄园，因为已经答应了公爵为他死去的母亲化妆。虽然已经和男友约好了晚餐，但热心的姬卡还是和好友安芭罗一起来到了公爵庄园。公爵正和一个帅气的男人谈话，他好像是一个有名的作家，名叫尼古拉斯，谈话进行得很投机，她们只好在一旁等。看着眼前这个睿智成熟的男人，荡女姬卡的目光越来越柔和，她甚至已经忘记了和男友的约会。

半个月后姬卡接到一个电话，她刻意打扮了一番，按响了约会的门铃。开门的就是尼古拉斯，可是他并没有像以往那样拥抱亲吻姬卡，而是领她到另一个房间，让姬卡为刚刚去世的养子化妆，并已经为她准备了全部的化妆用具。尽管一百个不愿意，可姬卡还是决定为这个可怜的年轻人收拾收拾，毕竟他长得还算俊秀。一边怀想尼古拉斯在床上的种种好处，一边欣赏着死者俊俏的面容，姬卡的心情渐渐好了起来。可是不一会儿她就发现，死者的脸庞渐渐红润渐渐变得温暖，不一会儿他竟然睁开了眼睛——他就是雷蒙，一个被怪病纠缠的男人，他又一次死里逃生。于是我们知道了——荡女姬卡和这个年轻人很快就同居了。

四年过去了，已经很长一段日子没有消息的尼古拉斯回到了这个城市，雷蒙和姬卡来车站接他，雷蒙兴趣索然，而姬卡则兴高采烈。尼古拉斯告诉他们他打算留下来写一部长篇巨制，而目前首要的是“借给我一点钱，我要安定下来”。

几天之后，雷蒙就和姬卡商议能不能把楼上自己的工作室收拾出来让尼古拉斯暂住，姬卡当然不会反对。就在收拾工作室的时候，尼古拉斯发现雷蒙几乎收藏了母亲的全部遗物，并经常在没人的时候，拿出来独自怀念。他还发现了一本类似于日记的本子，可雷蒙拒绝他碰母亲的任何东西。

第二天姬卡和雷蒙起床匆匆收拾东西准备上班，出门时，雷蒙向姬卡求婚，并坦言喜欢比自己年龄大的女人。约好晚上一起晚餐后，姬卡怀着复杂的心情出门。在电梯里她遇到了穿着暴露的安芭罗，安芭罗说来找她吃早餐。尽管奇怪安芭罗吃早饭竟然打扮得这么隆重，但姬卡还是迫不及待地向她述说雷蒙向自己求婚的事，安芭罗告诉姬卡应该珍惜一个已经和自己同居四年的男友。姬卡的心更乱了。在一楼门口，她们遇到了一个黑头发的女人，她们发现那个女人按了尼古拉斯那层楼的门铃。

她果然是来找尼古拉斯的，在门口她一脸渴望的表情，质问尼古拉斯为什么这么多年来杳无音信。如果不是报纸上的照片，她甚至还不知道尼古拉斯的真名。于是刚刚送走安芭罗的尼古拉斯，又把这个黑发女子让进了房间。

晚餐险些闹僵，对婚姻和爱情的不同理解，让姬卡对未来有些担心。

晚上雷蒙和姬卡还像往日那样亲热，尽管他们都激情难耐，疯狂地撕扯对方的衣服，可是很快他们就发现已经进行不下去了。姬卡安慰雷蒙说：“至少我们拍了很多照片。”姬卡披一件雷蒙的衬衫来到窗前，她想知道楼上那个睿智而沧桑的男人在干什么。她听到楼上有女人的歌声和很激烈的亲热声，她知道那个叫尼古拉斯的男人和那个黑发女子正在亲热，就像当初和自己一样。

她忽然有些伤感了。

而此时号称总能带来世界上最坏消息的主持人安德莉娅，正在屏幕上喋喋不休地介绍世界各地令人伤感的事情，她唯一能吸引雷蒙和姬卡注意的，是她各部位都包裹严密只露出胸部的衣服。但谁也没有想到，第二天早晨这个无孔不入的安德莉娅穿着那套著名的摄像服出现在门口，她要求和尼古拉斯合作，让他写一部关于女人和凶杀的剧本，尼古拉斯同意了。

下班回家的姬卡发现雷蒙还没有回来，就到厨房和女佣华娜调笑，她问华娜为什么不剃胡子，问她是不是没有和男人上过床。华娜告诉姬卡自己之所以这样，都是因为弟弟，她那个性欲旺盛的弟弟想强奸其他姐妹，而身为大姐的华娜为了保护妹妹们，只好以身饲鹰，任由弟弟在自己身上肆意妄为。

西班牙式结局

晚上，雷蒙、姬卡和华娜在客厅里看电视。安德莉娅在介绍一群犯人用鞭挞肉体的行为进行忏悔的游行，而姬卡则注意倾听楼上的声音，游行中一个叫保罗·巴索的色情演员趁乱逃跑了，华娜的脸色变了，可姬卡没有注意到。她奇怪，楼上亲热的声音很快就没有了，这不是尼古拉斯的风格和实力。

第二天姬卡休息，她舒舒服服地躺在床上睡懒觉，雷蒙上班走了，尼古拉斯正在搬家，他准备到树林中的木屋去生活，一件件大行李从窗子被吊到一楼，华娜在厨房里忙碌。这时候有人敲门，华娜开门发现正是越狱逃跑的弟弟——保罗·巴索。她答应弟弟晚上到表妹家，满足弟弟的两次兽欲，并且告诉他主人那些贵重物品的所在地。按照华娜的指示，保罗·巴索把华娜绑在椅子上，并用毛巾堵住嘴打昏了她。在四处翻找东西的时候，他发现了正在睡觉的姬卡，由于事先有华娜的警告，保罗没有太大的动作，可是欲火难耐，他还是返回姬卡的房间脱掉了衣服，爬上了姬卡的床。

姬卡被惊醒了，她挣扎想推掉身上的男人，可是在保罗的威逼下，她只有反复地劝说保罗停下，这时候另一个楼里正在偷窥姬卡的人打电话报警，可警察们也拉不开这个曾是拳击手和色情演员的强奸犯。满足了欲望的保罗·巴索在警察面前跳窗而去，正遇上安德莉娅赶到楼下，她接到一个匿名电话赶来抓新闻，尽管她一再对保罗表示友好并想采访他，可保罗还是抢走她的摩托车逃跑了。

晚上姬卡把白天发生的事情告诉了雷蒙，他的反应并不是很激烈。晚上看电视的时候，安德莉娅在新闻中播出了姬卡被强奸的镜头，令姬卡诧异不已。这时候看到了电视的尼古拉斯也来了，伤心的姬卡回卧室睡觉了。可是客厅里，父子二人越来越大声的争吵吸引了她。尼古拉斯正在责问雷蒙，原来雷蒙就是那个偷窥者，是他把偷窥资料卖给了安德莉娅。姬卡绝望了，她绝望的表现就是离开了家。

与此同时安德莉娅错收了尼古拉斯的稿件，她发现这个男人还应有鲜为人知的一面，尤其是在观看了雷蒙的偷窥资料后，安德莉娅认定在与那个黑发女子亲热之时，尼古拉斯用花瓶杀死了她。

第二天安德莉娅来到了树林中尼古拉斯的居住地，以送稿费为名想对他进一步采访，可尼古拉斯根本不让她进入房间。原来他利用搬家的机会用大行李箱把那个黑发女子的尸体运送到这里准备埋掉，可是先于安德莉娅到来的雷蒙破坏了他的计划，原来雷蒙受电视剧的启发，他明白了母亲不是自杀，而是尼古拉斯杀死了母亲，并自残来掩盖真相。至于那封遗书，则是母亲上一次自杀时，写给他的，被他从日记中撕下移花接木用到了现在。同时雷蒙也发现了那个女子的尸体，于是恼羞成怒的尼古拉斯打倒了雷蒙。

安德莉娅抛出各种诱饵来诱惑尼古拉斯接受采访，甚至用枪来威逼他，可是尼古拉斯假死反败为胜，开枪打死了安德莉娅。就在尼古拉斯濒临死亡之际，回家发现雷蒙字条的姬卡赶到了。尼古拉斯把自己的传记交给了姬卡，让她署上自己的名字发表，然后撒手人寰。悲伤的姬卡在二楼发现了已经没有呼吸的雷蒙，悲伤之际她想起了雷蒙上次的经历，就不断地电击雷蒙的脚趾，谢天谢地，雷蒙像上次那样脸庞渐渐红润，渐渐苏醒过来。

雷蒙被救护车拉走了，姬卡开车跟在后面。路上遇到了一位搭车者，他要赶去参加妹妹的婚礼，看到他英俊的面容，荡女姬卡改变了主意，她要和他一起参加婚礼去。

情爱场面

片中的情爱场面主要集中在了姬卡身上，但无论是和男友雷蒙做爱还是被保罗强奸，我们看到的都是有些变态的画面。和雷蒙的亲热是在不断地拍照中进行的，两个赤条条的人体在床上滚来滚去，显得有些猥琐。最后他们的亲热在无法继续的尴尬中结束，那是姬卡挂念楼上的尼古拉斯而雷蒙挂念安德莉娅的结果。而保罗强奸的场面，则被许多人认为是阿莫多瓦电影中的经典画面。色情演员出身的保罗，说自己的最高纪录是四次，他要在姬卡身上打破纪录。而姬卡则在他身下絮絮叨叨地劝他弃恶从善。后来在两个警察的拉扯下，也分不开“意志很坚强”的保罗，让人好笑而又笑不出来。

此外片中还有许多裸露的人体和暗示性的语言。但这部涉及恋母、强奸、同性恋的电影，再也没有其他暴露的镜头了。

又见绝望

我不了解西班牙，不知道这个位于伊比利亚半岛上的国家，是不是真的绝望的占比很大。但从这部 [荡女姬卡] 中我的感觉分明就是绝望中的希望，这一点和我看《连城诀》时的感觉不谋而合，但《连城诀》的最后我看到了一丝希望，而 [荡女姬卡] 的结尾，则是姬卡的另一套路性的循环。

尼古拉斯是一个四处留情又随意抛弃，并以此为题材写小说谋生的人。能顺利甩掉的就甩掉，甩不掉的就杀死。临死他还没忘了让姬卡把自己的自传拿去发表。也许这种生活对于他来讲已经成为一种习惯，随意践踏别人的感情和生活，是他生命的一部分。在他眼里根本没有爱情和亲情可言。

雷蒙具有强烈的恋母情结，因为姬卡比他大四岁，所以他离开安德莉娅和姬卡同居。他对谁都没有真正的感情，对分手的安德莉娅如此，对姬卡也是如此。虽然刚刚向姬卡求婚，但在她被强暴时，他只是打了一个报警电话，而且还把偷窥资料卖给了前情人安德莉娅。很显然他终其一生都会沉浸在母亲的身影下，看他在母亲的遗物前，那种痴迷哀怨的眼神，让人起了一身鸡皮疙瘩。

女佣华娜在和弟弟的乱伦之后，一方面在道德的谴责中不能自拔，一方面沉溺于那种原欲的满足中。后来和姬卡的同性恋关系就是和弟弟关系的变形。但这种替代的关系注定了不会坚如磐石，所以在弟弟到来后，她迅速投降出卖了姬卡。

安德莉娅是现代传媒的代表。在她眼中收视率压倒一切，伦理道德亲情爱情都是收视率之后再考虑的。所以她穿一身哗众取宠的摄像服，所以她头顶的摄像头永不停止地运转，那是她从来也不停止偷窥的眼睛。所以她和尼古拉斯在小屋中，那场讨价还价的争吵就不足为奇了。她的疤面和贪婪，让人从心里泛出一种厌恶和寒意。

姬卡应该是让人能感到温暖的一个，虽然她总是很快的与男人相识并发生关系，但她极快的语速和热情开朗的性格还是感染了我。当我以为她是影片中唯一的希望的时候，她又对那个搭车的小伙子暗生情愫了。

阿莫多瓦这一次把他能想到的所有惊世骇俗的情节都玩了一遍。性、暴力和艳俗的色彩是他电影中不可或缺的元素。主人公残缺变态的倒错性格，令人瞠目结舌。可是如果有一个明亮的结尾，那这一切都不重要。可是残酷的阿莫多瓦并没有就此罢手，他把另类当作主流，把极端当作人性一一剖展开来，而他则抽身事外袖手旁观。

“杀人就像修脚趾甲一样，开始时这想法令你懒散，可是在你开始剪之后，一切进展比你想象的要快。之后你会想，得好一段时间要去再剪，没想到才一会儿就又变长了。”尼古拉斯的这段话让我对阿莫多瓦更是高山仰止。也许在他眼中，杀人如此，虐恋如此，人性也是如此。从电影的角度来说，我不得不承认阿莫多瓦是个天才，但从 [荡女姬卡] 的角度来讲，阿莫多瓦则是一个不折不扣的浑蛋。

[5×2] 5×2

导演：弗朗索瓦·欧容 François Ozon

主演：华薇莉·布诺妮 – 泰奇 Valeria Bruni–Tedeschi、史提芬·费斯 Stéphane Freiss

出品：法国

年代：2004

两个人的五段情事

我宁愿看《不可撤销》中，疯子一样四处咆哮的文森特·卡索，也不愿意看他和她不动声色地互相伤害。我差点相信了这就是生活。

影片开始是一对夫妻在律师事务所，倾听那个秃顶律师宣读离婚的有关条款。这个已经见怪不怪的男人，声音僵硬而机械，在不大的房间里回荡。两人百无聊赖，不时调整坐姿，但始终坚持着不肯看对方一眼。这时候，导演欧容突发孩子气，用了一个近 50 秒的长镜头，盯住女人的脸，像是某一双男人贪婪的眼睛，女人变得越发不自在起来……最后一道程序是签字，女人从随身的包里找到一支笔，而男人则接过律师的笔，他们签字的姿势……快意恩仇！

四条正在挪动的腿，在一个房间门口停下，然后运动进室内。如果你看过十部以上的欧洲片，就会发现后面会出现三个似曾相识的镜头，分别是男人开灯的侧面剪影，随着灯光一下子清晰了起来；上身赤裸的男人，半躺在床上，用一种天真的眼神注视着镜头；还有就是女人和男人平躺在床上，注视着镜头遥远的另一端。

分手・结算

和其他狂放的欧洲片不同，女人是在卫生间里脱下衣服，并用一条浴巾包裹了身体才出现的，那个男人刚一有所动作，就被女人的手机声打断。在那场预料之中的强奸发生之前，他们先是对各自的未来表示了关心，然后趁短暂的沉默，欧容慢慢推进镜头。男人抚摸女人的耳朵，然后扩张到整个身体，女人沉默着，像是享受也像是在思考。但男人一句“我爱你”搅起了第一场波澜，女人第一次做出了拒绝的表示。第二次拒绝出现在两分钟之后，女人从男人怀中挣扎而出，两人如野兽一般各自匍匐在床的两头。这时候，影片的法国气质显露了出来，女人耀眼的身体，蔓延了整个画面，时间似乎戛然而止。终于，那头雄性生物一跃而起，疯狂地蹂躏女人，女人发出野兽一般的号叫，然后一下子变得安安静静。一滴眼泪慢慢爬上了鼻尖，最后跌落到床单上，一会儿浸润成一朵凋零的荷。这是她的第三次拒绝！虽然很不成功。

镜头跟踪女人再次来到卫生间，看她穿好衣服，整理头发，再次出现在房间的时候，凌乱的床上空无一人，不远处的窗帘被风吹得呼啦啦作响。女人尖叫着“不要”扑了过去，楼下空空荡荡。男人在背后冷硬地问：“你认为发生了什么？”

他们再一次坐到床上，俗气地讨论谁应该为结局负责，以及在这场持续了三年的婚姻中，谁付出了多少的问题。在一系列数字化的分析面前，两人越算越糊涂，越算越坚硬，最后女人在门前以一声穿云裂帛的尖叫，结束了谈话。在房门即将掩合的一刹那，男人说了一声“对不起”，女人稍作迟疑，但门已经兀自封闭了一切。

破裂・舞蹈

片名叫 [5×2]，意即两个人的五段往事。但欧容并没有按照惯常的顺序，讲述一个最后风流云散的爱情故事。如果你对 [不可撤销] 记忆犹新的话，就会发现二者有异曲同工之处——不要误会，[不可撤销] 的倒叙有点别有用心，但这不是 [5×2] 的问题。[5×2] 的野心是隐藏在一副悲天悯人的外表之下的，有点矫情，但一不小心你就会撞个满怀，这是欧容所擅长的诡计。是的，我知道你一定想起了 [八个女人] 或者 [游泳池]。

这一段落有一个温暖的开始，男人在家里和孩子一起等待女人归来，女人回来后亲吻了孩子的脸和男人的唇，然后换上一套晚礼装，在男人也抓紧时间换上正式一点的衣服的空当，女人哄睡了孩子。

两位客人，一位年轻，一位稍老一些，宾主在客厅喝酒、聊天、跳舞……最让我吃惊的一个画面就是，女主人和两位客人暧昧地跳舞一段。不要和我谈论民族习俗、审美标准以及文化体系的差异，人类的爱情已经演变为各种各样的形式，但起码还残留有一种共性，那就是嫉妒。按照《圣经》上的说法，嫉妒是爱的另一张面孔。我的理解是，更多的时候二者殊途同归。如果可以的话，我还想加上一个责任，我相信，这也是欧容所要表达的。

晚上，丈夫跑到了孩子的房间，而且拒绝妻子的邀请。

生产 · 逃跑

以上两个动作分属于女人和男人，欧容把它们放置在同一时间。女人用影片开头打扰了他们的手机，把即将生产的消息，第一时间告诉了他。而丈夫则选择到餐厅大吃一顿，又在车里苦思冥想了一通，最终摔上车门……逃跑。我无法设想一个女人即将成为妈妈时的感觉，也无法想象，一个男人该用一种怎样的姿态，去面对父亲这个称谓。但我知道，逃跑不是一个男人或者不是一个爱人的选择。

女人的父母对男人的所作所为表示了极度的鄙视，这是人的正常反应。女人用手机和男人聊了很久，只字未提愤怒、失望甚至跑的字眼，要知道，要么是女人太了解他，要么就是泰山崩于前反倒风平浪静的邪门。我不相信，爱一个人可以无限制地包容一切，当时间和事件不断累积到一定高度之后，逃离是一个无比正常的反应。欧容让男人和女人分别看望了新出生的婴儿，在这个崭新的生命面前，他们各自想到了什么？欧容没有回答，并且咬牙到最后依然没有回答。这也是欧容的一贯做法，他只想提出问题，不想解决的办法，或者在他看来，每个人都有自己的解决方式，这世界根本就没有标准答案。

影片中一个极有深意的镜头是，女人注视着沉睡的婴孩，男人在雨中注视着模糊的远方。

结婚·偷情

你相信，二者会在同一天发生吗？

两人结婚了，如最开始一样，欧容孩子气地盯着他们的脸，女人的表情是一副抑制不住的激动，而男人忧郁沉重，如同被逼婚。在牧师的示意下，两人以吻作缄，镜头三百六十度旋转，记录了又一对男女步入婚姻的动人瞬间。虽然我为之前男人的那副表情苦恼不已，但我很快相信了，他们的快乐是真诚的。帐篷里的舞蹈，纷纷洒落的百合花瓣，慢镜处理过的旋转，两人张开手亲吻如同飞翔，最后他钻进了她的裙子……长相颇似德鲁·巴里摩尔的新娘，笑着拥抱了他！

两人站在楼梯上和亲友告别的场景，是一个俯拍镜头。欧容成了神，悲悯地俯视芸芸众生。新郎和新娘在床上嬉闹，是的，就像你想象的那样互相毛手毛脚。新娘去卫生间换下礼服，但只不过一个转身的工夫，新郎已进入梦乡，并且怎么捶打都不醒。新娘随便套上一件衣服，离开了那座中世纪古堡一样的房间。

新娘是在离房间不远的那片树林，和那个美国男孩相遇的。注意，这个美国男孩，依然是欧容一个别有深意的安排。十分钟后，发生了那段被称为“欧容恶毒的安排”的偷情。在我看来，欧容还远称不上恶毒两个字，他只是太认真，还学不来别人的天高云淡。

一路狂奔而回的新娘，悄悄打开门，新郎依然酣睡未醒，她紧紧拥抱了他！

初相识·长相知

这是欧容极力刻画的一段，破天荒地占用了26分钟的时间。

一个女孩来到“欧洲的海滩”度假，在一次放肆的蛙泳过程中，认识了一个健壮的小伙子。他和女友也到这里过“甜蜜的二人世界”。如我们所料想的那样，他们在相识的当天，就共进晚餐，此后，组成了稍许尴尬的三人行。欧容在这一段暴露出了力不从心之感。他扭扭捏捏地安排了男人和女友的种种不和谐，比如，打网球时候，对球落点的歧义；吃饭时候，对葡萄酒的不同理解；甚至还暗示他们的床上生活，也有点问题！我不知道，他能不能理解中国人所说的“退而求其次”，在这样的安排下，爱情的力量显得很无奈，甚至成了一种生活或者生理上的逼迫，当然，我们也可以理解为，这是欧容的妙笔天成，那么影片开始时的分手就又有了一个借口。很显然，这只是一个托词。

我不同意他们所说的陌生化处理，虽然我认可将一段关系拆解各自展开，可以从另一个角度去认识关系的可行性，但以欧容对生活的认知，他不会不理解爱情的随机性。和你在一起的就是你最刻骨铭心的吗？我不否认这有一个“得不到的才是最好的”犯贱心理，但我们必须面对的还有，在你还没有权利爱的时候爱的那个人，可能是最适合的，因为单纯。当爱情成为你的一项权利的时候，爱情掺杂了生活的逼迫和比较，而且还必须在一定的时间内解决，所以偶然性就无法避免了。当然，人们给这起了一个好听的名字叫缘分。

男人和女孩的缘分，最终开花结果于那个夕阳西下的海滩。摄影机站在海滩上，遥遥地注视他们慢慢走向太阳的方向。女孩成了我们之前所提到的那个女人。

灯光·日子

相对于 [游泳池]，我更喜欢欧容对戏剧张力的从容不迫。这是一个高手才有的淡然，也只有一个真正的高手，才能在那样的平淡之中安排一场处处杀机的惊悚。[5 × 2] 太淡了，虽然它所描述的离婚后的性和新婚之夜的偷情，依然渗透着他所固有的凛冽，但剧情设置得有心无力，也是事实。“生活得那么明白的人还有吗？”曾有记者这样质问欧容，当时这位高手顾左右而言他。这是一个非常狡猾的问题，无论是与否，都会引来后面连绵不绝的对剧情的诘问。

影片中欧容还是施展了很多小手段，显摆了其一贯的睿智，比如影片中三次对准孩子的镜头。感情关系中，孩子的存在几乎是一个决定性的因素，妻子生产的时候，丈夫为什么会逃？他看婴孩躲躲闪闪的眼神，是在害怕什么？两人哄睡孩子再接待客人的安排又说明了什么？责任，真的是一项信则有不信则无的东西吗？灯光的运用也有类似的作用，夫妻二人离婚的时候，一直都在室内打转，灯光昏暗如心情，随着倒叙的不断进行，灯光越发明亮起来。结婚的时候，整整一个帐篷的灯火；“欧洲的海滩”上，满满一个海面的阳光以及最后的斜阳……欧容要说的是，生活一直是老样子，变化的只是人这个个体而已。

我承认，这是一部让人有些绝望的电影，行进到一半的时候，我几乎放弃。我宁愿看 [不可撤销] 中，疯子一样四处咆哮的文森特·卡索，也不愿意看他和她不动声色地互相伤害。前者时刻提醒我，这只是一部电影，而后者差点让我相信了这就是生活。从这一角度来说，欧容是一个居心叵测的浑蛋！我不太愿意看到很本质的东西，爱情还是欲望，本身就似是而非。

那天，那个女孩对我说过相依为命的话，直到今天，我还依然记得。

[罗曼史] *Romance*

导演：凯瑟琳・布蕾亚 Catherine Breillat

主演：卡洛琳・杜榭 Caroline Ducey、沙加摩尔・史提芬达 Sagamore Stevenin

出品：法国

年代：1999

女人的真实欲望

布蕾亚以那些无关香艳却大胆直露的镜头，是在故意挑战色情和艺术的界限，并以此作为自己女性独立的宣言。

这是一部非常有名的电影，它的有名主要来自两点，一、自认为清教徒的女导演凯瑟琳・布蕾亚超乎寻常的勇气；二、女权主义者凯瑟琳・布蕾亚最后的妥协和投降。巨大的反差常常让人猜测，布蕾亚似乎在表达一种更深层更内心的东西，但最后往往都不了了之。与 20 世纪那本被誉为"现代女性圣经"的《好女孩上天堂，坏女孩走四方》一样，曾有别有用心者试图把 [罗曼史] 也上升为女性解放运动的某种宣言的高度，但我们不得不说，这恰恰暴露了男性想当然和自以为是的猥琐心理。还记得乌特・艾尔哈特挑战传统文化的宣言说：为什么温顺使我们一事无成？也许布蕾亚思考的就是：叛逃之后我们怎么办？

[罗曼史] 是女导演凯瑟琳・布蕾亚的第六部作品，相对于以前作品的屡屡被禁，[罗曼史] 的命运算是一帆风顺了。电影中屡遭诟病的结尾，成了这部电影广为流传的救命稻草。布蕾亚喜欢以女性为主角，这次也

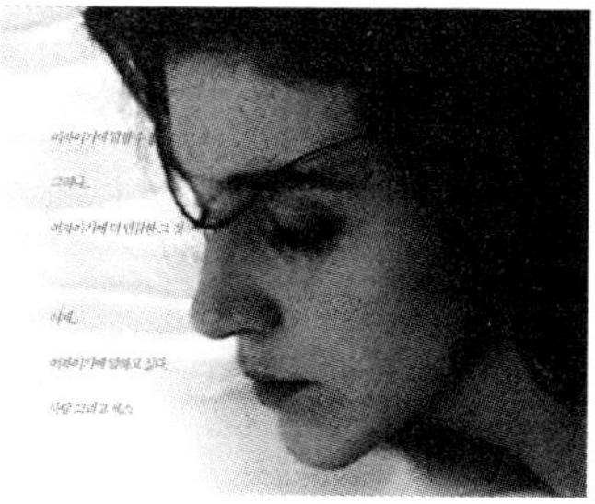

不例外，与玛丽在剧中狂热地寻找原欲的满足相反，镜头之外的布蕾亚像一个世事练达的老人，见怪不怪处变不惊，冷静得让人不寒而栗。我看的版本中没有玛丽大开杀戒的镜头，所以男友保尔的死显得异常突兀。但她一袭黑衣怀抱婴儿的镜头，与四四方方的保尔的棺椁予人的震撼，绝不亚于那个著名的生产镜头。布蕾亚想表达什么？结尾真的就是无耻地被招安了吗？也许我们都被布蕾亚骗了，她只是换了一个说法，但毕竟她“描述了某类好女人对罗曼史幻想的危险执着”。

妻子

严格来说玛丽不算是保尔的妻子，他们的同居生活不受任何法律上的约束和保护。平时他们各忙各的，晚上回到共同的窝，一起度过和白天一样长的黑夜。作为小学教师的玛丽，喜欢和孩子们在一起，喜欢听他们稚声稚气地跟自己一起读单词，玛丽觉得那些一张一翕的小嘴，可爱得不得了。下班后玛丽迷恋于做模特的男友保尔挺拔的身材和棱角分明的眉眼，像任何一个青年女子一样，她还渴望和他肌肤相亲，渴望午夜的时候，能在保尔的怀里甜甜地睡上一觉。

应该说这要求不过分，可是导演一开始就迫不及待地向我们展示了玛丽带着哭腔的自述。就在这段天马行空一样的自述中，我们知道，保尔是一个绝对正常甚至还可以称为优秀的男人，但是他不喜欢和女人亲热。在床上，他的主要活动仅限于读书、看电视、听玛丽的唠叨抱怨还有挑逗，然后关灯睡觉。

每次玛丽都比保尔先回家，像最普通不过的妻子一样，坐在灯下等保尔回来，然后在床上抱怨、倾诉、哭泣，然后看着保尔关灯睡觉。生活像一个圆，平静平淡一丝不苟。

一定是在某一天，保尔发现玛丽有些不一样了，那种变化是发自内心的精神上的。保尔敢肯定，这个女人得到了在自己身上得不到的。后来这种变化又外在地表现为——她穿了一条耀眼的红裙。他第一次发现，这样的玛丽其实也挺好看的。终于有一天，玛丽向他承认，她怀孕了。

保尔尽量平静地除去衣衫，“我们做爱吧！”很快他就把玛丽掀翻在地，转过身独自睡去。从此，无论到哪保尔都要带着玛丽，他肆无忌惮地勾引酒吧女，然后再转身离去，并且乐此不疲。玛丽的醋意和自己的肚子一样一天大似一天。

在大夫的帮助下，一个新生命诞生了。保尔去世了，玛丽给孩子取名为保尔。

情人

没有任何法律或者宗教上的认可，玛丽的情人身份也是有名无实，我们说过保尔绝不和她亲热。某一天深夜，无法入眠的玛丽来到一家酒吧，在这里她认识了一个“已经四个月没有和女人亲近”过的家伙，他帅气、多情、温文尔雅。第一次四目相对，玛丽知道“就是他了”。在门外的车里，两人顺理成章地抱在一起，但玛丽还是拒绝了他进一步的要求，“第一次”，玛丽对自己说，“第一次，我还需要适应”。第二天，沉迷于“和陌生人做爱”设想之中的玛丽，完成了自己人生的第一次探索，她和他像刚刚来到这个世界上一样，赤裸着，波澜不惊地谈论人生、欲望、婚姻、保尔和她没有同居之实的同居生活，山呼海啸地沉醉于原欲。分手的时候，他和她深情地吻别，玛丽一阵无可救药的怅然。

随着剧情的展开，玛丽又有了一个情人——校长威尔博士。那是一个黄昏，从来公事公办的威尔用“我样子不俊，但人格高尚”“我是一个著名的性学专家”和“我有过一万个女人”以及她们的证词，征服了玛丽。玛丽沉醉在完全不一样的欲望当中，每一次结束都发誓不再回来，每一次又都不知不觉地来到威尔的房间。她和威尔出入餐厅或咖啡馆，彬彬有礼地谈论各种不涉及欲望的话题。临产的时候，性学专家威尔载她到医院，并一直陪在身边。

荡妇

其实无论是和那个“女友因车祸死了四个月”的白马王子还是和性学专家威尔，玛丽都是被动的。她总是千篇一律地低着头，低眉顺眼地配合男人的指令。我想这一点是保尔无论如何也无法预料的。她的放荡在性学专家的引领下，第一次爆发出来。威尔用一套专业的捆绑用具和极其娴熟的手法，把玛丽变成了一个粽子。纵横交错的绳索精心地缠绕在玛丽的敏感部位，被堵住了嘴的玛丽在另一种形式的探索中达到了欲望的巅峰。之后，她怀有很深的罪虐感，可就是沉浸其中无法自拔。在第二次捆绑中，玛丽甚至开始提出自己的要求。听话的威尔在自己那一堆专业家伙中，精挑细选了最适合玛丽的几种款式。镜头稳稳地记录了这个娴静的女子渐渐变得放荡的过程，仿佛冷冰冰的机器也呼吸急促起来。

欲罢不能，这大概是玛丽最真实的心态。回到家中的她再一次面对空荡荡的房间，这时导演忽然停止了此前玛丽一直继续的喃喃自语，四周静得可怕，年轻的玛丽像一尊雕塑。

她决定去找保尔，远远地她就看见餐馆里，保尔一边看书一边悠闲地把食物送进嘴中，玛丽一转身离开。

一个和她擦身而过的男人低低地问：“二十美元，可以吗？”玛丽站住了。

在她和保尔居住的房间顶楼的楼道里，玛丽再次尝试了一种全新的方式，男人粗鲁地强暴了她，对她的身体表达了最原始的敬意之后，这头野兽扬长而去，和上楼的保尔擦肩而过。

母亲

玛丽第一次和保尔谈论孩子的时候，保尔答应为了孩子可以和她亲热一次。但最后电影也没有告诉我们那是谁的结晶，唯一可以肯定的是——绝不是保尔的。

玛丽的肚子一天天大起来，母性的光辉慢慢淹没了对欲望的渴求。现在玛丽迫切需要的是丈夫的呵护。她还像当初一样上班下班，和保尔出入各种公共场合，看保尔与任何一个浓妆艳抹的女子调笑。出来后，她就用沉默和眼泪表达自己的不满，保尔则用贞节的理论一次又一次打败她。九个月也许是十个月，玛丽却终于决定离开保尔。收拾东西的时候，肚子痛得厉害，她千呼万唤保尔无动于衷。

威尔帮助了她，并在产室和她一起经历了女人最危险的一关。一个男婴呱呱落地，愤怒地表达了对这个陌生世界的不满。玛丽告诉我们：“没有经历过生产的女人不是真正的女人。”

情爱镜头

凯瑟琳·布蕾亚说过 [罗曼史] 拍的是女人真实的欲望，而不是男人的性幻想。一开始，导演就毫不避讳地展示了玛丽近乎赤裸裸的欲望，但在后来的探索中，她却变得很安静，甚至有些楚楚可怜。但她执拗得惊人，一步步义无反顾地探索自身的原欲。在布蕾亚看来，这样的悖论才是最真实的，在男权社会里，女性的反抗往往都带有悲剧色彩，人类的固有意识太顽固，远不是一个玛丽或者一个布蕾亚所能改变得了的。

但布蕾亚还是顽强地用镜头展示了女性的躯体美，在她的镜头下玛丽年轻的躯体朝气蓬勃，丝毫没有猥琐之感。在不同男人的怀里，氤氲了完全不同的美。与此相对的是男人的身体，虽然一样赤裸，但在玛丽的身体前，原本应该挺拔的躯干显得干巴巴的，缺失了飞扬的灵气。在更多的时候，布蕾亚只好借助遮羞的衣服来维护男人苟延残喘的尊严。保尔就是一个例子，他不是不行，而是不愿意，这也就意味着男人连最原始的本能都丧失了，男人和女人的区别在这一刹那变得模糊不清。电影中玛丽唯一一次和保尔亲热时，疯狂地大叫："我是男人，你是女人……"电影的最后，投降了的布蕾亚安排了一个惊世骇俗的女人生产的镜头。在摄影机的追逐下，生命最原始的状态有些触目惊心。因为结尾一直为人所诟病的布蕾亚用了一个曲笔，虽然不得不投降，但还用另一种形式在坚持。

旁观者

这部电影最值得深思之处就在于：一、它是女导演的作品；二、开头和结尾巨大的思想反差。罗素说"支撑人生活的动力是三种：单纯然而又极其强烈的激情，就是对爱情的渴望、对知识的渴求，对于人类苦难痛彻肺腑的怜悯"。玛丽对爱和欲分离的追求，是被动的，是社会客观实际和对保尔中彩式的个体选择造成的。作为女性导演，布蕾亚试图通过对玛丽性探险的处处受挫，来表达自己对男性的失望，但她却无法得到更加形而上的结论，最后不得不委曲求全，落得个妥协投降的骂名。从电影的角度来讲，这无疑是自掘坟墓，但相对于生活而言，这才是最真实的。玛丽最后把对欲望的追求转化为一种更高尚也更永恒的母性关爱上，是绝对真实的。而所谓对保尔的爱只是一种托词，是现实中无数同病相怜的女人一种自我解嘲罢了。电影中玛丽最后一句独白是在保尔的墓前，她怀里抱着那个也叫保尔的小生命，喃喃自语："如果你和我同感，我们就永生！"

有男性评论家认为，布蕾亚以那些无关香艳却大胆直露的镜头，故意挑战色情和艺术的界限，并以此作为自己女性独立的宣言，陷入了纯粹为斗争而拍摄，为争议而争议的怪圈。

布蕾亚是一个纯粹的女权主义者，但她不会扛着"女性电影"的大旗哗众取宠，这不是她的风格。她化身为玛丽，实现了一次精神上的反叛。她借玛丽之口，说"因为我是女人，你就轻视我"；说"奇妙的偷情，是儿童般纯真的欲望"。电影本身具有的冷静和坦白，同样可以为广大男性观影者所接受，并没有预设任何女性的凝视或伪装。其中女主角喋喋不休的哲学性内心独白，被一些评论者称为"露点的侯麦电影"。我想这是非常中肯的。

缺失部分

有人认为[罗曼史]是"描述某类好女人对罗曼史幻想的危险执着"。也就是说，这样的寻找具有一定的伤害性元素。不过布蕾亚把这种伤害更多地留给了玛丽，她因为保尔的冷漠伤心欲绝，也因为性伙伴的侮辱而羞愧难当，女性再一次承担了被侮辱和被损害的对象。我看的版本中，没有杀害保尔的镜头，因而结尾的葬礼显得极其不合情理，据说布蕾亚安排的杀戮镜头中，大腹便便的玛丽甚至迁怒于一只无辜的猫。

布蕾亚似乎用一种永恒的生与死的关系，发泄自己一直以来就隐忍于胸的对男性沙文主义的愤怒。依赖于女性而呱呱坠地的男人，最后的出口竟然还是女人，之前对女性的种种侮辱与损害变得颇具讽刺意味。对于保尔来说，死亡未尝不是一件好事，任何一种精神上的背负都足可以使这个男人不再是男人，那么不如归去，回归于没有任何危险和负担的来处。只有女人还在坚强地挺立着，并把希望寄托在另一个薪火相传的生命个体上。必须注意的是，这时候的玛丽已然脱胎换骨了，她成为另一个制度的缔造者。

[罗曼史]之所以惊世骇俗，主要是因为其外在的情爱镜头，但这些著名的镜头被好心人用马赛克小心翼翼地遮掩了。我一次次地被屏幕上巨大的阴影弄得不知所措，我不知道，如果布蕾亚看到这种情形会作何感想，导演别有用心地展示保尔器官的场景变成一片空白，玛丽的叛逆和出逃也大打了折扣。据说在戛纳布蕾亚特别展映周上，曾有女性观众对此怨声载道。我们只能说，男人终究还是不敢和女性坦诚相见。

女人

莎士比亚说，女人的名字是弱者。尼采也告诫说，去找女人吗？别忘了带上你的鞭子。对女性的认识两位智者的表现都不怎么样。有研究表明，在大苦大难面前最先垮下来的恰恰是男人。这是任何一个男人都不愿承认的，但如果换一个角度，比如母亲，我想就没有几个人会否认了。所以狡黠的布蕾亚把最后一个镜头安排为抱着孩子的玛丽特写，镜头冷静得渗透出寒意。最后母亲身份的归结既是伦理上的复位，也是最有可能的生活状态，有人说这是暗示西方社会性解放之后的家庭回归，就未免有些太牵强了。

还是要提到这个著名的结尾以及有关于投降的各种说法，我想起约翰·克里斯朵夫对一个艺术权威说的话："好，你批判我，我也批判你，一百年后看你投降不投降！"布蕾亚没有他那么坚决，她以女性的方式完成了这部电影的开头和结尾，中间部分用的是艺术家的视角。在电影之外，她巧妙地安排了一个和玛丽类似的探索和投降，构成了一个奇妙的反讽。

据说看这部电影的时候，很少有人注意到玛丽那些哲学意味浓重的独白；据说，布蕾亚后来有一部作品是 [性是一出戏]，对艺术的反思代替了激进的女性主义。只是那些分析性的、不屈不挠的长镜头依然凛冽。

[苦月亮] *Bitter Moon*

导演：罗曼・波兰斯基 Roman Polanski

主演：克里斯汀・斯科特・托马斯 Kristin Scott Thomas、休・格兰特 Hugh Grant

出品：法国 / 英国

年代：1994

每一种关系都有它悲哀的一面

波兰斯基的一生颇具传奇色彩，而他的电影也因一种奇特的黑色幽默，在世界影坛独树一帜。

有一部电影是我绕不过去的，那就是罗曼・波兰斯基的 [苦月亮]，此前一直对它犹豫不决，因为我无法定义其国别。从理论上讲，它是波兰斯基 1994 年的作品，是他那场至今还余波荡漾的逃亡欧洲之后的又一力作，所以它应该是属于欧洲的。但影片明显带有好莱坞印记，也许影片是他那段灰色的美国生活唯一的纪念了。

影片的开头使我想起了《围城》，也是一片白茫茫的大海，也是一艘孤独的邮轮，虽然邮轮上没有油头粉面的方鸿渐，但有一位也一样是性情中人的乔吉。他准备与妻子菲娜到印度去旅游，为正值七年之痒的婚姻充电。甲板上菲娜说要去洗手间，可是竟一去不归，他听见洗手间里有异响，就撞门冲了进去。菲娜正帮助一位年轻的夫人，她颤抖、呕吐，虚弱得厉害。乔吉费了好大的劲才帮助她站起来，可是渐渐好转了的女人，没有道谢就转身离去了。

晚上，酒吧，乔吉被一个正在跳舞的女人吸引了，她穿着紧身短裙，舞姿风骚大胆，长发随着身体像蛇一样舞动——是她！更令乔吉意想不到的是，女人的第一句话竟是“诱惑我吧！”，然后起身飘然而去。就在乔吉怅然若失的刹那，一双手搭在了他的肩上，一个坐在轮椅上的精瘦的男人对着他一脸暧昧地笑。他就是那个神秘女人的丈夫奥斯卡，而那个女人有一个意识暧昧的名字——咪咪。

在奥斯卡的房间里，奥斯卡要求乔吉做一个好听众，乔吉不知道，从这一刻开始，他进入到一场无法停止的游戏当中。而这场游戏所造成的震撼是他一生都无法躲避的！

从一个故事开始

十年前，纽约的一个正午，刚刚继承了一笔遗产的奥斯卡正年轻气盛，他总觉得诺贝尔文学奖早晚是自己的囊中之物，可是眼前堆积如山的退稿信让他有些泄气，看着电车外面不断后退的景物，他有些心烦意乱。还好，让他稍感舒服的是坐在前面的一位年轻漂亮的女孩。查票开始了，他发现女孩明显局促不安，于是他把自己的票悄悄递给她，女孩逃过了一劫，而他被勒令下车补票。

此后的每天，他都到他们第一次见面的 96 路车站旁徘徊，可是每一次都失望而归，他一次次地回忆她的长发，她的白色运动鞋，她精致的面容和略显忧郁的眼神……可是几乎一年了，奥斯卡再也没有上次那么幸运了，仿佛他的好运只是一次性的。后来，他又恢复了以前的放荡生活，和女友们频频约会。

是的，世间事经常峰回路转。一天在餐馆吃饭的时候，他发现了那双白色运动鞋就穿在身边女侍者的脚上！奥斯卡努力保持镇静，用颤抖的声音邀请她共进晚餐，她居然答应了！晚饭的时候他告诉她，自从那次之后就一直在寻找她。她睁着美丽的大眼睛一言不发，调皮地学着奥斯卡的每一个动作：拿起勺子，放下一朵玫瑰，吸一口烟然后笨拙地吐出一口烟圈……晚饭后他们就在城市里游荡！

东方蒙蒙亮的时候，已经饥寒交迫的他们回到奥斯卡的住处，奥斯卡忙忙碌碌地为她准备咖啡和面包，而咪咪则生起了炉火。在跳跃的火光下，在蓝山咖啡的香气里，奥斯卡褪去咪咪的衣裙，她美丽的青春的胴体饱满鲜活。恍若跋涉了一万年的奥斯卡，一下子找到了生命最后的家园。而咪咪也仿佛一夜之间就找到了那个传说中的天堂，就让这个细腻痴心的男人成为她的主宰吧！咪咪知道，她可以为他做任何事！

他们同居了！他们沉浸在各种各样的性游戏当中，就这样一晃两个星期过去了。

故事还在继续

随着时间的推移，奥斯卡感到他们之间的激情正在消退，面对咪咪赤裸的身体，甚至越来越稀奇古怪的性游戏，都燃不起他的欲望了。于是他们决定走出自己的小天地，去参加朋友的派对，希望用这个办法能重燃爱火。一次，咪咪看见奥斯卡和自己的前室友亲密地说笑，就起身和一个黑人小伙子大跳艳舞，可是再一次回头的时候，奥斯卡已经不见了。回到家后，她哭着向奥斯卡解释自己是因为嫉妒才那么做的。看着她梨花带雨的脸，奥斯卡一时之间柔情缱绻，两人又一次陷入疯狂的做爱中。

这样的情况也没有延续很久，虽然每次亲热咪咪都热情难耐，可奥斯卡越来越索然无味了，一天下午他终于说出了让咪咪离开的话。在咪咪的哀求下，奥斯卡又一次妥协了，于是传说中的那种家庭冷暴力开始了。咪咪嘲讽奥斯卡在出版商面前像一条狗，奥斯卡说咪咪直接用瓶子喝牛奶是粗俗的表现，最后他们像疯了一样地互相殴打。奥斯卡变本加厉，要么拒绝和她亲热，要么在亲热时呼唤别的女人的名字。看着咪咪一天天地憔悴，奥斯卡感到一种前所未有的满足。一天，脸色苍白的咪咪告诉他“我怀孕了”，奥斯卡马上决定让她去堕胎。虽然堕胎后咪咪苍白虚弱，但她还是在奥斯卡的诱惑下，和他登上飞机去旅行。就在飞机起飞之前，诡计多端的奥斯卡溜下了飞机，看着载有咪咪的波音 747 呼啸着升空。

奥斯卡又一次恢复了以前花天酒地的生活，他穿花蝴蝶般地更换女友，尝试着和不同的女人上床，仿佛咪咪的影子从来也没有出现过……

故事的结尾

优秀倾听者乔吉又一次摔门而去，他发现咪咪就站在门边，她告诉他，她必须向他解释这一切，并约定晚上 5 点到她的房间来。晚饭后，乔吉和妻子一起玩桥牌，但菲娜看出他有些心神不定，将近 5 点了，乔吉起身和妻子说要出去一趟，并邀请旁边一个观看的男人来接替自己。门是虚掩着的，房内没有开灯，朦朦胧胧之中乔吉看到床上有一个人，他坐到床边，一只手抓住了他，乔吉不由得亲吻那只手……灯亮了，奥斯卡抓住乔吉的手并顺手掀开头上的被子，而一身白衣的咪咪笑着跑出了门——乔吉必须再次倾听。

咪咪再次出现，是在奥斯卡的一次车祸之后，并在奥斯卡猝不及防的时候，把他推下病床，此后奥斯卡再也站不起来了。但咪咪谜一样地回到他身边，悉心地照顾他的饮食起居一直到现在。同时也开始用自己特有的手段折磨奥斯卡，比如在他面前和男人跳艳舞并当着他的面和别人上床……

圣诞晚会开始了，船上的人都在尽情狂欢。只有乔吉有些落寞，菲娜因为晕船还在房间休息，而他也因为奥斯卡和咪咪的故事显得心不在焉。他看到咪咪正在跳舞的人群中，就兴奋地和她共舞，转身的时候他看见打扮怪异的奥斯卡正向他伸出大拇指，他的动作更夸张了。

很快他就发现菲娜也来了，打扮一新，在吧台边冷冷地喝酒。菲娜一言不发走下舞池和咪咪共舞，很快她们成了晚会的主角，两个女人的艳舞让所有的人都停下来，掌声口哨声此起彼伏，最后咪咪和菲娜的嘴唇终于贴在了一起。奥斯卡兴奋地在一边鼓掌，乔吉目瞪口呆，在大家的欢呼声里，菲娜和咪咪相拥着离开。

晚会结束，现场一片狼藉。乔吉也渐渐从那种混沌中清醒，他来到咪咪的房间，奥斯卡微笑地为他打开房门，床上是激情之后已经入睡的咪咪和菲娜，被子里她们洁白的身体光亮而神圣。

乔吉疯了一样冲上去卡住奥斯卡的脖子，可是在他手枪的威逼下松开了手。乔吉知道这把枪就是咪咪送给奥斯卡的生日礼物。突然奥斯卡掉转枪口，冲床上咪咪安静的身体开了一枪，然后塞进自己的嘴扣动了扳机。

乔吉和菲娜在船头紧紧相拥，船向目的地全力进发，海还像平时一样波涛翻滚，世界没什么不同！

情爱镜头

本片的情爱镜头被波兰斯基处理得含而不露蛊惑力十足。在咪咪和奥斯卡第一次做爱的时候，随着奥斯卡手的移动，镜头也缓缓移动，咪咪洁白的身体就在镜头的移动间渐渐裸露出来。恍若观众正和奥斯卡一起经历，惊心动魄的感觉呼之欲出。此后还有那次两人吃早饭时候，只穿一件睡衣的咪咪，故意让牛奶洒到身体上，并用手随意涂抹，然后站起来抱住奥斯卡的头，奥斯卡就在咪咪的身上继续享用牛奶。

此后两人之间扮猪扮强盗的性游戏只让人感到莫名的震颤，那里面没有丝毫的美感，赤裸裸的人类最原始的欲望，在曾经深爱的两人之间肆虐，戏外的我们一阵阵的寒冷。类似的还有咪咪虐待已经瘫痪的奥斯卡，和那个黑人大跳艳舞，并最后到房里亲热，房门就那么敞开着，屋内的春光没有在镜头里有丝毫的流泻，但亲热的声音倒是在房间里横冲直撞。

此外就是咪咪和菲娜的那场圣诞之舞了，两个花一样的女人，一个性感一个冷艳，在迷离的灯光下已经成熟的身体，随着奔腾的爵士乐翩翩起舞。她们互相试探互相吸引互相挑逗互相肆意地爱抚，在身体和眼波的流转之间，万种风情随意宣泄。这一段是波兰斯基曲意天成的神来之笔，也是两位女主演最为风姿曼妙之时，在那一刻性感变得高尚而缥缈，可触而不可及！

钥匙孔里的爱

这是影片的另一个名字，也是波兰斯基对这样的苦爱与虐恋的真实态度。影片中奥斯卡抛弃咪咪那一段和咪咪以后对奥斯卡的还以颜色，都是这种爱的极致。也可以把这种伤害看作是他们的另一种性游戏。生日时候咪咪送给瘫痪了的奥斯卡一把玲珑的小手枪，我就隐隐有些不安，果然这把手枪帮助他们达到了爱的最高潮。乔吉和菲娜是生活中最为普通的一对夫妻，在本片中他们的作用就是验证了一个道理：只要机会许可，人人都乐于施虐和受虐！

6 岁被纳粹扔进集中营，7 岁从钢丝网上的破洞逃出，8 岁开始在波兰乡村流浪，16 岁差点被一名连环杀手杀害，32 岁怀孕 8 个月的妻子被人剖腹，42 岁因强奸幼女流亡欧洲，终身不能踏上美国土地。罗曼·波兰斯基的一生颇具传奇色彩，而他的电影也因一种奇特的黑色幽默，在世界影坛独树一帜。这部 [苦月亮] 是他跳出三界外的一次再思索，也许他所要说的就是那句：每一种关系都自有它悲哀的一面！

我们绝对有理由相信波兰斯基本人就有这种倾向，也有理由对他表示足够的赞美与鄙视。但回过头来，我们自己是不是也曾像乔吉那样心猿意马过？也曾像菲娜那样放浪形骸过？所谓苦月亮就像那个古老的寓言所说：在某个月圆的夜晚，你是否有变成狼的冲动？

[艾曼妞] *Emmanuelle*

导演：贾斯特·杰金 Just Jaeckin

主演：西尔维娅·克里斯泰尔 Sylvia Kristel、玛丽卡·格林 Marika Green

出品：法国

年代：1974

她的睡裙不敬业地散落

艾曼妞的寻找和探索带有一种形而上的意味，可惜的是，生活和哲学并不完全血肉相连。

除了 [暴帝卡里古拉] 和 [切肤之爱]，这是第三部，逼迫我需要调节情绪的电影。看过影片的很长一段时间里，我不敢想象“爱情”这样的字眼。那个曾以神一样的光芒，出现在我的文字中的爱情，真的就只是欲望的衍生品吗？在需要倾诉的时候，你最先想到的是谁？在快乐的时候，你想和谁一起疯癫？或者说，在未来的日子里，你想和谁相依为命？

所以，我非常不愿意回忆这部 [艾曼妞]，不愿意面对导演贾斯特·杰金的冷静，他冷静得近乎于冷酷，带有一种逃无可逃的动物性。槐花雨落携手南山，都变成了基因的作用。我们那些不曾沾染红尘的感情，弥漫了一层烟火气。我无法分辨，这是贾斯特·杰金设置的陷阱还是爱情的原始模样。

艾曼妞的探戈

影片和去世的马龙·白兰度有千丝万缕的关联，正是他在 [巴黎最后

的探戈]中惊为天人的表现，击中了当时年仅23岁的阿伦·施历斯基。他下决心要创造一个更为经典的情爱镜头，取代[巴黎最后的探戈]观者如潮的江湖地位和大把大把汹涌而来的法郎。于是他选中了一部刚刚解禁的小说《艾曼妞》，并碰到了百年一遇的西尔维娅·克里斯泰尔，这个长着一副天使面孔的女人，在读剧本的时候，让衣服乖巧地从肩头滑落。一百多天后，西尔维娅成为名贯欧洲的桃色女星，[艾曼妞]一片也在影史上长盛不衰。

影片的第一个镜头就是艾曼妞起床，那是一个华丽而凌乱的房间，化妆镜和巨大的床铺遥遥相对，化妆镜左手是寂寞的沙发，在餐桌边垂头丧气；餐桌上的残羹冷炙暗示昨夜曾经的狂乱，可以想见，我们的主人公怎样在桌前和人举杯，并怎样在那个夸张的大床上，度过了昨夜。艾曼妞懒懒地穿上红色的袜子，床头关于她自己的那幅油画坦诚得一丝不挂。

随着镜头的移动，艾曼妞取报纸，喝咖啡，接电话，随手拿起苹果咬了一口。她的睡裙不敬业地散落开来，耀眼的肌肤在午后的阳光下生机勃勃。从她的谈话中我们得知，她要搭明天10点的飞机，在飞机降落的地方有一个她爱的男人，正等着她艳装到来。

影片的开头，满是隐喻意义。那间豪华而散漫的房间，犹如一个金丝鸟笼，可惜的是笼中的画眉，并不是束手就擒的主儿，在那么好的阳光下，满是跃跃欲试的心思。室内的铺陈有点行为艺术的张扬，在某一个转折处不小心就暴露了导演未免刻意的用心。这仿佛是一个后现代的生活缩影，物质华丽而精神空虚。弗洛伊德试图证明，当精神空虚到某种底线之后，最有效最迅捷的补给方式，就是欲望。这与人类的某些发展观点相悖，但我们很难用一种个性的思维来界定群体，事实是，这依然有可能是贾斯特·杰金的想当然。我不认为，艾曼妞天生就是一个佻达之人，她的随意极有可能就是人类已经濒临灭绝的率性。只是作为旁观者的我们，被那么多的清规戒律禁锢了天性，当回头看洪荒年代的本真之时，我们根本已经模糊了自己的来途。

泰国历险

在观看第二遍的时候，我终于可以确认，艾曼妞随手翻阅的裸体照片，就是她自己。这一点，在到达曼谷之后，从丈夫吉安的问话中获得了进一步的确认。摄影师是艾曼妞和丈夫共同的朋友，但艾曼妞否认曾和那个摄影师上过床。

我想，有必要交代一下艾曼妞的丈夫吉安，这个法国驻泰国外交官，是一个温文尔雅的贵族。在迎接艾曼妞的路上，还不忘了下车为妻子买一个泰国传统的手镯。不过也就在此期间，名贵跑车里的艾曼妞被杀鸡的场景和乞丐的眼神吓得惊声尖叫。这似乎在暗示着什么，艾曼妞的泰国之旅将满是惊险，起码对于她的灵魂来讲，是一场太过曲折和戏剧化的过程。

在世界电影史上，[艾曼妞]以不可思议的坚挺状态，笑看了几辈江湖，这让我很是纳闷。在我看来，这并不是一部可以流传如此之久的电影，我承认贾斯特·杰金在几个关键点的小把戏，比如出来迎接的女仆的红衣服和管家的绿袍子；比如丈夫向她提起的这栋公主的别墅；又比如，两人刚刚见面时候的欢爱；被管家撞破之后，心急火燎的管家又对旁边侍女施以摧花辣手……但，且慢，这似乎透着点用心不良。贾斯特·杰金在阿伦·施历斯基的授意下，憋着劲要制造点什么惊世骇俗之举，不过，这有点走火入魔之嫌。影片开始的时候在泰国呈秘密状态拍摄，每天的拷贝当天就被送往巴黎，但行进到一半的时候，还是被泰国政府发觉并遭到驱逐，所以［艾曼妞］后半段的泰国风光，实际上是巴黎的人工杰作。

我的意思是，贾斯特·杰金在这一段的表现完全是业余的水准，影片开始营造的那种寓意和雕琢，几乎就毁在这一段的情爱上面。如果说，艾曼妞和吉安的亲热还氤氲着人性的光辉的话，那么管家和侍女那一段做作地追赶，无异于动物求欢。绿树、红裙也无丝毫美感可言，因为草地上杂生参差的灌木和镜头的原因，显得蛮荒味道很重。难怪泰国政府要大动肝火。

吉安是我无法苟同的一个人物，在迎接艾曼妞的车上，他不断惋惜艾曼妞竟然没有和那个摄影师上床。开始，我把这理解为中国传统意义上的欲擒故纵，后来，当他发现艾曼妞寂寞而不合群后，就鼓励她多出去参加宴会，认识更多的男人。我只好理解为浪漫的法国人，的确语不惊人死不休。但是当艾曼妞也一样剑走偏锋地和那个叫碧儿的女人逃跑后，吉安气急败坏地四处寻找，并强奸了那个高级老鸨一样的玛丽亚的时候，仿佛是嫉妒的元素在起作用，这嫉妒是因为……爱？！

将来法则

提出这个法则的是一个叫马利奥的退休外交官。艾曼妞和他第一次见面，是在一个宴会上，喜欢吃棒棒糖的玛丽亚把她介绍给他，这个传说中种马一样的家伙，亲热地挽着她的胳膊，但是因为仙女一样的碧儿，艾曼妞拒绝了他。

和碧儿的两天乌托邦宣告幻灭之后，艾曼妞回到吉安的身边。吉安再次充当了一个好丈夫的角色，安慰并体贴地帮她寻找问题的症结所在。我认可他所说的艾曼妞的天真和友善，她还没有认识到作为人的全部，不过，当他提出由马利奥继续充当教育之责的时候，我就知道，这小子的确不可以常人论。

导演贾斯特·杰金安排了一个圈套，把一个生硬的命题用一种暧昧的语气传达出来，虽然有些镜头用力过度，但毕竟能够自圆其说。因为任何时候，我们都不能不去面对人的动物性，就如同马利奥所言，“每对夫妇都有动物的力量，可他们称之为激情”。在那两天梦一样的乌托邦里，艾曼妞也在自言自语，“如果这是真爱，能走多远？”

[艾曼妞]被世界电影以宣扬性爱自由的哲学定义，这是一个有点不堪重负的美誉。如果我们用一种哲学的观点来看待这一切，似乎并不为过，但并不是所有的哲学命题都有自身的社会根基，而情爱和肉体最大的本源则是社会，所以这种白马非马的偷梁换柱，实在不是什么高明之举。但我渐渐喜欢上了导演贾斯特·杰金的安排。我喜欢他在巴黎搭建的泰国，喜欢跳跃的篝火，喜欢湄公河沿岸稻花的香气，喜欢那些竹房子和竹房子里赤裸着上身打泰拳的男人。以一种男性的观点来看，这是雄性的嚣张和可爱，还好，难得导演贾斯特·杰金不偏不倚。

马利奥带领艾曼妞的寻找更像是一种宗教的皈依。在赌博的男人和打泰拳的男人中间，马利奥冷眼一切，任由男人和艾曼妞肆意调笑，并相继占有她。而此刻的艾曼妞脸上流露着一种救世的神圣，那个受伤的泰拳手，就像一个接受拯救的人子。之后，艾曼妞烟视媚行，“我骄傲，我现在是一个女人了。”

这一刻，导演用一种温暖的色调拥抱了她，浸润其中的艾曼妞脸上流淌着母性的光辉。还是影片最开始那间华丽的房间，不同之处就在于它整洁而舒适，像一个女人的住所了。

马利奥拥抱了艾曼妞，镜头以远景推移，渐渐接近，并做三百六十度旋转。

无法忘怀这一段的音乐，风琴的声音音韵绵长，在墙壁的周遭碰撞然后折返，随着马利奥和艾曼妞的旋转，音符如水银泻地一般被激散开来，暗合了双方情绪的变化。小号也参与进来，在温软的情绪中间，掺杂了辽远的亮色……我以为，导演会在这一段最终祭出必杀技，那么没有比马利奥和艾曼妞之间的情爱更适合大做文章的了。但令人意外的是，马利奥中途弃权，转身离开了影片最初时候的那个房间！

影片的结尾依旧是艾曼妞披着最初时候那件不敬业的睡裙，在巨大的化妆镜前，慢慢把那张清纯的脸变得妖艳，画外音是她回忆马利奥的将来法则：一、超越原则；二、应该总有第三者……

忠于爱情

这是一个问题，你忠于爱情还是婚姻？我不认为，影片就是艾曼妞一个放荡的梦，但我也不认为，这是导演贾斯特·杰金一个有多高明的手段。在我看来，影片在一个大而无当的主题之下，研讨了一个永远也没有标准答案的命题。什么是爱情？是不是执子之手，就该与子偕老？还是应该忠于自己的感觉？那么科学所证明的只有三个月的感情，就是爱情的全部吗？如此说来，相对于爱情，欲望倒天荒地老了。

艾曼妞的寻找和探索带有一种形而上的意味，可惜的是，生活和哲学并不完全是血肉相连的。影片中，艾曼妞的泰国之旅可谓荡气回肠，我相信，她会是一个不一样的她了。但是影片在泰国所受到的待遇又说明，很少有人可以真正以哲学代入生活。

这是一个永恒的问题，古代的贞节牌坊被视为一种非人道的做法，可是任何的随遇而安就是人道吗？人有动物性，但人比动物可爱之处就在于，人的责任和自制。我相信，那个曾在我面前泪流满面的女子，是真诚的；也相信，她现在的杳无音信，是生活的迫不得已。我相信，一切可以用稚嫩形容的事物；我相信，即便遥远得此生再也不见，也能在每一个人生的转折处，第一时间地想到彼此；我相信，生活会让人猥琐或者卑鄙，但心灵永远有一处为她而预留的纯净空间……

所以，我还是相信，那个叫作爱情的欲望，即便艾曼妞以哲学的观点令人哑口无言，但我们依然忠诚于彼此和彼此初时灵魂的碰撞！

[午夜守门人] *The Night Porter*

导演：莉莉安娜·卡瓦尼 Liliana Cavani

主演：迪克·鲍嘉 Dirk Bogarde、夏洛特·朗布琳 Charlotte Rampling

出品：意大利 / 美国

年代：1974

那时候，我是你的情人

她像十年前那样小心翼翼地偷吃，他像十年前那样粗暴地去制止，他们再次纠结在一起，再一次气喘吁吁地抚爱对方，只是这一次，露西亚反客为主。

现在的爱情越来越像是一个综合指数了，出身、工作、收入、学历、相貌等诸位元素排定座次之后，才是爱的容身之地。一见倾心从此不离不弃的爱情，更多时候出没于电影和文字中间，成为一种可供缅怀的谈资，一个可以自我安慰的想象。我们越来越失去爱的勇气和能力了，在每一场疑似爱情到来之前，先行选择怀疑，选择否定，借口“我爱你，与你无关”落荒而逃。有时候，我们宁可把爱情赠送给一夜情，也不肯在被称为爱人的身上只寄托爱情。

或许，真的是我们所处的这个时代太安静了，缺少战乱、离别、思念的打磨，当代爱情经受不起些许风吹草动。我们一再地把爱单一化、扁平化，任何不能严丝合缝的感情都被拒绝认可，生怕它不是爱情，是的，我们一直在郑人买履。

所以，我尊重露西亚和马克斯的爱情。

守门人、音乐家、贵妇以及一些乱七八糟的回忆

按照江湖规矩，我应该在第一部分开始的时候，对影片那个清冷的开始做一个简单的描述，如果导演也是一个守规矩的人，这个开始会背负暗示、渲染等诸多任务，最起码，会把场子拉开，指点事发地的情形。事实上，也的确有很多人对这个淡蓝色的开场报以各种各样的解读，只是恕我眼拙，我对微光中的酒店的哲学意义理解有限。我看到的是，那个后来被称作马克斯的午夜守门人，穿过 1957 年的阳光，进入维也纳的某一家酒店，开始工作。

看得出来，马克斯在酒店的职位类似于大堂经理一类。和这个世界上绝大多数的大堂经理一样，马克斯目光敏锐一丝不苟。和这个世界上大多数的大堂经理不同的是，他和常年包住在酒店的伯爵夫人关系暧昧。说实话，我对这一情节的设置至今仍有些莫名其妙，即便是影片接近尾声的时候，伯爵夫人再次现身游说马克斯放手，但这样的人物安排仍显得过于烦琐了。

导演莉莉安娜·卡瓦尼的干净利落绝对值得表扬，几个干练的横切镜头之后，影片另一位重要人物露西亚出现在人群中，她和她名满天下的音乐家丈夫住进了酒店 25 号房间。导演用了几个迟疑来表现彼此的惊讶和惊慌，然后装作什么都没有发生一样各忙各的。但一切都不再一样了，马克斯神情恍惚，甚至记不起客人的门牌号，而露西亚一进房间就把自己关在了洗手间里。

后来，很多人用各种各样的语言来赞美导演交代他们之前关系那段所采用的闪回，但那些关于 1947 年以前的回忆和 1957 年的维也纳生活交织在一起，显得支离破碎。好吧，我的整理结果是，1957 年维也纳酒店的午夜守门人马克斯，在 1947 年以前是一个纳粹军官。而 1957 年的音乐家妻子露西亚，则是 1947 年纳粹集中营的一个待宰的羔羊。他们相

识于一次大屠杀中，那时候就显露了大堂经理潜质的马克斯，一眼就发现了人群中的露西亚。他扒光她衣服、抽她耳光、踹她屁股，他亲吻她新鲜的伤口，抚摸她惊恐的脸庞，蹂躏她纤细的身体，他称这个犹太女人为“我的小女孩”。是的，她成了这个纳粹魔鬼的玩物，但十几年后，被羞辱的快感催促她说：“那时候，我是你的情人。”

饰演露西亚的是夏洛特·朗布琳，她为中国影迷所熟悉还是在许多年后的 [游泳池] 和 [沙之下] 里，老太太挺拔、骄傲、高贵，时间赋予她一种凛冽的美。但在 [午夜守门人] 的纳粹集中营里，她瘦弱、无助、惶恐、眼神洁净，她是狂暴粗鲁的纳粹祭坛上最美丽的羔羊。就连那个屡被吐口水的禁忌镜头中（露西亚双手反缚，马克斯将两根手指插进她的嘴里），露西亚仍然是纯净而圣洁的。

我不愿意承认马克斯的施虐癖和露西亚的受虐癖，但我无论如何也无法否认，就在这一施一受之间，那个叫爱情的东西出现了。如果弗洛伊德那个老浑蛋“女人天生就有受虐倾向”的理论成立的话，我的意见是，纳粹集中营本身就是一个施虐工具，它激发了潜伏在人类内心深处的暴力欲，使一个人对另一个人的为所欲为成为可能和惯性。马克斯在众多裸露的身体中，对露西亚一见倾心，他的狂暴和粗鲁成为他表达爱的方式。同样，集中营这样封闭和危险的环境，也让露西亚爱的触角更加敏感，她感受到了这个男人的爱，于是，她经营爱情的方式就是可怜巴巴地忍受，后来她只能以这种方式来感受爱情，暴力成为两人爱的仪式。

这样的电影只能出自女人之手，因为相对于男性来说，女性对爱的理解和实施都更纯粹一些。所有现实的元素都被隐藏了，这时候，封闭的集中营变成了他们爱的香格里拉，他们用自己的方式死命地爱着对方。对于马克斯来说，他的爱开始于身体，这是一个共性的直观的记忆，而时间又赋予了他关于共性身体记忆以独特的个人感觉，他的爱在施虐中得到了巩固和升华。对于露西亚来说，在她女性的天然嗅觉中，她闻到了他的爱，她臣服于他爱的仪式中，而这种独特的仪式在一个特定的空间和一个特定的关系中，成为她最美丽的记忆之一。

现在，他们能战胜各自的记忆吗？

权力、身体、公寓以及那种传说中的爱情

他们各自的挣扎，我就不在这啰唆了。一百多年的电影史中，关于挣扎的描绘翻来覆去也就那么几下子，何况莉莉安娜·卡瓦尼的目的，是让他们尽快再见而不是怎么去挣扎。小马哥告诉过我们，只要肯等，机会早晚会来的。露西亚的机会是，丈夫要飞去柏林，而她选择随后过去。他那位著名的指挥家丈夫无论如何也不会料到，这一次竟是永别。关于露西亚的最后消息，是在他几天后收到的一封电报里，露西亚说："不去柏林了，我们纽约见。"在纽约苦候了几天之后，指挥家不得已，只好报警求救。

其实，寻找他们的不只是警方，还有马克斯所在的纳粹余孽组织。露西亚是那个集中营唯一的幸存者，也是最后的知情者，他们必须要她永远闭嘴。他只好辞去午夜守门人的工作，和她一起保卫他们最后的领地。

现在让我们把时间倒回到指挥家离开的那天晚上，下班回家的马克斯重演了十几年前制服露西亚的那一幕。手掌击打面部的感觉还在，她颤抖和逃跑的方式还是十年前的，她的眼神还是十年前那么无辜，她的身体还像十年前那样羸弱，她的呼吸还像十年前那样压抑而急促……马克斯闭合了所有的窗帘，这个家像集中营一样封闭起来，他把她锁在家里，动辄就对她拳脚相加。他给她穿十年前那样的粉色裙子，他像十年前那样霸道而凶狠地强暴她。

十年前的集中营，露西亚是被动的，她所能给予他的只有自己的身体。十年后，她是主动的，她能给予他的除了身体之外还有一个自由的灵魂。她的眼神依然清澈，只是在每一次流转之间，马克斯都受到巨大的鼓舞。她不能背叛自己的内心，就像时间没有锈蚀了他们的爱情一样。

好了，我们必须停下来，看看到底是哪里不对劲。如果说，我们对任何一种真诚的感情都回报以真诚的话，那么为什么 [午夜守门人] 遭受了那么多的拳脚？如果我们剔除集中营、纳粹之类的概念，影片会不会是另一部 [巴黎野玫瑰]？我理解卡瓦尼对于封闭空间的设定初衷，也理解她特定时代内可以自由地闪转腾挪的选择，但我们毕竟不能脱离这个社会而存在。我们还有一个伦理底线需要去坚守，除了爱之外，还有很多东西需要我们去负担起责任。

食物、爱欲、子弹以及那天早上的阳光

当房间成为一座孤岛，接下来的就是，如何解决吃的问题。相对于性，吃是更为根本的需求，如果您对最开始的文字还有印象的话，综合指数之说就显得太王八蛋了。和十年前的集中营相比，导演卡瓦尼巧妙地将马克斯和露西亚再次逼到一个极端的状态，那么接下来的就是，他们的爱情该何去何从呢！影片一直没有涉及集中营解放那一刻的露西亚表现，我相信，她会像大多数人那样一哄而散，就像，有些感情需要时间来沉淀、释放一样。

房间越来越凌乱，他为她所营造的祭坛在被断电、断电话线之后，彻底坍塌了。他们的身体正慢慢回归到物理状态，生命的气息似乎慢慢蒸发掉了。这一次，露西亚认清了自己的感情轨迹，但在巨大的生死面前，爱情的力量到底有多强大？

导演把他们最后的宣言赋予了一瓶果酱。她像十年前那样小心翼翼地偷吃，他像十年前那样粗暴地去制止，他们再次纠结在一起，再一次气喘吁吁地抚爱对方，只是这一次，露西亚反客为主。露西亚颇具象征意义地在马克斯的身上完成了这次做爱，这一次，他们耗尽了生命的全部时间和力量。

让我们回到那个著名的结尾吧，马克斯再次穿上了纳粹制服，露西亚穿上了那身粉色的裙子，走上就近的一座蓝色的大桥。两声枪响，晨光微曦。一切都结束了，他们终于永远在一起了。

影片中，导演一直摁住了警方的行动，尽管指挥家报了警，但在马克斯和露西亚的整个攻防过程中，警方的行动都是缺失的。也就是说，这样一场惊世骇俗的爱情之所以发生和繁衍，是因为缺少阳光的照射。集中营是某段历史的畸形产物，在一定的时间内，它独立于整个社会和伦理道德之外，而我们知道，任何不符合事物发展规律的存在，都是暂时的。所以后来他们妄图重建的那个世界，最终为现实所毁灭，所以，一切必须结束于两颗来自纳粹余孽的子弹。

导演对两人感情的同情，态度在影片结尾体现得最为明显，深蓝色的月光和晨光中的大桥，以及他们中枪倒地的姿势，都充满了悲悯。这也是三十多年来影片一直被拳打脚踢的主要原因。可是，如果把马克斯和露西亚还原为自然人之后，他们也只是特定时代、特定思想下的牺牲品。作为女性，导演更关注于他们对彼此的情感部分，也在情理之中，毕竟男人们为领地厮杀的时候，女人只对自己的爱负责。对于 1947 年的记忆，可以是一群魔鬼，也可以是两个爱着的人。

还有一件事我必须提及，许多年后，导演莉莉安娜·卡瓦尼在接受采访时说了一句话：“相信爱，得到爱。”谨以此献给坚持看完这篇文字的你们!

[野兰花] *Wild Orchid*

导演：扎尔曼·金 Zalman King

主演：米基·洛克 Mickey Rourke、杰奎琳·贝斯特 Jacqueline Bisset

出品：美国

年代：1989

率性到嚣张

我喜欢这部电影，华丽的音乐、犀利的鼓点、张扬的舞蹈，散发着诱惑和迷乱色彩的非洲，女主角楚楚动人的大眼睛，性感的唇彩、肥大得近乎夸张的大衣……

这是一个发生在我向往的土地上的爱情故事，女主角是一个涉世不深的小傻妞，男主人公则是一个风度迷人的浑蛋。或者在某一家酒店的大堂，或者在某一个乡下的土路上，相遇，然后从此不离不弃！影片结尾，伟纳载着艾玛丽一路呼啸着离开，远方就是大海尽处的万道霞光；近处，人群开始舞蹈，让人窒息的音乐再次响起，一曲激情的探戈在非洲的土地上，由爱着和被爱着的人用身体演绎出来！

影片大量采用了非洲、中东、南美和西欧的打击乐，在影片的每一个转折处都会喷涌而出，她和他的故事就在那些音符中开场，并最终迎来了那段让人挂念至今的华彩。这是影片最令我无法忘记的一段。

我喜欢这部电影，华丽的音乐、犀利的鼓点、张扬的舞蹈，散发着诱惑和迷乱色彩的非洲，女主角楚楚动人的大眼睛，性感的唇彩、肥大得近乎夸张的大衣……对了，还有那辆嚣张的哈雷，在乡下的土路间搅起一道烟尘。我喜欢那片土地上的人，更喜欢他们那种率性的生活，舞蹈、歌唱、哭泣、在那道著名的水柱下疯狂做爱，或者干脆让“手段慢慢就成为一种生活方式”，不动声色间，一场厮杀风平浪静。

欢迎来到纽约或者里约热内卢

第一个镜头由一间典型的纽约办公室拉开，一个略显局促的女子回答主考人的提问。这是一个我们都曾有过的经历，就连那种忐忑都似曾相识。主考人打开百叶窗，外面钢筋水泥的世界一下子涌入视野，主考人冰冷的声音也由此稍稍有了点感情，“你愿意来纽约生活吗？”对面女子的眼睛，一下子闪闪发光。

然后镜头就在音乐的催促下渐渐急躁起来，一阵急促的脚步声之后，女人被介绍给另一个正打电话的女人，女人放下电话之后，带着她用几乎同样频率的脚步离开这座大厦。出门的一刹那，女人终于明白，她必须得和眼前这个女人赶往里约热内卢，去处理一件棘手的生意！

在前面和主考官的对话中，我们了解到，这个一上班就忙得来不及换衣服的女人叫艾玛丽，刚刚硕士毕业，到这家公司所担任的角色是律师。那个带领她前往里约热内卢的女人就是她的上司葛地亚。导演扎尔曼·金很狡猾，用一连串快速平行移动的镜头营造了一种窒息之感，其实即便不是这样，那些看似紊乱实则井井有条的设备和着装，甚至程式化的微笑，也已经让人不寒而栗了。相对于这一切，我更喜欢影片开头那辆西部味道十足的马车，背后夕阳如血，前面旷野苍凉，牛仔端坐在马车上，一路信马由缰。那是西部之子梦想之所在，自由、信仰和永远也不会破灭的梦想，在导演的镜头下凌厉而略显哀伤。

飞机起飞，降落，汽车在乡下的小路上一路颠簸，艾玛丽自始至终都扭头看外面的景色，这是一个她故乡曾经的景色，一个曾植根于她记忆深处的景色。当影片开始那辆西部马车最终被导演换成一辆福特汽车的时候，我们知道，那个曾被主考官反复提及的中西部，已经不是电影中的样子了。沙漠、牛仔以及那种传说中的骁勇和桀骜一起消失了。

生意进行得很不顺利，张牙舞爪的葛地亚似乎也有点黔驴技穷，当发现一个重要人物缺席的时候，她只得动身前往布宜诺斯艾利斯，要用“狗链子”把“那个狗东西”牵回来。她留下艾玛丽，“穿上我的裙子，涂上点唇膏，参加一个晚会，只听、看和闭上嘴巴。”

我想，在晚会开始之前，我们必须介绍一下艾玛丽的一次奇异经历，因为就是这次无心之举所看到的，在她的脑海里久久挥之不去，并一次次地对她的道德底线和心里承受能力持续不断地冲击和骚扰。在一栋尚未完成的大厦里，艾玛丽无意间窥视到一对黑人男女在亲热，那是一场激情澎湃的情爱，一股水流兜头而下，黝黑的皮肤在水流的冲击下，闪烁着耀眼的光彩。女人的红裙被撕扯得粉碎，男人闪亮的肌肤在暗黑的楼道里，恍若神祇。音乐汹涌如海潮，扎尔曼·金指挥摄影利用角度的变化，把一对正处于原始状态的男女刻画得如同神兽。令艾玛丽无法忘怀的是，女人那副迷乱的表情，那是一个真正的女人的表情，只为非洲和这栋尚未完工的大厦所独有。

爱情或者接近于爱情

晚会最大的收获是，艾玛丽认识了一个优雅的男人，他总是能用最让她出乎意料的方式暗示她，“我喜欢和你在一起”。包括“你穿的这件裙子，是我买给葛地亚的”“我刚刚给你妈妈打了电话，知道你爱吃牛排”“你希望将来做一个优秀的母亲”……饭后的散步，是在他和他的保镖的陪伴下进行的。这个叫伟纳的男人告诉艾玛丽：“我曾经被人绑架，所以我学会了保护自己。”

但，艾玛丽很快就发现，这是一个热情而危险的男人，和他在一起，总有一种恐慌感。在某个化装舞会上，几乎全裸的非洲女郎和一个个阴郁的男人，令她不寒而栗。终于在一个戴着豹子头的男人抚摸她的肩膀的时候，艾玛丽落荒而逃。但她几乎绝望地发现，早晨被电话惊醒的时候，伟纳就端坐在对面，微笑地望着她！

我不知道，该如何把这一段叙述得客观而完整，事实上，我无法做到真正的客观，这个优雅的迷人的危险的浑蛋一样的男人，此刻光彩夺目。艾玛丽的挣扎显得那么苍白和软弱。我想，没有几个女人可以逃脱这样的诱惑，尽管在影片开始，就早早暗示了这个中西部来的小妞，纯洁得宛若一朵雪莲。但是影片开始那段面试，又明白无误地告诉我们，这朵小雪莲最终要步入尘世了！这是一个最容易固执也是最容易陷入其中的猎物。

尽管我早早就做了相关准备，我知道导演不会轻易就放过艾玛丽和伟纳的，但我绝没有料到，他做得更绝。在伟纳的暗示下，艾玛丽化上妖艳的唇彩，套上要命的丝袜，戴上神秘的蝴蝶形状的面具，一步步地来到那个曾在大堂里诱惑过她的男人房间。男人的西装整齐地挂在床头，那张床大得让人不得不想入非非，之前那栋大厦里女人的表情一次次地蹿出来，轰击艾玛丽的堤坝，她不由得抓紧了窗栏，那个精壮的男人由后面拥抱了她。就在眩晕到来的一瞬间，男人野兽一样把她扒光，扔到床上，艾玛丽想逃，但她被再次摁倒在地板上，男人像天使一样慢慢亲吻，慢慢抚摸，艾玛丽慢慢闭上了眼睛……窗外，伟纳的表情古怪得有些得意。

其实，我无法分辨，艾玛丽这样做是出于爱情还是本能，那个在她眼前不断闪耀的黑人女子幸福的表情，她“你不接触，所以你透过我去接触；你不感觉，所以你透过我去感觉”的话，都让人怀疑她这样做的真实目的。至于伟纳是一种什么样的心理，我们已经不用去理会了。在导演看来，把那样一个女子变成这样一个女人，是一种人性的真实体现，他很老到地选择了非洲这样一个地方，很努力地去自圆其说。但是这丝毫阻碍不了我对这场感情的怀疑。我承认，爱上一个人是不需要理智的，但为爱而丧失理智却是一种不折不扣的危险。或许艾玛丽真的就如导演所暗示的，是本能在驱使，但是我们有必要回避本能吗？本能，在爱情中又应该扮演怎样的角色？

我认可爱情的时间性，具备爱的资格了，所以我们自欺欺人说是“缘分”；而过了科学所论证过的爱情的时间段，我们又愿意以道德的标准来衡量。这从一开始就是不公平的，而躲在爱情的借口下行私心之实的，又何止伟纳一人？如此说来，这场游戏本身就是危险而刺激的，所以出现怎样的结果都不会太让人吃惊。

性感的哈雷和它的主人

事情越发变得微妙起来，艾玛丽和葛地亚的生意被伟纳出手搅乱，现在他成了那家酒店的所有者。而葛地亚也要孤注一掷，除了哄骗那个投资者草草签署了协议，还准备利用自已和艾玛丽的身体，探知事情的真相。这是导演扎尔曼·金安排得极其巧妙的一段，葛地亚以语言的问题为借口留住艾玛丽，要把自己诱惑的语言通过她的嘴告诉对面那个半裸的男人，其实无论是葛地亚还是银幕对面的我们，都发觉了那个男人的真正目标是艾玛丽，而曾经被以雪莲誉的艾玛丽，最终也没有扛住，就在那个男人即将得手的刹那，伟纳幽灵一样出现，并狠狠教训了那个像“发情的公牛”一样的男人。和我们一样，艾玛丽也有太多的疑问，但伟纳根本不顾她的喊叫，转身扬长而去。

我原以为影片会到此为止，在我看来，这样一个结局也未尝不好。

任何人都看得出，久经沙场每次都能全身而退的伟纳，这次有点悬。至于艾玛丽到底是欲望还是爱慕，也是一个横看成岭侧成峰的问题，或者二者根本就不应该撕扯开来。但是导演还是俗套地，让伟纳把那个地产契约转给艾玛丽，自己驾驶那辆哈雷独自奔驰而去。我喜欢他纵情奔驰那一段，草地、海水、人群……统统被甩在身后。其实生命何尝不是一场这样的有去无回的奔走？只是有的人咬咬牙，坚持过了苦难区，有的人被路上的风景耽搁了行程，有的人干脆就输在了起跑线上。

艾玛丽终于找到了伟纳，这是一场互相袒露心迹的谈话。那个坚强得风雨不侵的男人，那个冰冷得丧失了感觉的男人，那个无所不知无所不能的男人，那个最终还是在艾玛丽面前喃喃自语的男人，才是真的伟纳。影片的最后五分钟，艾玛丽对伟纳说了三次"抚摸我"。最后他们拥抱的时候，非洲鼓倾泻而出，高昂的震碎人心的旋律汹涌倾泻，镜头以三百六十度旋转，他们紧紧地拥抱对方，怕一分开，梦境就会醒来。艾玛丽的长发掩盖了伟纳的眼睛，但我们能从他耸动的肩膀，可以感觉出这个江湖梦断的汉子，终于找到了属于自己的那片草原。而艾玛丽的表情，恍若就是那个黑人女孩表情的翻版，这个迷惘并最终走出迷惘的孩子，终于找到了自己的骑士，对于他们来讲，这就是爱情。

哈雷驮着它未来的主人呼啸而去，虽然我觉得这个结尾有些刻意，但对于任何一种爱情来讲，这样的结果是让人满意的，此刻那个八十年代的象征物，显得性感而豪迈。

影片的开始是那辆西部马车，结尾是那辆哈雷，在导演扎尔曼·金看来，任何一个时代都有自己的徽征物，无论是牛仔还是摇滚骑士，都是在坚持和寻找梦想的承载。马车变成了摩托车，单纯的人生哲学变成了江湖的尔虞我诈，但爱情还在，人类的欲望还是最初时候的模样。这是任何一个时代、任何一个人都需要面对的，但永远也没人能处理得完美。影片结尾的非洲舞似乎是某种意义上的象征，毕竟那块土地上的人是单纯而快乐的。

影片之后，我查了查，野兰花，兰科，属被子植物，喜阴湿，可观赏和药用，野生尤其珍贵，许多品种现已灭绝。现存大致分三种，一种像普通花草一样，直接生长在泥土上，另一种则攀附在其他的树根或岩石上面，再有一种则是寄生在朽木上。

艾玛丽属于哪一种呢？

[亲密] *Intimacy*

导演：帕特里斯·夏侯 Patrice Chereau

主演：马克·瑞廉斯 Mark Rylance、凯利·福克斯 Kerry Fox

出品：法国

年代：2001

惊世骇俗的35分钟

长达200分钟的片长，情爱镜头竟然占据了惊世骇俗的35分钟！

我一直不太喜欢苏东坡，他是我讨厌的那种人，但凡其作品和他这个人不那么脱节，也不至于如此。原因说来可笑，一是他和我的偶像王安石曾有“菊花落瓣之争”，属于我最厌烦的登高赋诗年少轻狂的那种人；二是因为他官至户部尚书，文人做官这事，你懂的。在我的字典里，既然有幸生在一个可以仗剑远游的年代，要么做一个泽被苍生的父母官，要么就做一个诗酒勾栏的浪荡文人或者快意恩仇的江湖豪客，最讨厌这种高不成低不就的，否则指不定他还会给我们留下多少意兴遄飞的诗句。我把这称为自甘堕落，他的个人生活也颇有让人指摘之处，如对堂妹的感情一直犹犹豫豫的，根本没有他的词那么豪放，只会在堂妹逝世之后，写信给儿子说“心如刀割”。一个在感情上这么拘谨的人，只好对东坡肉大快朵颐，可惜了他写“枝上柳绵”时温文谦恭的样子。

我知道一个伟大的文学家必须具有一种分裂的性格，必须学会抽身而退，像古龙那样人戏不分的天才，最终一定是一出悲剧。所以还是照

样沉浸在他“会挽雕弓如满月，西北望，射天狼”的豪迈当中。有时候我自己也分辨不清这样的分裂，于人于己有多少是真实多少是刻意，虽然我知道他种种努力之处，知道他“长恨此身非我有，何时忘却营营”的痛苦，但这无法成为理由。毕竟这样的痛苦几乎每一个人都曾有过。而表现这样的痛苦的作品也如过江之鲫，含蓄一点的如 [男人四十]，前卫一点的就如我们马上就要谈到的这部 [亲密]。

亲密时分

我承认，这部 [亲密] 大大挫伤了我的自信，和它较量了三个回合还是有不明所以之处。从技术的角度讲，影片很好地营造了所需要的那种颓废低迷的氛围，郁郁的光影让人不快乐，有限的几处充足阳光，也很好地完成了导演表情达意的作用，我甚至希望现实中的伦敦就一直处于那样的阳光里。音乐也很好，在几处高潮的适时出现，如银瓶乍破余音绕梁。男女主演的表现也是可圈可点，金熊奖算是名副其实。

可是剧中人的关系一直令我如雾里看花，我可以理解他们对现实的无奈，对生活的偶尔放纵，但我实在无法苟同他们对待生活的态度，那是一种没有希望，让人快乐不起来的人生。

每个星期三杰伊都会守在自己赖以生存的出租房中，当三点的钟声响起，就会有一位风韵犹存的少妇飘然而至，做爱之后再飘然而去。他不知道她的姓名、职业以及关于她的一切，他也常常怀疑这是不是自己的一场春梦，但每个星期三的痕迹会真真切切地伴随他整整一周，所以那一天成为他的节日。杰伊在一家半死不活的酒吧工作，不但有妻子，还有一个活泼的孩子。在他搬出家之前，他觉得自己生活在一个伸手不见五指的暗夜里，无边的黑暗令他艰于呼吸视听。而现在的每个星期三和所有关于那个女人的设想，成为他最主要的生活。

电影一直也没交代他们是如何开始这种关系的，更无从谈起两人的相识了，仿佛一切都是最自然不过的事，他们的亲热戏被导演拍摄得从容而疯狂，仿佛在那间凌乱的小屋中所发生的，是天下最合理的事。

跟踪爱情

终于有一天杰伊按捺不住，偷偷地跟在女人后面，看她穿过街道、市场、楼区，七拐八拐地进入一栋灰暗的矮楼里。就在杰伊茫然不知该往哪个楼层的时候，楼梯和高跟鞋的声音互相唱和着由上而下，躲在角落里的杰伊看女人一阵风似的，消失在楼门口明亮的阳光里。

跟踪在继续，女人在大街上专心致志地走着，这使杰伊忽然生出许多幻觉，好像前面的那个女人已经和自己走向了岁月的最末段，那里没有别人，花草的颜色异常鲜艳，而她回头冲他明媚地笑着……

女人进了一个小剧院，那是一种伦敦已不多见的一层是台球电玩，负一层是剧院的低档场所。就在他四处张望的时候，一个胖子告诉他，演出已经开始了。杰伊挤进人群，好容易找到一个落脚之地，旁边一个猥琐的胖男人友好地向他打招呼，可是杰伊完全被台上的演出惊呆了——她是女主角，演出的是一出华美的悲剧。

散场了，人群一股脑地涌了出去，门口出现了一阵短暂的涨潮。杰伊又碰见了那个和他打招呼的男人，全然不顾他乱糟糟的心情，和他大谈什么表演和女人，不知为什么他透露出自己和一个女人的故事，男人肥胖的脸上，爬满了耐人寻味的表情。

又一个星期三到来了，杰伊在三点之前赶回家，赶走了在家休息的合租者，换上新内衣等待她到来。但时钟慢慢从三点越过，又来到了五点，终于天色完全暗了下来，杰伊经历了生命中最难熬的一段时光。

第二天杰伊没有去酒吧上班，他疯了一样在大街上狂奔，其实他不知道，就在这时女人发现了他，她孩子一样调皮地跟在他后面。当她看见杰伊冲进小剧院的大门时，女人阳光灿烂的脸，一下暗淡了。

女人回到自己的另一个工作地，给学生上表演课，那是一个老少恋的故事，可是她控制不住自己，一次次地打断学生的表演，纠正所谓爱的表白，她不相信，不相信这世界竟然奢侈到还有爱情的地步。学生们对她的表现议论纷纷。放学了，她一个人在空旷的大厅里无声地啜泣。

行进到这里，我有些迷惑，直觉告诉我那个胖男人一定不是一个简单的人物，而女人的各种表现好像又有些互相矛盾，她在舞台表演和教授表演时的状态判若两人，我不肯相信这是她发觉杰伊发现自己身份后的反应，如果真是这样的话，那在此之前导演所安排的种种繁复的关系，都是在故弄玄虚。一定是她本身就处于某种黯淡之中，一定是某种高贵的分裂让她欲罢不能，那么杰伊又在其中扮演了什么角色？

女人缩成一团，肩膀一耸一耸的，四周巨大的黑暗慢慢吞噬了她。

遭遇真相

事态还在继续发展，杰伊又一次来到小剧院，在台球桌旁又遇到了那个胖子。不知为什么，杰伊忽然有了想和人聊聊的冲动，他告诉那个胖子，他和这个剧院的某一个女演员有特殊关系，“每周三她都会到我那去……”胖子忽然告诉他：“我还没结婚。”杰伊笑了继续诉说：“我爱她很深，她也一定很爱我，因为她那么疯狂……”胖子告诉他：“散场后，介绍我老婆给你认识！”

果然，她就是那个胖男人的老婆，名叫克莱尔，是一名正在边缘奋斗的女演员兼戏剧教师。她的丈夫叫安迪，是一名出租车司机，她还有一个和杰伊的孩子一样大一样聪明的儿子。矛盾在几个人中间继续激化，首先是杰伊跟在克莱尔的身后，要她解释为什么选择他；然后是丈夫安迪警告克莱尔，不许她再去见那个酒保杰伊；儿子睁着大眼睛看他们吵来吵去，像在看一出哑剧。

电影始终没有交代克莱尔对杰伊的回答，或者说这根本就没有答案。尽管我一直困惑于安迪到底知不知道妻子去偷情，因为在导演的镜头下，安迪的表现太温和了点。同样电影也没有正面告诉我们，克莱尔为什么会出轨，但从他们谈话的蛛丝马迹中不难看出，克莱尔又不幸成为一个心比天高身为下贱的人物。心中向往的那片草原，和现实中的水泥丛林碰撞得伤痕累累。身为一个男人，杰伊可以弃家而走，过一种暂且可以呼吸的生活，但身为一个女人，尤其是一个孩子的母亲，克莱尔只能在每周三放纵一次。

又一个星期三来临了，杰伊以为不会再有节日了，合租者也搬走了，他的世界好像大河转过一片险滩，重又风平浪静得让人心慌。这时候门铃天籁一般响了起来——克莱尔又一次如约而来。这是电影最让我感动的一段，杰伊喃喃自语地述说他对她的爱以及他慢慢坚定了的等待，他像问自己一样地要求：“留下来吧，我们一起生活！”一边的克莱尔泪如泉涌，她无声地擦去又无声地泪流满面。他们像往常一样一言不发地做爱，凌乱的小屋一下子春光旖旎。也像往常一样，克莱尔又一次无声地离去。

站台下，阳光里的克莱尔真实得像一场梦，公车来了又走了，站台又一次空空荡荡。

情爱镜头

长达200分钟的片长，情爱镜头竟然占据了惊世骇俗的35分钟。但我们并不会感觉怎样的不适，相反倒觉得柏林电影节的反应夸张了点。电影虽然用了长镜头和特写来强调了杰伊两人的亲热，虽然也没有丝毫避讳一些重点部位，但起码我们能够接受。它与[感官王国]的变态完全不同，那是两颗不甘平庸的灵魂，用人类最古老的语言在互相倾诉，那是他们本性中最为坦荡的一部分。当一个人以这种最为本真的状态，来面对另一个人的时候，除了欲望，最大的理由就只能是信任了，而信任这个词现在想想都觉得奢侈。

镜头里两个身体的影像，更多的是像两个互相舔舐伤口的动物，激情与沉迷都是这伤口额外的奖励。我们毫不怀疑，这一刻的男人和这一刻的女人都是最值得拥抱的，相反戴着面具在人群中行走的他们，倒是令人厌恶的。影片中两人最后一次亲热是在没有脱衣的情况下，在那面蓝色的墙边，他们互相搂抱得死死的，镜头始终没有向我们展示他们的眼睛，我想那里面一定满含泪水。

镜头里，他们的手在互相撕扯对方的衣服……

想象的幸福

影片根据巴基斯坦作家汉尼夫·库瑞什的两部短篇小说《亲密》和《夜灯》改编。与原著相比，电影最大的变化就是视角的转变。库瑞什戏称夏侯将“一部男性的书改成了一部女性的电影”。其实无论男性还是女性，那种不甘平庸的痛苦都是高贵的，只是因为时代背景和个人经历的不同，这种挣扎往往似是而非。我无意对那些我所崇拜与不崇拜的人一一指手画脚，我的意思是，只要挣扎过，就不失为赤子本色。所以我不喜欢的苏东坡也算是其中之一。

可以看出导演很有野心，他想表达的是一种无法言说而又几乎非常共性的东西。但这种感觉非常危险，会让人走火入魔的，尤其是他采用的又是这种极端的方式，在这一刻天堂与地狱无可分辨。其实天堂也好，地狱也好，都只在人的心里，周遭的这个生活才是我们必须面对的。我喜欢那种随缘自适的态度，有些事情强求不得，同样我也不喜欢随波逐流，在人的一生里，总得信仰一些，坚持一些吧。

也许我们可以退一步来看，导演要说的与 [巴黎最后的探戈] 类似，他也迷茫，于是性促生了感情，还是感情促生了性的问题。我想我无权谈论这样一个如此私人的话题，甚至帕特里斯·夏侯也没有这个资格，两个人的事，第三人永远也无法洞若观火。只要在道德允许之内，我们希望任何一个人都能够获得他所能想象的幸福。

说实话，我一方面承认影片在技术角度有许多值得击节之处，一方面又对其所展示的感情颇有不平。那种梦想与现实碰撞的痛苦，几乎每个人都曾经有过，虽然绝大多数人到最后都妥协了，退让了，但我还是为他们曾经的追求和现在的平淡而鼓掌，因为正是这样无数普普通通的人，才构成了这样一个值得我们为之倾尽全力的生活。它不完美，甚至不能称作完整，但这并不能成为我们去放荡的一个理由，我们不能用这种高贵的痛苦去放纵自己，而且我们也没有任何理由，因为自己痛苦，就去增加别人的痛苦。

虽然夏侯有些绝望，让那种阴冷的感觉弥漫了整部影片，但是那短暂的阳光还是让人心生希望。最起码阳光下的克莱尔朝气蓬勃，那也是影片最令人欣慰之处。

[感官王国] *Ai no korîda*

导演：大岛渚

主演：藤达也、松井康子、殿山泰司

出品：日本

年代：1976

阿部定事件

有人说“床戏就是动作片的一种，而且是最难拍的一种”，这是两种极致的对立，让人有种自相矛盾的感觉。

世界影坛上，和我们一衣带水的日本与那个遥远的法兰西，在情爱电影方面有着惊人的默契。两个国度里对情爱的追求具有相同的迷恋，但在大唐儒礼文化的影响下，日本的情爱电影相对于欧美来讲，显得拘谨而压抑，而且充斥着男人的视角。这和日本的历史文化不无关系。传说中，日本是中国人徐福逃难避祸的无心之果，虽然这种说法多见于野史，实际情形大多已无法考证，但特定的文化渊源往往使他们具有了某种不可理喻的偏执，武士道精神就是一个例子。而对性近乎畸形的着迷，更是他们这种心态的直观反映。他们中的一部分人，则把情爱当作艺术沉迷其中，当然，这种沉迷有着极为独特的颓废迷乱的色彩，这是日本情爱电影最重要的一个特征。

日本历史上著名的四大情爱大师大岛渚、寺山修司、神代辰已、若松孝二，不但分别以 [感官王国][上海异人娼馆][红发女郎][无水之地]

等作品建功立业，更是成为亚洲情爱电影的鼻祖。其中以 [感官王国] 最为神秘，这部电影被认为是亚洲乃至世界的情爱电影先锋，嗯，非常之先锋。但真正看过全本的人少之又少。2004 年戛纳电影节上，情色一日单元曾专门播放过，但那也不是全本。至于现在偷偷在地下流传的，更是经过别有用心的剪裁为 80 分钟左右的迷你版。

缘起

女主人公阿部定原是个妓女，从良后为生计所困，不得不到酒店当女招待。每日辛苦的劳作之后，让人昏昏欲睡，她几乎忘记了自己过去的生活，甚至关于那些男女之事都变得可有可无。可是一天晚上，一个同样做招待的中年女人偷偷上了她的床，似乎饥渴难耐地抚摸挑逗她。可阿部定冷冷地拒绝了，于是女人引领着阿部定来到老板阿吉的房门外，房间里老板娘为阿吉穿衣服、抚摸并热烈地做爱。门外阿部定和那个女人一脸痴迷，眼神好像要燃烧起来。

第二天阿部定在上班的路上，被一个老乞丐纠缠，她迟到了。老板娘恶语相向，说她“改不了做妓女的毛病”，阿部定火冒三丈，操起一把刀就冲了上去。正厮打间，老板阿吉回来了，这个强壮的男人站在两人中间分开了她们，触到阿部定身体的时候，他偷偷掐了她一把，阿部定浑身一颤，有种软绵绵的感觉。

中午，阿部定在擦地，老板阿吉坐到一旁，边喝酒边挑逗她。阿部定就那样低着头，一边任其施为，一边继续手中的工作。晚上在一个小酒馆里，阿部定幸福地闭上眼睛，阿吉终于在她身上完成了一个男人对女人的探索。

门外艺伎的歌声正苍凉凄切。

第二天早晨，老板娘为阿吉刮胡子，吩咐阿部定去打一盆水，水打回来了，可阿部定看见他们两人正热烈地撕扯对方的衣服，手中的水盆“当啷”落地，老板娘一脸不解地回头看她。阿吉就好像什么也没看见一样继续施为，阿部定的眼里喷出两团火来，幻想中她向那团蠕动的肉体举起了刀……

在阿部定的引诱下，阿吉和她逃到了一个小旅馆里。当晚阿部定一些原来的姐妹聚到一起，庆贺他们“新婚”，大家唱歌、跳舞、喝酒、做爱，榻榻米上呈现出壮观的人山肉海。

从此，阿部定不许阿吉回家，不许人来打扫房间，在小旅馆里他们不停地喝酒做爱。

中间阿部定出去了两次，继续自己的本职工作。那是一个白发眼镜的文质彬彬的老者，他以虐待阿部定为乐事，但每次到最后，阿部定都反客为主，变成以她为主的一场强奸。

阿吉也回家了一次，但很快阿部定就跟踪而至，室内阿吉和妻子酣然人梦，而室外阿部定抓住阿吉的儿子，像对待一个废弃的玩具一般蹂躏……

阿部定再也不许阿吉离开了，她拎把刀威胁阿吉，如果再敢回家，就杀了他。她更加疯狂地占有他的全部，阿吉也拼命配合，两人又开始了那种云端物外的生活。可是阿吉渐渐有些力不从心。阿部定不但无时无刻不在索求，还要求他和胖女佣、老艺伎欢爱，她则在一旁痴呆呆地看。

阿部定对阿吉的倦怠很是不满，好在她发现做爱的时候，用力掐对方的脖子会有一种别样的快感，于是两人开始了又一轮的疯狂。可是阿吉很快就败下阵来，他时时处于昏睡状态，根本满足不了阿部定。于是阿部定就变本加厉地用绳子勒住阿吉的脖子——阿部定满足了，可阿吉也咽气了。

看着阿吉安静的样子，阿部定操起身旁的刀，割下了阿吉男人的器官抱在怀里，并蘸着鲜血，在阿吉的胸脯上写下“阿部定和阿吉永远不分离”。

三天后，阿部定在东京被捕，她珍藏在怀中的阿吉的器官，仍然保存完好，只是有些变黑了。

情爱镜头

将近 150 分钟的电影，要明确分辨出哪是激情场景，哪是叙事镜头有些困难。大岛渚的镜头里触目可及的到处都是白花花的肉体和赤裸裸的器官特写。在我的记忆里没有哪一部影片，如此大胆直接地表现情爱场景。但随着影片的进行，我们发现那些真正的性感场景，不是阿吉和众艺伎的肉搏，也不是和阿部定没日没夜的疯狂变态的欢爱。相反在他开始挑逗阿部定的时候，从和服伸进去的手和阿部定迷乱的眼神，显得异常地诱惑。同样在屋外一袭红衣的阿部定和土黄色和服的阿吉亲热的场景，因为有了路上的石头和春米的老婆婆，在连绵的青色的房檐下显得别具韵味。

此外值得一提的是，大岛渚在拍摄激情镜头时，大量采用了特写、摇镜和跟拍等手段，镜头在身体的某一局部缓缓地流动，用意很明显，他想营造出一种身临其境的效果，让观者和剧中人一起经历那种狂风暴雨似的情感历程，但可惜的是，因为整部影片都弥漫着一种变态和死亡的气息，那些激情场面反而令人不寒而栗。

背景

影片根据日本 1936 年一个真实案例改编而成。虽然不可避免地进行了艺术加工，但大岛渚尽量还原了当时的一切，甚至主人公的姓名都是真实的。影片的最后提到，当时很多女人都对阿部定表示同情，“沦落的女人，痴情的半生，被仲裁的昭和情史”，这是大多数人对阿部定事件的理解。而实际生活中，阿部定也只入狱六年。这在我看来有些不可思议，就如同我不理解，大岛渚为什么要用这种方式表现这样一个血腥阴暗的故事一样。但不管怎么说，四十年后大岛渚在拍摄这部影片的时候，阿部定一定还生活在日本的某个角落，那时的她已经是个白发苍苍的老人了。在我的眼中，那绝对应该是一个慈爱闲淡的年纪，再回首当年，不知她会有怎样的感慨？

1972 年，法国制片人阿纳托尔·道曼建议与大岛渚合作拍片。大岛渚马上接受了此项建议并提出以阿部定案件为题材。但慑于当时日本法律的威严，大岛渚在日本拍摄洗印了此片，但拿到法国进行了剪辑和后期制作。影片在 1976 年还有些寒风料峭的春天与观众见面，但很快在世界范围内被禁映，后来包括法国在内的一些国家允许可适当剪辑进行放映，但在日本直到今天它还是一个不能碰触的禁区。

爱情和死亡的主题是日本的象征

格里菲斯曾说过这样一段话：“电影是一个孩子，我们这一代给它生命。随着它的成长，它将取得神奇的发展，我们这些可怜的生灵无法想象它的潜在能力。”也有人说“床戏就是动作片的一种，而且是最难拍的一种”，这是两种极致的对立，让人有种自相矛盾的感觉。但从某种意义来说，日本情爱电影的发展恰恰就验证了，这种对立的和谐。在许多人眼中，日本人以严谨敬业而驰名世界，也以对性的变态和痴迷而广为人知——极致对立的最后竟是不可避免的殊途同归。

这一点在 [感官王国] 一片中得到极为明显的体现。阿部定鲜红的和服与光滑的皮肤，在若隐若现的灯光下显得唯美而热烈，她的表情在偶尔射进房间的一缕阳光中，让人有一种天上人间的错觉。清晨在石头小道上无声跑过的黄包车，随风招摇的鱼幡和墓碑林立的墓地，都显得寓意绵长。

阿吉出场时戴着的面具和死亡之前渴望的眼神，在他挑逗阿部定时一脸奸邪的笑，和老艺伎做爱时的沉醉迷乱癫狂，都被导演用镜头真实地捕捉下来。

只是，几乎每一场欢爱的场景里，导演都安排了一个旁观者，和众乐伎狂欢时，旁边那个傀儡一样的舞者；在屋檐下，另一个院落里和善的老太太；旅馆里旁观的女佣……我不同意那种偷窥的解释，但我同意那种日本人以此为美的推断。影片中弥漫着腐朽和死亡的气息，从一开始男人的挑逗和女人的欲拒还迎，就暗示了影片最后的结局，尤其是影片结尾阿吉一身的鲜血和阿部定凝视鲜血的时候，那一脸诡异的笑，都让人不寒而栗。他们之间不正常的爱情或者说这种不正常的爱情背后肆虐的情欲，其最后结果就只能是毁灭。唯美与颓废交织的繁华迤逦，爱欲和死亡生生不息。

影片还有一个很有意思的细节，在最开始的时候阿部定拒绝了那个女招待的挑逗，这和以往日本电影擅长表现 SM 情结不同，也和现实有些出入。在日本，男人处于至高无上的地位，女性的从属地位甚至体现在原欲的满足中，所以 SM 不仅是日本电影中经常出现的，也是一种社会现象。日本音乐家 Akita Masami 曾有详细地解说：“SM 在日本是不同的，它并非关于双方的享受，其中要考虑到日本女性于社会中的相关位置……日本的 SM 世界往往和军服扯上关系，而 SM 的权力关系通常被视作为妄想症的主题……SM 把绝对权力的残忍之处，以极暴力的方法展示于观众眼前。”所以大岛渚让阿部定拒绝了女性的诱惑，这是他作为一个人，在紧要关头时所做出的选择，也是我初始认可影片之处。

剧中没有明确说明事件发生的背景，但阿吉从家里回到阿部定的住处时候，身旁一对对扛枪而过的士兵暴露了影片的历史背景。当时日本的一些反战人士正把“要做爱，不要作战”的口号，喊得震天响。

据说大岛渚在拍摄影片时，要求演员必须全情投入，所以除了最后割下阿吉器官的场景以外，其他都是真实的。

大岛渚的成人罗曼电影

影片获得了很多奖项，甚至有人认为日本禁映本片是一种道貌岸然的表现，但请原谅，我不认为这是一部好电影，虽然它在国际获得了很多奖项以及享有崇高的先锋的美誉。但我同意影片所流露出来的那种颠覆和痴迷，这就是日本民族性的体现，所以武士道和剖腹谢罪能在日本出现，就丝毫不值得奇怪了。

在日本，情爱电影有一个非常好听的名字——成人罗曼电影。最开始的时候它以唯美和人性而迅速在世界影坛异军突起，但很快就因越来越流露出的病态的痴迷而让人侧目。本片算是这样情绪的一次集大成。绚丽的画面和萎靡的情绪放在特定的历史条件下，显得鬼里鬼气，但我相信这就是大岛渚对当时日本的理解。我从不认为，一部电影应该有怎样的模式，但我还是被大岛渚惊呆了，这样的骇人听闻的故事，被他用这样一种繁华的手法展现出来，让人有些不知所措。

作为日本著名的赤党分子，京都大学法学部的高才生，大岛渚对政治有一种天然的敏感。有许多人试图从这影片里找出他对军国主义的鞭挞与讥讽，可是请原谅，我找不到。如果一定要找到一些相关因素的话，那我只能说，如果阿部定真的是暗合了当时的军国主义的话，那么这部电影还有值得一说的地方。

[风月奇谭]

导演：李翰祥
主演：贝蒂、王侠、宗华
出品：中国
年代：1972

红尘俗事舒卷奔涌

电影采用了六朝笔记小说体，三段故事彼此独立而又藕断丝连。红尘俗事舒卷奔涌，迫人面门。

一直对那些峨冠博带的岁月耿耿于怀！

我所知晓的“拍手笑沙鸥，一身都是愁”的英雄，曾在那个时代的某一个夜晚，一骑绝尘，杀入人山剑海。历史的无数闪回告诉我们，这个醉里挑灯看剑的男人，曾意气风发如此。

那是一个英雄辈出的时代，易水萧萧西风冷的千古刺客，勇武磊落不为世用的民间豪客；子路即便和人掐架也不会赤膊上阵，嫪毐大呼“不杀我的门客，我就降”。在时间的深处，冷兵器，寒冷、阴郁而又华贵如斯。

那仍然是一个盛产风流韵事的时代，惯于倚红偎翠的白衣卿相，小红低唱我吹箫的寻花伴侣；江上舟摇，楼上帘招的秦淮风月，以及十里荷花、三秋桂子的江南风水……民间的历史总是带有一种话说的姿态，想想看，时间的幔帐覆盖了种种不堪之处，留给未来的眼睛和心灵的，一定都是一段段可以独立想象的空间。或者我们也可以这样说，两种水

火一样的气质，就那样温润和谐地共生于一个时代，互相关联而又彼此独立。这一定是一种错觉，但没有人会觉得不妥，一段大国泱泱的吾民之风，叠加于一代代的时间和事件的最上层，你偷不得懒，超越不了身处的这个时代。

所以，回忆有时候太过孱弱，抵御不了短小精悍的真相光临。如今，李翰祥就给了我当头一闷棍。

现世笔记

我说过，对李翰祥我一直保持一种有限的景仰。他的电影，很多我都不喜欢，尽管我绝不会反驳对他种种高山仰止的定论。我承认这是不可救药的先入为主，这位曾师从徐悲鸿，先后发掘了梁家辉、凌波、秦沛、杨群、胡锦、许冠文的电影大鳄；这位考据成癖，不干电影，完全可以在考古界混个出头天的鬼才，以一种我所无法接受的方式，告诉了我一个闪烁着高傲光泽的时代的另一面。

[风月奇谭]和我所向往的那个时代，大概间隔了上千年的旅程，或许一些英雄已颓然老去，一些佳人风华不再，所以我们看到镜头中的各色人等，獐头鼠目，孟浪风骚，行走在曾经慷慨悲歌的燕赵大地。那些

可以用英雄相谓的男人，可以用淑女称呼的女子，一时间成为另一个世界的主人公。就电影语言来讲，李翰祥当然为不世之才，但我始终觉得，生命的意义应该是一个多层次的立方体，一方面过于圆满，一方面过于艰涩，便不免流于矫情。培根是一个特例，其实王安石也是一个特例，至于李翰祥也有类似的嫌疑。

举例来讲，我曾在张彻的回忆录和李翰祥自己的《三十年细说从前》中，看到对李翰祥叛而复降这段历史的完全不同的记录；我也曾在其另外的风月片中，看到老李掉书袋，对一些技术性的章节扬扬自得。必须面对这样仁者见仁智者见智的情况，但在有些绵延了五千年的东西面前，我们不敢妄自托大。

[风月奇谭]采用了六朝笔记小说体，三段故事彼此独立而又藕断丝连，短小尖锐一事一议，颇多劝人行善之语。至于后来演绎而出的唐人传奇，电影并未涉猎，但红尘俗事舒卷奔涌，迫人面门。

捉奸计

这是[风月奇谭]的第一个故事，在主人公出场之前，先交代了当时红冠京都的风月楼。上上下下百余名当红名伶一一出场，风情万种地走过民间的最底层。老李是一大家，自然可以自然科学之道，阐述一种情绪上的发生发展，尽管这不是一个能令我认可的人性的方式。金宝和小王拔牙赠发这一出，差点就让我以为，这应该是一出英雄红颜的好戏。但片尾落魄的小王再次出现之时，越发妖娆的金宝拿出一箱子断牙，任由其挑选出自己那颗的时候，一切就已经不言自明。这只是一出闹剧，姑妄言之姑妄听之，如六朝的笔记小说、唐人的传奇，至于其中氤氲了多少情怀，那就看个人的修行如何了。

其实三个故事各为三段回忆的节点，风月楼上百位青楼女子，每个人的背后都是一个传奇。善于快刀斩乱麻的李翰祥，将镜头只停留在海仙、金宝、佩琴三个出身天差地远而结局同病相怜的女人身上，劝世醒世之意不言自明。

海仙原是陶记窑厂的老板娘，用一帮登徒子的话讲就是“大龙船打滚，浪大得很”。而另一端，海仙也在紧锣密鼓的催促之下，讲述了那段人人风传而又人人含混不清的风流韵事。

陶老板年迈，加之一心扑在生意上，频频出外催促款货，老板娘海仙自然被冷落一边。尤为可气的是，窑厂对面就是一铁匠铺，经常赤裸着上身打铁的精壮汉子，将铁锤抡得风车一般，震得海仙魂不守舍。当街头一对因偷情被扒光游街的男女经过之后，铁匠的老婆也出现了，这仍然是李翰祥镜头中典型的妖娆女子，风情从眉眼之间丝丝渗透，散发着一种妖邪的气息。两个女人用最为民间的语言和神情，鄙夷了那对刚刚经过的男女，一转身回到了彼此的生活中，街道上再次响起单调的打铁声。

夜幕降临，铁匠起身来到窑厂窗前，一根红线早已经安安静静地等候在那里了，这边铁匠一拉，那边海仙心领神会。接下来的事，不用麻烦我，也不用麻烦老李导演再啰唆了吧。窑厂陶老板当然有所察觉，但每次都观察追索无功而返，最后谎称外出，进而捉奸成功。

故事了无新意，倒是其中流露的老李的考据癖和玩闹心态值得一提。影片对景泰蓝、打铁、纺线等现在难得一见的活计，给予了全方位的特写，虽然我知道这是老李的卖弄心理，再一次无法遏制地发作，但是这种记录与还原，其意义远大于电影的原始功能，单就其认真一点而言，就值得现在的电影人好好学习。

海仙在铁匠的劳作旁想入非非的镜头，依靠巧妙的剪接，形成一幅夸张的世俗画面，像一个不怀好意的旁观者，以自己的理解和方式，阐述一个模棱两可的意境；两人偷情一段，被配上民间打击乐，剑拔弩张，极尽夸张之能事；而陶老板提刀捉奸一场戏，被冠以京剧的身段，举手投足闪身低头，犹如跳梁小丑。

事情的结局峰回路转，擅长运作的刁师爷偷梁换柱，一场偷情官司不但风平浪静，还落了个人财两得。而两位老板娘只得流落红尘，在雕梁画栋的风月楼安身立命。

畸婚计

这边海仙的讲述刚刚落下帷幕，那厢就响起了声嘶力竭的“二虎哥”的呼喊，曾为大家闺秀的佩琴以一副悲怆的姿态闯入镜头。

在一些乡野的传说中，我们对大媳妇之说也有耳闻，片中 8 岁的玉柱少爷就在父亲“桃之夭夭，灼灼其华，之子于归，宜其室家”的名义下，安排了一场盛大的婚礼，娶了一位大他十几岁的韩家小姐。不想新婚之夜，韩小姐的表哥范二虎偷偷摸进洞房，绑了新郎官，宣称今天是他和韩小姐的新婚之夜。其实早在金宝等人的询问中，韩小姐就告诉了观众，她从小是被许配了范二虎，只不过又碰上了一个民间传说中屡屡提及的嫌贫爱富的老爹，才出现了这么一出。

第二部分，是整个 [风月奇谭] 中最薄弱的一环。李翰祥再次卖弄他的民间学，派遣一个面目峥嵘的女人，为 8 岁的准新郎没完没了地讲述“一些天大的秘密”。从电影技巧来说，李翰祥是中国电影史上的开拓者，起码敢想，而最为难能可贵的是想到了，他会千方百计地加以落实。我也觉得，我们负有记录任务的电影，不单单只会制造童话，一本千年秘籍在雪山之巅，等待一位绝世高手去发现；远古楼兰的流沙里，掩埋着一位奇美的新娘；王子的白马已经在云端等候好久了，浣纱的女子又在荷花的水面上踏歌而行……如果一个民族的历史，是单纯以学术的语言进行讲义的，那么这将是一个可悲的族群。所谓“拼将一生休，尽君一日欢”的女子，所谓“杀身成仁，舍生取义”的男儿，所谓“君子不困人于厄，不鼓不成列”的仁恕之风，都只在一个平等的界面上存在。有时候文艺作品的力量，还在于用一种集体的思维，去验证一些偏激的人和事，这是一种可以用伟大来称呼的行为，但毋庸讳言，这需要一种莫大的勇气。

李翰祥在《三十年细说从前》一书中，对自己的风流韵事不偏不倚，悉数道来，固然引来一些不以为耻的白眼，但也有光明磊落的评语。“畸婚计”一段也引发了类似的命运，但这不在我武力的范围之内。我所要言说的是，就电影语言来说，老李马失前蹄，解惑一段极其冗长，颇为乏味！

我想，很多人已经发觉了韩小姐和范二虎的结局，李翰祥再次站在女性的立场，直面旧婚姻对女性的迫害，以及高高在上的男权的虚伪和无耻。虽无惊人之语，但流转之间满是愤懑之情。这一段的结尾是书香门第诗礼传家的韩小姐自问自答，“被卖入风月楼后，知道是谁第一个光顾我吗？就是那个判案子的县官”。

最后关头，老李再次铺陈了一地清冷的月色。

偷情记

这一段的主人公就是影片开始那个和小王赠发的金宝。

当铺王老板是一个令人无法注目的市井小人，对下属虚与委蛇极尽苛刻之能事，对仆女小玉心存不轨，在刚刚扶正的老婆面前，强打精神装大尾巴狼。话说老板娘金宝向一个眉目清秀的小伙计发出信号，小伙计战战兢兢思前想后提出三个条件：摔死老爷的一只鸟，拔掉他的三根胡子，敲掉老爷的一颗门牙。然后……就从！

慷慨悲壮的小伙计极大地激励了金宝的斗志，在丫鬟小玉的帮助下，一一得以实施。不断中招的当铺老板变得疯疯癫癫，最后一命归西。其实整个过程如同玩闹一样，现在看来，也有当初看唐人传奇时候不可思议的感觉。也许，时间真的是一个麻痹心灵的东西，我们渐渐不再相信白雪公主和七个小矮人的故事了，不再相信人与人之间能够纯净如斯。其实在这一段开始的时候，李翰祥就借用王老板打太极时候的身手暗示，这仍然是一个玩闹的故事，信则信，不信则自顾。

可是，请原谅，我仍然要对其中的细节纠缠不休，第一个被金宝纠缠后被变为店堂管理的小伙计，就这样人间蒸发了吗？金宝捉到王老板对小玉不轨，以后仍然故我，这是不是有点不合情理？“淫树”一说，丫鬟和那个小伙计脱衣穿衣的速度，是不是有点光速？

我还是喜欢故事结尾那句话，“还是那句老话对，小白脸没有好心眼，管楼的和小玉来了个卷包会，两人一块跑了”，这才是神韵之所在。

这是一部勇敢到大胆的影片，不但裸露的镜头频频出现，一语双关的台词也比比皆是。寓意深刻的是，影片的第一个裸露镜头给了那对游街示众的男女——李翰祥虽然顽冥不化，但还没有浑到不管不顾的地步，就我个人而言，这也是影片值得一看的一大要素。

相对于影像，文字更能随物赋形一些，不必局限于老李的视角，所以我还是推荐去看六朝的笔记小说。那里面也有爱情和欲望，也有浮光掠影的郎心似铁妾意如绵，但高贵得多，自然也让人舒坦得多。

[不可撤销] *Irréversible*

导演：加斯帕 · 诺 Gaspar Noé

主演：莫妮卡 · 贝鲁奇 Monica Bellucci、文森特 · 卡索 Vincent Cassel

出品：法国

年代：2002

在地狱遭遇魔鬼

这部电影我看了整整三遍，当我终于弄明白了什么意思之后，有一种被愚弄的感觉，倒叙，倒叙，还是倒叙！

是的，这就是那部在戛纳让三分之一的观众呕吐，三分之一的观众退场，最后还有一部分观众不明所以的 [不可撤销]。意大利女神莫妮卡 · 贝鲁奇在影片中贡献了长达 9 分钟的被强暴镜头，这个全世界都想侵犯的女人，在地下通道里撕心裂肺的哀号！她那位被称作野兽的丈夫文森特 · 卡索，在影片前半段像一头狂暴焦躁的兽，而后半段深情款款得像一位王子。[不可撤销] 在世界各地掀起滔天骇浪，这对夫妇则在亚平宁半岛的阳光海浪里生儿育女举案齐眉。无论哪种反应归根结蒂都缘于我们自己，记得一个朋友说，一切都取决于我们是否过得了自己这关。现在想来这部 [不可撤销] 其实也没什么，导演加斯帕 · 诺是一个不喜欢规则的人，他那部轰动四方的 [独自站立]（*I Stand Alone*）就是一个无政府主义者的宣言，而这部 [不可撤销] 则是该片的延续，不过那种情绪性的东西大都是光华万丈而一闪即逝，所以续貂之作也往往会沦为简单的宣泄，[不可撤销] 就是如此。

结果

说实话，这部电影我看了整整三遍，当我终于弄明白了什么意思之后，有一种被愚弄的感觉，倒叙，倒叙，还是倒叙！晃得山摇地动的镜头只是起到了衔接的作用，想借此表达无助感和命运的不可知！加斯帕·诺故弄玄虚的手法和死扛到底的决绝赋予了影片一层先锋试验的外衣，但说到底，这仍是一部平庸之作！

我会尊重导演的手法以倒叙的形式展开本文的叙述，这是影片唯一能让我喜爱的地方。

一个猪一样的老男人赤条条地躺在一间昏暗的小房间里，对面前形神猥琐的家伙说："时间能摧毁一切，一切都过去了，现在我感到后悔。"因为"我曾占有了一个女孩"。而对面那个家伙对着面前这摊肥肉假惺惺地说："如果不能自我解脱，那是一件很可怕的事，毕竟人还要活下去。"灯光暧昧得一塌糊涂，室外隐约有警笛声呼啸而过，于是镜头第一次晃动起来，街道、墙、电线杆、屋顶、地面……摄像机像是交到一个小孩子手中，完全失去了控制。我们知道，该有转换了。

镜头终于摇晃到一个叫作格丽梅克的夜总会，警察抬出一个已经被打得变形的家伙，另一个憨憨厚厚的家伙也被警察推搡出来。警车一路号叫着离去。

镜头再次旋转，但还好，地点仍是格丽梅克夜总会。

一个一脸狰狞的家伙被另一个更为狰狞的家伙挡在了门口，于是这个家伙乖乖地掏钱买票，后者的脸立马开了花一样地笑着请他们进去。从称呼中我们知道，前面一脸狰狞的人叫马库斯，背后那个憨厚一点的叫皮埃尔。

这是一家同性恋俱乐部，灯光昏暗得伸手刚刚可见五指，马库斯疯狗一样拉开一对对纠缠在一起的人体，向他们打听认不认识一个叫勒特尼亚的人，在一个又一个否定的回答之后，马库斯越来越焦躁越来越疯狂，动作幅度也就越来越大，嗓门越来越高。皮埃尔在后面左拉右劝仍然无济于事，马库斯的脸越发扭曲而狰狞。终于在得到一个愣头青模棱两可的回答后，他像疯狗一样扑上去撕扯这个浑蛋。熊掌在这个愣头青脸上亲密接触了几十次之后，马库斯一转身又去找勒特尼亚了，但这次没那么好运，他遇到了一个更强壮更不要命的家伙，他被折断了右臂，就在那个家伙准备进一步动作的时候，皮埃尔手持灭火器赶到，于是第一次令戛纳观众大退场的镜头诞生了——在铁器与肉体相撞的钝响和回声中，镜头异常剽悍地记录了一个脑袋由正常形状，变成一堆五颜六色的糨糊的全过程。

过程

旋转的镜头把我们带到街上，马库斯一边驾车飞奔，一边制止后座皮埃尔的絮絮叨叨，眼睛几乎喷出火来，他不时地下车，向人打听格丽梅克夜总会怎么走，最后弃车不用，他和皮埃尔徒步前往。然后镜头再次回到车上，不同的是他和皮埃尔都在后座，可怜的司机在他的吆喝与打骂之下手忙脚乱，越急越忙，越忙越出错。忍无可忍的马库斯用两记业余水平的勾拳干倒司机之后，一屁股坐到驾驶席上。这次他们向人打听一个叫琪尔·莫妮亚的妓女。

那些被人称作街女的女人，在这个疯狂的男人面前都记不起自己是谁了，更不要提谁是琪尔·莫妮亚，但一个红衣女子镇定地指了指后面一个金发女子，在他们扑到那个金发女子之前，红衣女人一溜烟消失得无影无踪。就在马库斯折磨得那个金发女人，甚至承认了自己是一个人妖后不久，红衣女人带着一队人马浩浩荡荡地杀来，马库斯和皮埃尔落荒而逃。

镜头再次晃动，掠过仓皇的街道和欲望横生的房屋，我们知道导演又在转换时间和场景了，但镜头已经不像开始时那么暴烈。

意大利美女莫妮卡・贝鲁奇扮演的女人，拒绝了别人的挽留独自离开派对，因为街道车如流水，她决定走地下通道。通道的灯鬼魅一样闪烁，莫妮卡有些迟疑但最终决定加快脚步，对面一个男人正对一个红衣女人施展拳脚，看到莫妮卡之后，他命令那个女人滚蛋，然后一脸淫笑地逼近莫妮卡。于是震惊影坛的9分钟强暴戏出现了，之后就是那个男人把莫妮卡的头部当作沙袋一样击打的镜头。

派对结束后和皮埃尔一起出来的马库斯被警察拦在警戒线外，突然，马库斯发出野兽一样的号叫，扑到警察抬出的担架上，担架上莫妮卡的脸血肉模糊。

前奏

这是镜头最安静的一段，马库斯和派对上的女人肆意调笑，皮埃尔总在最后关头制止，提醒他，“这样对阿莉科丝不好”。马库斯最后把皮埃尔推向正在跳舞的阿莉科丝，但皮埃尔拘束地站在那手足无措，毫无疑问，莫妮卡・贝鲁奇扮演的阿莉科丝是个美人，还有那么一点点诱人，她在皮埃尔面前的舞蹈流露出某种妖邪的韵味，最后她用提前离开，对男友马库斯的胡闹表示不满。

显然，叙述本片的故事有些累人，因为我们不得不停下来，再去描述之前的情形。这使我们的记忆经常发生断层。现在的问题就是，阿莉科丝提前离开派对，镜头一顿摇晃之后展现给我们的却是马库斯、皮埃尔和阿莉科丝坐在地铁上。从他们的谈话中，我们隐约知道皮埃尔和阿莉科丝曾是一对，但现在他们是纯洁的男女关系。阿莉科丝现在进行时的恋人马库斯和皮埃尔是发小，一起光屁股长大的经历使他们无话不谈，也就是说，三人现在是过命的朋友。

镜头旋转。

电话响了，吵醒了马库斯和阿莉科丝的好梦，现在他们必须离开彼此的怀抱，但这很不容易，因为彼此纠缠的欲望依然很强烈。这是影片最温暖也是让导演最费心思的一段，因为不仅要把两具身体拍得美轮美奂，还要小心翼翼地避开一些不必要的麻烦。这也是令观者最舒服的一段，翻江倒海一般的摇镜在这一刻变得温情脉脉，之前肆无忌惮的暴露也变得羞羞答答。莫妮卡·贝鲁奇和文森特·卡索在镜头下展示了他们生活中最有可能的一面，卡索的眼神柔情似水，显得有些高大的莫妮卡不胜娇羞，在得知自己怀孕的一刹那，镜头由她的头顶荡漾开去，绿得耀眼的草地、奔跑的孩子、慵懒的妇人，蹦跳的小狗……镜头再次旋转起来，天空黯然失色！

愤世嫉俗

其实从影片中可以找到很多影片的影子，例如 [失忆] 的叙事方式，[黑暗中的舞者] 的摇镜和 DV 色彩。但显然影片更为决绝一些，阴暗带红的滤镜和手摇镜的绝妙配合，成功地将见多识广的戛纳观众晃晕了三分之二。贝鲁奇声称影片介于 [发条橘子] 和 [索多玛一百二十天] 之间：“这是暴力与狂喜、兽性与诗性的大胆混合。是一部充满暴力与性的非常有力的电影，诺是个疯狂的电影人。”不过她马上又补充：“以好的方式疯狂。”

其实，若把 [不可撤销] 当作一次愤世嫉俗的发泄。在我看来，把某一公众性的东西用作私人情绪的宣泄是不道德的，因为这样一来就有了强迫的意味。但我们无力阻止这种以探索的名义去发泄，虽然这很卑鄙。

法国电影和好莱坞死磕了几十年，这边大骂好莱坞肤浅，那边冷眼相对法国电影你是不是有些装淡？任何一种文艺形式都存在流派之争，但这样互相往死里整就有些不是那回事了。拍出了［不可撤销］的法国电影并没有因此而笼罩多少光环；拍出了［珍珠港］的好莱坞照样脸不红心不跳地满世界抢钱，在电影工业的大格局里适者生存，竞争的残酷性远非什么流派之类的托词所能掩盖的。

影片开始的时候，导演加斯帕·诺让施暴者站出来忏悔，后来我们知道这就是最后的结局，不可撤销的意义还在于这样令人齿冷的无能为力！

诺一开始就把态度和盘托出，然后在这样的大环境下天上地下地晃动手中的摄影机，让人一路头晕眼花疲惫而绝望，就在童话一样的画面来临，我们以为希望还在的时候，摄影机再次晃动，提醒观者这不过是一场梦，之前的那些梦魇才是现实。这个浑蛋根本不让我们有喘息之机。

自然主义

一个问题，这部电影究竟在说什么？命运的虚无？人生的幻灭还是……像他们说的那样隐喻欧洲的政治风云？那个地狱一样的同性恋俱乐部，长达 9 分钟的强暴镜头，都建立在太多的如果之上。如果马库斯不嗑药，如果他去送女友，如果阿莉科丝不提前退场，如果她不走那个地下通道……但所有的如果还是碰到了一起，有人把这称作命运。在命运面前，我们是不是就该束手就擒？导演诺假模假样地提出一个老掉牙的问题，然后一转身就去把自己无政府主义的嘴脸暴露无遗。请注意这几乎就是一个奇妙的因果关系，不知道诺在结束前的那一刻是否恍然大悟。

我承认，谁也不知道未来会发生什么，但这并不是我们焦躁、无助、彷徨和虚无的全部。所以我把影片归结为自然主义——这就是一部分人眼中的人生，影片只是根据自然主义的原则真实再现而已。这考验的是观者的道德底线，影片前半部地狱一样的场景和魔鬼一样的行为，都来自后半部彬彬有礼的正人君子。日夜交错的魔力，竟然是这样的神奇，或者说日夜只不过是提供了一个平台，没有了二者照样有人转变为兽，道理很简单，这部电影就是诺的黑夜。

巴黎腐烂堕落的夜和影片结尾童话一样的白昼，似乎完成了某种寓言的构筑，但这都是假象。影片从骨子里往外流露出的宣泄情绪，使影片谈不上什么承载。牵强一点，对现代人假面的思索或者对现在的病态自我追求？但如果有的话也只是一点皮毛，因为诺对发泄表现出了超乎寻常的欲望，这使他几乎忽略了一切。影片最欺骗人的地方就在于它的形式。在这样的面具下，任何情绪或者发泄都有了艺术的幌子，至于本质，现代人还有时间去探求吗？

[绝代宠妓] *Dangerous Beauty*

导演：马歇尔·赫斯科维兹 Marshall Herskovitz

主演：凯瑟琳·麦科马克 Catherine McCormack、鲁弗斯·休厄尔 Rufus Sewell

出品：美国

年代：1998

罗曼蒂克进化史

“我忏悔因别无选择，但我不忏悔我的选择。”

我承认，我说过要门当户对这样的话。生活是一个无比势利的货色，两人若在知识情趣方面差距太大，那总会有一个人要做出巨大的牺牲，否则一拍两散的危机会时时逼迫面门。而电影就具有巨大的欺骗性了，两人总是远隔万里之际不约而同地来到曾经之地，总是在即将错过的刹那齐齐回转身来。总是在最应该停留之地停留，在最应该离开的时候离开，也总是能在最后一刻幡然悔悟，在一切还能拿捏的时候断然出手！

我也承认，我曾那么狂热地喜欢 16 世纪的欧洲，那时候，莎士比亚开始写作那些令人神魂颠倒的文字，神一样的达·芬奇刚刚拿起画笔，古典音乐开始登堂入室，《一千零一夜》渐渐形成自己的风格。那时节，才华遍地文气纵横，随便拽出一个乡野民夫，就能横槊赋诗！ 16 世纪，曾被视为不可攀附的大海，开始被人类踩在脚下，这些率先直立行走的族群，再次体验了另一种行走的快乐。

这也是经常被错以为的时代，一段时间里布满了诗歌和音符，栽满

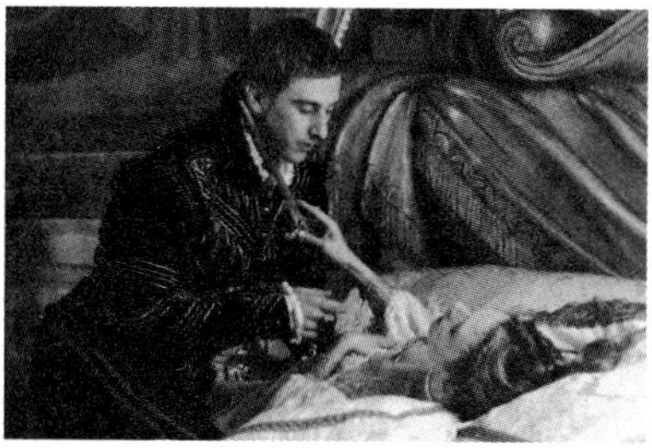

葡萄的庄园里盛产才子佳人，巴洛克的古堡里生产了爱情，银质的酒杯和刀叉专为情人而准备，那条五十里长街之上，总是回响白衣少年的马蹄声。

[绝代宠妓]的开始文字极大打击了我，“1583年，威尼斯是当时最富有的城市，女人可被当作私有财产，识字很少，但有些人有着不同的命运……”最后一句话是“本片根据真人真事改编”。

维诺妮卡的一种生活

维诺妮卡，17岁，拥有17岁女孩所罕见的好身材，长着一张我们所能想象的17岁女孩的清澈面孔。和许多滥俗悲剧的开头一样，维诺妮卡也生长在一个清贫之家，从记事时开始，父亲的位置就是空白的，这使得她对男性世界既无知又好奇。和许多滥俗的爱情剧一样，在某一个阳光明媚的中午，维诺妮卡和闺中密友在某一座石头桥上，看到一个花一样的女人，一袭红衣，慵懒娇羞地斜倚在贡多拉上，旁边三三两两的小船，次第经过，船上佻达少年，用口哨和诗歌一样的语言，释放某种欲语还休的渴望，周围人群善意地哄笑。此刻，天上云彩倒映在河水中，贡多拉经过的时候，云彩随水流去，但繁华之后，又是当初旧模样了。

一个少年闯入了维诺妮卡的视野，年轻如早晨刚刚醒转的小兽。眼神活泼灵动，如风掠过两岸的芦苇，他在水中，向贡朵拉上的女子吟诵多情的诗句；他在岸上，似笑非笑地望着近处的人群，遥远得不可触摸，眼神深不可测，此刻，仿佛威尼斯就在他掌握之中。

维诺妮卡落荒而逃！

他是玛高，一个望族子弟，就在他们丽都桥上惊鸿一瞥之后，华服少年来到维诺妮卡的窗下，情歌和月亮一起升起，夜晚的海风如此熏香迷人。第二天晚上，在威尼斯雍容华贵的巴洛克式建筑前，在繁复雕琢的木头窗子下，一对璧人拥抱亲吻。维诺妮卡憧憬“我希望我们在新娘的婚床上”，玛高回答，“你知道我们是不能结婚的，一定要门当户对，我一定要跟政治家联姻”。

这是一个老套而俗套的话题，但实际情况就是，它的力量如此强大，几乎无法逾越。

胭脂沾染了灰

“世间无不可能之事！”此刻，维诺妮卡的母亲挺身而出，她的理论是，“不要迷信婚姻，婚姻就是一张合约，不是永久约会，有如两国之间的盟约。”在这个城市，这个国家，两个阶层的人若想在一起，只能通过一个办法实现——政妓。导演马歇尔·赫斯科维兹通过曾是政妓的母亲，用诗歌一样的语言和音调说出，“这城市是青春少女梦想的乐园，我们过着红尘浮华的生活，用我们的天性娱乐他们，沉浮于天与地之间，沉醉于一片欢乐之中，想定是神笔书写的光芒！”

然后，就像诸多高手需经过各个关口才能修成正果那样，在母亲的一手调教下，维诺妮卡先后涉足美容、仪态、诗歌、音乐、剑术……一个天真的女孩渐渐消逝，一个骄傲雍容的女子破茧而出。就在她以为一切行将终止的时候，她必须面对一个政妓所要面对的最大的考验了。

维诺妮卡清晰记得，那是一个看似没什么不同的午后，她被惯常的女佣牵引着，来到一个偌大的工作室，一脸威严的母亲如往日一样不苟言笑，四周完成的、未完成的石膏作品，散布各处，空气中流淌着石质的灰尘味。母亲闪到一旁，一个健美的裸身少年，石膏像一样矗立在 17 岁的她面前。在母亲的引导下，维诺妮卡的手，在少年的身体上游走，四周死一般寂静！

这是影片最为惊心动魄的一段，镜头看似波澜不起，实则情绪山呼海啸。那个骄傲的“700 年前我的祖上也是臣民”的女孩，在坚硬的“穿着战衣的不一定有继承权”的现实面前俯首称臣，她的爱情鼓胀得满帆满舷，可等级森严的现实，会给她留一扇窗子吗？

一次上流聚会中，首相被一个眼波流转的女人吸引，他在她面前，骄傲、怯懦、讨好、卖弄……玛高在高谈阔论中发现了首相身边的维诺妮卡，一时目瞪口呆。

几件大事

影片还有一个不甚厚道的名字叫 [红颜祸水]，其实我们可以想见，在那样一个大环境之下，在那样一个可以放纵情欲的浮华之地，发生什么都不太奇怪。

大事件之一就是玛高和朋友的先后吃醋，当这种历史悠久的心理，积攒到一定程度的时候，就以各种各样的形式绽放开来。玛高的表现是游说，试图以神的姿态将步入火坑的维诺妮卡拯救出来，而维诺妮卡的回答是：“我解救了威尼斯的好妻子，替她们满足了男人的欲望。”而玛高那个肥胖的朋友，则以最没创意的贵族的高傲来暗示和挑逗，但在维诺妮卡更为高傲的态度面前，只能灰溜溜地转而他顾。

终于有一天，这头微笑的猪，在一次盛大的宴会上，对维诺妮卡的皮肉生涯冷嘲热讽。好在当时的威尼斯，对图书馆的限定是“小姐不可以，但政妓可以”；好在维诺妮卡的母亲严格到近乎残酷的训练；好在，这世界总有傻瓜以聪明或者尊贵的身份出现。见过猪恼羞成怒吗，这位意大利共和国的王公贵族，这个男人中的勇士和诗人，慷慨悲歌地扔给维诺妮卡一把长剑。

那是一场后来被广为传颂的对决，因为时间的久远和辗转了太多的口舌，变得越发离奇而神秘。说，维诺妮卡怎样三下五除二地就剑指公爵的喉咙；说，维诺妮卡怎样光着身子，挥舞长剑；说，她怎样辗转腾挪，如天外飞仙；说，当时怎样电闪雷鸣，彩虹飞渡。实际情况是，双方都狼狈不堪，公爵起初占据上风，凭借一股蛮力，逼得维诺妮卡节节败退。言语上更是依靠雄性皮糙肉厚的优势，步步紧逼。后来当维诺妮卡真的剑指公爵喉咙的时候，也是丢盔弃甲，喘息如牛，而且也的确是只穿着内衣内裤，淑女的长裙早就在几百米之外了。

如果说以上算不得什么大事，我也无话可说。这些争风吃醋之类的风流韵事，总是盛产在这样的楼宇和觥筹之间，成为一个城市的一段野史，或者某一首诗歌的一个段落，幸运的是，维诺妮卡以政妓之身介入了威尼斯历史。

蔚蓝的地中海上，乌云翻滚，战舰如云，土耳其人的弯刀在月色下泛着清冷的光，士兵的走动声如沉重的战鼓，那些标画着野兽的旗帜，在浩荡的海风中猎猎作响……威尼斯危在旦夕！

每一位王公大臣都明白，“如果没有法国人的战舰，堂皇的威尼斯转眼凋零”。亨利四世来了，此刻这个威尼斯之神的第一个愿望就是，“见见你们的政妓们”。和所有的文艺作品一样，总是有那么多的巧合和冲突降落到一个人的头上，已经和玛高同居的维诺妮卡必须陪侍一夜。

这一夜，维诺妮卡发现了亨利四世不行的秘密，也利用自己迥异于人的才识，坚定了亨利出兵的决心。

第二天，威尼斯几乎所有的重臣都集结在亨利的寝宫之外，雕琢繁复的服饰暗淡了，镶嵌宝石的长剑喑哑了，姿态高雅的脚步失去了旧时的节奏。太阳当头的时候，寝宫大门洞开，亨利四世携艳若桃花的维诺妮卡出现，向人群举起右手，威尼斯举城欢呼。

玛高转身离去！

威尼斯风雨飘摇

玛高们在前线浴血奋战，战争进行得异常艰苦，被战士们保卫的威尼斯也迎来了历史上第一场大瘟疫。每天都有人倒地身亡，每天都有人家默默地埋葬了亲人的尸体。“我们已经死了五六万人，人民想要一个结果，就算是错的结果，他们都想要”，于是政妓们成了这场瘟疫的罪魁祸首，她们不敢上街，不敢在窗前出现，她们开始小心翼翼地隐藏起从前的身份。可是作为绝代政妓，维诺妮卡无处可逃，她必须接受教会的审判。

影片中，维诺妮卡忏悔的一段被广为传颂，我也为这样的慷慨陈词一次次地感慨，一个女人以一己之躯面对整个教会，面对一个时代。我相信，她也愿意和自己爱的人，庸俗地生一个孩子操持一个家，奈何生在那样一个时代，她必须为自己的不顺从付出代价。就像她对嫁给教皇心腹的朋友说的那样：“我生活的笼子比你的大，但还是在笼子里。”

请允许我将那段著名的忏悔词记录下来，如教皇所言，以威尼斯的名义！

“我承认，有一个现实是女孩爱上男孩，但不能结婚；我承认，妈妈教会了我过着不一样的生活，开始，我拒绝，但我还是学会了拥抱；

我承认，我变成了政妓，跟权势交易；我承认，我拥抱妓女的自由胜过妻子的顺从，我承认我邪恶，这些是我的罪过；我承认，我找到了更多的激情；我承认，我仍然祈求触摸我爱人的唇，他的手抚摸着我，拥抱我；我承认，即便饥饿，仍然充满爱的火焰，跟我的梦想一起融化，到隔世凡尘，打破不属于我们的地方，去认识真理……我忏悔因别无选择，但我不忏悔我的选择。”

影片中，最为温暖的一段就是，当教皇质问，谁还和维诺妮卡有染的时候，参议院玛高笔直地挺立在那里。经过漫长的沉默之后，首相、将军、教士，甚至大主教旁边的主教，都站了起来。地中海平静如玉，海风微熏，巴洛克建筑里，几乎所有的重臣都站在大主教面前，被巨大的雕镂着花纹的椅子包围的大主教，无奈地宣布：“你自由了。”

急管繁弦的音乐响起来了，灿烂如春花的微笑绽放开来了，那些久远的誓言在冰冻的土层里，一时间生机勃勃！

情爱镜头

影片的情爱镜头极为大胆，从维诺妮卡触摸那个健壮的男模特，到她陪侍首相的第一夜；从和玛高的数次缠绵到陪侍亨利四世的漫长一夜，镜头都以积极的参与精神介入。暖色的灯，奢华的床上饰品，维诺妮卡羞红的脸，以及情欲流动时候，那些花开的声音，被镜头一一捕捉纳入，具有极大的怂恿性。尤其值得一提的是，镜头仿佛也像维诺妮卡一样，具备高超的职业精神，并没有因为对面是首相还是玛高，而有所不同。但可以感到，镜头从最初时候的犹疑，到中间的热烈以及面对亨利四世时候的沉静，显得极有层次。

和玛高在一起时，维诺妮卡是全然的热烈和疯狂，镜头大都集中在身体和床榻的特写之间，几乎没有什么欲念的诱惑，一切都那么自然而然，即便是偶尔的春光满眼，也让人心充满了美好的祝福。这与当时的历史情况相符，16 世纪的威尼斯，有一段时间，欲望大于一切，只不过后来教会渐渐成为权力的顶峰之后，情况才开始急转直下，但民间的状况并没有改变多少，这是这个民族浪漫的源初。

很多人在观影之后，试图回答玛高和维诺妮卡之间有多少爱，或者有没有爱这样的问题。从当初的楼下之约到后来的床第之欢，再到最后法庭上的慷慨陈词，似乎他们的爱情应该更为纯粹一些。对不起，交朋友，我愿意大家一起多经历一些事情；看爱人，我喜欢放置在平淡如水的生活中。如果那样平淡的生活都淹不死双方的感情，还有什么是可以过不去的呢！

自由了的维诺妮卡，离开了威尼斯，再也没有回来！

[柳巷芳草] *Klute*

导演：艾伦・帕库拉 Alan J. Pakula

主演：西尔维斯特・史泰龙 Sylvester Stallone、简・芳达 Jane Fonda

出品：美国

年代：1971

女人究竟要什么

无论是 [秋天的童话] 还是 [泰坦尼克号]，如果主人公们真的如我们所愿结合了，那么他们就会得到我们所期望的幸福吗?

影片还有另一个更为恶毒的名字 [花街杀人王]，并被打扮成悬疑侦探片的样子拿来吓唬人。其实影片终极目的是对人的探讨，里面纠葛着欲望、人性、良心和责任。至于侦破这条主线，我们甚至可以忽略不计。因为无论是常常被电影拿来哗众取宠的谋杀，还是装点门面的历史变迁，最终都归附于人和人性这个永恒的前提之下。影片中纽约成了导演眼中的花街柳巷，简・芳达化身为那位最后化茧成蝶的芳草。

出生于 1970 年的 [柳巷芳草]，在第二年的奥斯卡颁奖典礼上，为此前丑闻不断的简・芳达赢得了生命中第一尊奥斯卡，据说同年和她一起迎接闪光灯轰炸的还有 83 岁的卓别林。那是奥斯卡历史上最值得回忆的一届，被称为卖国贼的简・芳达靠一个妓女的角色登堂入室，经常逗笑别人的卓别林几乎弄哭了台下以及观看这届奥斯卡的所有人。如果说卓别林手中的荣誉奖，是奥斯卡良心发现的一个还不算迟到的悔悟的话，

那么简·芳达的影后就是奥斯卡试图以艺术来界定一切的有益尝试。可惜的是奥斯卡并没有勇敢很久，只有居庙堂之高才能处江湖之远，身处瓦肆勾栏，有几个能真正地抽身事外？我不相信影片中的布里此前就不曾挣扎过，同样我也不相信布里和那个侦探克鲁特就能够长相厮守。但有时，太炙热的感情，总是难于长久，就像太热烈的流星，呈现的总是刹那的光芒。

影片最后，布里离开那个空空荡荡的房间，但最后那个声嘶力竭的电话暗示，故事远远没有结束。

一个纽约的女子

这个纽约的女子就是专业应召女郎布里，她的声音先于身体出现在银幕上。一台颇专业的录音设备，把她引诱一个男人时的声音，还原得极其逼真。坐在一边的分别是那个男人法律意义上的妻子，一个小探员克鲁特和他的顶头上司彼得·肯柏。事情并不复杂，那个声音的所有者汤姆·葛曼已经消失了近两个月，他是一家研究所的高级工程师。在他曾经的办公室里，警察发现了他写给一个纽约女子的信。用葛曼老婆的话讲，那是一封肉麻得令人呕吐的证据，足以证明葛曼正与那个女人双宿双飞。但是警察们甚至把上不得台面的手段都招呼上了，而那个叫布里的女人在牢里待了两个月后，还是一个人出现在镜头前——那个汤姆终究没有出现。

简·芳达扮演的布里风姿绰约地行走在纽约街头，然后打了一个电话，约见了她两个月以来的第一个客户。这是影片中我最喜欢的一个段落。布里用肢体语言、笑容和勾人心魄的眼神，把价格由原来的五十美金成功翻了一番。并在最短的时间里搞定了这个早已经手忙脚乱的家伙。显示了一个专业应召女郎的职业素质，即尽可能利用最小的成本，追求尽可能大的利润值。布里暗色的裙装很好地映衬了墨绿的沙发，“传达出一种生命和生活互相抗衡的不甘”，这是导演说的，如果你愿意相信他的鬼话的话。摄像机围绕房间做三百六十度旋转，最后以一种俯瞰众生的博大与宽容，记录了布里利用身体聊以糊口的过程。其间有一个颇值得玩味的细节，布里用不逊色于简·芳达的演技，一边和那个黄衬衫虚与委蛇，一边偷偷地看了看表。

布里的家就在纽约的某一个角落里，穿过蜿蜒的甬道和嘎吱作响的楼梯，布里推开了那扇闲置了 61 天的木门。换上宽松的睡衣，倒了一杯红酒，点燃桌上的蜡烛，纽约的城市里就有了一盏为一个叫布里的女人而点燃的灯火。

一个傻乎乎的侦探

他就是克鲁特，这个侦探社里最固执的探员主动请缨要从布里身上发现汤姆的线索。在布里被一个不出声的骚扰电话搞坏了心情的早晨，克鲁特摁响了布里的门铃。扮演克鲁特的就是我们中国观众非常熟悉的“泰勒”，那个差点在 [大腕] 中被葛优活埋了的好莱坞大腕。30 年前的唐纳德稚嫩青涩，表情呆呆的，丝毫不见 30 年后一把性感的大胡子的风采。他隔着门缝把此行的目的简明扼要地说完，并提出要对汤姆一事进行进一步询问。布里给他一个甜美的微笑和一个巨大的关门声。

这一天布里的活动是参加一个广告模特的候选，被一个抱着公文包的秃头男人，握住双手唠唠叨叨地浪费了半天的时间，最后发现他也不是那个拥有最终解释权的人；和自己的绘画老师见了一面，这个和蔼睿智的老太太还兼任她的经纪人，不过那是最开始的时候，现在她是她的垃圾箱，负责收藏布里无法言人的心事、牢骚和诸多还未成真的雄心壮志。晚上，她见到了那个 14 岁就开始做裁缝，64 岁了还在做裁缝的高法柏，他已经备好了陈年老酒和一副倾听的耳朵，布里肆无忌惮地和这个白发苍苍的老头吹牛，然后穿过一排排冷静的机器回家。

当然，这一切都在克鲁特的眼皮底下，现代科技很容易就拉近了彼此的距离，不管对方同意与否。

只是克鲁特的傻劲发作，在房门前拦住布里，再次提出交谈的愿望，被布里发现了房间的秘密，以及墙上布里罪犯一样的侧面照片。布里用那只被秃头男人握了一上午的左手，和克鲁特的右脸进行快速亲密接触后，回到自己的房间，和克鲁特楼上楼下遥遥相对。

到底是哪个汤姆

这是一直困扰着布里的谜团，从业多年，布里已经无法分辨克鲁特说的那个汤姆到底是哪一个了。但是对于布里来说，这不是什么大问题。在克鲁特尾随而来的那个晚上，布里决定牺牲自己的业余时间，搞定这个赖皮。然后就出现了被电影史反复提及的那段经典场面。漆皮裙的布里在克鲁特面前搔首弄姿，在这位侦探先生的眼神越来越迷离之后，直言准备做一次赔本买卖。裙装背后的拉链被慢慢开启，布里柔如凝脂的肌肤若隐若现，克鲁特像电影中那些最后关头英明尽失的正人君子一样，慢慢拥抱了眼前这个几乎半裸的女人。镜头由后而前跟拍，来到布里那张欲望横生的床前。久经沙场的布里莫名地浑身发软，在克鲁特的怀抱中，企盼已久的那种温暖和敦厚包围并淹没了她……

木头一样的克鲁特，在第二天的午夜终于举手投降。在那个陈列了专业监听设备和布里侧面照的房间里，克鲁特让给布里的大床寂寞地度过了一整夜，而在克鲁特那张歪歪仄仄的备床上，布里公私兼顾，在凌晨的阳光光临之前，狠狠地享受了黑夜和黑夜所带来的那种安全和幸福。

我在镜头之外，忽然不厚道地想笑。我知道，此前克鲁特紧要关头转而捉贼的安排，是剧情的需要，也是导演的一次拙劣的承合起转。但是布里想靠近而又怀疑，明明得到了又把其归咎于“男人都是一个德行”的做法，是人的成长使然。青梅少女时候，布里一定也对未来满是玫瑰色的猜想，想象哪个他能和自己共度一生；想象那个他如何顶天立地、温柔有加。但是现实或者是自身的命运，使她最终抛弃了所有的幻想，她世故了、圆滑了、淫荡了、不顾廉耻了、不择手段了。但谁应该对此负责？布里，还是某一群体？

伟大的游戏

我想，对于导演所设置的那个寻找汤姆的游戏，该到此为止了。30年后还继续30年前那一种手段的商业促销，只能令人厌烦。1970年的观众看到最终是克鲁特的上司彼得·肯柏设计了这一切的时候，会不会目瞪口呆？但是30年后我们已经见怪不怪了。我想起了经典的时代性，或者说快乐的时间性，我们不得不承认，现实的力量巨大得可怕。

憨直的克鲁特在一根筋地寻找答案的时候，和布里的关系成了我们关注的要点。

和我们所能料想的一样，布里开始帮助克鲁特去接近事情的真相。

布里充分发挥了自己这么多年混迹江湖的资源优势，不断接近那个最终会水落石出的事实。如果说此前布里一直在挣扎的话，那么现在轮到克鲁特了。他发现眼前这个自己曾经所不齿的女人，其实远比自己生活中的一些正人君子更真实。两人在市场买东西时，布里故态萌发偷拿了两个苹果，令克鲁特惊奇的是，一向敦厚的自己竟然默许了布里的举动。在两人亲热的时候，克鲁特偶尔也会有真假的疑问，不过只是在头脑中一闪即逝，因为他无法回避另一个事实——眼前这个女人，是他生命中的另一面，一个他在现实中永远也不敢碰触的一面。

最后两人关闭了房门，离开了纽约。汤姆的下落知道了，那个隐藏在背后的人现形了，电影也该结束了。但他们的生活才刚刚开始，当某一段生活结束的时候，那些与之相关的人和物是不是也就该曲终人散了？

无论是 [秋天的童话] 还是 [泰坦尼克号]，如果主人公们真的如我们所愿结合了，那么他们就会得到我们所期望的幸福吗？这是一个永远也没有结果的游戏，因为每一个游戏中人都不肯在最后一刻之前相信现实。克鲁特和布里的游戏也只是一个开始。

一个人的爱情

很不幸，布里在最应该的年龄里，没有遇到这个叫克鲁特的男人；同样不幸的是，在最不适宜的时候，克鲁特结识了这个叫布里的女人。我无法想象导演最初的安排，是出于商业利益还是有着他自己的生活体验。作为一部电影，奥斯卡或者是时间都对这部 [柳巷芳草] 做出了肯定，但令人悲哀的是，在多少个日夜交错之后，人世间依然还有类似的感情游戏。我不敢妄言，布里在离开纽约之后，就能相信一切，就能对自己或者别人报以达观之态。我也同样不敢肯定，克鲁特真的就能在是是非非中长身而立吗？

说穿了，从那个时代起，我们就已经开始无可就药地爱上了自己。我们需要摇滚来发泄，需要微信来倾诉，需要一夜情来安慰，不知不觉之间，我们对许多祖辈一脉相传的东西都抱有疑虑了。可问题是一个人的爱情，真的就能天长地久吗？

[柳巷芳草] 这个名字让我想到了宋代程颢的《郊行即事》，“芳草绿野恣行事……兴逐乱红穿柳巷……”那是一种简单的快乐，了无牵挂的心情几百年后还依然鲜活。可是从什么时候开始，我们丧失了那种简单和纯粹了呢？又是从什么时候开始，我们变得患得患失开始瞻前顾后了呢？ 34 年后的某一天下午，我看了一遍简·芳达的 [柳巷芳草]，之后默默地抽了一根烟。再过 34 年后，还会有人和我一样的感受吗？或者 34 年之后还有人懂得那个叫布里的女人背后的感伤和无奈吗？

所以，有人宁愿叫它 [花街杀人王] 而不是最初的 [柳巷芳草]。

[原罪] *Original Sin*

导演：迈克尔·克里斯托弗 Michael Cristofer

主演：安东尼奥·班德拉斯 Antonio Banderas、安吉莉娜·茱莉 Angelina Jolie

出品：美国

年代：2001

邮购新娘的罪与罚

这世界没有一块土地是为了爱而设置，也没有一块土地不适合爱，问题只在于我们有没有一颗跳跃的心灵。

故事发生在19世纪末的古巴，对于这个时期的雪茄之乡，我的印象还只是停留在“为了古巴独立而战”以及那本《致加西亚的信》的层面。据说古巴的朗姆酒和非洲的舞蹈一样，是可以以艺术相称的。我所喜欢的那个叫海明威的老人，也称这里是“命运归宿的地方”。《老人与海》中他经常提及的露台饭店，就位于古巴首都哈瓦那城东的一个小渔村。我清晰地记得，他曾这样描述第一次光临露台饭店的情景：“在春季一个阳光明媚的上午，风从东面吹进敞开的饭店。从露台上我凝望大海，深蓝色的海面上泛着白色浪花，穿梭的渔船追逐着多拉多鱼。”

这是一个令我不能不用美好之类的词汇去想象的地方，珍珠一样散落在加勒比海沿岸的大小岛屿；“沙滩洁白，海水清澈”的圣玛丽亚海滩；高大挺拔的棕榈树；威严的巴洛克式的教堂；五分钱小酒馆以及著名的莫希托鸡尾酒……一直觉得，《致加西亚的信》的盛名被别有用心的资本家们利用了，但我依然崇尚书中所描述的忠诚、荣誉、承诺以及职责……

史书记载，“19 世纪末，大批古巴移民经由佛罗里达州进入美国”，我们知道，途径大都是邮购新娘。也许你不相信，直到现在美国依然保有邮购新娘的传统，与之相关的案件也时有发生，但导演迈克尔·克里斯托弗曲笔写意，他安排安吉莉娜·茱莉饰演的美国女子茱莉亚被邮购到古巴，但这并不妨碍一场关于爱和欲望的倾轧。

一个叫茱莉亚的邮购新娘

影片开始就是一所豪宅的上上下下都在为这个叫茱莉亚的女人忙碌，明天早晨 6 点钟她的船就会抵达码头。和这所豪宅的主人路易斯的婚礼，将在她到来的三小时后举行。拉丁情人安东尼奥·班德拉斯出现在镜头中，一边和人说话，一边步履匆匆地穿过人群，留给观众一个挺拔的背影。画面切入码头，第一印象，这是一个各怀心事的交易市场，人群以各种各样理直气壮的借口，涌向各自的目的地，因为短暂的交集，显得心烦意乱。

只有路易斯不同，他剪裁笔挺的上衣口袋里，躺着那个叫作茱莉亚的女人的照片，此刻她正在海上某一经纬的交集点，向着他的方向奔来。这位当地闻名的咖啡业大亨，此刻像一个忐忑的小男孩。但世间事，关心则乱，导演迈克尔·克里斯托弗玩了一个“过尽千帆皆不是”的把戏，并要一声磁性的“你在等我吗”打破僵局。

路易斯抬起头来，耀眼的阳光笼罩了说话的女子，他看不清她的脸，但一股母性以及欲望的气息击中了他。这是影片中安吉莉娜·茱莉的第一个镜头。当时她刚刚因为 [失魂少女] 中精神病女郎的角色，而夺得奥斯卡最佳女配角奖，被人寄予厚望的 [古墓丽影] 还停留在传说阶段。这个自称茱莉亚的女人告诉路易斯，我不想让人挑选，所以寄了另一个女人的照片，现在“我们可以占有对方所有时间”。

影片最开始的时候，主演安吉莉娜·茱莉曾有一大段独白。说实话，我不知道该怎样去界定这一人人传说的经典之举。这和 [猜火车] 的开头独白完全不一样，一个是爱情一个是生命和成长，一个可以由欺骗转化而来，而另一个必须扎扎实实地去经历去痛苦，我不敢判定 [原罪] 的独白矫情，唯一肯定的是，[猜火车] 更真诚一些也更痛苦一些。但我承认她所说的“这不是爱情，但这个故事是关于爱情的，一段过去的爱情，一段被毁灭的过去”。同时我也承认，路易斯二人码头初见一场戏中，导演对茱莉亚衣服和几个身体部位的特写，张力十足。

一个叫温戈的私家侦探

这个一脸正气的男人出现在路易斯新婚的第二个月，他要求第二天去路易斯府上拜访。然而第二天还没有到来的时候，茱莉亚的姐姐就来了，她用一封茱莉亚的亲笔信向路易斯证明，这个给她回信的路易斯太太绝不是茱莉亚。不过在路易斯濒临崩溃之前，我们先回忆一下他们的新婚生活。

也许是我的错觉，当路易斯和茱莉亚从长长的走廊尽头走来的时候，我错以为他们行走在巴洛克式教堂里，那一刻所有的一切都庄重而圣洁，镜头一并后退倔强而桀骜地俯视了一路。出乎茱莉亚预料的是，在房间门口路易斯彬彬有礼地和她道晚安，然后一闪身进入另一个房间。邮购新娘的新婚第一夜就这样风平浪静地过去了。

提起安吉莉娜·茱莉，我们通常会想到狂野，其实作为一种气质，狂野大都只局限于局部，比如柯林·法莱尔的眼睛，布拉德·彼特的胡须，或者索菲亚·罗兰的双唇，但很少有人像茱莉这样，举手投足狂野尽现。

她的狂野是流动的，是生长的，是夺魂慑魄的。

婚礼上的茱莉宛若神女。

茱莉亚入乡随俗，洗手做羹汤，还在床上的路易斯接受了新婚妻子的第一顿早饭。接下来出现了影片的第一个情爱镜头，一段整整长达3分钟左右的俯视，茱莉亚告诉路易斯“每一种快乐都是犯罪”。他们互相撕扯衣服，互相探索对方的身体，欲望的声音撞击墙壁之后，被反弹回荡在每一个角落……导演克里斯托弗忽然乖巧起来，老老实实的以跟拍的手段记录了全部过程。安吉莉娜·茱莉令人叹为观止的胸部，安东尼奥·班德拉斯不让梁家辉的臀部，如不系之舟一般招摇的大床，床的对岸避无可避的落地镜、小号和手鼓此起彼伏……

是的，第二个情爱镜头出现在浴室里，两人同处一个浴缸的画面已经流传得泛滥了。其实我们看到的只是一小部分，米高梅高层为了应付检查，对这一段号称导演神来之笔的镜头动了剪刀。若干年后，茱莉对此仍然不屑一顾，她认为片中百分之九十左右的戏都属“斯文镜头”，米高梅实在是画蛇添足。

一个叫比利的神秘男人

路易斯纵马回家，但茱莉亚已经不见踪影了，他跑到银行家那里，他们告诉她，“你的妻子刚刚来过，现在你的两个账户分别还有五十一美元四十美分和十美元”。

早就有蛛丝马迹隐藏其中，只是沉浸在爱情当中的路易斯，不愿意发挥商人的另一部分功能而已。歌剧院后台那个和茱莉亚说悄悄话的男人是谁？茱莉亚一直不肯打开的大箱子里面，究竟装着什么？那些包裹着红头巾的海盗，浓妆艳抹的舞女都是什么人？

路易斯逃亡之前是我最喜欢的段落，类似于导演的梦呓，和后面悬疑凶杀的商业气息相比，它溢满了朴素的人本思想和天真的梦境。我不否认，前面的若干情爱镜头或多或少地也蕴含了后面镜头的某种功用，可仍然不能否认的是，关于爱情，从某种意义来说，无异于一场赌博。只是有人学会了输就缩赢就挺，而有些人注定了一次都输不起。

简单说来，在一场盛大的狂欢上，路易斯再次和茱莉亚相遇，当时茱莉亚戴着蝴蝶面具，穿一件曳地长袍，玫瑰和百合的花瓣如雨。一个气急败坏的男人正对她动手动脚，路易斯看到美丽的温柔的茱莉亚，在那个男人的威吓下瑟瑟发抖。曾看过一段导演的解说，重点强调了狂欢这一段，这也是影片拍摄的最后一个镜头，导演印象最深刻的是，熬了一整夜的安东尼奥·班德拉斯强打精神和大家告别，“他是一个专业的演员。”他这样评价道。

那个叫温戈的私家侦探也出现了，他们商定明天一起去找那个叫比利的人，这是一个在茱莉亚口中被反复提及了的名字。

那个叫柏尼·佳特的陌生女子

好了，以后的事情我不打算再连篇累牍，经过了一次愚蠢的误杀、一次不成功的逃亡、一次善意的谎言和一个恶毒的诅咒之后，路易斯知道了事情的大概。那个叫比利的男人在背后操纵了这一切，柏尼·佳特，也就是现在的茱莉亚成为路易斯的邮购新娘，并成功地转移了他的全部财产。

那么谁是那个比利?

很不喜欢导演安排的那个摊牌的时刻，路易斯明知道眼前的酒里藏着剧毒，仍然为表白爱意一饮而尽。茱莉亚也是在这一刻俗套般的良心发现，明白了自己最爱的人是谁，搀扶着路易斯逃离比利的追杀。火车站一段追踪与逃跑很有些 70 年代老电影的感觉，就连画面也是布满颗粒状。比利从路易斯手中劫持了茱莉亚，对着路易斯的左轮放声大笑，“枪里面的子弹是真的吗”——他就是温戈，在狂欢归来的酒店里，他换掉了路易斯的枪。如我们所预想的那样，枪响，温戈倒地。车站保安围了上来，茱莉亚大叫“去叫救护车”，保安问“给哪一个”，茱莉亚吻了比利又补了一枪“他不需要了”。

以上所述，是柏尼·佳特在狱中对神父的忏悔，第二天她将被处以绞刑。

一个适合爱的阳光海岸

新约《圣经》里面没有“原罪”这个说法，它只是后世神学家发展出来的一个概念，源于著名的亚当、夏娃偷吃禁果事件。人生来就背负着亚当的原罪，所以我们必须自我救赎。也就是说，所有的一切都是“人欲”的外延。如果说比利是罪有应得的话，那么茱莉亚也必须为一时的贪婪付出代价。以此类推，看似无辜的路易斯在人欲方面，是不是走得更远了呢？

据迈克尔·克里斯托弗说，他对 [原罪] 的野心远不止于此，只是迫于压力才不得已而成了现在的样子。我想，他的设计应该是前半部分的模式吧，不过原罪的意义是不是也应该就此扩大了呢？这是一个永远的问题，每一个人都见仁见智，而有的时候，我们干脆就是躲在这个问题后面自欺欺人，原罪只是一个理由，就像爱！

茱莉亚和路易斯两人合伙出老千一段，是我不能忍受的，他们被狠揍和被强奸都是应该获得的惩罚，但我没有料到，导演如此不辞辛苦，只是为了影片最后二人逃到印度之后，利用老千的术语表情达意！帮助茱莉亚逃跑的那个神父，会获得上帝的惩罚还是法律的规诫，已经变得不再重要，或者说，导演完成了自己的一个循环，这过程注定了一将功成万骨枯。

这世界没有一块土地是为了爱而设置，也没有一块土地不适合爱，问题只在于我们有没有一颗跳跃的心灵。在我看来，无论是茱莉亚还是路易斯都成为一个囚徒，遵照上帝的指示画地为牢。古巴以及影片最后出现的印度都是一个幌子，它们可以是任何一个城市也可以是任何一个灵魂的栖居地，在爱着的人眼中这没什么本质的区别。

PART 2 色之白

[闭门诱惑] *Crustacés & coquillages*

导演：奥利维耶·杜卡斯蒂 Olivier Ducastel 、雅克·马迪内 Jacques Martineau
主演：让－马克·巴尔 Jean-Marc Barr、爱都尔德·科林 Edouard Collin
出品：法国
年代：2005

秘密是一道疤

影片萦绕了一种黏稠的气息，像夏天潮湿的空气，几乎所有的感情都不透明，看了徒增一种憋闷之感。

一个普遍的说法是，秘密是一道疤，你以为它好了，又总是在猝不及防的时候让人隐隐作痛。一个更为普遍的说法是，没有秘密的女人就不能算作女人，只是我无法想象，女人的隐隐作痛大都在什么时间，以什么方式发作。[闭门诱惑] 导演的野心看着挺大，在他的镜头里，没有一个人没有秘密，而且，他们的那些秘密每一个都不算很小，就像我担心 [天地英雄] 把所有的冲突都推到一个极致后，怎么收场一样，那么多秘密如何安排就已经够让人头疼了。至于导演是怎么拾掇这个烂摊子的，对不起，我暂时还不能说，因为这几乎是导演最后的秘密了。揭开一个秘密除了若干勇敢之外，还得需要一点猎奇和卑鄙，要知道几乎所有的秘密都是喜阴植物。

对了，我喜欢他的歌却不喜欢听他唱歌的罗大佑，在《未来的主人翁》的文案中曾谈及伤疤，他的说法是，“真正受过伤的人，才知道疤痕也

有生命”。

关于度假

在我所高山仰止的作家当中，只有古龙牛到可以忽略他的人物背景，郭大路父母是谁，仙乡何处，根本就不是《欢乐英雄》所要关注的。大路兄对怀才不遇、痛苦之类的事儿，也是不以为意，他简单直接，也最有效。可惜本片导演无法领略这种古龙式风骨，尽管两位也照猫画虎地没有交代度假这一家的任何背景，甚至他们的名字也是经由其他人物之口而慢慢渗透的。但千万不要相信三个臭皮匠顶个诸葛亮之类的话，这是天才们安慰凡夫俗子的。即便是本片集结了两位导演，即便是他们在影片开始也弄得玄而其乎，可就是透着一股抡圆了膀子也使不上劲的憋屈。

虽然导演玩了个小手段，但我还是得老老实实地给诸位介绍一下吧，影片没有交代这一家从哪来，但很容易就知道他们每年夏天都会来到这个海边度假，男女主人分别叫马克和碧翠丝。男人在影片的大部分时间里忙忙碌碌，不是割草就是在敲打什么家具，或者就是在给自行车补胎。用他自己的话说，“不做点什么，我就不知道日子该怎么过”。这人长得可以用粗犷这样的词来形容，有点小小的络腮胡子，如果一定要用一个人来比喻的话，有点像小罗伯特·唐尼。碧翠丝有点像扭曲版的凯特·温丝莱特，起码嘴巴和身材神似。在影片的大部分时间里，她总是在溜达，穿着清凉，算是比较养眼的一个人物。他们共有一子一女，影片对他们的女儿罗拉关注不多，只是在影片开头，小丫头和朋友彻夜狂欢了一把，然后就是和一个骑摩托车的小子跑得没影了。他们的儿子叫查理，留着一脑袋随风飘荡的头发，穿着一件浩荡的 T 恤，瘦、矮，眼神阴郁，一看就是一副青春期的叛逆样儿。

按照惯常的思维，这一家从城里来到了这个偶尔有傻鸟过来拉屎的地方度假，其充分休息的意思是再明显不过了，所以每个人都理直气壮地采用了自己认为最能体现休息的方式。老爸马克一脑袋扎进自己的那堆破烂当中，整日敲敲打打，老妈碧翠丝则终日游荡在海边，法兰西午后的阳光很快就赐予了她一副小麦色傍身。女儿罗拉早就跟着一个骑摩托的小子跑路了，只剩下儿子查理顶着一脑袋头发，小耗子一样出出进进而又悄无声息……

关于欲望

放心，以上几位就是到了影片最后，也没做出什么惊天动地的事儿来，没有外星人，没有恐怖分子，就连拎着把匕首的小偷都没出现过。马克依旧整日在敲打，碧翠丝还是喜欢在海边游荡，马克的头发似乎又长了一截。

还有一样不曾变化的，就是弥漫在影片每一个角落里的欲望气息。夏天本就是一个考验人耐性的季节，影片更是别有用心地把镜头放置在海水、沙滩、泳裤和夏蝉每日的嘶叫上，人工制造了一种焦灼感。而马克一家动不动就传来的洗澡的声音，更是从听觉上强化了视觉效果。

法国曾有一项统计说，法国家庭添加人口的时间 70% 以上是在度假之后，那么影片也没必要回避这一优良传统，故意设置了马克和碧翠丝翻云覆雨的镜头。姜文曾对大多数电影中灯光的运用不以为然，其实仔细想来，我们是不是都曾有过这样的体验，比如主人公装模作样地点上一根蜡烛，其实我们旁观者都看出来了，那根蜡烛根本就没有起到蜡烛的原始作用。本片也没能突破套路，马克和碧翠丝的床上镜头在点点光亮的映衬下，显得唯美异常，你恨不得翻找出浪漫、温暖等若干俗套傻词和劲爆、天人合一等先锋词汇，一股脑地砸过去。你看，这就是灯光的作用。

儿子查理有点蠢蠢欲动，整日不是洗澡，就是游荡，梗着脖子一副看谁都不顺眼的架势。不过，到了少年维特那样的年纪，增添了一些原始的终极性烦恼，连上帝都会置之一笑。让人欣慰的是马克夫妇，两个细节被导演很好地利用起来，一个是马克修车的时候，碧翠丝在一旁观战，跷着二郎腿儿调戏一下马克，透着一股让人眼红的亲热。还有一个细节是他们双剑合璧对付要跑路的女儿的时候，用中国那句古意十足的妇唱夫随来形容再合适不过了。

可是，这是一部电影，而且是一部关于度假的电影，在我的记忆中，在电影中度假一般都会发生点什么，比如 [欧洲性旅行]，比如 [游泳池]，甚至一个法国片子干脆就叫起了 [度假惊魂]，片子不咋地，但还是勇敢到无耻地拍到了第三部，说明大家对假期的期待有多多元。[闭门诱惑] 也一样，这个表面看来既平凡又平淡的家庭实则暗潮汹涌，我们看到的女儿出走，儿子叛逆其实都是小菜一碟，你说，哪个家庭不曾经受过这样的洗礼呢！

一切秘密都因为马丁的到来而浮出水面。

关于爱与性

就爱与性来说，我喜欢法国人的坦荡，[亲密]这样的片子能拍得乐而不淫，也只有法国人才有这样的修行。但我不喜欢同样是法国人的凯瑟琳·布雷娅，自[罗曼史]之后，她几乎就没有拍过那种心神合一的片子了，甚至在[地狱解剖][老情妇]中拿腔拿调，惹人讨厌。还好意思指责吕克·贝松自[第五元素]之后，就丧失了欧洲导演的品质，真是老鸹落在了猪身上。很多人也对[闭门诱惑]提出了相似的质疑，可我倒觉得，即使在最后表明了态度，仍掩盖不了过程中的猥琐。这和坦荡荡没关系，毕竟最后的结果固然重要，催生这个结果的原因更加重要，坦荡也有个是不是光明磊落的问题。

事情稍微有点复杂，我们还是从马丁说起。看样子，马丁也就比查理大那么一两岁，虽然也似查理那么瘦弱，但已经显出一点男人的气质来了。他是查理的发小兼同学，这次也是慕名而来，顺便度过这个难熬的暑假。一般而言，两个半大小子凑在一起不外乎下水摸鱼，上山打狍子之类的事儿，但自认目光如炬的马克夫妇很快就得出结论，“这俩小子有问题”。他们所说的问题其实我不解释您也明白，所以也就不解释了。

影片被一干人等拍马屁的“坦荡”似乎开始显露出来，表现之一就是马克夫妇对儿子“同性倾向”的认可。也不是没有难过，但也很快就释然了，互相安慰说“喜欢谁不是喜欢啊”。于是，儿子查理和马丁每日打打闹闹，马克依旧每天敲敲打打，碧翠丝终日游游荡荡。一天，碧翠丝游荡得差不多，估计该到吃饭的时候了，就回家了，路上电话响起，下一个镜头是一个长相欠揍的秃头男人在那一头一脸暧昧地说话。这就是碧翠丝的秘密。

如果把碧翠丝前一段的所作所为喻为打酱油的话，从这一刻开始，她就迎来了俯卧撑时间。看得出来，两人交往绝不止一日两日那么简单，在海边的礁石背后，在大树的盘根错节以左，两人宽衣解带的前奏只不过一个眼神的交错而已。有两个细节有必要单拎出来，一是，某一个深夜，碧翠丝的手机响起，为了掩人耳目，碧翠丝只好采用 [手机] 教过的那招，Hello 几声之后说信号不好，到了小花园，就看到了她中午时候刚刚使用过的那具白色的肉体，贱兮兮地向她张开了硕大的怀抱。还有一处就是，两人在海滩某处礁石一通云雨后，送碧翠丝返家的路上，这个男人发表了影片中最为慷慨激昂的一通爱的演说，为了捍卫自己“为了爱，梦一生”的权利，他决定直接载着碧翠丝到门口。这也是他和马克在影片结尾前唯一的一次会面，碧翠丝的解释是，“我的车胎爆了，这个人载我回来”。

这一对给我印象最深的，莫过于两人欢爱时的癫狂了。碧翠丝对于他的依赖也完全体现在性的吸引上，这和她在他们相处时候的表现中已经昭然若揭，那位老兄也没有高尚到哪去，他和她唯一不同的是，他一直用爱这样的词汇来装饰性。就这一点而言，他们都应该向马克学习。

关于坚持

是的，马克，影片中一直忙忙碌碌的男主人，碧翠丝忠诚的丈夫，查理无所不能的父亲，在影片中段遭遇了一个水暖工。其实，水暖工也没什么了不起，即便这里荒陋如斯，儿子查理也能一个电话叫到一个水暖工，替自己解决洗热水澡的问题。只是，查理无论如何也不能想到，他叫的这个水暖工，就是在海滩上骚扰自己的那个同性恋，也就是自己父亲的前男友。

这是一个导演趴在被窝里还在偷笑的包袱，早在马丁刚到来的时候，就早早地扔过一个闪光弹。当时马克听见楼上洗澡水声一直源源不断，出于伟大的环保方面的考虑，马克先生不得不半夜爬起来去察看真相。他设想的真相没有看到，却看到了马丁在蓬蓬头下自慰的真相。镜头一转，马克一把拽过碧翠丝，压在身下……令人气愤的是，接下来的镜头又 TM 顾左右而言他了。

马丁和查理到底是不是同性关系，一直被影片当作扑朔迷离的一个线头，只是当马克因为光头水暖工的出现，开始正视自己所爱的时候，其他线头都变得无足轻重了。我们暂时忽略查理的愤怒吧，像他的父母那样，把他说的“我不是同性恋”当作一次小声的辩解。闭上眼睛，任马克和水暖工的拥抱来得更猛烈些吧！

我对影片各得其所的大结局不反感，相对于现实，电影有责任也有义务狠狠地温暖我们一下，可我也承认，在马克和碧翠丝摊牌后的表白面前，差点没能忍住恶心。如果你想象不出，在那样一个情境之下，还要对对方说：“其实，我挺稀罕你的。”那就去看 [闭门诱惑] 吧。人类的贪婪和虚伪被打扮得如此妖娆盛放，而对象竟是一个络腮胡子的糙爷们，你是什么感觉？

影片萦绕了一种黏稠的气息，像夏天潮湿的空气，几乎所有的感情都不透明，看了徒增一种憋闷之感。

埋伏了太多秘密的感情，能走多远呢？ 1990 年的爱情，还会回来吗？

[偷窥] *Sliver*

导演：菲利浦·诺伊斯 Phillip Noyce
主演：莎朗·斯通 Sharon Stone、威廉·鲍德温 William Baldwin
出品：美国
年代：1993

当身体成为一种语境

我喜欢一个男人和一个女人就那么风雨相携不离不弃，从身体到灵魂都彼此信赖和依靠。

其实，[偷窥] 更应该被定义为惊悚片，虽然情节本身远没有莎朗·斯通的身体惊险。善良一点，或许编剧和导演的本意就是在商言文，一惊一乍的只是莎朗·斯通的身体！那么当身体成为一种语境，作为观者，我们又应该怎样表现呢？有人曾试图挖掘影片的思想内涵，但所有社会意义以及批判意识的说法，最后也只博得一笑。再善良一点，也许最初时候，几位仁兄确实也有过类似的雄心壮志，可最后的结果还是尴尬地回到那个老问题上来：您要表达的是不是我们所看到的！

还有一点需要注意的是，[偷窥] 拍摄于 1993 年，是的，这仍然是 1992 年那部 [本能] 的抄袭之作，虽然相对于其后的 [致命交叉点][致命快感] 等，还不算完败，但四千五百万的票房让一干人等郁郁寡欢。OK，这样说不甚妥帖，影片最大的贡献，在于为情爱电影铺陈了三处堪称经典的情爱镜头，只是当时甚少有人提及，若干年后再看，才蓦然惊醒——仿照一位我不喜欢的网络写手的语法就是——你看，这多像爱情！

第一场死亡

影片共有三处死亡，作为一部以惊悚招摇的影片，死亡是一帖万能膏药。通常情况是，雨夜，看不清面孔的对手，逼仄的空间，我见犹怜的当事人以及急管繁弦的音乐。导演菲利浦·诺伊斯性急了些，在[偷窥]的一开始，就卖弄了一通大众手法，最后以那位梨花带雨的小妞的自由落体作结。可惜的是，此君道行浅了些，未能化腐朽为神奇，但起码在我们心中埋藏了一个疑问。

这种感觉很奇妙——如鲠在喉。

搬家

克莱尔，编辑，女性，35 岁，金发，有过一场长达七年的婚姻，现独身。最近一段日子她有些焦头烂额，一面疲于应付那个絮絮叨叨的上司，催命一样追赶那本詹姆斯·迪恩的传记；一面安抚同事过分热情的红娘需求；另一面，满世界地寻找一个可以栖身之所。好在，那个奇怪的叫碎片的大厦很快有了回应，说是随时可以入住，算是了却了最为燃眉的一桩大事。

克莱尔对新居非常满意，宽大舒适，阳光很足，虽然浴缸有点奇怪，但躺在里面，她还是略带痴迷地抚摸了自己的腹部。作为一个 35 岁的女人，如此平坦性感的小腹，完全可以用罕见来形容。青春就那么快马加鞭地逃走了，伸手所及的总是干涩的语汇，那些爱呀债呀，变得惊慌失措。夜晚的时候，只有星星才是真实的，可是克莱尔的落地窗总是阻碍了视线，这个大工业的城市已经不盛产伤感了。

搬家那天，克莱尔对这栋大厦的三个男人印象深刻，一位是有些秃顶的里格斯教授，他用一种介于学术和民间的方式生硬地套近乎。有些急切、慌乱还有一些不谙世事的扭捏，这不是一个高手应有的风范；一位是一个神秘地消失于13层的俊秀男人，他温文尔雅地帮助克莱尔提了一些重物，又在小女人耳热心跳之际，毅然抽身而退。后来克莱尔知道，他叫希格，再后来她还知道，他就是这栋大厦的主人；还有一位说来复杂，在大厦厅堂，两人曾有过一面之缘，面对着他几乎蛮横的目光，克莱尔隐隐有些不快。在第二天的一个聚会中，两人再一次不期而遇，这一次越发夯实了克莱尔最初的判断，此人自负清高，随意打断别人的谈话，极不尊重女性。后来在一次晨练中，他还惊吓了她。实际上，他是一位畅销书作家，曾以一部《血肉》名贯一时，对了，他叫杰克，和某一位她所仰慕的人同名。

三个男人

这是一座不吉利的大厦，第一次说这话的就是那个秃顶的里格斯教授，下一句话就表达了约会的愿望，他希望从日本回来后能和她共进晚餐。停顿了一下，他告诉她，她所居住的房间，原来为一个叫诺米的女人所有。可是在一个大雨的夜里，诺米纵身从阳台跳下，这也就是本文前面所说的第一个死亡。对此，以克莱尔知性女子的思维当然不以为意，每个人都有选择自己喜欢的生活的权利，也有选择不继续生活的权利，但克里斯的下一句话令其愣了一下，“你和她长得太像了。”

第二个死亡接踵而至，里格斯赤身露体蜷缩在浴缸里，安然去世，没来得及去日本，没来得及和克莱尔共进晚餐，甚至没来得及挣扎。司法部门认为他杀的可能性很大，对此，克莱尔也是满腹狐疑，朗朗乾坤，怎么凶杀就这样诡异地发生了！

作家杰克还在纠缠克莱尔，这个心怀叵测的家伙，甚至约克莱尔的同事去大木屋住了一晚，借机打探克莱尔的点点滴滴，只不过弄巧成拙，被克莱尔异常生猛的女同事上下其手。回来后，同事一口咬定，杰克是一个性无能者，对此，克莱尔仍然持怀疑态度。

那个如沐春风的希格约克莱尔一起去健身，并热心教她怎么利用器材以达到健美和锻炼的双重目的，晚上，如很多文艺作品所津津乐道的，两人缠绵了一整夜。对克莱尔来说，这是一个不错的开始，一个舒适广阔的房间，一个优秀体贴的男人，一个看似爱情的开头。

但杰克阴魂不散，竟然自行闯入了克莱尔的房间，恶狠狠地警告她，希格是一个变态狂，就是他弄死了这个房间的原主人诺米。但某一次缠绵之后，希格只承认自己是这栋碎片大厦的主人，是他要求下属尽快回复她的租赁请求的，没关系，此刻浸润在爱情之中的克莱尔，喜欢这样小小的私心。

第三场死亡

这一次赶赴黄泉的是杰克，而帮助他上路的则是克莱尔。

事情的起因转移到克莱尔的女邻居米黛，杰克说，希格和诺米有一腿，最后还弄死了她，而希格的说法则完全相反，于是邻居米黛的话，就成了关键。但米黛无巧不巧地成了某一黑衣人的刀下之鬼，隐约觉得不妥的克莱尔拍马赶来，恰好看到杰克隐藏在黑衣之下的那张狰狞的面孔，失去理智的杰克咆哮着挟持了克莱尔，并以此骗来希格，两人很快扭作一团，情急之下，克莱尔扣动了刚刚捡起来的左轮。杰克如慢镜头一般倒下，他眼中最后一抹绝望以及哀恸的颜色，击中了克莱尔。

偷窥

其实偷窥镜头一直存在，从诺米举身赴死的那个夜晚，从克莱尔第一次步入电梯，第一次抚摸小腹，第一次在浴缸中舒展身体……巨大的屏幕，烦琐的机器，单调而兴奋的轰鸣。一个神秘人隐藏在机器后面，仿佛千百双眼睛注视着红尘俗世。所以当克莱尔发现了希格的秘密之后，他用上帝两个字形容了偷窥的快感。具体行动表现之一就是，给那个经常猥亵女儿的胖子打了恐吓电话，后来，克莱尔和希格一起在镜头前欣赏了，胖子如何声泪俱下的向女儿认错的经典场景。

你是不是也发现了一丝不妥，是的，此刻的克莱尔已然沉浸其中，她看见有人洗澡，有人刮胡子，有人吵架，有人做爱，有人歇斯底里地哭泣，有人暗暗发笑，有人光着身子在房间里走来走去……现代社会封闭的居住环境，人为地制造了很多释放罪恶的机会，那些钢筋和心灵封闭了的领土，制造了一个欲望的城堡，善恶的界限摇摇欲坠。

海德格尔说：我们诗意地栖居，可是当那块生长过荠麦和羊齿的土地，那块以诗作为歌唱的大地，变成了柏油路，变成了石头堆砌的围墙，变成了可以每小时 100 多公里速度飞驰的高速路，我们该怎样收拢我们的灵魂？！

我想结局很多人都会猜想得到，克莱尔知道了自己也一直被偷窥，就要求希格交出他们做爱的录像带，进而灵光乍现地去希格取东西的地方翻找。她看到了希格怎样和死去的诺米翻云覆雨，看到了希格怎样强暴米黛……影片最后，克莱尔倾泻了所有的子弹，那些用来偷窥的“从大阪买来”的机器，化作跳跃的火花，那些生动的表情和未经描摹的生活，灰飞烟灭。

演职人员表，在玻璃的碎裂和一个女声的哼唱中，升起，又慢慢绝尘而去！

情爱镜头

前面说过，影片最令人称道的就是三处可以载入相关历史的情爱镜头。

第一幕发生在健身房里，克莱尔在希格的指导下锻炼，希格用手轻轻托住她的臀部，随着运动的进行，那双美国男人特有的毛茸茸的大手，在山峰中攀缘、穿行、游走。室外阳光生机勃勃，健身房内人声如潮，有没有人在挥汗如雨中，注意到这香艳的一幕？人类后天的锻炼和先天的欲望结合在一起，汗水成为欲望的一种外现，摄像机成为偷窥的第三只眼睛！

第二幕发生在之后不久的拂晓时分，一夜缱绻，天将亮未亮，克莱尔偷偷爬起来，趁夜色未尽，想穿衣服溜走。掩合窗帘的刹那，希格用磁性的男中音邀请她再次躺下，这时候……头发蓬乱的克莱尔回转身来，坐在附近的沙发上，头微垂，眼睛向上45度盯着希格。那个裸露如神祇的男人，抬手，轻轻拍了拍身边的位置。而我们的克莱尔保持原来姿势的同时，也拍了拍身边的位置。男人视线不动，身体移到床边，女人视线保持不动，但身体已然离开原来的位置——两具小兽一样的男女再一次拥抱在一起！

第三幕依旧发生在一个公共场合，一次晚宴时候，希格置周围人群于不顾，盯着眼前笑靥如花的克莱尔，肆意谈笑私密之事，以梭哈的规则，邀克莱尔露出胸部。周围的食客一直在絮语，大堂的音乐一直在低回，侍者依旧在往来穿梭，酒杯依旧被不停举起。克莱尔微微偏转了身体，解开扣子！邻座一对沧桑入味的老绅士，微微颤抖了手，但依旧保持了不失体面的表情。

希格愈加放肆了，要克莱尔褪去内裤，克莱尔依旧保持了原来的坐姿……旁边两位绅士夫妇终于不支！

他们说的爱情

请原谅，我不认为，克莱尔与希格之间有多少爱情。

我们对爱的定义太宽泛，怜悯、同情、取暖的需要、欲望的需要，或者干脆就是完成一个特定仪式的需要。你总得用某种仪式来完成你的成人礼吧，总得用某种行为宣告你的正常和人伦的交接吧？很多人需要我们去对得起，很多铄金之口需要我们去堵塞，或者就剽悍地自欺欺人地认定，那种依依不舍，那种身体的渴望就是爱情了。比如克莱尔，对希格的迷恋有多少是出于一个35岁女人的身体需求，有多少是心理上那种对抚慰的渴望？那么对方是不是希格，很重要吗？而希格呢？作为影片中一个感情复杂的定义，他是不是也代表了人群的大多数？好奇是分年龄段的，少年的好奇可能成就一个人，成年的好奇则可能毁灭一个人。对自然，对异性，对一切未可知的探索，都需要一个繁华的表象和一颗纯洁的心灵。

杰克也不是一个智者，他的善举中包含有一种疯狂的成分，不过这一点影片并没有尽可能地铺陈开来，只是，我们是不是都曾有过这样的体验：我们很容易就发现了他对她的不真诚，但从前睿智敏捷的她，就是沉浸其中无法察觉。男人左右逢源，女人痴诚一片，从前凛冽的旁观者变成糊涂的个中人。

是的，这个风雨欲来的人世总是那么多灾多难，总有那么多未知的陷阱隐藏在未来，所以我喜欢一个男人和一个女人就那么风雨相携不离不弃，从身体到灵魂都彼此信赖和依靠。所以，亲爱的，我喜欢相依为命这个词，喜欢那种惦念和牵挂！你呢？

[枕边书] *The Pillow Book*

导演：彼得・格林纳威 Peter Greenaway

主演：邬君梅 Vivian Wu、伊万・麦克格雷格 Ewan McGregor

出品：法国 / 英国 / 荷兰

年代：1996

诡异而绝美的书写

片中时代成了可有可无的布景，剧中人都生活在自己的世界里，外面嘈杂而忙乱，室内静谧安详。

彼得・格林纳威的 [枕边书] 用经典来形容竟慢待了它。在这部电影中他继续了对女性电影的纵向挖掘，继续了自己所一贯坚持的那种怪异离奇的故事情节。影片中独特的“画中画”形式，被认为是后现代摄影技术最为华美的诞生礼，不过这些都不是我无法躲避的原因。一百多年来在电影的世界里，类似的才气的厚积薄发，它不是唯一的一次也绝不是最后的一次。

我必须面对的是影片中关于身体的裸露，无论是在数量上还是在质量上，男性都大大超过了女性，这在情爱电影中是非常少见的。还有一点应该是我们感兴趣的，那就是邬君梅的演出，这位 [末代皇帝] 中华贵婉约的文绣，在本片中摇身一变展示了成熟女人的万千风韵。

书写

[枕边书] 是彼德・格林纳威 1995 年的作品，彼得聪明地把故事发生

地放在了日本。没有比日本更适合这样诡异离奇的故事了，只可惜那些或刚劲或阴柔的书法，如果是汉字会更加繁华遒劲。

清原诺子出生在一个典型的日本家庭里，从小就备受父母关爱。每天她都在樱花的香气和母亲读《枕草子》的书声里沉沉睡去，又在三弦的叮咚声中醒来。她看见母亲为《枕草子》而痴迷，看见父亲和出版商镇定从容的同性之爱，也看见男孩子们每日张扬的剑道，看见盂兰盆会的灯火随波逐流而去……

每年生日的时候，作为书法家的父亲都会在她脸上写字，笔锋的横平竖直之间，毛茸茸的笔尖让她无法忍受。母亲告诉她，上帝造人的时候，先后画上她的鼻子、眼睛、耳朵、嘴……如果上帝认可自己的创作就会写上自己的名字，并赐予生命呼吸……最后父亲在她的唇间点上朱砂，在众人的赞叹声里，诺子感到自己真的越发美丽了。

以后她每年都盼望着生日的到来，盼望着那样柔软的笔锋，再次在皮肤上缓缓流动，像妈妈的手，也像北海道夏日的海风。墨与皮肤的结合大概是世间最完美的事情了，母亲告诉诺子，《枕草子》的作者和她同名，也是从小就被父亲把身体当画，《枕草子》是她成长为亭亭玉立的少女后一次最为美丽的回忆。而在诺子 28 岁生日的时候，这本书就有一千年了。

此后诺子就期盼天天都是生日，天天都享受那种凉凉的墨迹，在身上慢慢干涸的感觉。出版商还是不请自来地光顾父亲的卧室，被读了无数遍的《枕草子》还是会伴随诺子进入甜甜的梦乡。窗前樱花开了又谢，有一天诺子想：如果嫁人，就嫁给一个也爱书的人。

可是嫁了人的诺子发现，这次她的想象并没有成为现实。丈夫痴迷的不是书而是剑道，家里到处都是他的弓和箭，到处都是他和伙伴们比试后的狼藉。而且丈夫不允许诺子浪费钱买书，并警告她，最多只能买一百本！可是诺子买了第一百零一本书——《枕草子》，东躲西藏之后还是被丈夫发现了，于是那本《枕草子》就成了丈夫打火机下的一缕飞灰。

那天的火好大，到处是炙人的火光和呛人的浓烟，诺子慌不择路，在丈夫的追赶下一路狂奔，她逃出家，逃出北海道甚至逃出了日本。诺子后来回忆说，生命中第一场大火，烧得她逃出日本，她不知道以后的日子里，自己会在哪里落脚，会不会还和《枕草子》相约着进入梦乡。

异乡

在香港，诺子帮人打扫卫生，帮人在工厂做工，在昏天暗地里忙得忘了自己和那部《枕草子》。有一天她终于发现自己与书和文字距离太远了，于是她决定要用最流利的英语说话，用最快捷的手指打字，她要在这个繁华的世界里活得有声有色。她还意外地想起了樱花，想起了父亲的狼毫笔，想起了那种快意淋漓的停顿转折，于是就把打印好的字又一次紧紧地贴在自己的胸脯上，但那只是冷冰冰的纸，和那种笔锋行走的快感无关，刹那之间，诺子终于醍醐灌顶——自己所不懈追求的应该是那种特有的墨与皮肤的亲近，应该是日本文化特有的横平竖直笔意流转，而不是工业感觉僵硬的纸和笔。

就在她恍然大悟的第二天，工厂发掘诺子做模特，利用她曲线玲珑的身体为工厂的产品做宣传。于是诺子凤凰涅槃，开始接触那些有可能帮助自己实现父亲梦想的人。那包括一个可以说六种语言的作家，但他那用打字机糟蹋了的手已经写不出正常的字了，还包括一个“早上是谦恭的书法家，晚上是大胆的诗人”的香港人，可是他的笔只适合落在纸上，不适合皮肤……

诺子有些失望了，她开始试着拿起笔在自己的皮肤上写字，第一次她在腹部写下了“爱憎”在左手腕写下了一个“男”。恍惚之间，儿时的感觉又一次扑面而来。她发现书写与被书写都有同样的快感，都是那种文学和肉体的喜悦。

她开始在和自己过夜的男人中寻找适合书写的皮肤，第一次以皮肤当纸是在一个不懂东方语言的英国人身上，同时她发现太年轻的京都来的皮肤不适合做纸，而有些皮肤天生就是吸墨纸，那才是书写的最佳材料！她决定把自己的书法作品出版，就去出版公司寻找出版商，可是出版商一次次的回绝让她心生倦怠，就在她茫然无措的时候，她发现了出版商的同性恋男友杰洛，她知道自己的机会来了！

诺子成功地勾引了杰洛，在和他鱼水之欢后，她开始在杰洛身上痴迷地创作。杰洛年轻健壮的躯体成为她理想的书写地，笔锋流转墨迹鲜然，杰洛和诺子的身躯成了一幅完美的水墨。而诺子也同时惊觉，不失天真的杰洛已经在自己心里生根发芽，日常琐碎之间挥之不去。这感觉让她半是甜蜜半是恐慌，她不知道这一次自己的作品能完美如《枕草子》。

她还是按计划让杰洛去见出版商了，在出版商面前，杰洛再次展示了自己不带瑕疵的身体和浑然天成的书法艺术。出版商终于投降，让人立即描摹并马上制版。

看着杰洛和出版商出来，在外等候的诺子按响了喇叭，杰洛跑过来告诉诺子成功了，现在他要和出版商去他们经常去的那间小屋。诺子明白，父亲当年和出版商之间的同性交易，又一次在杰洛和出版商之间上演了。

结束

天黑了，霓虹开始闪亮，等不到杰洛的诺子跑回家，希望杰洛能在他们的房间里微笑着等她。可是奔走到最后，诺子在出版商的那间小屋外看到了自己最不愿看到的一幕，而她发现杰洛就像和自己在一起那样痴迷其中。诺子跑进一个酒吧，随意找到两个年轻人，带他们回家做爱然后写作，就在杰洛和出版商刚刚走出小屋的时候，出版商收到了诺子的第二部作品。和上次一样，出版商命人记下制版，而杰洛知道自己恐怕要失去诺子了。杰洛跑到诺子的家中敲门呼唤，可诺子坐在黑暗的房间里，泪流满面。

在朋友的提醒下，杰洛决定上演一出苦肉计，他觉得这是自己唯一能挽回诺子的办法了。果然诺子看见服药昏迷后的杰洛回心转意，她觉得杰洛如此深爱自己，也许小时候的梦想就要实现了吧？在每一个白天黄昏，她和杰洛一起读书写作，他们会把对方的身体当作世界上最好的纸。笔锋的行走间，她们的爱情会就此地老天荒，又一部《枕草子》会在那时诞生吧？会不会在一千年后也有母亲在孩子睡前读她们的《枕草子》呢？可是诺子的愿望又一次落空，纯真的杰诺服药太多再也醒不过来了。悲伤的诺子最后一次在杰诺身上创作，并用了以前所不敢用的朱砂和金粉，在诺子的眼里那是她最好的一部作品。诺子用日本的传统风俗轰轰烈烈地葬了杰洛，她知道这一生自己的创作会在此打一个结。出版商也知道了杰洛的去世，可是在一个月黑风高之夜，他带人打开了杰洛的坟墓带走了杰洛的身体并剥下他的皮肤，把上面的文字记下制版，然后猥亵了那张世界上最美的肌肤……

诺子决定向出版商复仇，她不停地派写满字的男人去和出版商交换杰洛的身体，可是出版商一次次地拒绝，于是诺子派去的人就一次比一次怪异：第七部书是一个全身写满字的光头男人；第八部书是一个只在身体隐秘处写字的男人；第九部书出版商怎么也找不到字，可是被赶走的男人猛然回头伸出了舌头，上面写着“第九部上帝之书”；还有第十一部竟是一个撞向汽车自杀身亡的“背叛之书”！这是影片最为奇崛华美的段落。

诺子发誓要完成的第十三部书终于到来了，那是一个相扑男人。他的全身写满和去世的杰洛一样的文字，但多了几个字“处死者之书”。于是出版商也一样脱光了衣服，然后郑重地把刀交给那个相扑男人，刀一挥，出版商的血像风一样地喷薄而出，后来出版商的住地变成一片熊熊大火……

生命中的第二把火，把将要临盆的诺子又送回了日本。樱花还是小时候的樱花，可诺子已经不再是那个小女孩了。她抱着怀中的女儿看她咿咿呀呀地学话，就忍不住拿起笔在她脸上写下那些横平竖直的文字，并告诉她，上帝造人的时候，先后画上她的鼻子、眼睛、耳朵、嘴……如果上帝认可自己的创作就会写上自己的名字，并赐予生命呼吸……

情爱镜头

电影中的情爱场面大多被文字和笔墨所充斥，让人觉得人体之美和书法之美相得益彰。邬君梅写满字的身体在彼得·格林纳威技术化摄影技巧的调动下，含而不露蛊惑十足。影片中大量个性化的男性人体，让人不得不惊叹导演个性的审美角度，和他那部 [八又二分之一女人] 一样，利用色调的变换，是他展现情爱场面的鬼斧神工之处。唯一没有字的人体展现，是在诺子和杰洛第一次的欢爱场景中，摄影采用了全正面的忠实记录，诺子娇小的身躯和杰洛健美的身材彼此错落，灯光在他们身后的墙上打出了春夏秋冬的字样。两人激情内敛，动作轻柔舒缓，镜头就停止在他们雪白的身体上，并和身旁昏暗的景物形成巨大的反差，但我们知道对于相爱的人来说，每一次相聚都是天堂。

可是那场杰洛和出版商之间的亲热就让人感到不快了，不只是两具没什么美感的身体，还有出版商野兽一样的眼神，那时杰洛写满字的身体也失去了原来的美。屋外诺子悲恸欲绝！

电影大量运用电脑技术，将各年代、各时空发生的故事以“画中画”的形式在同一个电影平面展开，开掘出前所未见的电影语法。使平行蒙太奇成为“平面蒙太奇”。影片中诺子对人体书法由拒绝到接受到最后沉迷于其中，展示的是一个压迫与被压迫的奴性过程，而最后当出版商结束了自己的生命之后，诺子又完成了那种广义概念上的对父权的颠覆。

无法不爱上这样的电影，诡异而绝美。[枕边书] 充斥了日本民族独特的审美，比如男人至上的尊贵、情爱场面中旁边像傀儡一样舞动的第三者，以及男孩子们舞动木剑时所表露出来的武士道的雏形……这就是那个在唐宋时候到中国谦恭学习的遣唐使的民族！就是那个曾经在南京烧杀劫掠整整六个星期的被称作日本鬼子的民族！

在情爱电影中，依然偏执得令人不寒而栗的民族！

枕草子

《枕草子》是清少纳言的一部情感日记，约写于公元 990—1000 的十年间。里面大都记录了一些女人情怀，当然也少不了情爱之后的感悟和体会，在日本流传颇广。少纳言是官职名，她是歌人清原元辅的女儿，所以取一个清字做代号。她家学渊源，深通歌道，熟知汉学，与《源氏物语》的作者紫氏部齐名。

《枕草子》是贯穿影片的引子。从当初吸引了诺子的那部即将一千年的枕边书，到后来诺子用生命写就的那部自己的十三部枕边书，生命完成了一千年的轮回。时代成了可有可无的布景，剧中人都生活在自己的世界里，外面嘈杂而忙乱，室内静谧安详，一如朗读《枕草子》的母亲。

[性是一出戏] *Sex Is Comedy*

导演：凯瑟琳·布蕾娅 Catherine Breillat

主演：安娜·帕里约 Anne Parillaud、格雷戈尔·科林 Gregoire Colin

出品：法国

年代：2002

不屈不挠的长镜头

因为生存环境所迫，刺猬只好周身长满了刺，同样为了生存，当预感到危险的时候，它的刺就会立刻变得坚硬。

对欧洲，我一直神往，除了浪漫的爱琴海、桨声咿呀的威尼斯，血腥惨烈的罗马角斗场和盘旋着天籁之音的维也纳金色大厅。文艺复兴时候慷慨勃发荡气回肠的文艺气质，也是我所无法回避的。我知道，我终究无法重历那些人和那样的事了。那些英雄和美女的传说，注定了只会在光影的招摇中和我沉默对视。

欧洲导演中，我喜欢阿伦·雷乃，他的那部 [生活是一张玫瑰花床] 曾反反复复地看。想想看，这块土地何幸，理查德·阿顿伯罗先于印度人拍摄了 [甘地传]，米洛斯·福尔曼的 [莫扎特] 弥漫了蚀入骨髓的忧郁，希区柯克早在好莱坞扬名立万之前，就玩腻了惊悚和悬疑！这些悠闲的岛国，每一处都适合游吟和恋爱，适合大张旗鼓的欢乐和痛苦。当然，我不否认，彼得·格林纳威和凯瑟琳·布蕾娅这样的主，也是欧洲的一部分。但在我看来，没有这样愤怒的欧洲人，那些张扬的雕塑和壁

画，那些不朽的诗歌和戏剧，甚至历史意义远胜于其人文意义的文艺复兴，就都无从谈起了。

我曾对凯瑟琳·布蕾娅越来越极端的战斗精神，表达过极度的鄙视，但事实是，我怎么也无法忘记 [罗曼史] 和 [姐妹情色] 于我的震撼！这部 [性是一出戏]，我一直坚持着不去碰触，也不肯去听同事们只言片语的评论。我真的希望，这样一个差点成了英雄的斗士，能够在凛冽的男权社会中洒脱一点，但 [地狱解剖] 告诉我，她最终也没有真正地自信起来。[性是一出戏] 是另一种情况。

布蕾娅檄文

[性是一出戏] 是 2002 年戛纳电影节导演双周的开幕片，见多识广的戛纳人民对布蕾娅一贯的狠辣倒是能坦然面对，不时还有智慧与勇气兼备的人士，对影片不屈不挠的长镜头指指点点。和以往一样，顶着凯瑟琳·布蕾娅字样的电影，获得了毫不意外的欢呼和唾骂。对于布蕾娅来说，这一切都不重要，美国著名的独立电影发行公司 IFC Films 买下 [性是一出戏] 的北美发行权，让她悬紧的心砰然落地。这是否就是她一直高度紧张并最终有些歇斯底里的原因？我想，这样的猜测和揣度毫无意义可言。

当某种个体行为被赋予一层光芒四射的社会意义之后，这行为本身会越发牵强，并最终会走样变形。

[性是一出戏]是凯瑟琳·布蕾娅的一篇檄文，讲述的是一个女导演拍摄情爱电影的经过，中间夹杂了她和男主角以及助理之间混乱暧昧的两性关系。因为这层关系，使得本就对这部电影云山雾罩的女导演，更加混乱不堪，后来，女导演痛定思痛重整山河，一部“这才是人生”的光芒之作应运而生。

影片行进到一半时候，也就是女导演决定痛下杀手之前，在某一家咖啡馆，和助理查理相向而坐，她发表了那个后来流传久远的战斗宣言。对不起，我并没有觉得如何慷慨悲歌，执拗、恶毒甚至在[地狱解剖]中流露出来的毫不掩饰的偏激，一一潜伏其中。女导演自言自语了很长一段时间，当时她那个情人兼助理就傻呵呵地坐在对面一言不发，画外音是布蕾娅所喜欢的泉水一样流淌的钢琴曲，请原谅，我不知其姓名，但那种叮叮咚咚的和声，让人很是受用。

宣言有些仄长，但我还是想转述给读者，在我看来，凯瑟琳·布蕾娅完全是因为这段话才拍摄了这部电影。我们知道，这依然不是什么才华之举，起码对于一部电影来说，有点目的性太强，而且布蕾娅的手段太圆熟，圆熟到惹人生厌。

“做爱时人们会怎样？我甚至不知道为什么要把它拍成电影，没意思透了，又没有社会价值，都是一样的开头一样的结尾，拍出来还不是和畜生一样？我讨厌拍成那样，我鄙视那种拍摄方式，都是以男主角为中心，女主角是被忽略的，被处理得好像不存在似的。这些电影粗暴地否定了女性在性关系中的作用。我的任务就是把中心转移到女性上面去。女人也有需要，这是事实。所以我找少女来演女主角，我想要她和我一起去抗议这种偏见，你得抗议，你得坚持，你得争取，摆脱这种偏见和歧视，而男主角在我心中就相当于一个道具。”

敏感得过了头

令人眼前一亮的是，女导演让娜的饰演者就是“尼基塔”。这个曾让我惊为天人的安娜·帕里约，此时已经不是吕克·贝松的老婆了。当年手持双枪的飒爽英姿，也已经暗淡发黄成了一段记忆；赴约时候让人浮想联翩的短裙里面的身体，包裹在臃肿的防寒服里，更绝的是，不知什么时候，她伤了脚，拄起了拐杖。看得出来，布蕾娅把赌注都押在男女主角石破天惊地拍出“最人生”的那个镜头时候，让娜和女主演，两个不同年龄，牵扯了两个不同时代的女性相拥而泣。这是安娜·帕里约最应该出彩的一段，但是和此前她赶走同事，独自一人闷在房间闭关思索的表演相比，实在有点应付了事的感觉。

让娜只留下助理查理，反复思索和演习影片中的情爱镜头，但是随着动作的不断演变，让娜的心思越发飘摇了起来。这是一个很有意思的转变，布蕾娅敏感细腻，没有放过这样一个展现女性心理的绝好瞬间，尽管和此前她所坚守的有所背离，但是最后还是女性的心思占据了上风。我想，这是一个艺术家或者电影人所应该具有的品质，任何时候，我们的情感都大不过事物的终极走向，人的欢乐和痛苦最终都是建立在事物客观规律的基础之上。或者说，你的快乐和痛苦都是从一开始你自己就预定了的。有些时候，语言的力量太过孱弱，让娜依偎在查理身边，这两个我都不喜欢的人物，此刻焕发出一种动人的神采。我喜欢真实的未经染色的生命体验，所以我喜欢让娜脸上越来越浓重的情欲讯息的颜色，喜欢她越来越绵软的音调，也喜欢查理不经掩饰的色眯眯的眼神。艺术总要融会贯通高于生活的夸张成分，但我极其不喜欢自以为是和简单粗暴地以己度人，把某种艺术形式当作一家之言，让人无法不去想象“公器私用”这样的字眼。

法国著名的《费加罗报》一直和凯瑟琳·布蕾娅纠缠不清，二者的梁子最早可以追溯到布蕾娅刚刚出道时候。她根据自己的小说《气窗》自编自导的 [一个真实的女孩]，因为以后也屡教不改的正面性器官特写以及含沙射影的绯色幻想，遭到《费加罗报》的抗议，并最终被禁映。但是好奇心更强的法国人，却从此认识了凯瑟琳·布蕾娅，可以说，以后她那些很少有机会上映的作品，很多都拜声名所赐。[性是一出戏] 也获得了《费加罗报》的再次抨击，尽管我对此前该报的做法有所保留，但对于这次其对布蕾娅“不尊重电影”的判定，还是心有戚戚。令我愤慨的是，以拯救者的姿态涉足私人领域，对父权文化的压抑和夫权政治的排斥贯彻始终，甚至到了动辄横加指责的地步，应当说，这敏感自卑得过了头。一个最有可能成为英雄的斗士，倒在了自己面前。

情爱镜头

相对于之前的作品，凯瑟琳·布蕾娅并没有任何收敛。摄影机忠心耿耿地关照男女主角的情爱活动，她甚至还给男主角安排了一个假器官，以便那个有些阴柔的男人看起来更雄伟一些。但是此时的凯瑟琳·布蕾娅毕竟已非吴下阿蒙，她有足够的资格和底气，安排男女主演按照她的想法行事。和片中处处被动的让娜比起来，这才是真正的“布蕾娅风格”。

布蕾娅很不厚道地让镜头一再浏览男主角那个人工器官，以此来试图说服观众相信，让娜或者自己都不是为了性而性。说实话，我对传说中的某某人假戏真做的事情，一直持怀疑态度。听说拍摄 [感官王国] 时，大岛渚就要求两位主演必须来真的，吉妮·德彭特拍摄 [悲情城市] 的时候也有过类似的暗示。但在导演的不断要求和工作人员的虎视眈眈之下，估计参与者很难产生美好的情愫。当人类最原始的本能，被摆布成为一种不能相差毫厘的技术活动，那么感情的事还能有多少真实性呢？

终于，女主角哭了。当让娜挥手命令通过的一刹那，男主角落荒而逃，此前一直听话地任凭摆布的女主角哭得泣不成声！让娜从后面拥抱了她，两个女人在目瞪口呆的工作人员的注视下，哭得一塌糊涂。后来银幕之外，传来歌者令人灵魂出窍的嗓音，字幕缓慢地爬行出来。

影片的情爱镜头，除了秉承凯瑟琳·布蕾娅一贯的蛮横与决绝，并没有展现怎样细腻的手法，而且从另一方面来看，影片自喻性很强的影像，与之前的电影形成一个绝妙的反讽。起码我是很不愿意地承认了，布蕾娅的斗士精神，原来是如此精心策划反复演习的结果。这，让人有点泄气。

对了，影片反复拍摄的就是 [姐妹情色] 中，妹妹目睹姐姐和男友发生关系的那个镜头。明白了吗？凯瑟琳·布蕾娅也仅如此而已。

刺猬论

因为生存环境所迫，刺猬只好周身长满了刺，同样为了生存，当预感到危险的时候，它的刺就会立刻变得坚硬。事实是，更多的时候，它的紧张是多余的。

和我一样，布蕾娅对中世纪遗风也只是神往，对女性的种种不公也只是耳闻。[不羁的美女] 那样的事情远不是现在的欧洲所能发生的，但是女性自身的生命体验，让她具备了某种类似于刺猬的反应。我们完全可以臆测，这位闻名遐迩的女战士是不是不肯直面自己的性别？当别的女人出入自己想要的生活的时候，她还在为此不遗余力地摇旗呐喊。我们不能就此断定她的理论基础何在，但太过自尊和敏感的人，骨子里都是自卑的，坚硬的凯瑟琳·布蕾娅也是一样。

影片单薄得惊人，这种为了一句话或者一个结尾而拍摄的电影大都有类似的毛病，但说教味道如此强硬的还属少见。影片开始那段海滩拍摄的镜头，只起到一个陪衬或者引子的作用，但是布蕾娅啰啰唆唆地绵延了十几分钟，看得让人很是郁闷。后来为了让娜那个石破天惊的顿悟，也是驱遣男主角阴阳怪气地一再搅乱。台词也有装 B 的嫌疑，[罗曼史] 时候的干练和坚决彻底消弭不见。

当然，也可以从另一个角度看本片，看看那些令人心潮澎湃的情爱镜头，是怎么拍出来的。不过根据每个人身上的刺猬理论，我们无法忽略这是那个总爱挑衅的凯瑟琳・布蕾娅的作品。

我无法对影片下一个准确的定义，只是觉得我的欧洲，从云端降落到凡尘，光芒不再，但真实得触手可及。

[白日美人] *Belle de jour*

导演：路易・布努埃尔 Luis Buñuel

主演：凯瑟琳・德纳芙 Catherine Deneuve、米歇尔・比科里 Michel Piccoli

出品：法国

年代：1967

双重身份的多重生活

这是一部横看成岭侧成峰的电影，与它相比，语言的力量有些微不足道。

[白日美人] 的故事就发生在让我最为心仪的那个时代的巴黎，四轮马车在满是落叶的梧桐中间一路叮叮当当地行来，两旁高高大大的梧桐和铺满厚厚落叶的小路，让人看了舒服得很，就连驾车的仆人都一身笔挺的制服，胡子一丝不苟，马鞭华丽而简约，一副中世纪豪门望族风范。风吹叶落，随着马车的渐行渐远，身后的小路渐渐拉长，像车上主人甜得腻人的情话一样没有尽头。

可是从男主人跳下马车的那一刻起，一切都变得不再温情脉脉。在强拉女人下车未果之后，他命令两个仆人把女主人抱下车，并拖进茂密的梧桐林中，在女人的呼喊中我们知道，这个叫皮埃尔的男人是她的丈夫，刚刚还柔情款款的丈夫，用他精致而苍白的手捆绑了妻子，并随手撕开了她的衣服，仆人的皮鞭雨点一样落到贵妇的身上。

这样的变化令人不知所措，我也只能安慰自己，任凭哪一个时代也没能很好地解决男人和女人的问题，而这也只不过是其中的一段小插曲吧？不过事情并没有就此打住，而是更让人泄气地向另一个极端发展，在主人的授意下仆人脱下了衣服狼一样地扑向了瑟瑟发抖的女主人……这时，更令人惊讶的事情发生了，女人非但没有反抗，反倒流露出一种欣喜的表情，好像已经期待很久了。

镜头一转，还好，是一场梦！

那个叫皮埃尔的男人在早晨的阳光里起身穿衣，妻子茜瓦琳神情慵懒地躲在床上，有一搭没一搭地和他谈论一天的安排。这位名医的女人已经没有一点梦中激荡的神情，显得无精打采，听来今天的安排和昨天或者和以前的某一天没有任何差别，除了逛街、购物、打网球就是喝咖啡。不过今天还是和往常有些不同，不知为什么，周围人的谈话都落在妓女的身上，朋友说，妓女的生活可能更随意也更精彩，让她心神一动。司机更是卖弄地倾其所闻，添油加醋地向他们描绘了妓女丰富多彩的生活，以至于他们差点忘了下车。在餐厅与丈夫及丈夫的朋友见面之后，丈夫的朋友更是抓紧一切可以抓紧的时间挑逗她，并告诉她这条街的第 11 号就是巴黎最有名的妓院，那里有巴黎最著名的老鸨安奈丝。

我开始担心起来，怕这位贵妇真的走进 11 号那座高大的尖顶建筑里，怕这部电影在其后的时间里变得不受约束，彻底破坏我心中一直仰慕许久的中世纪风骨，那些四轮马车上的文艺与思辨，会不会变成一次多元的排列组合，任人随意解释却都能曲尽其妙呢？

白日美人

我的担心最终还是成为现实。尽管茜瓦琳在此之前斗争徘徊犹豫挣扎，在 11 号的大门前她来了又去，但最后她还是按响了门铃并推门而入。楼梯盘旋往复一眼望不到头，茜瓦琳的高跟鞋踏在楼梯上响得惊天动地，四周的每一间房门都像一双偷窥的眼睛，安安静静的，让茜瓦琳心惊肉跳。

在按响门铃的那一刹那，她几乎转身逃走，但房门应声而开，一个有着骄傲脖颈的女人，一脸矜持地出现在她面前——她就是著名的安奈丝。

接下来的就是一段镇定自若的进攻和一段很快就溃不成军的防守了，在茜瓦琳每一次最脆弱的时候，安奈丝都会不动声色地击中弱处，这让茜瓦琳逃无可逃并很快缴械投降。茜瓦琳和安奈丝商定，只在每天下午2点到5点之间来上班，其余时间不许过问，安奈丝答应了，并给她起了一个新名字——白日美人，她和她五五分账。

还来不及自艾自怜，安奈丝就来招呼她们去见一位老主顾，那是一个蠢笨的葡萄酒经销商，夸张的大肚子和暴露心思的眼神让人不敢直视。他粗野地和几位姑娘开玩笑，大声吆喝着喝酒，毫无顾忌地用眼神扫描茜瓦琳的周身上下，茜瓦琳几乎又一次想转身逃走，可是她被那个男人像抓小鸡一样地扔在床上，精致的衣裙瞬间分崩离析，看他露出猪一样肥胖的肚腩，茜瓦琳瑟瑟发抖，可是此刻，安奈丝已经离开并顺手掩上了房门……

回到家里的茜瓦琳还有些惊魂未定，第一次想帮助仆人收拾一下房间，但很快就失手打碎了一个花瓶。在卫生间里她定定地注视着一瓶香水，那是一瓶世界上绝不超过100瓶的名贵货，也许它的气味能掩盖一切？茜瓦琳来到壁炉前，把刚刚换下的内衣尽数投入其中，火苗跳跃了一下就又熊熊烧起来，那些内衣慢慢卷曲最后变成一堆灰烬。就是这些衣物刚刚陪伴她经历了人生的又一个第一次，那个像猪一样的男人粗鲁无礼，像来自另一个世界，他和丈夫实在是天壤之别，不过——那的确很刺激！

门口有脚步声，茜瓦琳像兔子一样蹿上床盖上被子，推开房门的丈夫非常奇怪地问：“What's wrong with you？”

第二天，皮埃尔还有些担心，问她是否要检查一下身体，茜瓦琳用力摇了摇头，丈夫关门离去，那动作像极了安奈丝。茜瓦琳坐在壁炉前看了一整天的炉火。

第三天，茜瓦琳在香榭丽舍大街上游荡了一整天……

第七天，茜瓦琳再次按响了 11 号的门铃，白日美人的生活正式开始了。

她的顾客渐渐多了起来，有慕名而来也有常来常往的。而她也像一个老手一样搔首弄姿顾盼生情，只是她和别人的区别就在于，别人在逢场作戏而她在享受这个过程，和那些接触过的人一样，她和他们都有些欲罢不能。但每天上午她都会小心翼翼地和丈夫在一起，做一个传统意义上的名流贵妇，与达官贵人彬彬有礼地交往，享受那种无所事事的生活。而一到下午她就变身为白日美人，见识那些达官贵人的另一面，比如渴望被鞭打和被踩在脚下的公爵，比如愿意在妓女面前显示才华的没落诗人。

当然也会有一些她从来都没见识过的人出现，比如那个虐待成癖的日本人，比如习惯在街头打打杀杀的小流氓，但在茜瓦琳眼里他们只是顾客。在那张宽大的床上，他和他没有任何区别。但是事情慢慢好像有些不对劲，那个叫马赛尔的小流氓来得越来越勤，并越来越深情款款，这让茜瓦琳兴奋异常。

翩然回归

行文至此，我已经不能将茜瓦琳高贵迷人的外表与阴暗的受虐心理截然分开了，恍然间觉得这样的她才是真正的她，而所谓的淑女风范只是她行走江湖的一件利刃一匹快马。不过根据戏剧冲突的原则，这样两面的周旋肯定会有败露的那一天，我一方面期待着这样的高潮早日到来，一方面又不忍心看这样一个如花女子玉殒香消，不过要来的终究还是会来的。

那一天茜瓦琳走进房间，去见一位据说已经很久没有光临的贵客，她看见丈夫的一个朋友衣冠楚楚地坐在高背椅上，目光一路逡巡着落在她的脸上。茜瓦琳心慌意乱手足无措，等她稳下心神要直视他的时候，才发现安奈丝和另两位姑娘已经离开了房间。接下来的就是我们任何一个人都能想到的事情了。他们在唇枪舌剑中互相讥讽，他嘲弄她天生就是一副淫荡坯子，她讥讽他是道貌岸然的伪君子，争吵在他扬扬自得的吹嘘中结束，因为是他告诉了茜瓦琳 11 号的秘密。男人彬彬有礼地与她告别，并看似无意地顺手带上了房门，经过刹那的失神，茜瓦琳马上就恢复了贵族女子的果断，她换上自己来时的套装，向安奈丝辞行，安奈丝告诉她，她随时欢迎她回来，因为她是她见过的最优秀的妓女。

茜瓦琳又恢复了她的贵妇生活，但一切都不一样了，她每每会在梦中惊醒，梦中丈夫和某一个男人在林中决斗，或者丈夫把秽物一下一下投掷到她的白衫白裙上。她整日担心丈夫的那个朋友会在某一天不请自来，她不知道该用怎样的表情来面对他。

还好，那个家伙像一阵烟一样，消失后再也没有出现，某一天按响门铃的是那个小流氓马赛尔，他竟然找上门来！压抑不住的爱火已经烧得他失去理智，他要和她在一起，他不允许她有丈夫，他狠狠地把皮埃尔的照片摔在桌上。茜瓦琳低声下气千哄万劝才把马赛尔劝走，她失神落魄地坐在壁炉前不知所措。她听见楼下传来两声枪响，接着是人群的呼喊和杂乱的脚步声，过了一会儿又传来一阵枪声，茜瓦琳心中一阵发紧，她预感到有不幸发生。原来马赛尔并没有离开，他守在楼下等待皮埃尔出现并开枪射杀了他，在逃跑的过程中，马赛尔被警察开枪打死。

此后茜瓦琳彻底做起了贤妻良母，每日陪伴在成为植物人的丈夫身边并试图唤醒他，也终于有一日那个男人来到了家中，他说他要把事情原委告诉皮埃尔，这样才会对得起他。茜瓦琳没有阻拦，男人进了房间又出了房间，茜瓦琳忐忑地来到皮埃尔身旁，却发现皮埃尔慢慢睁开了眼睛……

情爱镜头

本片的情爱镜头含蓄而情绪浓烈，镜头所到之处并没有展现怎样的人体，最过分的也就是凯瑟琳·德纳芙赤裸的后背，不过满地乱扔的衣物和暧昧的职业性的笑，一切尽在不言中。尤其是茜瓦琳接待了那个被姐妹们屡屡拒绝的变态日本人之后，慵懒地躺在那张宽大的床上，一言不发任打扫房间的人在身边忙碌。当仆人对她表示同情的时候，她微笑着转过身来反驳“你知道什么？”这一段曾被许多媒体划入电影史的经典时刻。这也是影片的点睛之笔，人性黑暗的一面是燕尾服和淑女长裙所掩饰不了的。

“国家如人，性格分明”，那么中世纪就是法国的青春期了。青年才俊意气风发，抽象派复古主义都灿烂得一塌糊涂。完全可以这么说，法兰西浪漫文艺的风范大都成型于此，那么多光华万里的思想，在巴黎摇曳的梧桐中间渐渐凸显并蔚为壮观，不过少年的心思还不止于此，所以那时期的妓女和那时期的文艺一样闻名遐迩。显然我没有料到会有茜瓦琳这样的妓女，这与我心中强颜欢笑的青楼女子差得太远。也许导演就是要通过这样的特例来颠覆所谓中世纪的贵族情怀。尽管我对皮埃尔莫名其妙的醒来和茜瓦琳魔障一样地钻进 11 号的铺垫有些不以为然，但是我必须承认，这是一部横看成岭侧成峰的电影，与它相比，语言的力量有些微不足道。

[忠贞] *La fidélité*

导演：安德烈・索洛斯基 Andrzej Zulawski
主演：苏菲・玛索 Sophie Marceau、帕斯考・格里高利 Pascal Greggory
出品：法国
年代：2000

苏菲的选择

上帝不在我们上面，在我们中间，他就是我们，我们就是他。

写下第一行字的时候，我再次检查了片名，以确认不是惹得苏菲・玛索当场翻脸的 [情欲写真]。这位法兰西女神因为这个别有用心的译名，差点摔了咖啡杯。据说，当时她那个扬言和安东尼奥尼有得一拼的导演老公，在一旁紧张得像个做错事的孩子。其实这事和他关系不大，在自己的电影里，他让老婆逡巡在一个编辑和一个摄影师之间，但在最后一刻还是不能免俗地把她困守在所谓的忠贞幻象里。还有就是，影片中他用来玩酷的高深台词和分解女性心理的装淡镜头，差点惹火烧身。和阿德里安・莱恩不一样，文艺气质浓郁的索洛斯基不会安排 [不忠] 那样的欲望，也不会步人后尘地把老婆苏菲・玛索扒光。[云上的日子] 声望再高，也不妨碍他从立意和电影语言等角度，风度全无地去鸡蛋里面挑骨头。我挺不喜欢这种假模假式，在我的印象里，法兰西民族很少有这种欠揍性格和行为的，但据说这并没有影响小两口的幸福生活。这次索洛斯基玩得有点大，[忠贞] 折磨得人云山雾绕，不过这并不能掩盖理智、爱和欲望的本质。影片中最让我心动的一段，就是对背叛的一系列图解。我承认，看得人冷汗淋漓。

序言·火车

影片开始，是一眼望不到边的铁轨，高速跟进的镜头，带领观者和轨道一起扑进一个黑黝黝的隧道。画面一暗，女神一样的苏菲·玛索关掉车厢顶灯，回到母亲的座位。这是一个雍容华贵的老太太，虽然三分钟之后，我就知道了，年轻的时候，她只是一个歌女，但岁月的沉淀和生活的日积月累，在她的身上凸显出一种万涓成水的大度和不动声色的睿智。我想，这应该就是未来的苏菲·玛索，她忧郁的眼睛经过时间的磨砺，是不是更清澈更深邃？她那世界闻名的个性，会不会有一天也化为绕指柔？

母女在一起，感情和婚姻就是避不开的话题。母亲吉莎告诉她，应该找个人结婚了。“我没有爱过任何人”，“谁说爱呢，我也没有爱过你爸爸，但不是一样有了你，一样很快乐”。安德烈·索洛斯基在影片开始的 5 分钟，就借一个手不离杯的老太太之口，点出了影片的基调。这应该是一个爱情和欲望可以自行其是的年代，可是没有几个人彻底放弃了有关爱情的设想。或许，这种设想只存在于苏菲·玛索扮演的卡列里娅身上，但是母亲告诉女儿，年轻时曾和她的老板马凯发生过一段感情的时候，眼角眉梢是掩饰不住的幸福。这是索洛斯基第一次左右互搏，或者他本身就是犹豫不决的。在电影里，他试图放纵，但自身一直以来的操守，又左右了他的思维和镜头。这是一个绕不过去的问题，所谓上帝的眼睛，更多的时候，还是在我们的心里。

闪光灯一亮，卡列里娅第一次流露摄影师的敏感，凝固了冥想中的母亲刀削斧刻的脸。

初相遇·花店

卡列里娅具有一种天然的高贵气质，飘摇的风衣和手中的照相机又为这种气质，赋予了一层动人的力量。花店里，因为执意要拍一束已经被预订了的黄玫瑰，卡列里娅和卡列夫相遇了。在花店的玻璃窗里，卡列夫用一双标准的色狼之眼注视对面的卡列里娅，优雅的女人用照相机眷顾玻璃窗后面愤怒的黄玫瑰。风，拂过她金色的长发，宽大的风衣招摇在午后的阳光里。

他们就是这部电影的男女主角，按照惯常思维，这是一对一定会发生点什么事情的人。只是我一直担心，索洛斯基是否能不顾一切地把老婆舍出去，在艺术和私欲碰撞的时候，你选择哪一方？

卡列夫是一个儿童图书编辑，在父亲庞大的出版王国任职。他有一个哥哥叫伯纳，是“一定会当上主教”的教士，另一个哥哥叫安多，正在大学里面“误人子弟”。“你可以看看我办公的地方，一个有悠久历史的老房子，但我知道它没有未来”……卡列里娅笑了，一转身向他所希望的方向走去。

第一个情爱镜头出现了，不出意料，狡猾的索洛斯基让镜头死盯着办公桌上的各种小物件，让两个都是卡列的人体，在镜头的远角活动。他们脱衣、纠缠，彼此窥望，互相索取又彼此拒绝。办公室里，阳光的影子从地球仪的一端滑到另一端，在笔筒稍作停留之后，又漫步到电话机的按键上。时间如此漫长而琐碎，卡列里娅慢慢闭上了眼睛，四周暗淡下来，倦意如潮水来袭。

我对这样太具文艺气质的安排很不满意，这一次短短一两个小时的交集，双方还没有太多的感情可以谈论，在欲望的驱遣之下，彼此的情爱就应该如动物般急迫而狂乱。可惜，索洛斯基不具备我们所想象的大将之风，他不肯将自己的老婆和另一个男人的亲热，摆布得和真实那么接近。他宁愿把这一切都当作艺术的再加工，这很难不让人联想到家族企业，天生的人性的弱点，有时候太过强大，我们几乎无法抵御。

第一个工作·曲棍球赛

有必要谈谈卡列里娅的工作，在影片开始的时候，她曾接受一个访问，后来我们发现，那些人几乎就是她的同事。很好理解，置身于马凯的传媒王国，彼此呼应互动是免不了的。上司是一个神经质的老女人，整日为酒精和胡言乱语所围困，她喜欢宣扬青梅少女时候和老板马凯的几段风流韵事，也喜欢对新来的同事指手画脚，尤其是看到卡列里娅这样的美人，立马两眼喷火。她唯一可爱的举动来自影片最后，当听到自己被解雇的决定之后，立即脱去内裤，扔在空旷的会议桌上。但影片另一个转折再次把她推到让人发笑的境地，马凯的女儿以不动声色的老辣和狠毒，接掌了父亲的王国，瞬间其地位再次稳如磐石。然后，只为马凯而专有的笑再次盛开。

卡列里娅的第一个任务就是为老板马凯那个垃圾球队拍摄比赛照片，拍摄的过程寥寥，倒是卡列里娅和这个糟烂球队迎接了他们的第一场胜利。更衣室，对太多的球迷来讲，这都是一个神而又神的地方。那些光芒万丈的球员会在这里卸下他们的光环，引领一场比赛甚至一个时代的伟大球星，除了身体，坦诚相见的还有他们的思想和他们的七情六欲。这也是影片最令我震惊的一段，也是索洛斯基最大度的一段。卡列里娅波澜不惊地穿行于一个个“光猪”之间，手中的照相机兴奋地闪烁，那些毫无遮拦的人体被光亮一次次地惊心动魄地洞开。难得的是，卡列里娅的坦然自若，就在老马凯对她上下其手的时候，仍然一脸淡然地说：“我可以做你的女儿！”

这一刻，美丽的骄傲的苏菲·玛索，宛若神女。

就是在这间休息室里，安德烈·索洛斯基安排了影片的第二段情爱镜头。他并没有天翻地覆，依然对苏菲·玛索遮遮掩掩，但是因为那样一种欲语还休的情愫，使得索洛斯基这种不大度氤氲了一层别样的神采。对方是一个看上去很羞涩的男孩，用毛巾掩饰自己的私处，但当卡列里娅的镜头对准他的时候，这个愣头青把毛巾转而搭在肩上。

卡列里娅被那种罕见的天真和慌乱击中了，在球员休息室的某个转角，他们拥抱并像慢镜头一样地亲热。索洛斯基巧妙地利用那个转角掩藏了苏菲·玛索的身体，只留下一双雾蒙蒙的眼睛。这个特写具有某种撕心裂肺的力量，哀怨、兴奋、忧郁、痛苦、幸福、迷惑以及略带一点点惊喜，真的希望，索洛斯基按照这样的惯性继续下去，把影片变成一部女性心理探索的模式也不错。可惜，镜头后退，两人的全景令人泄气地暴露无遗。

另一个摄影师·尼莫

影片并没有逃脱富家女爱上落魄公子的老土套路。卡列里娅不可救药地爱上那个，第一次见面就宣称要和她上床的摄影师尼莫。这个狂热的危险的才华横溢的左派分子，带领她在爱的森林兜兜转转，最终迷惑于爱与欲望。其实，她和卡列夫的婚姻，从一开始就经受了马凯等人的挑衅。教堂外，卡列里娅挺身保护新婚丈夫的样子，让人联想到弥漫着母性光辉的小兽。其实从那时候开始，她就已经迷惑了，不是因为马凯，而是因为那个肮脏的而又神采飞扬的尼莫。我一直在想，卡列里娅爱上的是尼莫这个人，还是他身上那种她所未见识过的气质？我们都无法免俗地对所未经历甚至不曾听说的想入非非，把那一切当作梦幻，尼莫所从事的非法器官交易，黑市血腥的拳赛，抑或是尼莫身上盘根错节的荆棘文身，无不是她这具沉重的肉身所抗拒不了的。

卡列夫一点点地失望一步步地绝望，最终收拾了行李弃她而去。作为观者，我知道，卡列里娅和尼莫之间并没有像卡列夫所想象的那样，我们在银幕之外，看卡列里娅犹豫挣扎，一次次地行将落水，一次次地振作而出。可是我更愿意相信，心灵的出轨比肉体的放纵更无法原谅。我们行事的只是这具皮囊，而身体中那个僧侣般的人物才是灵魂，有时候，他不接受我们的控制。

我不喜欢索洛斯基如此极端，或者说，我无法分辨他这是极端还是装淡，当安静温婉的卡列里娅操起 AK-47 和非法贩卖器官的组织对磕的一刹那，我几乎绝望了。我崇尚经历，让一切该来的来，该去的去。但这并不意味着，可以把一切都强加于一身。没有人可以在有限的生命时光里经历所有无限可能的事。属于自己的不拒绝，不属于自己的不强求，任何穿凿附会和想当然都是可耻的。

终了・修道院

影片最后就终结在一座静谧得有些阴森的修道院。这时候的卡列里娅已经剪去了飘逸的长发，金色的发根旁边已经有零星的白发参差其中。这时候婴儿一般纯净的卡列里娅，丈夫已经故去，在最后的时光他也没有原谅她。影片没有向我们展示她是否已然知晓了，在卡列夫弃家而出的那天，曾找了一个男妓。从这个意义上来讲，他比她走得更远。尼莫，这个恍若世外之人的天才，也消失了，回忆的时候，卡列里娅甚至怀疑，他是否真的出现过，是不是一切都是自己的臆想？

其实，[忠贞]讲述的都是背叛，母亲对父亲，牧师对上帝，人体器官买卖者对人性……唯一坚持忠贞的卡列里娅，却最终使丈夫屈辱地死去。我不杀伯仁，伯仁却因我而死，忠贞才是一切的罪魁祸首吗？人性中那些本真的美好的都不应该再坚持了吗？

还记得卡列夫那个一定会当上主教的哥哥伯纳吗？他真的当上了主教，当了主教之后，他和一个已经有了两个孩子的女招待私奔，被媒体和教会擒拿回来的时候，对着全世界的摄影机痛哭流涕。我说过我对影片一些故作高深的台词很反感，但这是我唯一很喜欢的段落，我把它作为这篇文章的终结，希望正在读这篇文字的你们也和我一样坚信，凡是泅湮了真情的都无法不令人动容。

“人类有权利寻找自己的幸福，即使他发现得太迟，或者爱情以一种难以想象的方式来临，但是如果不去把握，我们就不能明白神圣的爱，那样我们就是残缺的！上帝不在我们上面，在我们中间，他就是我们，我们就是他。”

直到现在，我还记得，屏幕之外，卡列里娅泪流满面的样子。

[爱我有多深] *Combien tu m'aimes ?*

导演：贝特朗・布里耶 Bertrand Blier

主演：莫妮卡・贝鲁奇 Monica Bellucci、杰拉尔・德帕迪约 Gérard Depardieu

出品：意大利 / 法国

年代：2005

破坏力惊人

毫无疑问，莫妮卡・贝鲁奇是影片焦点，让她来承担这样一个“古典、端庄、性感的追逐欲望的女子”，是再合适不过的安排了。

这个矫情的片名出自哪位高人之手，我已经懒得去追杀了。

比这个片名更有杀伤力的是一种集体性的悲春伤秋、自怨自艾。放眼望去，峥嵘陡峭骨骼精奇的方块字是不是越来越无力越来越娇滴滴，越来越在一种人工的童话文本中顾影自怜？

这也是法国电影总让我不爽的一个原因，反反复复唠唠叨叨急赤白脸地把自己那点破事，一厢情愿地倾诉个没完没了。好在还有喜剧，否则好像整个法兰西就行走着两类人：一是上面提到的那些话痨患者，一是整天拧着眉头拉着长脸教训人的伪哲学道士。当然，也不应该忽略，还有一类剽悍之士，博采众长，成为以上两者集大成，比如这部 [爱我有多深]。

片长一小时二十五分钟，观影过程蹂躏得我冷汗淋漓，眼前一阵阵发黑。

一个女人和一个口头协议

按照江湖规矩，我必须在这段文字里面介绍他们的开始。

说实话，这一段落的破坏力不甚惊人，如果你愿意相信一个妓女和一个准嫖客之间，也会有那种叫作爱情的东西的话，没准也会跟着欣喜或者伤感一把。尤其需要指出的是，在前面这一段时间里，女主角莫妮卡·贝鲁奇还没有说出那些“爱的感觉让我走到这里”“他用他的心在做爱”之类的糟烂台词。也许还应该有一点，她波涛汹涌的胸脯，还隐藏在丝织物品之下——这句话有点不那么厚道，但请相信，比很多人想象的真诚。

光棍是一个时间性名词，需要一定的沉淀的资格，弗朗索瓦就是这样介于光棍和单身之间的半大不小的男人。一天，他在一家酒吧端着酒杯玩深沉，莫妮卡·贝鲁奇饰演的职业工作者达妮艾拉坐在他身边洽谈业务。秃顶的弗朗索瓦告诉面前这个不苟言笑的女人，“刚刚中了一个乐透，奖金是四百五十四万……欧元”，达妮艾拉双眼一下子闪闪发光。

如果洽谈的双方都有各自需要的东西，而且还都拼命地想往圆满的结局方面奔，那么过程就变得简单多了。弗朗索瓦的条件是，“每个月十万欧元，你假装当我老婆”，至于期限，“如果你愿意，到我再次一无所有为止”。

于是，巴黎昏暗暧昧的街灯下，出现了一对细长的人影，像许许多多情侣那样携手逗笑。这一段令我有些恍惚，好像他们之前的商业信息都是导演贝特朗·布里耶一个不善良的玩笑，你看，女人甜蜜的笑，男人憨直的表情，独属于情侣间的小动作——都是建立在刚才的洽谈之上的。

在弗朗索瓦帮助达妮艾拉往车上装行李的时候，出现了影片第一个爆笑台词。达妮艾拉在上车前，一次次地推开车门确认刚才谈拢的价格和付款时间，然后又确认了自己的身体和自尊都还属于自己之后说："现在就给我一点吧，意思意思就够了。"

履行合约

弗朗索瓦有病！注意，这是一部欧洲电影，所以不会是男主人公心理阴暗畸形最后引发虐待狂之类的套路。第一次发病是在两人上楼的时候，弗朗索瓦脸色苍白呼吸急促，缩成一团倒在家门口。达妮艾拉死拖硬拽把他弄进房间，她要叫医生，他死活不同意。善良一点，把这看作一个老男人对女人实质性之前的幸福的颤抖吧。

但他们谁也没有料到，弗朗索瓦第二次颤抖来得如此之快之猛烈。当达妮艾拉矫揉造作地横卧于客厅，按照一些三流杂志教导的，摆出一个个诱惑男人的身体语言的时候，对面的弗朗索瓦再一次屁滚尿流地颤抖了。于是影片一个令人匪夷所思的人出现了——弗朗索瓦的老友，医生安德烈。

其实，这个人物的设置目的非常明显，他也许就是他们的以后。影片没有表现他之前的岁月怎样放浪形骸，但见面没有多久，他那双救死扶伤的手就攀缘上了达妮艾拉的胸。同时导演并没有忘记让他对镜头摆出一副有点霸道的男人气，说自己的老婆如何听话如何不敢约束他。后来我们知道，他的老婆三年前就去世了。第二天晚上，他还执拗地说了一些弗朗索瓦好自为之之类的话。在他出现的不到二十分钟的时间里，表现出有点矛盾的孩子气和义气。

他的去世安排得也很有意思，第三天的时候，他被弗朗索瓦的电话吵醒，这一次是达妮艾拉出现了点状况。现场情况是她不停地呕吐，并且没有办法制止。安德烈在手忙脚乱地打开急救设备的时候，床上本就衣着清凉的达妮艾拉为了就诊方便，褪去了上衣。后来，弗朗索瓦回忆说，他在外面听到一声闷响，其后就是稀里哗啦的声音，冲进去一看，德高望重的安德烈医生已经倒地不省人事。

顺便说一声，莫妮卡·贝鲁奇呕吐时候的表演绝了——吐得真TM恶心。

毁约

毁约之前的那个早晨表面看来没什么两样。达妮艾拉穿着非常简省地收拾自己。弗朗索瓦穿好衣服准备去上班，但达妮艾拉建议去意大利玩玩，老实人弗朗索瓦嘟囔了一句：“不上班靠什么活啊？”达妮艾拉反应强烈，“你是办公室的小职员。”如果一定要说有什么是不一样的话，就是弗朗索瓦又犯了一次病，诱因是达妮艾拉再一次露出了她杀伤力惊人的上半身。

下班之后，弗朗索瓦翻箱倒柜也没找到达妮艾拉。他再一次回复到原来的生活状态，包括在酒吧端着高脚杯玩深沉。

一场诡异的轮回。

一个叫铃兰的更年轻但没有达妮艾拉丰满的职业工作者出现了，听到他刚刚中了乐透之后，脸上绽放了似曾相识的笑容。

有一点需要强调，此刻达妮艾拉也在，在一个小隔断里为一个老顾客服务，在弗朗索瓦和铃兰即将离去的时候，她出来送客。这是影片第一个情绪激动的段落，事实上，这样的波澜很少，整个影片就像是一条潺潺的小溪，水面平静地流过每一个人的生活和感情，有点像希腊午后的阳光，温暖、安静而执拗。

这次激动的结果是，她再一次回到他的狗窝。一段我最喜欢的画面出现了，男人在黑暗里静静地坐着，占据了画面的左半部分，女人在右半部明亮的阳光中宽衣。男人装深沉一言不发，女人絮絮叨叨的，“我不是有意离开的，只是不知道我是谁。”再然后就是影片的第二个情爱镜头——蓝色的床单，海洋一样起伏的人体。第一个情爱镜头我没有说，任是谁都能猜想得到，就是他们回来的那个晚上！

结局盛装到来

先于结局到来的是杰拉尔·德帕迪约饰演的沙利，他是达妮艾拉受法律保护的丈夫。演技高超的德帕迪约同志在他出场的大半时间里，都是在和弗朗索瓦探讨女人和哲学问题。可惜的是，他是一个理论大于实践的空想主义者。他最先触及了达妮艾拉的精神内核——她总是能在任何时候以别人的情妇的身份出现，她总是不停地追逐欲望。但他搞不定她，她总是在她想的时候离开，在不想的时候回归。后来导演还恶毒地把这种搞不定进一步具化，床上，沙利满头大汗，达妮艾拉面无表情，“像一截木头”。中间沙利还跑到外间，就一些生理和心理问题请教那两个石头一样的思想者，二人的回答和他们符号化的设置一样虚无缥缈。

还要提及弗朗索瓦那帮唯恐天下不乱的同事。在达妮艾拉毁约的那天，他们涌到弗朗索瓦的家，试图一睹“同事女人”的芳容。这次在两人亲热之后，再度拍马杀到。弗朗索瓦那间人丁稀落的狗窝一瞬间灯红酒绿，男男女女都处于一种半醉的混沌之中，喝酒、跳舞、牢骚、勾引，弗朗索瓦一次次地翻脸，试图将这些不速之客驱逐出去，但一次次被达妮艾拉制止。达妮艾拉在人群中妖娆地跳舞，大口地喝酒，目光迷离地挑逗一个傻乎乎的家伙。

狂欢在扩大，邻居那个被稿子折磨得几近崩溃的女记者也应邀加入了，达妮艾拉的沙利也加入了，弗朗索瓦哭丧着脸猛灌了自己一瓶啤酒。

影片结局具有一种我喜欢的魔幻气质。达妮艾拉现场勾引了弗朗索瓦那个傻乎乎的同事，沙利冲她开了两枪，然后转身对镜头说“要早这样就没事了”。达妮艾拉穿着影片开始时候那套衣裙站在房间的转角，所有的女人都对她表示安慰，所有的男人都视其为无物；红衣的达妮艾拉和蓝衣的邻居坐在一起，抽了一口烟，又还给她；她来到最初引诱弗朗索瓦的沙发前，无声地望着沙发上的弗朗索瓦。

走廊里，挂满了洗晾的衣物，朱红的房门矗立在阳光中；房间里，他和她坐在餐桌前，他们的手纠缠在一起，他们的目光纠缠在一起；桌上，意大利面条散发着热气，窗外，城市在阳光中慵懒地醒来！

情爱镜头

影片一共出现了四处情爱镜头，只有一处女主人公不是莫妮卡·贝鲁奇饰演的达妮艾拉，但无论激情还是裸露都不遑多让。

第一处是弗朗索瓦和达妮艾拉第一次回家，达妮艾拉坐在客厅的沙发上脱衣，因为合约的存在，她表现得冷静而职业。每脱一件衣服都要经过若干次搔首弄姿，最后露出她世界闻名的胸部。这一段导演顽皮地配置了若干咏叹调作为背景音乐。每脱一件，意大利经典女高音就银瓶乍破穿云裂帛。她的理论支持是，“妻子有权利刺激她的丈夫”，但当对面的弗朗索瓦有些招架不住的时候，她的另一个理论则是，“我们几乎不熟悉”。看出来了吗，她太老练、太冷静，对面的弗朗索瓦再次脸色苍白呼吸急促缩成一团。

第二次，达妮艾拉脱得更为彻底，仰躺在镜头前，镜头色眯眯地盯着她的胸部和小腿，逡巡着恋恋不舍，弗朗索瓦跪到床前，于是就出现了那幅著名的海报剪影。这是他们同居的第二天，拘谨刚刚离去，而真相尚未到来。他们躺倒在弗朗索瓦那张欲望横生的床上，镜头从身畔慌不择路地跨过，两人的表情一个迷离一个慌乱，萨克斯吹奏得哀怨迟疑。

达妮艾拉百无禁忌地大呼小叫，惹怒了正赶稿子的女邻居，该人素手砸门，指责他们自私和不要脸。达妮艾拉反唇相讥，于是一场女人间的恶战拉开了场子，弗朗索瓦怯生生地站在中间不知所措。收场的时候，两个女人已经由恶毒地互相攻击变为比试幸福和……性感。

第三次就是弗朗索瓦和这个女邻居，此刻，他已经完全褪去了和达妮艾拉在一起时的羞涩和拘谨，野兽一样疯狂。他们再一次被敲门声打断，只是，这次的敲门人是达妮艾拉，她面无表情地站在光溜溜的两人面前。

第四次是达妮艾拉和沙利，不过这一段就拍摄得索然无味了。就场景设置来说，无论是背景还是当事人，都继承了欧洲情爱电影的狠辣和直接，但是外间符号性质的人物设置，和中间沙利出去虚心请教问题的安排，有些太刻意了，显得用力过猛。

毫无疑问，莫妮卡·贝鲁奇是影片焦点，让她来承担这样一个“古典、端庄、性感的追逐欲望的女子”，是再合适不过的安排了。但时间无情，意大利女神老了，镜头一拉近，岁月的痕迹就触目惊心，还有就是她在舞会上的舞蹈，导演的本意是为了她致命的媚惑和吸引力，可惜贝鲁奇没什么舞蹈的天分，手、腰、脚的配合生硬，远没有[西西里的美丽传说]那段独舞来得妖娆。

我不喜欢把个体的感觉放大，更讨厌拿出去贩卖，也不喜欢把某一时段的感觉扩大为生命的概念，但我想，一个女人如达妮艾拉，怎样才能拥有属于自己的生活，怎样才是属于自己的生活呢！一个生命永远也没有权利对另一个生命指手画脚，我们只能好自为之。最后请允许我用三颗石头的诗句结束这篇文字——

你是天空 / 爱上你我就要流浪 / 如果你是斧锤 / 爱上你我就要接受敲打 / 那一天成为悬崖 / 一边是从前 / 一边是以后

[黑天使] *Senso'45*

导演：丁度・巴拉斯 Tinto Brass

主演：安娜・格丽娜 Anna Galiena、加布里埃尔・加科 Gabriel Garko

出品：意大利

年代：2002

氛围就是一切

导演不厌其烦地用了摇镜特写跟拍等手段，营造了人类原始状态所应该具有的狂乱与沉迷，可惜外面隐藏着丽维亚这样一双偷窥的眼睛，使得本应该最温暖的场景显得异常诡异。

一直对那部 [索多玛的一百二十天] 望而却步，听说因为影片所展现的特定历史环境，使这部极度变态之作具有了一种别样的人文力量。也就是说，镜头下所有令人无法忍受的行为，都是一群战争狂人耀武扬威的疯狂发泄。对于这一点，我想起在那段历史中同样穷凶极恶的日本，他们的一位著名作家就说过，剖腹是最完美的死亡方式。在武士道精神的蛊惑下，一个民族变得乖戾偏执而怯懦，以至于到今天仍然对过去遮遮掩掩，完全没有德国人敢作敢当的坦荡。展现这一段历史的电影有很多，当中也不乏一些优秀的情爱之作。因为角度不同，[索多玛的一百二十天] 显现出破釜沉舟式的决绝，[午夜守门人] 则暧昧不清。当然这部 [黑天使] 也因为女主人公和德国鬼子的纠缠，而使电影的主体意识似是而非。不过这不是我所关心的，对于丁度・巴拉斯的电影，他应该是一个爆发型的人物，而任何一种速度上的突飞猛进，都很难照顾整体效果的完整，这一点在他身上体现得尤为明显。

意大利男人

有必要先谈谈意大利和威尼斯，在文艺复兴中扬名立万的意大利，“二战”时可耻地成为轴心国的一员。梦一样的威尼斯自然无法避免德国纳粹的光临，被诗歌、音乐和戏剧娇惯起来的城市，笼罩了一层杀伐之气。时常会有文弱书生和他的女友在纳粹的威吓之下落荒而逃；也时常会有孩子，扑向倒地身亡的母亲大声号哭。刺刀和枪托碰撞，发出冷冰冰的金属的回声。

威尼斯人在同盟面前变得小心翼翼，成了这块世代躬耕的土地上的仆从。

当然，这绝不是威尼斯人的全部，把自己当作天经地义的主人的，一是街头那些动不动就和德国人发生冲突的学生，在每一个早晨的阳光里，他们的鲜血让人毛骨悚然或者自惭形秽。另一种就是那些大亨们，比如卡洛，他是威尼斯文化界最著名的人物之一。对于德国人在威尼斯指手画脚一直愤愤不平，不过那只限于在妻子丽维亚或好友尤戈等人面前发发牢骚。在大部分时间里，他都是带着小自己28岁的妻子和那些德国佬喝酒看戏互相吹捧。德国驻威尼斯电影片厂长官舒尔兹·赫莫特中尉就是他最大的眼中钉，这个随心所欲的色鬼，以招惹女人和不学无术为乐事，他的嗜好除了女人只有金钱，这些年卡洛花在他身上的钱不计其数，他奇怪的是，这个名叫赫莫特的生物，好像从来就没有满足这一功能。

其实尤戈是卡洛的私人律师，因为德国佬的出现，两人现在更像朋友或者是战友，他们密切注意时局的变化，像狼一样等待着反咬一口的机会。在电影结束的时候，出现了一条字幕，“距离‘二战’结束还有一个月”。也就是说30天之后，卡洛会迎来自己一直魂牵梦绕的机会，他又会在这个著名的水上城市呼风唤雨，大把大把地赚钱挥霍了，所谓同盟只是一个玩笑，这世界根本就不是你们的。

事实上尤戈比他早30天等到了机会，在电影结束的时候，卡洛的老婆已经倒在了他怀中。

威尼斯女人

土生土长的威尼斯女人都不太漂亮，但地中海赋予了她们一种独特的风韵，清丽与性感。在欲望面前，无论被动还是主动，她们都有让人想入非非的本钱。丽维亚一方面满足于随丈夫出入各种酒会剧院的虚荣，一方面厌倦于大自己28岁的丈夫独幕剧一样单调的亲热行为。以上元素的掺杂，赋予了丽维亚一种独特的妖艳，她像一株放肆的羊齿，有一种凛然不可侵犯的高贵，也有一种随时随地可以绽放的淫荡。

在一个上流云集的剧院里，丽维亚被一个英俊的德国上尉俘虏了。他嚣张地把身边女人的衣服扯掉，然后肆无忌惮地把目光安放在每一个人的脸上，那一刻丽维亚觉得这个乡巴佬神采飞扬。

第二天在自己家奢华的大门口，无路可逃的丽维亚被赫莫特困在怀中，在德国人嘴唇、双手和眼神的进攻之下，丽维亚彻底失去抵抗能力，乖乖地缴械投降。

根据弗洛伊德的观点：“感情欲望通过对另一个人的爱以可接受的方式得到满足，而这个人通常是与被禁止的性爱对象相类似的人。”在海滨医院的小屋中，在赫莫特租来的民房里，在蔚蓝的大海边，在瓢泼大雨中，丽维亚放肆地享受着一个年轻男人所能带来的快乐。看得出来，在这一段导演想极力营造一种动人心魄的美，例如表面看来灰暗的海面，水下却显现出一种夺人心魄的蓝。赤身裸体的丽维亚和赫莫特像鱼一样，在水中欢快地互相缠绕，像水草，也像婴儿。

“你不可能作为孤岛独立存在。”丽维亚一定恨死了海明威这句话。终于，她知道了，在她和赫莫特之间，不只有让人意乱情迷的做爱和热血沸腾的性派对。在一个彻夜狂欢归来的早晨，丈夫卡洛告诉她，计划就要实现了，而她必须赶到亚索拉躲避几天。

这时候，丽维亚显示了一个威尼斯女人所特有的干练，首先她设法把消息通知给赫莫特，然后从丈夫留给她的两万里拉中，拿出一部分用作赫莫特运作退役的费用。最后一次与赫莫特亲热之后，丽维亚踏上了前往亚索拉的道路。

此后导演的镜头就停留在了亚索拉，仿佛威尼斯的一切纷乱都不再重要，世界上最重要的就是丽维亚揪心的思念。终于尤戈带来了赫莫特的消息，他如愿以偿地退役了，在那间民房中，他会等她到地老天荒。

丽维亚用身体作为交换条件，成功地与尤戈返回了威尼斯，但在那间等她到地老天荒的民房里，赫莫特正和女友翻云覆雨。他向丽维亚摊牌，他需要的只是她的钱，甚至身体都不是。

德国驻威尼斯最高长官接待了一位贵妇，然后果断地枪决了一个临阵脱逃的叛徒。

德国情人

无疑赫莫特是导演塑造的一个另类符号，他一门心思地要退出这个德国人的阵营，他对每一个生命都充满怜悯，这令他异常痛苦，同时他也对威尼斯人的软弱而不齿，对任何一件无能为力的事都感到愤怒。但随着法西斯在欧洲大陆持续耀武扬威，他竟然慢慢习惯了做一头野兽，于是他以把不同的女人弄上床为乐事，所以在电影开始不久，他扯掉身边女人的上衣，然后恶作剧般地迎接威尼斯贵族们躲躲闪闪的目光。

赫莫特深谙德国军队内幕，要想摆脱这样的生活必须提前退役，必须拥有足够的金钱用来活动，于是他就把希望寄托在赌博上。和任何一个赌徒的美好愿望一样，他想得手后就罢手，也和任何一个赌徒的命运一样，他越陷越深。其实丽维亚只不过是他众多女人中一个，长期的猎艳生涯，他练就了一双火眼金睛。他一眼就发现这个叫作丽维亚的贵妇写了满脸的欲望，果然他又一次成功得手，但是就在他想和以前一样弃如弊履的时候，他发现这个女人可能就是自己一直寻找的筹码，事实证明，这次他中了头彩。

但他还是没有逃过注定的命运，在同胞向他开枪射击的一刹那，他知道自己毁在了故作聪明和飞扬跋扈上。他不知道的是，女友像他所看惯了的威尼斯人一样，扑在同胞枪下的尸体前大声哭号，只是自己由看客变成了剧中人。另一个爱他的女人，在远处观看了这场好戏，然后命令身边的男人，“和我亲热”。

电影中还出现了很多德国人，除却面无表情的杀人机器之外，海滨医院里的那位男医生也极富神采。他坦然接受赫莫特的毒品，又一本正经地交给他应得的里拉，一副公事公办的样子，令人拍案叫绝。

情爱镜头

丁度・巴拉斯设置情爱场景，一向注重氛围而忽略结果，这在本片表现得最为明显。在丽维亚和卡洛亲热的场景中，丁胖子运用远镜，给人一种冷静平淡的感觉，这也与开始的时候，丽维亚风情万种地穿过卧室不同角度的镜子时候的情欲遥相呼应，算是为她欲望找一个身体上的借口。此后与赫莫特的几次情爱场景，都注重了观者尤其是男性观者的参与感。除了前面我们提到的海中嬉戏，还有一个细节值得我们注意，就是在赫莫特租住的民房里，丽维亚用尽各种手段挑逗，导演也用尽了各种摄影手段来配合，可是总感觉赫莫特懒洋洋的，场面变得有些无可救药的失控。激情迸发在丽维亚倚窗而立的时候，赫莫特疯了一样按倒丽维亚，他大声咒骂希特勒、墨索里尼和这些年疯狂的战争，完成了在丽维亚身上的发泄。接下来与丽维亚的相拥，差点就让人以为这就是所谓的爱情。

与女友的做爱可能是赫莫特最真实的状态，导演不厌其烦地用了摇镜特写跟拍等手段，营造了人类原始状态所应该具有的狂乱与沉迷，可惜外面隐藏着丽维亚这样一双偷窥的眼睛，使得本应该最温暖的场景显得异常诡异。

慢镜

在技术上，丁度·巴拉斯延续了以往的风格，多次运用慢镜剪辑出了生活中不经意流露出来的“性感与美”和弗洛伊德理念下的“第一视角的注视点”。其中有一段令人最难忘，赫莫特和丽维亚在制片厂的化妆间偷情，妒火中烧的尤戈鬼魅一样靠近，尤戈向前直线运动，镜头由远处从侧面快速切近，空旷的摄影棚和屋顶巨大的木梁在空荡荡的楼下空间的映衬下，显示了一种不可理喻的欲望和一种触手可及的挣扎。尤戈惊恐寻找的眼睛，成了镜头最后的中心，像是这场啼笑皆非的探索的最后终结。可惜这样的神来之笔，也就这么一次，对丁度·巴拉斯而言，他的问题是设想与落实之间存在一条遥远的天堑。

天使

“被爱是幸福赏赐的一种收获，而去爱是奉献赋予的一种方式。”实际上大多数人都是把爱的问题，看成是被爱的问题，这是幸福与否的根本原因。也正因为如此，丁度·巴拉斯把这部电影命名为［黑天使］，也就是说，如果两人的爱是真诚的，是互相奉献的，那么彼此都是对方的 Angel，反之就是“Black Angel”。这样的解释有些表面化，也许是因为在结尾，尤戈抱住丽维亚的时候，说了一句“你是我的天使”。这是一个非常悲观的意向，欺骗和索取并没有因为生命的终结而暂缓脚步。

其实，片中的很多人都具有天使的表象，与法西斯斗争的卡洛，憎恨战争的赫莫特，也如追求自身解放的丽维亚，但无一例外，他们的手段或者初衷，都暗藏了一道黑线，所以天使只能在黑暗中。

巴拉斯把背景设置在纳粹横行时的威尼斯，本身就是轴心国的意大利同样陷在危乱之中。对战争的无能为力，成了最简单不过的本能反应，这样的设置让人有些泄气；赫莫特绞尽脑汁要退役，这有其固有的贪生怕死的天性，也有其厌恶战争和杀戮的后天取向。反对战争和借战争之利的自相矛盾，是战时一种普遍的心态，显示了人本性和本能之间延绵不断的攻守；枪声打断了赫莫特和丽维亚偷情，看着身边倒地身亡的女人，赫莫特抽搐的脸和丽维亚惊吓的眼神，把战时两种最直观的反应置身于同一场景，充满绝妙的反讽。

当然丁度·巴拉斯并没忘记安排几个极富深意的小人物。他们分别是搅乱了两人偷情的学生，后面跟着大呼小叫的德国兵；慈眉善目的赫莫特的房东，她坦然地收下了丽维亚的一里拉，然后忠心耿耿地替她通风报信；还有一个小孩，趴在被德国佬打死的母亲身上，撕心裂肺地号哭……所有的一切都应该更符号化，但可惜，导演浅尝辄止，使这部貌似深远的作品，最终也没能完成超越的预想。

[玛丽亚的情人] *Maria's Lovers*

导演：安德烈・科察洛夫斯基 Andrey Konchalovsky

主演：罗伯特・米彻姆 Robert Mitchum、娜塔莎・金斯基 Nastassja Kinski

出品：法国

年代：1984

狂奔在失控的路上

技术上的滞涩和心思上的狂野，使得影片显露出一种浪荡与哀愁的双重气质，可又没能天人合一，一边是自顾自地浪荡，一边是自顾自地哀愁着。

先抄录一段我曾短暂喜欢的一首歌在此："……所以鲜花漫天幸福在流传 / 流传往日悲欢眷恋 / 所以倾国倾城不变的容颜 / 容颜瞬间已成永远……"这是一个单看词和曲都没什么特点的音乐，开头还颇能令人生出几分反感，好像一沾染古典，就非得生拉硬拽几个意境性词汇，如孜然般撒上才肯罢休。

我喜欢的是中间阿宝那段金石之声的协唱，这样一份沧海桑田时光流转的感情，被一副满是时间痕迹的歌喉吟唱出来，仿佛在边塞狂风沙的夜晚，一边荒腔走板地竹箸敲打着夜光杯，一边记起一个人和一些事。马尔克斯说："这世界上没有比爱更艰难的了。"在我看来，也只有时间才能让我们明白和懂得，可惜的是，当我们终于明白和懂得的时候，时间已经不给我们任何机会了。有些感情只能生长在回忆里，有些人只能在回想的时候才能清晰起来，有些爱情也只能在时间的彼端才能婉转

生姿。

和《倾国倾城》一样，[玛丽亚的情人] 也不是一部扛得住太多褒义词的电影。技术上的滞涩和心思上的狂野，使得影片显露出一种浪荡与哀愁的双重气质，可又没能天人合一，一边是自顾自地浪荡，一边是自顾自地哀愁着。让我喜欢的原因，是在 [玛丽亚的情人] 中也出现了阿宝一样的声音，那个牛仔一样的流浪歌手被伊凡一拳撂倒之后，躺在地上依旧运指如飞，丝毫没停止弹奏他的乡村爵士。妙人也！

归乡路迢迢

影片开始是一段黑白画面，一个面容陡峭的男人问桌子对面的年轻人：“你现在最想干什么？”答：“回家。”然后画面闪烁，年轻人在 [冷峰] 一样的草地上疾走，镜头拉伸，不远处，如 [冷峰] 中家园一样的小屋矗立在不远处。这样的画面也出现在影片最后，一模一样的场景和对话之后，音乐响起，漫长的寻找终于有了个归宿。导演的用意很明显，如果说影片开始，作为战俘的伊凡，回到故园的只是一个肉身的话，那么在影片最后，当他终于可以和玛丽亚水乳交融的时候，被战争煎熬过的心灵才真正得以安歇下来。

导演没有明确告诉观者伊凡的身世背景，但在镜头的流转之间，我们还是隐约能够知晓一些他曾当兵和被俘的经历，好像伊凡还做过一些慷慨激昂打死我也不说之类的壮举，在回到家乡不久，镇子里的人还为他举办了一场隆重的派对。就是在这个派对上，他把初恋情人玛丽亚带到当初告别时的草地上，当年埋在草地中央的那副耳环还在。那么试想一下，举江湖之大，哪个女人能扛住这副耳环和一个九死一生的男人单膝跪地的攻势！

反思战争的文艺作品都愿意扭扭捏捏地暗示，归者在原欲方面的强烈需求，似乎这样才算战争真正结束，人性华丽回归。所以回城士兵当街拥吻少女的照片，尽管被赋予了各种解读文本，可谁也不肯说破的那一点，似乎才是大家心有戚戚之所在。伊凡也不例外，在回家不到一个小时的时间里，就把寡居多年的女邻居扑倒在床上。

然后呢，如果看过三部以上反思战争类的电影，你就能猜到，伊凡在门外苦等的人的性别，对他们的从前大约也能猜出个大概。而她就是我们影片的主人公玛丽亚，就是前文提到的在草地上没能扛住攻势的妞。

一直在路上

提到玛丽亚，就不能不提当晚和她一起回来的艾文，用伊凡的话说，“原来是一位长官”。长官同志留给观者的第一印象是一个心急火燎的登徒子，在玛丽亚家门口的沙发上，他的表现确实经不起太学术的推敲。可感情的事向来如此，在爱的人眼中，任何亲密的举动都是可爱的。在不爱的人眼中，此君的表现就只能用装嫩或者恶心来形容了。

伊凡和玛丽亚的婚礼击中了两个人的心脏，一个自然是上面提到的这位长官先生，其实要怪也只能怪他在派对那晚心猿意马，被伊凡来了个釜底抽薪。另一个则是伊凡的老爸。导演特意安排了老头子颤巍巍地去找玛丽亚求婚，不想小妞回答："我想和你的儿子伊凡结婚。"在这过程中有两个细节需要提及，一是导演偷窥欲发作，摄影机对准做家务的玛丽亚不松口，一时间少女起伏的曲线充盈了整个镜头。还有一个细节是求婚被雷劈到之后，老头子要求最后亲吻玛丽亚，然后厚重的嘴唇山一样压了过来，玛丽亚一时窒息——谁能告诉我，导演为什么要做这样的安排?

按照正常的逻辑思维，伊凡也算是春风得意了。可当还没脱掉婚纱的玛丽亚站在台阶上畅想将来会有几个孩子的时候，我就隐隐有种不安，果然，在伊凡和玛丽亚终于双双倒在床上的时候，伊凡绝望地发现，自己不行了。连纯洁如玛丽亚都发觉了事态的严重性，至于怎样不行，我就不用多作解释了吧。

影片至此，开始朝着失控的方向一路狂奔。

狂奔在失控的路上

对于谙熟电影逻辑的观者而言，完全可以猜想得出，导演会为他们彼此设置怎样如九九八十一难的障碍。首先，我们得隆重介绍前文提到过的那位桀骜的流浪歌手。老兄在酒吧里的弹唱出场先声夺人，下一个镜头，就在玛丽亚和同事的注视下，停下车子，挎上吉他，以慢镜头推开小餐馆的门。对于他朝着几位女士唱歌的镜头，导演采用了手提摄影机，运动的姿态营造了一种明目张胆的勾引效果。玛丽亚扛不住了，起身落荒而逃，偏偏流浪歌手弹着吉他一路猛追，可就是在这样的当口，我还是心灰意冷地注意到，歌手用的竟然是我怎么学也没学会的轮指。

显然，这是一个此地无银三百两的镜头，为什么偏偏是玛丽亚在逃?导演的解答出现在下一个镜头里，玛丽亚欲火焚身地辗转反侧。摄影机再一次发挥了色狼的本色，在玛丽亚高低起伏的身材和高低起伏的呻吟中间，把人的原欲问题再一次推到风口浪尖上。这是一场伦理和欲望的角力，导演先后放出了流浪歌手和那个寡居的女邻居，然后袖手站在一旁，看玛丽亚和伊凡如何面对。

伊凡再一次和那个女邻居翻滚在一起，而无巧不巧地被窗外经过的玛丽亚看在眼里。我实在不忍心回忆他们第二天早晨的那场争吵，两个曾经那么相爱的人，会运用那么恶毒的词汇互相攻击。在他们互相惦记的日子里，在他们决定彼此终老的日子里，会预料得到吗！玛丽亚像一个泼妇那样破口大骂，伊凡一副十足的流氓相，“你不就是想要吗，来啊……”

行进到这里，我不得不提请大家注意的是，伊凡的所谓不行只是相对玛丽亚而言，他的进攻性只能体现在不符合伦理的情况下。我们知道，导演的意思是，战争的后遗症不单单是遍地的疮痍，对人心理的残害，就是让他丧失人类爱的本能。那么伊凡是不是只能回到屠杀的场景中去？

在一个阳光萧瑟的午后，伊凡爬上一辆北去的列车，站在车顶，伊凡用一种胜利的姿势拥抱了这个小镇最后的阳光。

如果真有最好的时光

我们无论如何也不能否认玛丽亚对伊凡的感情，其实在伊凡不行的日子里，他们也曾出现过短暂的欢乐时光。只是这段时光的开始处，站着那位艾文长官。当时，伊凡和玛丽亚盛装参加艾文的订婚仪式，他和在欢迎伊凡回乡时的派对上认识的妞，准备在仪式之后去底特律生活。在和玛丽亚跳了一曲之后，艾文上校向大家宣布，“仪式取消，我爱的是玛丽亚。”

身为玛丽亚法律意义上的丈夫，在大家万马齐喑般的注视下，伊凡起身和艾文来到厨房，门外的人以为厨房里会发生一场雄性气质弥漫的决斗，可门里的伊凡却把自己的手先按在了通红的炉火上，“带她走”！出乎伊凡意料的是，玛丽亚拒绝了艾文的请求，下一个画面是，她为他处理伤口，两颈交叠，双膝缠绕。

影片的绝大多数镜头都是克制的，没有太多情绪的起伏，所以影片传递给人一种谦谦君子的温润气质，可这世界上有一种感情，是蕴含在平静之中的，就像怒极反笑或者哀莫大于心死。导演为伊凡和玛丽亚安排了一切白头偕老的爱情所需元素，也让一切止步于最应该升华的刹那。性，有多重要？或者说，人的原欲是不是真的只是我们爱情的一个美丽借口？我们的誓言和诗歌，真的都是欲望披挂了几千年的外衣？

离开小镇的伊凡，在一家屠宰场找了一份工作。如果说，人类对动物的屠杀和宰食是另一场战争的话，希望伊凡能在弥漫的血腥中安静下来。

玛丽亚终于没能扛住，在流浪歌手的歌声中，他们拥抱、做爱。导演站在白纱帐后面，远远地、冷冷地，旁观。

情爱镜头

在回顾若干情爱镜头前，有必要交代一下影片最后的结局。在屠宰场工作的间隙，伊凡和一帮面目可疑的女人到一个小酒吧玩乐，听到一个流浪歌手在演唱之前吹牛，他和一个结婚了几年的女人上床了，而那个女人竟然还是个处女。伊凡打出了本文开头极力讴歌的那一拳。流浪歌手酷酷地没有停止弹唱，伊凡则如醍醐灌顶一般，决定回家。

在当初他刚刚回乡时等待玛丽亚的木头小屋里，他的女人还在睡梦中，她的孩子也在睡梦中。他亲吻了她的面颊，她在早晨的第一缕阳光中看见了爱人的脸，他们亲吻，他们……做爱。

影片一共出现了五次情爱镜头，伊凡和那个寡居的邻居占据了两次，每一次都流泻着捂都捂不住的动物性，关于人类本能的各种词汇尽可以加诸其身，需要提醒的是，女邻居的笑声过于刺耳，像刚刚下过蛋的母鸡。一次是玛丽亚和那个流浪歌手，看得出来，导演比较趋于保守，对这场情事采用了若干遮遮掩掩的手段，除了镜头前的白纱，就是有意把气氛弄得缱绻一些。其实，就本质而言，此刻的玛丽亚和前一刻的伊凡并没有太大差别。剩下的两次就是玛丽亚和伊凡了，一次发生在他们新婚当日，我相信，那是任何一个人都不愿意回忆的梦魇。一次就是在影片最后，这一次导演没做任何掩饰，镜头前的玛丽亚和伊凡赤裸坦荡，一如人类的最初。

伊凡的战后综合征就算痊愈了吗？家园的概念是不是一定得有一个女人？我欣赏玛丽亚对待感情的态度，也不反感流浪歌手的放浪形骸，人类面对感情的时候，太容易得陇望蜀了。我们是不是都曾以为眼前的就是自己的，又总是容易被漂浮于远处的所吸引？我们是不是总是因为没有得到而夸大了它的美，在得到和失去之间患得患失？所谓珍惜，真的都是说给别人听的吗？

那么，晚安，人类！

[爱之亡灵] *Empire of Passion*

导演：大岛渚
主演：藤达也、田村高广、川谷拓三
出品：日本
年代：1978

感官王国之后

乡传，樱子亡灵已渺，太郎魂魄不再，松下村危亡于一线。村人对我当初的 [爱之亡灵] 亦不复印象，他们忘了曾以“新浪潮牛耳”喻我。

“秋叶已落，数年过去了，树林再次青葱，之后枯黄，最后满地白雪，冬日归来。有一天，关于爱侣的传说，已被人忘掉了，据说，樱子和太郎被处死了”。又一个三年过去了，村人已经学会了波澜不惊地谈论樱子和太郎，以及那天中午里，那个寒风料峭的松下山坡，就像某一个三年后谈论山本那样。

奇怪的是，乡邻们对之前的记忆一下子变得异常模糊，只记得那天风吹过松下山，凄厉而阴森，“藤棒一次次舞动，狠狠地落在无助的肌体上，樱子一次次地晕倒，一次次地又被冷水激醒。”藤棒落在樱子身上的钝响，如噩梦一般缠绕在旁观者的余生。

四十年后，京都人大岛渚把樱子的故事搬上了银幕，命名为 [感官王国]。据还健在的老人说，樱子根本就不懂什么“要做爱，不要作战”，她只是还没有学会满足。大岛渚不可避免地带有文人的小尾巴，他太想寻找一个意义了。至于更后来的 [爱之亡灵] 则依稀接近了当年的真相，但是彼时真相早已经荒芜了，即便是松下山资格最老的两位村民，也曾对“樱子的脸隐藏在头发里，混着冷水和鲜血，她往日的妩媚不再”一句，发生了一场没有定论的争执，再后来这争论也云散烟消，樱子和太郎的故事仿佛没有发生。只是当年悬吊两人的大树异常葱郁，挺拔桀骜，卓尔不凡。

樱子——求不得，无可求

我的故乡即是我后来冤魂常绕的松下村，那里有一处长河落日桥，每当夕阳西下，至山顶向村落东望，雾霭之间云蒸霞蔚，长长的栈桥，穿云过海，首尾不见。

我知道，我只是村落漫长的历史中一个微不足道的过客，在松下山坡我停留了一个下午，遇见了两个和我搭腔的男子，然后，一生就过去了。

拉车的山本是我的丈夫，他憨厚得木讷，如一头不声不响闷头苦作的牛。天蒙蒙亮的时候出门，车轮的咿呀声渐去渐远，我知道，他正朝向他奔波的远方；夜晚晓星戴月，清脆的车铃和沉重的足音一步步地接近我的房门。我早早烫上一壶清酒，温热了一池净水……我所在的方向，应该是他最终的理想吧。

我知道，我应该远离太郎，或者像邻人女子那样对其假以颜色，可是，我喜欢这个远近闻名的佻达子弟对我说“你还像曾经那么美”，喜欢他在某一个出其不意的午后出现，喜欢他和我一起度过的，那些一天中最后的时光。

村民说，事情的缘起应该是那个山本晚归的午夜，我承认，那次惊天动地的强暴之后，我越发沉溺于太郎的缱绻柔情之中。我甚至也承认，之后那次滂沱大雨中的野合，催促了山本的殒命，太郎狂野的眼神和一刹那流泻的凶光，令我颤抖。但我不管，爱一个人我就要占尽他全部的芳华，我要他无时无刻不把我含在口中，握在手里，盛在眼中……只是我无法预料，我一时的任性，竟然占据了日本近大半个世纪的野史。

我对丈夫山本唯一的记忆，就是那只擎着酒杯的手和在愈来愈紧的绳索的压迫下，那双渐渐清澈了的眼睛。我不是一个安守妇道的女人，我认可那些后来弥漫了全日本的流言，也认可，太郎也不是我梦想中的那个背影。但是他是我最有可能抓住的，其实我只是一个不肯甘心的妇人！

后来，有很多人说拷问我的加藤警长其实居心叵测。对不起，我已经不想再去辨别了，这个大和男人秉性乖戾目光锋利，那天松下山安静隐忍，林中有风呼啸浩荡，这是我命中注定的劫难——从我顺从了太郎的那一刻起，从我内心汹涌澎湃的那一刻起，从我少女时代不肯安于天命的那一刻起……

可是我不忏悔，和太郎惊涛拍岸般的狂热；榻榻米上丰盈流转的眼波；回忆时刹那的疼痛；想念之际烟波浩渺的心思……佛云世有七苦，求不得为七苦之最。如果和内心天遥地远，我愿入炼狱！

七七四十九天之后，我轮回为恬淡沉静的藤井树，我和一个同名男孩的故事，打动了全世界。

山本——种种承事，种种供养

记忆最清晰的还是我的少年时代，我发誓首先要出落得高大挺拔，然后坐拥千军万马，我要视野之所及的土地都布满我的足迹；我要迎娶一位世间最美丽的女子。她温柔高贵如不染凡尘的仙女，我想我会用毕生的柔情呵护她，即便我也像那个法国人一样遭遇滑铁卢，在敌兵如海水一样漫到脚下的那一刻，我也会垫着膝盖为她写下温柔的文字。八百里加急，驿站一路洞开，我的女人在富丽堂皇的宫殿前，等候火漆的皇族书信如约而至。

可是，在某一个上路的清晨，我发现，时间和现实已经把我打磨得平庸而寥落，我不断降低每一天的梦想，不断向自己低头，尤其可怖的是，对此我已经毫无知觉。

那些年少的梦想，仿佛是另一个人的事情，我学会了使用嘲笑，学会了掌握冷漠，学会了表达无动于衷，也学会了在行走的路上不再思想。

樱子，是一好女人，但我希望她变得和邻人一样，不再幻想，不再想象长河落日桥之外的路程。可是，某一日倦归，我知道，我担心的事情终于还是发生了。此后，我对自己的平静感到害怕，大概只有一路的车铃才是我的安慰吧。没有了那些声响，我会发疯！冥冥中，我期待那场可以不用上工的大雨。后来听人说，我就死于那个雨夜。

和樱子一场疯狂的情爱之后，那个叫太郎的男人剃掉了她的体毛，为了不让我察觉，他们先用甘洌的清酒灌醉我，然后用麻绳勒紧我的脖子。

我知道，所谓的“不让我察觉”只是一个借口，我似乎完成了自己的使命，在大和民族的乡野历史中，我必须以一种民间的方式谢幕，所以我没有挣扎。回头的时候，我看见他们最后努力了一次，然后扛起我，一直到松下山的一个古井旁，我知道，这就是他们所说的，我最后的归宿了。

我漫游于荒郊野岭，第一次远足栈桥之外，我知道了想象的世界和处身的周遭大同小异，知道了我的前生后世都不过是一场徒有虚名的轮回。终于知道，我心中的那个佛陀，“如是等类，我皆于彼随顺而转，种种承事，种种供养”。

樱子和太郎被吊打的那个午后，我正在古井沉思，一坐就是一百年。

我错过了那场完全可能的解救，也错过了又一场完全可能的轮回，于是，我脱胎前生，成为一文字家族创始人秀虎的一名亲兵，遥遥百年，我又见证了一场人性和刀兵的杀伐！

奥莉——其旨趣者，皆为离念

依稀记得我出生于一个三轮车夫之家，我和父亲见面有限，我未起，他已离去；我等不及入睡之后，他才倦归。每日我和母亲樱子一起度过漫漫的白昼，我喜欢站在松下山顶东望，看长河落日桥蜿蜒西去，看松下村炊烟婀娜。母亲说，我和她都不是安贫乐命的人，注定了一生多灾多难。可惜的是，当时我无法理解。

父亲已经很长时间不回家了，母亲说他在东京劳作，三年即归。他会带回一大笔钱，那时我们就离开松下村，到长河落日桥的另一端去，那里是一个水草丰美的世界。所以每日我都期盼，父亲的车铃如天籁一般由远方响起，他的身影在地平线一端慢慢高大起来，直至覆盖我们渐渐风雨飘摇的家。

一天，我发现村中那个叫作太郎的浪荡子，和母亲在屋檐下说话，他们神色哀伤，好像有什么不幸发生！

又过了几天，加藤警长出现在母亲面前，他在不停追问什么，有一次，他大力地把水溅了母亲一身。

我开始和父亲频繁见面，他告诉我他好冷，他居住在一个深不可测的黑屋子里，他脸色苍白眼神忧郁，他行动如风悄无声息。他站在我起床时的床边，藏在我掩合房门的背后，他踯躅于我上山小径的最前边，他在水池边哀伤地望着我，如同望着松下山顶娇弱的枝垂樱。

二十天后，村人把我送去东京，我在那个满眼繁华的城市里读书、习字、长大，我再也没有见到我的父亲和母亲。后来，我成了蒲田罗恩酒吧的一个女招待。20 岁那年发生了两件和电影相关的事，改变了我的一生：一、我亲眼见证了三木谦一的被杀。这个岛根县退职警察的故事，分别被写成了一本书，拍成了一部电影，作家松本清张和导演野村芳太郎，因此名声大噪；二、20 岁那年我看了一部电影 [感官王国]。半年之后，原来的村人告诉我，那就是妈妈的故事！

我拜访了导演大岛渚，这个 44 岁的中年人傲慢而脆弱。他告诉我“其旨趣者，皆为离念，归于真如。”我不懂他在说什么，但他说母亲至死也不明白这句话，但她一生都在朝这个方向努力，我点点头，起身离开。后来我知道，它的后一句是“当成佛道，以为懈慢众生故”。

两年后，他又拍摄了 [爱之亡灵]，事毕，满世界寻我，已不可得。

松下村——风不入实，水不仰行

这是我民风淳朴的故乡的名字。我出生的时候，松下山婆娑如故，据说和一百年前的繁茂相比，今胜于昔。松下山旁的小村也是一派繁华，除了山下一眼陈旧丑陋的无沿古井，远不复当初局促的模样。村人视古井和松下山两株槐树如同神明，每当四月春寒料峭都会结伴祭拜。凡男丁满 15 岁，就会把关于村庄的那个流传甚久的剽悍传说倾囊相告。樱子和太郎的故事，一代一代地穿越时间的陈年旧迹，倔强地震慑着我的村人们。

村人都说，是小流氓太郎毁了樱子，这位贤淑温婉的女子受心魔蛊惑，一失足便万劫不复。即便是现在，每当大雨，如果站在松下山偏左处，还可以听见当时他们热烈的做爱声。老人都说，那声音摧枯拉朽，具有一种毁天灭地的魔力。也有人说，樱子本就水性杨花，太郎只是一个引子。还有人清晰地记得，樱子眉眼之间，满是遮挡不住的万千风情。更正这一传说的，是官至少纳言的一位村人，他对樱子以“如风不入实水流不仰行，我生逐常恒，一切处不离”相喻。

于是，有人记起，那一年冬天来得特别早，樱子的丈夫山本的三轮车铃特别响亮，十丁之外，震耳欲聋。

40 岁那年，我中风，中断职业生涯，回乡省亲，民风凋敝，村人冷漠，唯古井渐生新水，质地甘洌入口清爽。两株槐树老树新丫，一派郁郁，只是松下山老态毕现，不复离乡时的朝气蓬勃。

乡传，樱子亡灵已渺，太郎魂魄不再，松下村危亡于一线。村人对我当初的 [爱之亡灵] 亦不复印象，他们忘了曾以“新浪潮牛耳”喻我。一夜之间，故乡成了他乡，樱子和太郎彻底泯没于乡风四野。

[美人] *La Belle*

导演：吕钧东
主演：安银美、李成宰
出品：韩国
年份：2000

唯美到变态

吕钧东文艺情爱电影的梦想到底实现了没有我不知道，但影片的确让人想起罗兰·巴特的话："我痛苦地和她在一起。"

我们不妨闭上眼睛想一想，1998 年以来各类型题材的韩国电影，是不是在某一时刻牵引了大多数影迷的目光？是不是那些模仿剽窃的背后具有无可争议的唯美和人性？政治和道德的禁忌被弱化，娱乐和艺术从来没有这样横放和张扬过！看看现在的韩国和 80 年代末 90 年代初的中国香港地区又何其相似——题材广泛、类型多样、本土电影不但连创票房新高，甚至开宗立派之势已隐约可见。李沧东、金基德被越来越多韩国以外的影迷所津津乐道……

这其中的原因固然很多，但二者具有一个非常明显的共同特征——1988 年中国香港开始实行三级电检制度，而韩国则在 1998 年取消了电检制度。

或许我们可以把这一切想象为刚刚冰雪消融的大江大河，但最终能否形成浩浩荡荡之势，还需要时间的验证。我绝对可以理解那些对韩国

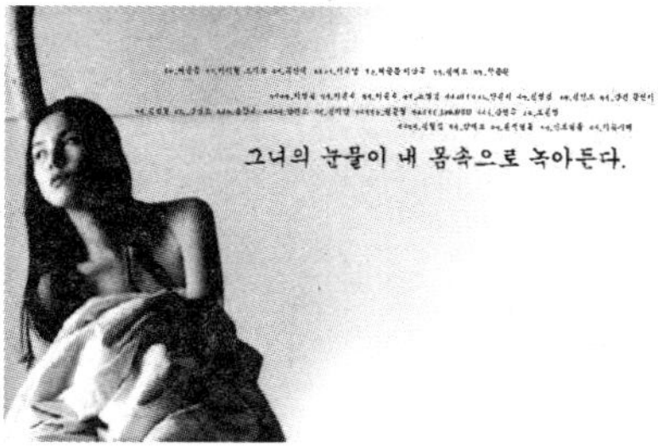

电影不屑一顾者，但我也绝对相信一个好的开端就是成功的一半，不管怎么样，有了第一步，就已经具有了奔跑的潜质。

由于禁忌的消亡，必然会导致意识的吐故纳新和之后创作的自由，接下来的肯定会是一场繁华。人类的历史就在这种不断地打破和建立中曲折前行。需要指出的是，情爱电影往往会走在这种自由意识的最前端，就像当初日本的四大情爱电影大师和他们那些花样繁复的情爱作品。韩国也不例外，现在风起云涌的情爱电影，以美轮美奂的画面，令人目瞪口呆的意识和精巧细腻的情节，已然取代了中国香港和日本，处在了无可争议的领跑位置。

尽管韩国民众对于“二战”期间日本人的做法始终不肯原谅，但在情爱电影方面，二者所体现的那种共同的唯美与变态，让人不得不在头脑中一遍又一遍地设想比较孰优孰劣的问题。

其中最广为人知的就是那部 [漂流欲室]，一个逃犯，一个妓女，一座荒无人烟的小岛，一场匪夷所思的爱欲伴随着一个鲜血淋漓的结局。影片具备了一部情爱电影所应具备的所有元素，其中互相满足的施虐与受虐的工具，女主人公精致的脸庞和男主人公颓废狂乱的眼神，都具有鲜明的韩国烙印。但我一直觉得影片太极端、太血腥，代表不了真正的韩国情爱艺术，就像 [感官王国] 是日本情爱电影的一个高峰，但它最终也不会成为一部具有集体意义的影片一样，道理就如，辟邪剑法和葵花宝典无论如何也代表不了整个武林！

这部 [美人] 值得一提，因为它几乎具备了韩国情爱电影的所有元素，如唯美、如变态、如死亡、如精致的男女主人公和精巧的细节处理。

美人

剧中我是一个作家，她则是一个人体模特。在大多数情况下，影片背景都放在我的家中，几乎没有什么人来打破我和她的这种平静，除了那个不时如凶铃一样鸣唱的手机。为了叙事的需要，请原谅我把影片的叙事顺序稍微打乱一下，从我和她的相识讲起。

我说过，我是一个作家，靠写书过日子，所以我的家中有很多书，后来她曾对着那些书问我是干什么的，并微笑着承认偷看过我的手稿，但那是后话。可是那些书还是满足不了我，所以我需要经常到图书馆去。是的，就在那里，我第一次见到她。当时她和一个男人正打得惊天动地，最后我亲眼看见那个男人向她举起了椅子，而她连躲都没躲。

后来的一切都只能用缘分来解释了。她喝醉了，鬼使神差地走进我的房间，毫无征兆地诱惑我，而我也没来由地疯狂了……

之后她调皮地拿走我的钥匙，调皮地约我出去散步。但散步的时候，她喜欢和我隔着一条马路，而我则感觉那是一条河，希望那条鹊桥一样的斑马线早点出现，可又担心相遇的时候，她会不会还回钥匙，从此不再相见，那个黑色风衣里只穿着内裤的身体再也不会为我而绽放。但真的相遇了，她却调皮地向我张开了风衣，她洁白的胸部令我又一次眩晕！

从此她就像回家一样每天都出现在我的房间里。她有时天真得像一个天使，有时又乖戾得像一个小魔女。但天使也好，魔女也好，她都已经成为我生命里不可或缺的璎珞。她的肌肤珠圆玉润吹弹可破，诱惑的眼神汪洋恣肆雨横风狂。亲热之余她在她的小床上看书，我在她旁边写书，阳光在窗外进行着年年如一的旅行，屋内我的常青树和我的她，安静得像在睡眠中——我相信了冥冥中的上帝和天堂……

进行到现在，我觉得我们无论如何也应该跳出主人公的圈子，暂缓一下呼吸。还记得托马斯的碑文吗？他要在人间建立起上帝的天国！可是令托马斯预料不到的是世事无常，天上人间都是一样。那么这样的爱情和这样的女子，是不是有些太诡异、太让人不可思议，这种天上掉下来个林妹妹的事情，总会伴随着一些什么特别的事情发生吧？

果然躺在她的小床上一直安安静静的手机成了我的梦魇。每当那夺魂摄魄的铃声响起，她就像小兔子一样跳开，低语几句之后，匆匆离去。她走得那样匆忙，以至于每次都忘了我的存在，这一走或许是几个小时也或许是一个星期，而每次回来她都伤痕累累。

在她每次离开之后，我都会度过一个又一个不眠之夜，因为我不知道她又会在哪里打电话要我去接回只剩一口气的她，或是她又会青了哪只眼瘫倒在我的门外……每次这个美丽的小女人都像死鱼一样冰冷而苍白，但她的心脏每次都快活地跳跃着，我几乎无法分辨这样的来来去去，对她而言，是场灾难还是一场幸福的海潮。但的确有嫉妒和愤怒淹没我了，我知道一定是那个图书馆里的男人，突然之间那个暴怒的男人具有了一种可怕的魔力，使她常常忘了自己忘了我。可我还是无奈地听到她的手机一次次地响起，看着她一次次地穿衣关门，就这样我在我客厅里的常青树下，一次次地等待她回归，再一次次地帮她洗净满身的泥土和酒气，一次次地和她陷入欲望之海而不能自拔。

在这过程中，有一次她全身被画满了油画，牡丹的叶子和花朵都肥大得有些夸张。而那花瓣像魔鬼的血盆大口一样丑陋，在我的惊声命令下，她乖乖地钻进浴室，好久之后再次出现的她又一次清纯如昔，而我又一次陷入她的迷离与惶惑之中。

还有一次她全身布满了齿痕，我帮她洗净了身体，可是一阵阵的剧痛最终挨过了汹涌的欲望。这一次她没有和我亲热，在窗外惨淡的月光的映衬下，我们第一次静静地度过了一夜。

我开始回想和她在一起的林林总总，想起在我突然梦醒的午夜，她是怎样装扮妖娆地在镜前搔首弄姿；想起她赤裸着只穿一件白衬衣，在窗前等我从出版社归来；想起她就那么一丝不挂地在落地窗前陷入沉思，也想起她睡前问我，能不能杀了他！

美丽

我从她的手机中调出那个最经常出现的号码，和那个只有一面之缘的男人通了话。

这时候镜头第一次离开了房间，出现在韩国某一个熙熙攘攘的街头。人流像河水一样有条不紊地在红绿灯前流动，两端的人群由远而近，交叉然后分离，但那个图书馆里的男人却像一段木头一样倒地不起，我的刀在他的腹部旅行了一趟，并来了一个漂亮的大回转，现在它就安安静静地在我的衣袋里沉睡，像什么也没发生一样。

我知道她的电话再也不会像凶铃一样地鸣唱了，我也终于可以完完全全地拥有她了。现在她就在海边等我，白衣胜雪秀发飞扬。她还会一如既往地在白衣里面一丝不挂，我们还会在那张宽大的床上再次醉去……

行进到这里，我长出了一口气，按照惯例，剩下的就应该是和警察斗智了，结合 [快乐到死][不忠] 等片，有一个大圆满的结局也不是没有可能。可是我实在是低估了导演吕钧东和韩国情爱在变态方面的功力，在对吕钧东精雕细刻的灯光、布景、音乐、色彩等拍案叫绝之后，我再一次被他所安排的结局惊呆了。

几天之后，她的手机又一次响起，我听见里面有人说：“他死了！”

她就那样赤裸着走出了我们会移动的家，并一步步地走进海里，疯狂的海水渐渐涌上来，吞没了她健壮的小腿，年轻的腹部、美丽的胸膛……还好当我就要扑过去的时候，她又回过身来，一步步地走出大海，像往常一样穿衣关门，又一次离去。

我想她再也不会回来了，她柔软的身体真的再也不会为我而绽放了。我们在漂流瓶里许下的那些无声的诺言，在节日的夜晚起身看烟火时的笑脸都变成一闪而过的流星，也许那光华灿烂的一瞬间就是永恒了吧！而我所谓的理性，所谓的矜持，都不过是懦弱的一个光滑的外壳。

可是她又回来了，在瞭望塔上她又变回那个文静的小女生，第一次我在她眼里发现了深邃，而我的内心则开始虚弱起来。我脱她的衣服，用身体和身体的互相依偎来壮大自己，我们的激情也渐渐被点燃，火焰又一次不可遏止。

“掐死我吧！”她请求到，我在死命地掐她中体验到如狂涛骇浪一般的快感，而她也在我越来越紧的双手中放荡地呻吟……

终于一切又归于平静，她在我的手中变得无比柔软，进而慢慢僵硬。我知道在海边这一段日子是她最快乐的时光，于是有容乃大的大海又一次接受了一个年轻美丽的身体，而我还在每天的书写中，任时间在窗外行色匆匆。

情爱镜头

整部影片几乎没有什么场景转换，也没有太多的台词。男女主人公在房间里用肉体代替爱情，举目皆是赤裸裸的欢爱和大胆直接的挑逗，男女主人公洁白的身体成了镜头前最频繁的镜像。这对于一部电影来讲是极其危险的，走火入魔的危机无时无处不在。

好在自称看过上千部情爱电影的吕钧东，善于化腐朽为神奇，在灯光、布景、音乐等方面下足功夫，无论从哪一个角度来看，每一个定格的画面都可以看作是一幅剪纸，色彩饱满，动静相宜。尤其令人称道的是精致的细节处理，体现了韩国人严谨完美的审美追求。女主人公的头发、衣服的暴露程度，男主人公的胡楂甚至他们那张大床单的褶皱程度，都可以看出是经过精心布置的结果，所以那些韵律感十足的身体造型，美轮美奂的自然景物与青春的躯体近乎完美地结合，就是再正常不过的事情了。

影片除了高光的摄影，流动的构图，雕塑般的人物造型之外，还有令人称道的就是主人公的选择了，女主人公野猫一样的挑逗动作和男主人公忧郁温柔的眼神，都是红尘男女的不肯言人的旖梦，这体现的是韩国影人对市场的良好把握能力。

美人瑕疵

[美人] 也是良莠并存优劣鲜明，首先情节的拖沓是韩国电影的一个老毛病，在 90 分钟的时间里完成这样一段情爱之旅，吕钧东显得有些力不从心，白白浪费了许多激情，而影片显然呈现不出他预想中的那种饱满；四段情爱场景固然拍得美轮美奂，但此外的部分过于精雕细琢，使影片显得匠气，斧凿的痕迹太重。很显然他大量借鉴了 [巴黎最后的探戈] 和 [感官王国]，可对于人性的探索和恋人之间扭曲的爱欲关系，他自己本身就模糊不清，所以也不会在电影中给人一个明确的答案，意图就显得模棱两可，因此对于性这个人类最原始最本质的存在方式，他的探索也只停留在那种迷恋的最表层上。

和 [感官王国] 一样，主人公都为了保存无法保存的东西使其变得永恒而杀死恋人，但 [美人] 显得有些突兀，不如 [感官王国] 层层铺垫步步渲染来得顺理成章。也许吕钧东也像弗兰茨一样，在最后的时刻只能用“漫漫迷途终有回归”来结束，不肯从俗，又无力画龙点睛，只得生硬地选择一个结局草草结束。影片最后对于书、椅、笔以及叮咚作响的门铃的回顾，又暴露了韩国人精细的本性和吕钧东“拍一部文艺情爱片”的愿望。

[美人] 改编自吕钧东自己的小说《身体》，无论是书中还是电影中他都极力营造了一种香格里拉似的空间，让男人和女人可以纵情狂欢，可又愿意在某一时刻让现实硬生生地切入，使观众失魂落魄。这就是韩国情爱电影在精致唯美之外的另一个特点，吕钧东文艺情爱电影的梦想到底实现了没有我不知道，但影片的确让人想起罗兰・巴特的话：“我痛苦地和她在一起。”

[爱人] *Lover*

导演：金泰恩

主演：成贤雅、赵东赫、李昌镛

出品：韩国

年代：2005

一半是海水一半是火焰

他们躺卧在地板上，冷硬的地板成为镜头的主角，他们的身体和精神，他们刹那的快意和激情，被挤压得无处藏身。

我喜欢爱人这样的称呼，土得让人触体生温。

我们总是在说这样的相聚或者那样的别离，说当代人怎样狼心狗肺，怎样游戏红尘，情和性被怎样硬生生地割裂开来。越来越多的人对爱情表现出不屑，因为只有这样，你才是成熟的、独立的现代个体，才能在泛滥的一夜情中抽身而退。我们在爱之前，先学会了自卫，只许伤人不许自伤；在没有爱之前，先天地怀疑一切，任何风吹草动，都可能玉碎金折。只是，为什么不肯对刚刚翻云覆雨过的那个人，用爱人的称呼？在灵魂深处，有什么是我们一直放不下的？

我喜欢影片所营造的气氛，温暖而绝望。

在那样一个午后时光里，就那么措手不及地遇见了，在结婚前三天，被爱情砸得晕头转向。她躲避，她挣扎，她试图用各种各样的借口证明，这场遭遇只不过是他的一次日常猎艳，或者是自己的动物本能。她在巨

大的避无可避的爱情面前，痛苦地享受。影片中段，灿烂得有些不像话的阳光，劈头盖脸地充斥了整个画面，镜头中，她红衣白裙，清爽而生动，一如那些书中的爱情。

初相遇

女主人公红白衣衫坐在车子里，这种现代钢铁的交通工具穿行在早晨的风中。主人公把手伸到车窗外，风，从指缝间掠过，像在逃避什么。字幕就在这样的手掌和风之间，生成，而后又如烟散去。车中的挂饰有节奏地摇来晃去，车轮与水泥的地面发出单调的沙沙声。公路很长，没什么性格地蜿蜒到看不到的远方。遥远处，有连绵的山峦和偶尔闪现的烟囱。音乐的叮咚之声，像儿时听过的山泉声。车子驶入镜头，又无声而去。周遭寂静，好像什么都没有发生。

对不起，我非常丢脸地至今也不知道男女主人公的名字，更要命的是，我好像也忘了，导演是不是曾经让他们彼此用名字称呼对方。我的记忆是，男主人公被导演有意塑造成一个坠入凡间的白马王子，长发，棱角分明的脸，阳光灿烂的笑，夺魂摄魄的眼神以及修长的身材。不过导演用力过度，让人觉得这小子理所应当是一个泡妞高手。为了叙述的方便，我们可以称之为东赫，也就是饰演者的名字。女主人公不漂亮，但气质很好，是我喜欢的知性风采。窃以为这样的安排，更有力量，也更具有代表意义。按照上面的惯例，我们叫她贤雅。

两人第一次相遇是在一个电梯里，当时，东赫抱着一个纸箱子赶电梯，我们知道，按照电影逻辑，这样的场景通常说明有两种可能：一是他主动把老板炒了，二他是被动方，被老板扫地出门了。事实上，这一次的电影逻辑出现了一点偏差，他破产了，公司成了别人的，他想在第二天就赶到非洲去，“听说那里有很高的天和很远的草地”。一起在电梯里的是一个白衣女子，安静、温婉，稍稍有些拘谨，绷紧的身体散发着一种特殊的吸引力。东赫似笑非笑地盯着她，“如果到地下三层还没有人乘电梯，我就请你喝酒。”女人随后慌忙摁了一层，落荒而逃。没错，她就是贤雅。可问题是，她慌什么！

如您所见，这不是一个怎样阳光灿烂的相遇，现代人太容易动情，在那样的时间里，在那样的景物中，就那样怦然心动了，而已。我们是不是都应该遵从内心的声音，哪怕只是刹那的波澜？人文主义者要求的不违背人性，包含有时间的概念吗，而人性指的是刹那的快感还是长久的内心？事物的两面总是横亘在现实面前，逼迫我们没有一刻喘息！

第二次碰面是在一个安静的小山脚下。

当时，贤雅刚刚和专卖店主周旋完毕，生意上没有什么进展，加上相恋七年的准未婚夫，不耐烦地放了她的鸽子，令小女人意兴阑珊。就在这时，东赫无巧不巧地回过头来——你看，电影就是这样令人心情舒畅的乖巧。

接下来是一段令我如沐春风的游玩。导演金泰恩很是下了番苦功，贤雅红白的衣裳，隐约在大片大片的绿色当中；东赫不甚挺拔的身体，月朗风神地矗立在棱角光滑的建筑物前；阳光从前方扑面而来，在脸部和咖啡馆前形成了一个奇妙的剪影，一对朝气勃发的男女，一半在阳光中，一半在阴影里；高大的建筑掩映在树木和童话一样的城堡间，突兀、奇崛，卓尔不群；他和她站在台阶前，镜头一路向后延展，最后成为一幅率性的油彩；阳光在厅堂之外，两人在空空荡荡的房间来来回回地踱步；他在场地外逡巡，她在场地内游弋，他有意无意地进攻，她可有可无地防守……

就在这个房间里，他们第一次做爱了！韩国观众称，这是韩国电影史上“最真实最性感”的床上镜头，尽管没有真的床铺存在。

渐相知

我们提到过，东赫的计划是“第二天就去非洲”，可是非洲再高的天再远的草地，此刻都已无足轻重了。

第二天，东赫坐在昨天的台阶上有一搭无一搭地玩遥控车，车撞到一个女子修长的腿上，这个美丽的、令人呼吸急促的小腿，为贤雅所有。

他们再一次在这个小小的山上冒险；他陪着她在成衣店里流连；他在一个安静的小酒馆里吃米饭喝清酒；她在他的车子里发现他的前女友的照片，她负气出走，他开着车子在后面默默地跟随；他们又吃饭，吃那种地道的韩国拌饭，还有泡菜和清酒；他们在大雨的黄昏，很文艺地跑着躲雨；他们在一个巨大的房间里，再一次做爱；他和她在一个撒满玫瑰花瓣的浴缸里拥抱……

总会有生硬的人和生硬的事物出现在行云流水的爱情里，他的她，让她负气出走了半个小时，但她的他呢？总是幽灵一样出现在彼此的身前身后，就像你大笑时候，总要担心什么东西会随时扑面过来。这种担心让人如鲠在喉，如芒在背，渐渐地，延展到一个不可挽回的结局。

在东赫去非洲之前，贤雅必须离开了。

这一段，导演安排得如同生离死别，也许，我们内心有些不愿意承认，但事实就是，这一别，也许真的就此生再也不见了。贤雅一次次地驻足，风吹长衣，如旗帜。贤雅一次次地回头，那个挺拔俊秀的男人，石像一般，挺立在韩国某个小城的某个小街的尽头，不苟言笑。坐在男友的车中，贤雅想，他的眉眼，他的素色的衬衫，也许就是对他最后的记忆吧。可是——等红灯的时候，她看见，东赫背着背包，就走在她和男友的车旁！此后，这种令人慌乱的情形一直继续到他们进入一家小酒馆。她和男友很泼辣地吵架，那个呆呆的家伙说了几句令人印象深刻的话："我知道，你们女人在结婚前，总是这样""我们每个人都生活在自己的地狱中""这七年来，我们的爱和地狱一起扩大"。

贤雅对东赫的回答是，"你不是想知道我在和谁喝酒吗"，她起身，来到东赫的桌子前，泼了他一脸的酒。东赫一动不动，那个男人也一动没动。这一杯酒，把两人的关系又延长了一天一夜。

生别离

你可以用世界上最美丽的画面，想象他们最后一天的相处，也可以用最绝望的词汇，来勾画他们在每一刹那的黯然。

但，不管怎样，他们必须分手了！他也许真的要动身前往他的非洲，而她则须在婚礼的前一天，出现在，他为她准备的仪式当中。

他们说大音希声大象无形，其实当痛苦庞大到一定程度的时候，你的感觉会是麻木的，平静、木然，好像什么都没发生过，也好像那一切都不关己事。潜意识里，都在拒绝最后的结局，可没有结局的感情注定了是不快乐的，是疼痛的，是在日后所不敢回想的。上帝总是冷酷得近乎恶作剧——让没有结局的爱情都美好得没有半点瑕疵，而让眼前可以安守的，无一例外都千疮百孔。或者我们自己再冷酷一点，是不是对于那些如昙花一现的爱情，我们的记忆都选择了美丽那一部分？

影片开头就是一干人等为贤雅披上婚纱的镜头，贤雅强装欢颜，笑得生硬而呆滞。结尾，那场婚礼还在继续，那个木木的男人兑现了自己“无论怎样，都会娶你”的诺言。只是，这对于贤雅来说，幸抑或是不幸？

其实，昨夜，在公园的圣母像前，东赫与贤雅已经结了一次婚了。贤雅自始至终在笑，东赫也顽皮地笑着拜祭天地，二人都把这当作生命的一个大大的承诺，但都不约而同地选择了一个顽皮的方式。

第二天清晨，贤雅在化妆，听见东赫起床的声音，停下了眉笔，呆呆地望着镜中女子空洞洞的眼神。

十字路口，贤雅拦了一辆出租车，后镜中的男人一动不动地望着，又是红灯，贤雅犹豫着把手放到车门，绿灯不怀好意地亮了，这一次，是真的离别了。

伴娘已经到前面去了，新娘贤雅望着昨夜他和她画在公园椅子上的手形，一动不动。大手曾经那么厚实安全，小手曾经那么踏实快乐，可是两只手遥遥相对，永远也不可能碰触了。

情之爱

贤雅和东赫的第一次，即被韩国观众誉为“最真实最性感”的情爱镜头，其实发生在一个空荡荡的房间里，导演巧妙地利用了留白的手段，画面笼罩了一层愉悦的忧伤。他和她赤裸着在墙边扭动，那面冰冷的素色的墙，占据了画面大半；他们躺卧在地板上，冷硬的地板成为镜头的主角，他们的身体和精神，他们刹那的快意和激情，被挤压得无处藏身。也许，导演要说的是，现实的力量总是比我们想象的要强大，我们慢慢地屈服于外界，我们慢慢地学会了不敢面对自己的本心，慢慢地变成自己当初厌恶的模样。东赫与贤雅的身体第一次坦诚相见，触目惊心地占据了画面的一角。和许许多多相爱的人一样，他们拥抱亲吻，他们做爱感伤。他们在激情袭来的时候，山盟海誓天长地久；在激情消退之际，退守回原来的底线——在东赫出去找水的时候，贤雅穿上衣衫，走了。

他们的第二次发生在那次文艺得冒泡的躲雨之后。在一个我无法判断是亭子还是走廊的地方，两人无暇理会外面雨势如注，再次纠缠在一起。在一段少儿不宜的声效之后，贤雅说“这一次，我来”，然后就没有任何过渡地，两人以原始的姿态出现在一个逼仄的小床上。对贤雅那句话，我一直不甚明了。如果“我来”的意思就是指过程中一段女上位的话，未免有些牵强，或许是在言说之前她的主动挑逗？总之，这是一段纯正的韩式情爱。两人都不再像上次那样罗裳半解，贤雅也不再像上次那样羞羞答答。摄影机以贴身跟踪的方式，重点关照了他们纠结在一起的脚、腿、胳膊和眼神。导演在刻意强调彼此的快意，于是又犯了韩国电影该一再打屁股的拖拉的老毛病——时间上完全可以再缩减一点，也没有必要把自己淌着口水的心思，暴露给大众。但我们不得不承认的是，这一段情爱，让人温暖许多。

我不愿意回想他们的最后一次，可是每一场爱情都必须面对最后的结局。贤雅与东赫的最后一次情爱，发生在一个华美异常的大房间里，这一次犹疑和伤感成为彼此挥之不去的主题。请原谅，我必须就此打住，于感情而言，这是我所不愿意回忆的，就电影而言，我必须给您留一份情绪的空间。我想说，这一段是我对影片倍生好感的主要原因，甚至超过那首流传深广的主题曲。

“还君之明珠，谢君之尺素”，据说，这句话是当时天下最美的女人写给自己的情人的，后来因为附着在文字之后的情感的作用，引发了一场匪夷所思的阴谋。只有怜花惜玉的楚留香才能破解其后的秘密，因为他懂得！所以没有心疼过，没有爱上过的人，无法真正地和他们一起心动和心碎……其实，就连心动、心碎这样的字眼，在今天，都变得有些廉价了，因为我们竟然学会了只肯为电影中人伤感，而不肯为生活中的那个人展开胸怀。

所以，当那首著名的“I've being waiting”响起时，请记得流泪！

[漂流欲室] *Seom*

导演：金基德

主演：徐情、赵在铉、张恒善

出品：韩国

年代：2000

欲望的隐喻

金基德没有大多数韩国导演那种拿醋捏酸的劲儿，他对性的展现更多的是遵从自然的规律，该怎样就怎样。

人生是一个简单的过程，无非是“冬之夜，夏之日”“纷纷红紫已成尘，布谷声中夏令新”，遵循的是一个或若干个人与自然的礼数。春华而秋实，潮涨而汐回，当感情还随着自然的轮转而起伏的时候，天定之美大于一切人工的规则，恩与仇，爱与恨，别与聚，喜与恸，如春之雷雨，夏之树荫。那时候人类还不关心“不知礼，无以立”之类的，还凭借最原始的好恶去爱恨，所以“角枕粲兮，锦衾烂兮。予美亡此，谁与？独旦？”才能穿透时间。

所以说，规则也不一定是个好东西，它对这个多样世界的粗暴简化，让太多的恶可以因善之名。在礼的词典里，爱情是一个王子和公主的邂逅，是一个浪荡的才子和一个温柔女子的电光石火。它的理想模式是一见钟情，举案齐眉，然后天荒地老啥的。如此 [漂流欲室] 里的逃犯和妓女，被后来的人称作不正经也就不太奇怪了，爱情和身份之间被人为地

标注了某种不可说破的关系，感情也因此被分门别类了——他和她之间的一种不许可，像是某种神秘的偈语，被诅咒，也被点化，一边是湖水，一边是眼泪。

水上的岛

人类文明的一大副产品就是把一些事情复杂化，然后再用很复杂的方式去追求一些原本很简单的事。比如漂浮在韩国某个湖上的这几个小房子，其实它们还有一个更好听的名字叫水上别墅，供那些厌倦城市，号称向往自然的人进行短暂的栖居休憩。在电影进行的这段时间里，紫色房子里先后住过一个沉迷于垂钓的老头和三个总是边喝酒边大呼小叫的家伙，以及一个逃犯。影片中唯一一次开枪，就是抓捕这哥们；绿房子里让人印象最深的就是一对野鸳鸯，后来的打捞队也是这两人招来的，据说那个胖男人的金表掉水里了；黄色房子里一直住着个沉默寡言的男人，很少看见他在阳光底下活动。按照电影定律，这样的人一般都适合做男主角。

别墅其实挺简陋的，连接的油桶、水中的锚、木板、木板上弓身才可进入的小房间，人类就这样一厢情愿地和大自然握手言和了。别墅和陆地连接的唯一工具是老板娘熙真的小舢板，除了风情万种的熙真，小舢板上最引人瞩目的就是那个咆哮的马达。它和破败的舢板之间有时间的阻隔，也有空间的不对等，像是横插进画面的枝干。后来熙真把它安置在黄房子上，在绿色的森林和蓝色的湖水中间，一路漂远。熙真的房子在湖边，除了小小的码头，最让人深刻的就是房前那位丰神俊朗的韩国田园犬了，总是尽心尽职地对每一个从森林那边赶来的人竖起耳朵。影片原名 [岛]，指的是岸上如孤岛一样的房子，指的是湖中的别墅，也有心思灵敏的人说，指的更是熙真心中一直向往的那个安居之所。

熙真风雨飘摇的日常生活分为昼夜两种，每日运送各色客人上下岛，兜售鱼饵之类的小玩意，打扫房间，偶尔也会躺在漂浮的小船上假寐，那是影片活色生香的第一幕，可惜之后导演就恶狠狠地把欲望打回为欲望了。晚上熙真拉低了衣领，解除了内裤，用身体去慰藉岛上那些和大自然亲密而不可得的灵魂。影片被表扬为寓意深远的镜头中，有两处是关于熙真的皮肉生活的，一个是那三个大呼小叫的家伙轮流享用了她的身体后，其中一个长得像极了青蛙的家伙，试图用钱去摧毁她的尊严。晚上熙真水鬼一样出现，把他浸了个肚圆。还有一个家伙，在熙真身上忙活的时候，还不忘中途起身收竿。据说，这些都被人为地解读出了金基德的政治隐喻，以及某种不太环保的人生观。愿意信，就信吧。

岛上的人

无论是紫色房子里的逃犯，还是绿房子里的那对野鸳鸯，都光荣地完成了起哄架秧子的任务。警察开枪射杀逃犯的时候，蜷缩在黄房子里的贤植吞下了鱼钩，窒息、翻滚、发出让人汗毛倒竖的呜呜声；打捞队热火朝天地过来捞捕野鸳鸯的金表时，熙真和贤植坐到黄色房子旁，飘向密林深处。每个人心里都生长着秘密的刺，一碰就可能滴血，不同的只是每个人守护秘密的方式不同。贤植曾想自己了断，后来他猜到了，在即将扣动扳机的那一刻，肯定是水里的熙真刺伤了他的大腿，精神就再一次让位给了肉体。几乎所有对该片的解读中，都说熙真是个哑巴，可影片中段一个她接电话的镜头中，熙真明明在说话，只不过是外面的风雨掩盖了真相。熙真的确在片中一句话都没有讲过，这是她守护秘密的方式，也是金基德的一个姿势，一种态度。

贤植的秘密是，枪杀偷情女友和那个男人的画面，一再侵入他的生活。即便是如夜奔一样逃到了这块远离陆地的小岛，仍然无法让他安心入睡。他不停地做手工，灵巧的运动有助于集中心思，这是他唯一相信的，也是愿意相信的。出售身体不是熙真的秘密，她的秘密是看到贤植和新女友在一起时，她竟会泛酸。她享受用镜子晃贤植的脸，享受他给她编制的手工秋千，享受一个男人带给自己的安全感。所以，熙真才会在领地燃起烽烟的时候，像母兽那样去撕咬。后来，她安慰自己说，贤植新女友的死固然有她捆绑、勒令她不许见贤植有关，但更重要的还是，跌下水这种事，每年夏天的每个水边都有发生。

捕捞队的出现，打破了他们最后一丝幻想，向水草更深处漫游，就能找到他们的岛屿吗？

人间的画

和那部［春夏秋冬又一春］一样，影片的每一帧画面都堪比水墨山水，看这样的电影，你无法不产生美的享受。可不要忘了这是金基德的电影，随时随地布满了易折的尖锐。影片在欧洲放映的时候，有观众无法忍受金基德对熙真活剥青蛙等的逼真描绘，呕吐逃窜。可在当事人看来，唯有如此或许才能稍稍缓解另一种疼痛。无论是贤植吞鱼钩自杀，还是熙真把鱼钩塞入下体，最后都是对方用鱼竿鱼线挽救了彼此。他们互为对方的猎物与猎手，他们注定了只能这样彼此伤害，彼此依赖。

人一旦脱离陆地，就不免有些许恐慌，在一个四面环水、上不着天下不着地的状态下，人是最虚弱的，这也是人类最为本性的时候，而本性之于人类有时候是个贬义词。贤植需要异性用最原始的方式去安抚不知所措的灵魂，性是他最后的城堡，他所有外在的沉默、灵巧与良善，都是性的另一种形式，就像求偶的孔雀总是展开美丽的尾巴。可就像开屏的孔雀总有气竭力尽的时候一样，性是所有欲望的源头，也是尽头，而尽头注定了一片萧瑟。影片结尾，贤植游进了一堆水草，这是一个太过明显的隐喻，就像金基德在 [春夏秋冬又一春] 里使劲地隐喻一样，他的能力毕竟还是无法真正化繁为简。熙真爱上的是贤植吗？或者说在贤植身上，她看到的是不是自己狼狈奔逃的当年？她对他的珍惜、爱护与霸占，是不是只是一种自言自语？她对他的爱，和影片开始她躺在小舢板的镜头，有什么区别吗？这个颠沛流离的灵魂只有这样才能更好地爱现在的自己，所以金基德不许她说话，不让她对这个虚空的世界有任何情感上的表达。性是她最安全的手段，她委身于客人，和贤植做爱，都是爱自己的方式。在这样一个没有根基的水上世界，熙真的性，是她的舢板，影片最后一个镜头是她化身为水中岛屿，她的私处成了一丛招摇的水草。

画中的湖水

熙真的舢板上有橹，也有马达，她的小舢板穿行在湖面上的每一个房间，也周游于尘世与天堂之门。船下的湖水平静如画，可只有熙真和贤植知道，水下有两具年轻的尸体，他们死于贪婪。水里面还裹挟着熙真太多的欲望，这是她的领土，她对它的捍卫，以报复和伤害为前提。这是一片充满了太多故事的水面，没有任何岛屿，或者说任何岛屿其实都是我们的想当然。熙真在这里找不到自己，听到贤植离去时的橹声，她绝望地把一把鱼钩塞入下体，鱼线就系在越来越远的那个小舟上，渐渐绷直……这是影片最令人毛骨悚然的一幕，如一把利器，划过面门。

扮演熙真的是徐情，她是我见到的唯一把风尘与圣洁演绎得超乎想象的演员。影片的成功很大一部分原因归功于她的表现，你会相信这世界上就是有那么一种人既热烈又冷静、既狂野又温顺、既出世又入世。只是本片之后，几乎再也看不到她出现了。反倒是贤植这个逃犯面目模糊，尽管在影片中段目睹警察开枪射杀逃犯时，他努力地慌乱了一下，可在影片的大部分时间里，他只能是一个符号。对于熙真来说，只要有那么一个人，可以寄予她的幻想，是不是贤植还重要吗？她把他藏在水下，此时他吞噬的鱼钩成了她手中的牵引，她把他一点点钓出水面，和他疯狂做爱。没有比性更适合疗伤的了，没有比这种保护更能体现她的价值的了。

片中一对情侣等鱼上钩后，现场制作鱼生，再把切掉了半边的鱼放回水里，鱼游走了，情侣发出愉快的笑声。残忍与良善会因为对象不同而天翻地覆，就像金基德的世界里总是充满了各种匪夷所思，在他的语境里，没有什么是永远的，每个人最后都丧失了最社会意义的权利。贤植是警察，但现在他是个逃犯。新女友是个风尘女子，但她对贤植的爱真挚而美好。熙真一直是被侮辱与被损害的，可她对付轻佻蛮横的客人，一点都不手软，片中两个年轻的身体，也是因为她而失去了温度。影片处处充满了这种针尖对麦芒似的悖论，金基德的能耐是，他能把每一个悖论变成石块，砸向自以为是的人类。

最后得说说影片的情爱镜头了，金基德没有大多数韩国导演那种拿醋捏酸的劲儿，他对性的展现更多的是遵从自然的规律，该怎样就怎样。

可片中的情爱镜头还是没有 [漂流欲室] 这个名字生猛，熙真和客人的交易都在室内进行，贤植和女友的亲热点到即止，就连熙真和贤植那场铺垫已久的肉搏也是隐喻意义大于实用功能。金基德想说的是，性是一切欲望之源，也是一切欲望的终结，处处是性，处处都不是性，由此影片遍地的隐喻就不足为奇了。

有多少人愿意用爱情这样的字眼来称呼熙真和贤植？又有谁能否认在那段日子里他们的相依为命？感情是可以被定义和规划的吗？

[29 棵棕榈树] *Twenty-nine Palms*

导演：布鲁诺・杜蒙 Bruno Dumont

主演：大卫・沃森 David Wissak、奈克蒂娜・格露娃 Yekaterina Golubeva

出品：美国

年代：2003

风声响彻整个沙漠

公路也好，沙漠也好，都只是一个引子。影片用一种极度个人化的影像语言，试图解构现代生活以及相关的人文理念，这是一个走钢丝的想法。

这是一个小镇的名字，在到达之前，需要穿越几座不甚有名的小镇和一片小小的沙漠。和当地气候不协调的是，那里生长着热带喜潮湿的棕榈树，还有一个奇怪的叫约舒亚的国家森林公园。我们的主人公摄影师大卫，带着他的模特兼女友加茜娅去那里寻找灵感。我注意到他们开着一辆英国产的悍马大吉普，在加州冷色调的沙漠公路上一路行来，争吵或者恩爱，最后完全受控于这个沙漠。影片完全没有我所预想的那种精致，但我更认可布鲁诺不时流露出来的粗糙和狂野，那是一种最接近人类原始欲望的状态，是我们一旦脱离栖身的这座城市就很容易迷失的精神家园。而他们所要到达的那个小镇，真的就有 29 棵棕榈树吗？我不大相信！也许它和那个武陵人的桃源一样，都是人类寓言或者希望之所在。后来，人类宣告找到了那个叫作香格里拉的地方，但更让我对此信心崩塌！我们已经太愿意制造梦想，也太愿意剖离那个梦想，还好，布鲁诺并没有让那个小镇最终出现在镜头里，让我保持了一点最后的幻想。

沙漠・公路

和我记忆中的沙漠不一样，大卫和加茜娅所经过的沙漠还有巨大的岩石和那种叫作沙漠树的植物，还有小路蜿蜒在浩瀚的沙砾之间。影片开始就是大卫给车加油，然后惊为天人的加茜娅走出车子。我喜欢他们在路旁听风的那一段，海潮一样咆哮的风吼，是他们蜗居的大城市所领略不到的，影片一开始就奠定了这样人与物双重关系的隐喻。加茜娅对驮着巨大集装箱的火车车厢尖叫，飞速行使的列车把尖叫远远地甩在了身后。在每一节车厢的间隙，慵懒的风车不紧不慢地打瞌睡，仿佛眼前的列车和这对亲热的男女都不存在。更远处，沙漠一片刺眼的昏黄。

整个故事都发生在这个沙漠旁边，发生在这条不具备任何公路概念的公路上。加茜娅在颠簸的车里慢慢流泪，乡村音乐的蓝调越来越焦躁，风声也渐渐变得凄厉。他们在公路旁边做爱，裸身匍匐在巨大的岩石上，野兽一样互相厮打，拥抱或者哭泣……

加茜娅对驾驶具有不可遏止的喜爱，大卫也发现了这一点，每一次两人火花四溅的时候，大卫都投其所好，加茜娅也就很快平静下来。说实话，加茜娅的驾驶技术绝对是菜鸟级的，在空无一人的公路上，她照样把车子折磨得遍体鳞伤。狡猾的布鲁诺・杜蒙总是用这样的细节来强化自己的论点。无论是大卫还是加茜娅都不适合居留在现代的人群里，所以他们选择了出发和寻找，但是，就是这样一对最不具备现代意象的人，也已经被现代人的生活浸染得顽冥不化了。大卫和加茜娅频繁地亲热，争夺的是男人的权利；加茜娅和大卫争夺驾驶权，要求的是女性意识。其实无论是男权还是女性意识，都因为这个沙漠和这段路而幻化变形。但他们一时接受不了，总愿意在两者之间分出个高下。这有点叶公好龙的意思，也有点郑人买履，如果按照这个思维延续下来，那么到不到达所谓的 29 棵棕榈树都不重要了，形式大于内容的悲剧还是没能得以幸免。

加茜娅的那次出逃，也是因为古老的是不是第一次的问题。她无处可逃，只能在公路旁逡巡，每一辆呼啸而过的汽车，都是她巨大的恐惧之源，她的恐惧来自对现代人和现代生活的不可知和各种道听途说；他们的问题也是在公路上得以解决，靠的是像野兽那样的撕咬和人类的特有的表达感情的方式。在加茜娅最终拥抱了大卫的一刹那，我好像理解了在上海电影节的某一个论坛上，一位美国女士对组委会男权意识的指责，因为台上没有一位女性导演。曾有人说，越藐视权力的人，其实对权力的渴求也就越强烈。我不太同意，但我相信，总把女权放在第一位的女性，肯定不是像她所表现的那样自信。加茜娅是这样吗？

他们第一次用脚步行走在公路上的时候，也因为大卫的发型和冰淇淋的问题而险些争吵，但最后却以激烈的性爱而结束。两次争吵，被动的其实都是大卫，看起来可爱的加茜娅，用两种女人所特有的方式化解了这一切。

影片开始于公路，最后终结于沙漠。赤身的大卫俯卧在黄沙之间，一个巡警绕口令一样地向上司汇报情况，那辆悍马垂头丧气地停在一边，和它的主人一样，它也失去了寻找的权利。

游泳池 · 爱情

一直困扰我的是，他们之间到底有没有爱情？或者他们的爱真的就如我们所看到的那么热烈吗？

两人在泳池中一共发生两次性爱，第一次完全出乎我的预料。那是一个属于旅馆的露天泳池，大卫和加茜娅占据了泳池的两端。水很蓝，有点碧波荡漾的感觉，大卫像一个流氓，对远处的加茜娅跃跃欲试，当穿着粉红色泳装的加茜娅被大卫拥抱的时候，色彩的分离与组合因为水的荡漾，而颇具现代行为艺术的意思。不过我不喜欢他们野兽一样赤裸裸的欲望，就像那场著名的岩石间的情爱，显得荒诞而失真。布鲁诺把摄像机安排在远处，任由两人在巨大的岩石间穿梭蛇行，像是洪荒年代某个部落的酋长。

第二次泳池之爱终结于外人的强行介入，其实泳池本身就是公共性质的，但是因为大卫的欲念，使得这种公共性蕴含了个人的私密性。但是，这仍然是其一厢情愿的结果。有一个细节需要注意的是，正是那些外来者拯救了他们，否则就有走火入魔的危险。大卫已经不再满足普通的情爱了，在沿沙漠一路走来的过程中，他对欲望的理解渐渐发生了畸变。泳池一幕只是一个开始，最后旅馆那一幕才是真正的高潮，紧随其后的就是争吵、殴打，再接下来就是那场强奸和杀戮。

我一直在想，布鲁诺为什么安排大卫被强奸而放过了加茜娅？如果受害者是加茜娅的话，那么她会向大卫举起尖刀吗？大卫会像加茜娅安慰他那样安慰加茜娅吗？甚至——他会原谅她吗？

这里面有太多的问题和太多不可猜测的结果，对于我们观者来说，最终的死亡已经不再重要，甚至那场强奸也不再重要。导演有意颠倒了双方的性别，一方面是对某种现代现象的控诉，一方面也是在呼唤某种还可能的东西。大卫被强奸的时候，加茜娅的眼睛在喷火，号叫声凄厉而悲绝。就在她安慰了大卫，又买了比萨回来的时候，这个青春的女孩根本不知道，那个她想安慰的人已经杀机四起，那盒比萨要在房间里寂寞很久。它和那个房间能见证这段爱情吗？现代人的爱情真的已经这样不堪一击了吗？

赤脚·鞋子

影片中加茜娅一共三次赤脚，每一次都关联着一个转折。令我措手不及的是，这竟然就是她的一生。第一次在那片广袤的沙漠间，长裙飘飘的加茜娅弯腰脱下鞋拎在手中，在干瘪的沙漠树中间、在灼人的沙粒上，风吹裙动，衣袂翩然，微笑着回头的加茜娅光彩照人。此刻之前，她刚刚在悍马的座椅上哽咽，也刚刚把大卫当作孩子，揉弄他的头发。在这个女人身上，隐藏了太多太玄妙的元素，像个婴儿也像个母亲，像个天使也像一个撒旦。在现代意识的围追阻截之下，一再拒绝的加茜娅还是没能全身而退。其实在她身上体现的，恰恰就是现代人的不自知和奢求。

第二次赤脚是在那场著名的岩石情爱之前，还是长裙，还是风吹裙衫如旗帜！被快乐溢满胸膛的加茜娅穿行在沙漠树之间，向远方高大的岩石进发。回来的时候，她和大卫都赤身露体，衣服鞋子这些现代文明的象征物被胡乱卷在一起。你看，布鲁诺也是一个混沌之人，或者说他自身就是矛盾的，排斥越来越苍白的现代生活，对向往的生活也模糊不清。我常常想，是不是没有人能真正地抽身事外？大卫肯定不是，善于四两拨千斤的加茜娅也不是，所以我认可了死亡的结局。对于找不到家园的心灵来说，传说中的那个天堂也许是最好的归宿！

第三次赤脚发生在他们争吵之后，这一次男女的性别差别就体现出来了，大卫动用武力赶走了加茜娅，无处可去的加茜娅只好在公路边鬼魂一样游荡。这是令我颇为感慨的一段，虽然女性意识和头脑往往略胜一筹，但在原始的强力面前，加茜娅无处为家。她提着鞋子来来回回地走，躲避每一辆飞驰而过的车子，在暗处偷偷地观望远处灿烂的光明……在大卫找来的时候，鞋子成了那段互殴的证据和砸向大卫的武器。

公路经验·道德危机

我不承认这是一部公路片，逍遥骑士那样的经验是美国特产，但因为美国的独特国情，使得这一经验具有某种意义上的不可复制性。二者的同一性在于，寻找背后的道德危机是一致的。大卫和加茜娅表面看来令人羡慕的爱情，其实蕴含了太多的不协调和互不理解。是单一的沙漠和无休无止的公路，激化了他们潜在的危机。二者都没有太厚重的道德感，性爱只是解决欲望的一个手段，至于这个原始行为在以后所氤氲的人文意义，在公路和沙漠的侵蚀下已经云散烟消了。他们怀着美丽的寻找之梦出发，抵达的却是另一个极为不堪的噩梦，这是大卫和加茜娅所预料不到的。

公路也好，沙漠也好，都只是一个引子。影片用一种极度个人化的影像语言，试图解构现代生活以及相关的人文理念，这是一个走钢丝的想法，但布鲁诺狡猾地只是提出概念，并没有解决概念。就是这样一连串的事件轰击了我们固有的思维，观影的过程中，一遍一遍地扪心自问，如果是自己会怎么办？加州公路两旁真的就是那片暴露人性的沙漠吗？没有这片沙漠，我们是不是还在自欺欺人？

这不是一部让人很舒服的电影，但起码勇气可嘉！令人印象最深的是布鲁诺的镜头移动、那片沙漠、风声和汽车引擎的怒吼！

[诱惑性游戏] *Cruel Intentions*

导演：罗杰・坎贝尔 Roger Kumble

主演：莎拉・米歇尔・盖拉 Sarah Michelle Gellar 、瑞恩・菲利普 Ryan Phillippe

出品：美国

年代：1999

危险关系

当塞巴斯蒂安将手覆盖在姐姐萨琳的肩头，呵气如霜地在她耳边低语的时候，当若隐若现的灯光将两人分割成黑夜与白昼的时候，我们知道，这绝不是一个可以明确定义的电影。

我是一个无神论者，但我坚信相由心生、善有善报！

耽于计较者，一定愁眉深锁；沉溺于怀疑者，一定眼神飘忽；轻浮者，必眉眼佻达，怯懦者，必身形弓伏。所以，如同坚信爱情一样，我还坚信性格决定命运，坚信所有的事在人为。OK，我承认公理的普遍意义，但凭什么东施就一定是在效西施而颦，邯郸学步就是生搬硬套机械矫情？很多人都不相信，经典也是有时间概念的，它存在于某一个时间段之内，独为那段时间而闪闪发亮。不错，一定有一些盖世神勇者穿越了时间的樊篱，照亮了某一个世纪的天空，但也许真正的原因就是，那被照耀了的一百年一直在原地踯躅！所以当塞巴斯蒂安转过身，尽量抑制因流泪而颤抖的肩膀时，我也像他那个没有任何血缘关系的姐姐一样认定，“他爱上了”。这个全城闻名的花花公子，这个放荡不羁的灵魂，终于靠近了自己的码头。从此一个浪子涉水而出，一个狂放的心灵终于收敛了所有的佻达和乖戾，可是，当时的他知不知道呢——有些事情不是我们想回头就能回头的！

很多同事都不认为这是一部情爱电影，可是，第五分钟的时候，当塞巴斯蒂安将手覆盖在姐姐萨琳的肩头，呵气如霜地在她耳边低语的时候，当若隐若现的灯光将两人分割成黑夜与白昼的时候，我们知道，这绝不是一个可以明确定义的选项。那么好吧，让我们一丝不苟地从头开始。

序

和许许多多的好莱坞产品一样，开始是一段炫技镜头。航拍，左边高速路车流如海，右边铺满镜头的坟茔，镜头飞速掠过，由坟茔直抵一辆 1956 年的美洲豹。车上一个俊俏少年，张狂暧昧地笑，镜头定格。然后脸上表情骤然生动起来，塞巴斯蒂安从心理医生的椅子上起身，说了影片中这个花花公子的第一句话：“你的腿很性感，真想替你拍照。”对面风韵犹存的心理医生以职业的优雅循循善诱，“过去的事情已经过去，不要用过去折磨自己”，然后塞巴斯蒂安说了影片的第二句谎话：“难以相信过去有段时间，我满脑子都是性爱。”

接下来就是被一干影评人津津乐道的勾引，注意，他这次面对的是一个心智成熟的中年美妇，更危险的是她心理医生的职业，已然谙熟了他每一寸灵魂和每一个吹弹可破的心事。但花花公子的特征就在于险中求趣，就在他挺拔的身躯，雕塑一般的脸就要发挥效用的时候……心理医生女儿的电话打乱了一切，塞巴斯蒂安不得不深情款款地告别，心理医生脸上写满了“好险”的恍然大悟和“还好”的后知后觉。

如果您觉得这样的引子，还不足以让人看清塞巴斯蒂安本来面目的话，别担心，导演还安排了心理医生的女儿向母亲哭诉被骗经过一幕。目前于她最大的困扰就是裸照已经在网上广为流传了，而那个骗子的第一句话就是，“你的腿很性感，真想替你拍照”。就在女心理医生很没风度地跑出来，冲塞巴斯蒂安大吼大叫的时候，年轻人已经挽起了另一个女孩招摇而去。

游戏规则

原著《危险关系》的伟大不在于“影射到贵族阶层生活并突破社会道德底线”，也不在于作者拉克洛的那段牢狱之灾。以此改编的电影为例，每一部都具有鲜明的时代特质和地域色彩，拉洛克成功挖掘到了一种人性的集体原罪面，虽然每一段时间都有自己不同的表象，但内核是一以贯之的。韩国的 [丑闻] 把勾引的对象设定为贞洁的寡妇，把合谋者设定为所谓的表姐，而美国的 [诱惑性游戏] 则把目光聚焦在新校长的女儿安妮身上，这个金发大胸美女刚刚发表了著名的处女宣言，她向全世界宣布要把那一天留给新婚之夜。合谋者的身份也是姐姐，尽管塞巴斯蒂安和这个萨琳没有任何血缘关系，但他的爸爸和她的妈妈现在是夫妻，他们必须履行那种法律所赋予的亲情。游戏的代价是，如果塞巴斯蒂安勾引不到安妮，那么他那辆宝贝的 1956 产的美洲豹就得拱手于萨琳，如果成功，那么萨琳必须以身体作答。

在游戏开始之前，我们有必要做一些简略的交代，萨琳是这个小城最著名的贵族学校的学生会主席，但没人知道，她项下的十字架里装的却是白粉，嗯，往下就不用我废话了吧！而塞巴斯蒂安则相反，他是这个城市最声名狼藉的花花公子，但是他帅得如希腊雕塑，据传说，还没有人能抵挡他的微微一笑，更没有人能在他深情款款的眼神中坚持一个回合。

只是，在这次计划开始之前，出现了一个小小的意外。

意外之外

这个意外叫塞希尔，一个长相平平不谙世事的女孩。穿着一件米奇老鼠的大T恤，瞪着一双空洞无邪的眼神，注视着对面的萨琳。在新学期，她们会成为校友，而望女成凤恨铁不成钢的老妈，则希望塞希尔尽快近朱者赤，从优等生萨琳身上尽早感知那种积极向上的生活和学习态度。其实，就是这个清纯可爱的女孩，吸引了萨琳前男友的注意，这是一个绝好的机会。

塞希尔的母亲不会知道，萨琳教塞希尔的第一件事就是打啵，让这个稀里糊涂的少女对以前从没有关注过的事，一下子兴致盎然。在这一对关系的处理上，导演显得没有那么耐心，镜头一转就是塞希尔被大提琴老师罗纳德勾引的镜头，一个异常显著的信息就是，塞希尔非常享受这样的勾引。

记得某位女性作家曾说过，每一个女孩都会有一个闺中密友，而那位闺中密友绝不会是她一生的朋友。细究起来，大概是女人无法共享一段秘密太久之故，但分享是无论如何也少不了的。塞希尔选择的分享伙伴是萨琳，她告诉她怎样对罗纳德动心，怎样把他给的情书藏在卧室的古董匣子里，怎样和妈妈斗智斗勇……

很快，塞希尔就被妈妈拎到一边，遭受了狂风暴雨。一番战战兢兢之后，塞希尔捡起散落了一地的情书，乖乖地接受了生平第一个禁足令。后来的事，我想很多人都会猜想得到，萨琳鼓励罗纳德继续追求自己所爱，塞巴斯蒂安则帮助塞希尔体验了生平第一次的情爱。

前面已经说过，这只是二人情爱操控游戏的一个小插曲，但人生往往就是这样，你永远也不知道下一颗巧克力是什么味道，也不知道谁会成为你的牵绊。塞巴斯蒂安也不会知道，那个罗纳德和这个塞希尔，会对自己产生那么大的影响，甚至改变了他的人生走向。

游戏进行中

塞巴斯蒂安和萨琳要利用的就是安妮暂居在自己家的机会。

塞巴斯蒂安的第一次出击，选择在安妮第一天到访的时候，但是他的彬彬有礼和口若悬河，被安妮一句“听说了您的若干先进事迹”而化解于无形。塞巴斯蒂安讪笑着，结束了第一次的谈话，但是安妮波涛汹涌的身材和阳光灿烂的笑，令其怅然若失。

第二回合发生在当晚，安妮被巨大的音乐声打扰，出来一看果然是塞巴斯蒂安在作怪。于是两人进一步就礼貌和音乐做了细腻的探讨，后来，安妮还换了游泳衣出来，和他一起在水中交流了名声和花心的种种表现。对于塞巴斯蒂安来说，这是一次愉快的交谈，因为他知道了症结所在。第二天，塞巴斯蒂安找到了安妮的男友，以其刚刚和一个男人在床上的表现为要挟，成功地把他发展成自己的小走狗，在安妮面前大唱自己的赞歌。

我不想一一重复塞巴斯蒂安的种种手段，这不是一次让人愉快的回忆，毕竟被操纵的性和感情，总是不令人愉快。但我必须强调的一点就是，随着二人一步步地加深了解，塞巴斯蒂安僵硬的心灵渐渐柔软起来，如同春风化雨，江南那片板结的土地经过雨水的浸润，开始潮湿松软，开始有布谷的鸣叫。那些精心雕刻过的小伎俩，变得深情款款，佻达的眼神开始含情脉脉……一切都不似最初的设想了。

塞巴斯蒂安和安妮的第一次情爱，发生在一个不是很遥远的午后。和之前他的若干女友一样，安妮表现得痴迷而疯狂。但和所有的往日不一样，塞巴斯蒂安已经不是那个塞巴斯蒂安了。

结局

很多人告诉我，该片有一个做作得令人发指的结局。但我喜欢那样的结尾，喜欢那种做过的必须得到回应的模式，不是吗，我们必须为自己的行为付出代价！好的或者是坏的。

受不了萨琳的讥讽，塞巴斯蒂安错误地判断了他和安妮的感情，装作故态复萌一般，对安妮玩世不恭地表达了分手之意，验证了其花花公子的恶名。如果您对本文开始提到的那场哭泣还有记忆的话，是的，说的就是这一段落。但很快发现自己真情实感的塞巴斯蒂安追悔莫及，可是面对坚硬骄傲的安妮，他最后只有把自己的日记和盘托出，那里记载的是一个花花公子的风流韵事，一个阴谋的诞生，一个姐姐的真实面目和一个少年对自己的女孩的全部心思！

这时候那个傻小子罗纳德出现了，他刚刚被萨琳的一个电话叫起，撇下身旁熟睡的塞希尔，拍马杀来。他质问塞巴斯蒂安是不是动了塞希尔，是不是动了萨琳。两人如狗熊一样厮打互殴，赶来拉架的安妮被摔到车轮下，塞巴斯蒂安飞身救出安妮，自己却被撞得吐血身亡。

复述这个结局，需要几分勇气。但我想说，每个人都得为自己的行为负责，就在萨琳作为学生会主席在台上慷慨激昂的时候，塞希尔和安妮复印了塞巴斯蒂安的日记，并把它分发到几乎每一个学生和老师手里。影片最后一个细节是，老校长走到萨琳身边，打开她随身携带的十字架，里面的白粉散落了一地……

情爱镜头

影片值得书写的情爱镜头只有两处：一处是和萨琳的肢体语言，一处就是和安妮的情爱。在约定游戏的那晚，萨琳以手轻抚自己的胸部，告诉塞巴斯蒂安塞希尔有怎样令其垂涎欲滴的资本，后来又变本加厉地用脚勾着塞巴斯蒂安亲近自己，告诉他去做塞希尔的哥伦布。就在塞巴斯蒂安目眩神迷的一刹那，萨琳收手，把这个一直对自己跃跃欲试的小男生，晾在一边。反过来，塞巴斯蒂安将安妮所写的那篇宣言给萨琳看，同时以手游走在她的颈项之间。手指修长，脖颈高贵，弦乐已经响起来了，酒杯已经斟满了，热辣辣的眼神开始燃烧了……但一切到此为止！

和安妮的情爱，最值的称道的就是导演对光的妙用，看得出来，外面阳光灿烂，一定是有一扇巨大的落地窗就在身旁不远处，安妮的脸一半在光亮处，一半陷入黑暗里，镜头没有进行任何全景式扫描，却对安妮的眼睛、塞巴斯蒂安的鼻子锲而不舍地追踪，情欲的气息撞击墙壁，又反弹回来，游荡在观者的耳朵里、心灵里。整坛的酒在流，满室的花在香，呼啸的利箭乘风破浪而来……

我无法判断，那一刻的安妮和那一刻的塞巴斯蒂安，都是怎样一种心思，也许导演是在说，当你爱上一个人的时候，一定要真诚地对待她，尽管这个世界被越来越多的滥情充斥着，尽管生长了那么多不堪之事，让我们对爱情都存有或多或少的疑问，但……爱的时候，请奋不顾身！

[理发师的情人] *Le Mari de la coiffeuse*

导演：帕特·利斯勒孔特 Patrice Leconte

主演：让·罗什福特 Jean Rochefort、安娜·嘉莲娜 Anna Galiena

出品：法国

年代：1990

一以贯之的性启蒙

玛蒂尔达风情万种地倚在门前看安东尼奥，而安东尼奥也总是在看报间隙抬起头痴迷迷地注视玛蒂尔达的一举一动，互相纠缠的目光，满是欲望的味道……

你还记得 12 岁那年的梦想吗？那梦想实现了吗？

12 岁的时候，我游荡在一个地图上都找不到的小村里，只记得那里没有山没有水，甚至没有电影里经常出现的那种羊群。我对那座小村唯一的记忆只有，令人不安的安静。中午的时候，村人都习惯午睡，他们需要短暂的休息，然后继续像牛马一样劳作。我总是无聊地数知了的嘶叫，想象妈妈所说原来城市里的家的样子，想象原来的小伙伴是不是正和那个黑白块的足球较劲。偶尔会有某一只老母鸡骄傲地宣告自己的生产能力。在嘹亮的鸡啼声中，我分辨不出哪里是现实哪里是梦境，直到今天仍是。

12 岁那年，我想和别人一起玩，那欲望占据了我几乎整个身心。今天我知道，那愿望于我注定只是一个愿望了。

12 岁的安东尼奥的愿望是“娶一个理发师”，后来他做到了。他喃喃自语“世界上没有办不到的事，只要你的愿望够殷切。”

影片一开头，导演写道：献给佐拉——一个看清自我的人。

过去

直到现在我仍习惯早起，虽然这城市早已经没有了露水，但起码早晨的空气里还有一些泥土的清香。我想，我是一辈子也逃不出那个小村的记忆了。记得别人说，回忆是一个人衰老的开始。但我知道，其实许多人和我一样在记忆面前束手无策，例如安东尼奥。12 岁那年妈妈给他织了一条羊毛短裤，在沙滩打球的时候，那短裤像一件铠甲；1947 年 6 月 13 日，发生了一件他永远也无法忘记的事。在小镇唯一一座理发店里，12 岁的安东尼奥看见了理发师西弗夫人那“庞大如同梦幻般圆润的胸”，他闻到“她身体散发着爱的气味”。

晚饭的时候，安东尼奥告诉爸爸，他的愿望是，长大了娶一个理发师。爸爸用一记响亮的耳光表达了自己的反应。但一记耳光的疼痛远远不能和那段纯洁的性意识对抗，安东尼奥躺在小床上，大眼睛忽闪忽闪的，像那个西西里岛的小男孩一样，偶然一见的成熟女性的身体，开启了他生命的另一道门。

应该说，从这一刻起，男孩变成了男人。因为他意识到了责任、保护、争取和爱。

从此，12 岁的安东尼奥喜欢上了理发，也喜欢上了在理发店外的石头街道上，默默地站一上午。欧洲的阳光真好，照在他的羊毛短裤上，散发着一种慵懒和满足的气息。第一次他有了自己的秘密，有了属于自己的喜悦和担心。那是一座再普通不过的小城，但因为心灵的第一次萌动，它成了安东尼奥的天堂。

一天下午，安东尼奥又趴在理发店的门口，他看见西弗夫人仰躺在店里唯一的沙发上，衣服没有掩好，露出一截白白的大腿，在这截大腿面前，安东尼奥目瞪口呆。

西弗夫人摔到了地上，竟还保持着最初的姿势！

玻璃被打碎了，警察旋风一样冲进室内，安东尼奥被人抱走了。他听见有人说：是巴比妥盐酸中毒！

警察和西弗夫人的遗体一同消失了，空荡荡的理发店显得特别安静。安东尼奥的小皮鞋咯吱咯吱地踩过一地碎玻璃，他再次端坐在理发椅上，风吹门响，像有人推门而入……

现在

再次出现的时候，安东尼奥已经微微秃顶，但他拥有了一抹向往已久的标志着雄性的胡子。在另一个普通小镇，他默默地穿行在人流中。安东尼奥推开一家理发店的门，理发师玛蒂尔达一边翻阅杂志，一边礼貌地拒绝了他的理发要求。30 分钟之后，安东尼奥再次推开店门，玛蒂尔达丢开杂志起身为他理发，安东尼奥闭上眼睛，听剪刀有节奏地行进，阳光在窗外生机勃勃。

理发之后，安东尼奥看着玛蒂尔达的眼睛，“嫁给我，好吗？”玛蒂尔达一脸漠然。

15 天后，头发依然整齐的安东尼奥再次出现在理发店，一脸漠然的玛蒂尔达安静地为他理发，然后说：“好，我同意了。”

“没有梦想是不能实现的，失败是欲望不够强烈的结果。”实现了梦想的安东尼奥依旧平静，决定披上嫁衣的玛蒂尔达也安安静静，就像这一切都是必然的，用尽先前所有的岁月来等待彼此，其结果也只不过是这一瞬。

我一直在想，安东尼奥对玛蒂尔达的感情是爱的成分多些，还是圆梦的成分多些？也许这是一个有点自虐倾向的问题，就像我对于12岁那年的记忆。我知道，有些事情需要跳出来，我甚至知道用什么样的方法，在最关键的时候，需要下怎样的心思，可是任何理论在感情面前都会变得不堪一击。像安东尼奥一样，我记得曾经的女孩宛若天使；记得在少年的书案前，她怎样红袖添香；在光阴婉转的歌喉里，我们并肩而立，少年郎，宝马轻裘衣袂翩然……和安东尼奥一样，我也不知道这其中有多少是真实，有多少是幻想，但我们都曾经相信，这一切曾经触手可及。

未来

请原谅，我把安东尼奥与玛蒂尔达梦一样的婚姻生活放到了未来。我曾听某一位女子向我讲述她的幸福生活，其中一些令人动容的细节，常常让我南北莫辨。和安东尼奥一样，我无法判定，她有没有加入想象的元素。“幸福的生活都是类似的”，安东尼奥宝贝一样把玛蒂尔达捧在手心，白天他们一起理发、翻杂志、沉思或者惊愕；晚上，他们喝酒、聊天、做爱或者宿醉。欧洲的太阳暖洋洋地照在身上，翌日醒来的安东尼奥，就像站在12岁那年的石头街道上。

理发店里总会光顾一些奇奇怪怪的人，有被妻子追打的，有装模作样的，有故作高深的，也有色眯眯的，玛蒂尔达总是安安静静地理发收款，微笑着看客人或者推门而入或者起身离去；安东尼奥总是坐在店里和一张报纸较劲，没有客人的时候，他会跳上一曲“搓澡舞”或者和玛蒂尔达缠绵，一脸迷乱的玛蒂尔达告诉他“你不再爱我的那一天，不要假装爱我”。

说实话，对于这一段我的记忆是模糊的，导演拼尽全力所营造的种种温馨似乎还说服不了我。科学证明，人类的爱情只能保持不到一年的时间。在这样冷冰冰的数字面前，任何天长地久的念头都无法逃脱悲悯。电影真是一个好东西，它可以储存某一种记忆或者是放大某一个梦想，让人以为那就是生活，但生活呢？王国维坚持“欲望、生活与苦痛三者是一回事”。

某一天下午天降大雨，玛蒂尔达关上店门，主动与安东尼奥做爱，然后整理衣衫闯入风雨里，安东尼奥清楚地记得她说：“我要为今晚去买些酸乳酪。”后来警察来了，和 12 岁那年一样，安东尼奥看着那帮穿着制服的家伙，抬走了最爱的女人的躯体，玛蒂尔达被水浸泡过的脸，竟一如初见。警察把玛蒂尔达留下的信交给他，“我的爱，我要在你之前走……我带走了我最开心的回忆，这些都是你给我的……”

理发店还和往常一样打开大门，安东尼奥替客人洗了头发，又坐在那和报纸较劲，“理发师一会儿就到。”他说。

情爱镜头

应该说本片神髓与 [感官王国] 类似，主人公为了挽留爱的极致而最后选择毁灭。日本人偏执，所以 [感官王国] 弥漫着死亡和欲望的气息；法国人浪漫，所以 [理发师的情人] 安静而唯美。有着自杀倾向的大和民族，为了爱最后杀死了爱人；而容易发生婚外情的法兰西，则选择毁灭自己。总而言之，他们似乎都在表达同一种情绪——爱情如此美好，却又如此不堪一击。

[感官王国] 中的情爱镜头毫不避讳，像动物一样直接，似乎他们所

谓的爱情都维系于此；而 [理发师的情人] 则含蓄内敛，甚至有一种怯生生的感觉。安东尼奥和玛蒂尔达都很安静，做爱亲热的时候也彬彬有礼。唯一一次例外是，一次在给客人洗头的时候，安东尼奥跪在玛蒂尔达旁边，把手伸进她的裙子里，然后紧紧地抱住她的双腿，那一刻他的脸上露出一种罕见的迷乱。玛蒂尔达停下手中的工作，任安东尼奥就那么静静地抱着。

这部著名的情爱电影情爱镜头极少，导演似乎有意回避了这些，他努力把二者之间的感情上升到精神层面，但他又总在一些细节处渲染他们的欲望。玛蒂尔达风情万种地倚在门前看安东尼奥，而安东尼奥也总是在看报间隙抬起头痴迷地注视玛蒂尔达的一举一动，互相纠缠的目光，满是欲望的味道……

剪辑和配乐

这是影片最值得称道的两点。时间和空间被有机地组合在一起，仿佛过去与未来被安放于同一场景。我们不知不觉地随着安东尼奥一起欣喜或者哀伤。玛蒂尔达第一次为安东尼奥洗头的时候，镜头静静地从上直射，呈现在观者面前的是 12 岁的安东尼奥，场景就是西弗夫人的理发店，小安东尼奥闭着眼睛，但可以看出眼珠水银一样活泼。洗好后，安东尼奥一起身，就又是现实了。

这样的镜头比比皆是，就好像时间刚刚遛了一个弯儿，一回头我们和自己不期而遇。安东尼奥向玛蒂尔达求婚成功，镜头由玛蒂尔达的脸反打向安东尼奥，出现在镜头里的却是小时候的安东尼奥。我们看到他稚气的脸上泛起胜利的微笑——少年的梦想实现了。

在上文我们提到过安东尼奥的“搓澡舞”，其实在影片的最开始就是这段舞蹈。从艺术的角度来讲，它只能算是一个人的一段即兴肢体语言，但导演不厌其烦地让他跳了五次，目的非常明显，执着与表达。也只有这样怪异的肢体语言才能再现安东尼奥的心情，也只有如此，导演才能酣畅淋漓。需要指出的是这段舞蹈的配乐优美至极。

动听的打击乐势如奔雷，天风海雨一般汹涌而至，粗犷的歌声在远处悠然而起，二者情势迥异而天衣无缝，扑面而来的是一种浓郁的异国情调。尊贵的钢琴偶尔灵光乍现一样地唱和，就有了曲高和寡的落寞和遗世独立的高韬。婚礼那段萨克斯曲热情奔放，宛若天籁。一袭嫁衣的玛蒂尔达在音乐声里为一位顾客免费理发，然后回头、微笑，恍若仙子。

生命

我没敢用爱情做小标题，在一些人眼中爱情远非生命所能比拟的。安东尼奥完全体现了弗洛伊德的观点，“感情欲望通过对另一个人的爱以可接受的方式得到满足，而这个人通常是与被禁止的性爱对象相类似的人”。而玛蒂尔达则太洞若观火，知道爱早晚有不能再升华的那一天，她害怕会有一个更优秀更值得爱的人出现在她或他面前，她害怕现在成为曾经。玛蒂尔达甚至知道，闯进理发店里躲避妻子的那位丈夫就是他们的未来。一段完美的爱情升华了生命质量，而最终生命也因这段爱情戛然而止。不同的人会因此得出不同的结论，但尼采说“我们爱生命，并非因为我们习惯生命”，爱情是不是也应该去经营?

如此说来，所谓爱情，所谓生命，都是一个渐变的过程，需要我们做的一是像安东尼奥那样寻找，一是像玛蒂尔达那样挽留，不过二者的结果可能殊途同归。莎士比亚在十四行诗里说：“我们希望美丽的生命能不断繁滋，如此，美的玫瑰才永不消亡。”生命如此，那么爱情是不是也是如此?

PART 3 爱之蓝

[半熟少年] *Kids*

导演：拉里·克拉克 Larry Clark

主演：利奥·菲茨帕特里克 Leo Fitzpatrick、萨拉·亨德森 Sarah Henderson

出品：美国

年代：1995

一望无际的孤独

我喜欢影片的结尾，清晨的薄雾中，卡斯伯最先醒来，一脸懵懂地望着室内的一切，他说出了整个影片最令人深思的一句话："上帝啊，到底发生了什么？"

在过去遍地的少年才子当中，我比较喜欢王勃。这是一个真正的才华和为人都俊逸遄飞的少年。他那篇关于滕王阁的文字，让那个土财主的一时显摆挤进了中国文化史。至于他自己，则在 26 岁的时候拥抱了万千流水。应该说，王勃的少年成名和他"十五思翩翩，生平好自然。颂吟归绝律，图绘数关山"的少年才气有关，这是他在不关键的时刻仍挺身而出一举成名的主因。但还有一点我们无论如何也否认不了的是，王子安同学生长在盛唐的大背景之下，他的愤恨不得意，阎都督的以德服人，当时朝廷的敏感和开明，数点纠结，成就了中国古文化中最为华美的一幕。就个体而言，超越时代的先例往往都是悲剧，上帝他老人家总是让伟大的预言家和艺术家们在今世落魄潦倒，在后世享尽了膜拜。所以我更愿意相信，现世的意义大都是个体必然因果的折射，尽管很多人不愿意面对这一点。还有一点是我不以为然的，为什么总有人对自己

寄身的时代愤愤不平，为什么总愿意把个体的不成功归结为集体的不争气。我们最擅长的就是找借口，把自己装扮成想象中的样子，然后把罪责推给无法辩解的大环境。“沉浮多少人生，转头空。莫笑前行少年后行翁。”换句话说，做天才之叹，你就是天才了吗?

特里是谁

戛纳给 [半熟少年] 的荣誉，是只有戛纳才能做得出来的事儿。有人回忆说，看片当天就有人祭出横幅表示抗议，指责导演拉里 · 克拉克危言耸听挂羊头卖狗肉，甚至一位道德深厚的人士，拎着把菜刀满戛纳踅摸克拉克，试图让他“清醒清醒”。十几年的时间过去了，当年被追杀得恨不得上天遁地的克拉克成了一个伟大的预言家，他的 [半熟少年] 也成了一篇惊世大预言。

影片开始就是两个稚气未脱的少年在亲吻，就这一镜头而言，我相信克拉克不怀好意，他用色眯眯的心思，满怀情感地捕捉了亲吻这一动作所能营造的欲望感，一开始就露出一副流氓的架势。男孩光着上身，精瘦，肋骨历历在目，一脸青涩，但拯救者的姿态已经溢出了画面，“我只是想让你快乐”。对面的女孩在犹豫，或者说是在导演的命令下抵抗几分钟。画面很安静，镜头和画中人一起在迟疑。镜头转换，男孩和女孩坦诚相见，继而交叠在一起，打击乐和电吉他一起咆哮起来。室内光影寥落，杂乱无章，室外风尘仆仆，阳光耀眼——典型的克拉克套路。

男孩叫特里，看样子也就十几岁，瘦得跟个骷髅似的，走在新泽西的大街上，你绝对不会多看一眼的邻家少年。这小子小小年纪就有一个爱好——喜欢处女。在上文提到打击乐倾泻的一刹那，他有一段留名影史的独白："我喜欢处女，干净、紧密，像鹅肉一样嫩。"在后来的相关评论中，一些脑袋进水的评论家说，这就是那个时代的宣言。拜托，20世纪90年代说来挺吓人，其实和我们也不过是十几二十年的差距，没吃过猪肉也听过猪叫吧，那么一个生机勃勃的时间段，怎么这就成了宣言了！

特里是本片的主人公，在影片的大部分时间里基本处于两种状态，一是行走，二是滔滔不绝地说话。至于他对面那个妞，用特里的话说，就是"还成，不过，我领教过更好的，比她强一万倍"。

特里出门的方式也被导演很小心地捕捉了下来，每到楼梯转角处，他总是跳过，双脚落地的重音，像是在拆房子！一个和他差不多的家伙，抱着一瓶子汽水等在他家门口。头发稍长，脸色苍白，眼睛像是永远睡不醒似的眯着，他叫卡斯伯，特里的狐朋狗友，影片的另一个主人公，不过，他的功用到影片最后才显示出来。

行走的特里和卡斯伯

我不愿意回忆特里和卡斯伯在新泽西街头行走的一段，从技术角度来讲，导演的镜头语言和驾驭能力实在不是盖的。我几乎盛情预备了行云流水之类的讴歌词汇，但是两个小兔崽子之间的谈话，实在令人不爽。我相信，青少年之间会有一些类似的交流，十七八岁对情爱表现出一种特别的情绪，也不是什么十恶不赦的事，但绝对不会是这样阳光下大篇幅的白描。我绝对相信 [绝代宠妓] 中的女子，是在用身体反抗和叛逆，但您拉里・克拉克同志也不是生长在什么水深火热之中，用不着一提叛逆就把身体拎出来。当一个口号被呼喊得太久了，就容易走向另一个极端。克拉克的口号更像是一种姿态，真实的目的真的如他所言吗？还是说，他又一次步人后尘把特例当作了现象？

行走在新泽西明媚的阳光下，特里和卡斯伯突然意识到另一个重大的问题——饿了，不用找，两人都知道身上一个钢镚儿都没有。于是，不约而同地想到了一个兄弟，以及他们之间种种催人泪下的友谊，尤其令他们热泪盈眶的是，在那里他们果然填饱了肚子，还和一群志同道合者狠狠地吹了一通牛。这时候，影片呈现了交叉并行的技术特点，一边是以特里为首的男生们，把胸脯擂得咚咚作响说和多少女人上过床，以及怎么上的床；一边是以一个叫鲁比为首的女生们，围坐在某人的睡房内交流她们的第一次和记忆最深刻的一次。两伙人处于同一片新泽西的阳光中，差不多大的年纪，大同小异的经历，大胆的言辞具有同样的令人心惊肉跳的效果。稍稍有点不同的是，男生们更多的是炫耀，到最后连傻瓜都听得出来，大家聚在一起就是在吹牛，但彼时彼地的当事者根本不在乎这些；女生们会有很多可爱的小动作，也不时会有大笑和羞愧等表情，但这并不妨碍她们把这样剽悍的谈话继续下去。

克拉克说，这是他反出朝廷的一个段落，不过千万不要相信他的自我标榜。影像和文字一样会泄露心思的，把文章捯饬得再花团锦簇，自私狭隘自以为是的内心，还是会被人窥探得到。我的意思是说，克拉克的所作所为有很重的商业色彩。

在一帮小女生当中，詹妮显得比较特别，不爱说那些流氓话，还不时流露出羞惭的样子。詹妮还具有很多优良品质，鲁比说，她上一次去做艾滋检查的时候，自己实在没那么大的勇气，是詹妮主动陪她去的，于是大家的话题就转到艾滋上面去。这时候的场面更像一堂知识普及，是影片开始到现在最让人舒坦的段落。

至于特里和卡斯伯，两个小流氓正满大街找大麻呢。

出了点问题

最先发现问题的是文静的詹妮，当时坐在她对面的是一个面无表情的医生，“我只跟特里做过！我只是陪鲁比来的！”可是，女孩，你的检查结果的确是阳性。而另一个房间里的鲁比则长出了一口气，用她自己的话说，“昨天紧张得一夜没睡”。一场豪赌以这种出人意料的结局出现了，其实导演克拉克完全可以把这一段落调教得更加煽情，可是，他可耻地选择了克制，选择了冷静，选择了悲天悯人，选择了袖手旁观。

詹妮一路狂奔而去，她要找到那个仅接触过一次的特里！找到特里之后怎么办？詹妮也不知道，冥冥中这个和她有过肌肤之亲的男人，成了她慌乱时刻的稻草。而她的稻草呢，此刻正在一个街头公园和人掐架。他们一伙人刚刚把一个黑胖子修理得不成人形，原因是这个家伙竟敢在他们的地盘上撒野。最后一下是特里出手，一滑板下去，大胖子烂木头一样一头栽倒，后来大伙说，那一下，酷极了！这个动作也是特里整个少年时代最被津津乐道的事件之一。

现在，他们决定去游泳，但还少一个女伴。特里说，他最喜欢的女孩是宾尼的妹妹黛丝，那个13岁的小女孩就像一个小妖精，吃西瓜的样子性感绝顶！克拉克不厌其烦地展示了他们怎么穿过马路，怎么按门铃，怎么呼喊黛丝，怎么等待，然后又怎么一行人浩浩荡荡地去游泳。可以想象，所谓游泳其实只是个借口，特里坐在泳池边用“天下最温柔的声音”给黛丝洗脑，另外两个小子和两个小女孩的玩笑也越开越过火，那个号称嘴巴型号和青蛙有一拼的哥们，甚至把整个身子都压了过去……他们不知道，詹妮此刻正哭着一家一家地寻找特里。新泽西的阳光太刺眼，詹妮一阵阵地眩晕。

一睁眼少年时光就过去了

最后，克拉克把一伙少年会聚到娜莎家里，影片一开始就被人不时提起的晚会终于开始了。闭着眼睛你都能想象，克拉克一手制造的晚会怎么清白得了，有人吸大麻，把自己弄得跟个幽灵似的；有人早早就把自己灌醉，抱着马桶昏昏欲睡。更多人是捉对厮杀，男孩死皮赖脸地纠缠女孩，女孩装模作样地拒绝，也有女孩对某一个男孩脉脉含情，大眼睛频送秋波……盛大的晚会开始不到二十分钟，走廊上，客厅里，卫生间，情欲汹涌！

这当中，最值得说说的就是我们的主人公小浑蛋特里，从游泳池开始到现在，他那张嘴一直处于忙碌状态。在黛丝面前，把他以前的女友们贬斥得她们自己听了都不好意思活着，把黛丝形容得连黛丝自己都不认识自己了，终于，在送黛丝回家的路上大功告成，又领着黛丝回到娜莎家，他们占用了娜莎父母的房间，特里光着上身一脸真诚地对黛丝说：“我只是想让你快乐。”

詹妮在晚会的半个小时之后也来到娜莎家，此刻，她看见鲁比光着身子，和一个男孩睡得正酣；看见卡斯伯抱着酒瓶子，在浴缸里睡得昏天暗地，也看见特里和一个女生，像当初对她那样甜言蜜语动作粗鲁……

卡斯伯也在影片最后醒来，转了一圈找了一些剩酒喝掉，看见有一个更舒服的空位置就躺了下去，然后他和身边的女孩做爱——詹妮没有拒绝，她太需要爱了！

到底发生了什么

事实上，影片所引起的轩然大波直到今天也没什么定论。到底是克拉克借少年人的噱头行情色之事，还是他目光独到挖掘了我们一直讳莫如深的话题？我想，这都不是问题的关键所在，没人能否认那样的生活的确存在于某一时或者某一地，但恐怕也没人敢站出来说，这已经是普遍现象了。往好里说一点，克拉克只是在用这种手段去呐喊和警醒，但具体有多少人因此而恍然大悟，那就是另外一回事了。

我喜欢影片的结尾，清晨的薄雾中，中年人早起上班，老人在锻炼，拾荒者伸了一个懒腰，身边已经有无数的脚步经过了，只有小孩还在酣睡当中，横七竖八地铺满整个画面。还是那个卡斯伯最先醒来，一脸懵懂地望着室内的一切，他说出了整个影片最令人深思的一句话：“上帝啊，到底发生了什么？”也许这一睁眼，少年就已经是青年了，过去那些荒唐的日子一下子都不真切起来。有时候回想的时候，甚至会怀疑，是真的说过那些话，做过那些事吗？然而生活的残酷还在于，你必须为你的所作所为买单。

影片最后仍然是特里的独白：“当你年轻的时候，有很多实际上的东西，当你找到想要的东西时，你会全部拿回来，当你晚上睡觉时，你会梦见女人的屁股，当你醒来，也是一样，它就在你面前，你逃脱不了；当你年轻的时候，只有一个地方可以进去，我喜欢做爱。远离我，我真的什么都得不到。”迷茫、愤怒、无助、自私、痛苦以及一望无际的孤独。

还记得特里和卡斯伯经过的那个地铁站吗？导演克拉克安排了一个先知一样的盲人歌手，拉着手风琴唱歌：“夏天已经过去了，玫瑰正在凋谢，当夏天来到牧场的时候，或者当山谷静静地被雪盖满，我将在这里，在阳光或者阴暗里……”

可惜，少年时，我们什么都不懂！

[戏梦巴黎] *The Dreamers*

导演：贝纳多·贝托鲁奇 Bernardo Bertolucci

主演：迈克尔·皮特 Michael Pitt、伊娃·格林 Eva Green

出品：法国

年代：2003

演习电影的三个少年

1968 年的春天像一头发育不全的野兽，焦躁而危险。

看完这部电影，和朋友出去吃了一顿午餐，我用一大杯冰豆浆来试图稳定一下情绪，在和他吹牛抬杠的时候，抓紧时间消灭了一大碗客家面。但坐到位置之后，我还是觉得哪里不对劲。我努力回忆了一下自己最原始的那个梦想，对不起，我不知道那些曾被我宝贝一样珍藏着的记忆，如今又飘荡在哪个小孩子的心思里。按照贝托鲁奇的说法，他的梦想鬼魂一样游荡在 1968 年的天空里，不能碰触，否则 19 岁那年的激情，就会燃烧在他寄居了 69 年的身体里。我对自己的健忘或者假借健忘的托词感到脸红。也许我在耍赖，但我并不认为贝托鲁奇 19 岁那年的梦想就是他在 [戏梦巴黎] 中所描绘的样子，我甚至以为这只是他在多少年以后所想象的 19 岁的梦想，里面繁衍着太多的属于成人的思考和回忆。性和政治一直是这个老头所感兴趣的，看看他那些被吹捧的电影，无一不和二者相关联，本片显得尤其变本加厉。就电影手段而言，成了精的老贝并没有上天入地，这部 [戏梦巴黎] 和他以往的作品一样粗糙而温情，深刻中萦绕着一股淡淡的哀伤。

还有就是我不能不提的情爱镜头，和1972年的[巴黎最后的探戈]相比，2003年的贝托鲁奇更流氓更含情脉脉了。那些情绪昂扬的镜头，在他的调控之下，冷静得令人窒息。那是一种千帆过尽之后所特有的沉静，一无所有了，也就一无所求了，但事实是希望就在下一个转角后微笑着。这也许就是梦想的力量。

喜爱电影的人

马修是一个美国人，作为交换生，他来到巴黎学习一年的法语，但到了这里之后，他发现自己真正喜欢的竟然是电影。这个长得很像李奥纳多的金发男孩认为，大概世界上只有法国人才把电影院建在宫殿里。1968年的春天像一头发育不全的野兽，焦躁而危险。但是沉浸在电影院里的马修并没有察觉这一切，和这个小空间里的大多数一样，光和影子所带来的快感冲淡了一切。

贝托鲁奇在这一段玩弄了一个小花样，把马修正在观看的萨姆·富勒的[恐怖走廊]巧妙地镶嵌于情节之中，起到横云断岭的作用。电影中，大雨滂沱，男主角踉踉跄跄地奔跑在雨里，摔倒了，再挣扎着爬起来，身后的追杀者如疽附骨。惊惧和寒意包裹了包括马修在内的每一位观者，他们不知道，一场更寒冷的电影就要在他们身边上演。后来马修用了一个很酷的形容：世界终于通过电影表现出来了。

那是一场马修不知道缘由的冲突，某一位穿着杀手风衣的人站在一个尖顶的建筑物上演讲，并像电影中经常表现的那样，向人群抛撒传单。马修在尖叫和起哄声中窜来窜去，他想寻找一个退路，好突围回到自己的狗窝。他需要为自己清理出一条路来，除了面前兴奋得像是被斗红了眼的公牛的灵长类动物，就是那些如同鳞翅目一样飞舞的传单也够人受的。有点气急败坏的马修很快就发觉后背被目光焦灼得发烫，一回头，一个女人的目光肆无忌惮地落在他的脸上。确切地说，这是一个还没有发育完全的女孩，双手被一个吓人的铁链缠住，嘴角的香烟即将燃烧到一个烟屁股所能承受的最后极限。马修帮助她拿掉了香烟，女人的声音和她的身体一样性感，“我叫伊莎贝拉。”就这样，他们认识了。

接下来就和那部刚刚看到的［恐怖走廊］非常相像了，马修和伊莎贝拉以及刚刚和别人争吵回来的席奥一起穿过人群，在暴雨和冲突的人群之间一路狂奔。场面激情四溢！

谈论电影的人

这群谈论电影的人，其实就是那群疯狂喜爱电影的家伙——马修、伊莎贝拉和席奥。在他们相遇的第二天，席奥就给马修的狗窝打了一个电话，邀请他到家里做客。但事实上，这对孪生兄妹都以为对方告诉了父母，所以母亲在马修到来之后，才知道自己准备的四个人的食物需要由五个人来分享。总的来说，晚餐进行得很愉快，不苟言笑的老爸甚至对马修流露出赞许之意，妈妈也在晚餐的最后邀请马修留下来住一晚，因为马修所居住的那座学生公寓，凭借恶劣环境早就闻名遐迩。

父母离开后，伊莎贝拉熄灭了电灯，点上了蜡烛。在摇曳的烛光里，三个人谈论起自己喜欢的电影。席奥不断发现三人的共同之处，兴奋得和伊莎贝拉紧紧地拥抱。伊莎贝拉顶不住了，要去睡房睡觉，起身和席奥吻别，马修发现她不是按照兄妹礼节吻在脸上，而是舌吻。就在他愣神的时候，伊莎贝拉柔软的双唇落在他的口齿之间。在他躺到床上之后，柔软的感觉还镶嵌在齿缝之间。

在电影中，夜晚是一个发现秘密或者制造秘密的好机会。一部电影的转折往往就在月黑风高之夜。马修也如我们设想的那样醒来，他半裸着身体摸索着去厕所。就在他平安无事地回来的时候，马修透过一道虚掩的门，看见门里的床上有两双互相纠缠的小腿，虽然头脑还不算太清楚，但马修敢肯定，那是一对分属于不同性别的腿。他慢慢推开房门，全裸的席奥和半裸的伊莎贝拉兄妹相拥而眠。

演习电影的三个少年

这是影片最重要的一段，也是贝托鲁奇梦想的主要依托点。首先导演营造了一个类似于乌托邦的世界，支走了父母，给他们留下足可以供应肚子的食物，然后席奥帮助马修把东西搬到家里。在此后直到父母回来的三十天内，这个家就是他们的天堂。

事情的发展也是一步步发生的，开始他们聊天、喝酒、争论奇顿和卓别林哪一个更伟大。他们还模仿 [法外之徒] 进行了一场比赛，在卢浮宫的壁画前狂奔，成功绕过拦截的警察，还破了 9 分 45 秒的世界纪录。

但在接下来的事情中，马修渐渐发觉有什么和以前不一样了。席奥邀请马修到自己的房间换下被淋湿的衣服，因为他的房间“温暖一点”。但对于在同性朋友间的裸露，马修根本不如席奥那样自如。扭扭捏捏地显得不那么男人。

其后，席奥对于伊莎贝拉关于电影的拷问没有回答上来，马修没想到，席奥接受的处罚竟然是这个年龄的男孩子最隐秘的事情，而且看得出来，这绝不是第一次。

终于降临到马修的头上，也是因为没有回答出席奥关于电影的提问，得到的惩罚竟是当着他的面和伊莎贝拉做爱。更要命的是伊莎贝拉已经熟练地把自己扒个精光。马修落荒而逃，但最后仍然没有逃脱兄妹的围追堵截，在他们的摧花辣手之下，马修的衣衫纷纷落地，尤其令人尴尬的是，马修趁换衣服时候私藏的伊莎贝拉的一张泳装照片也和身体一起曝光了。

接下来的就是那场被威尼斯电影节上的观者议论了很久的情爱镜头。马修颤抖着靠向躺在厨房地上的伊莎贝拉，坐在一边的席奥起身煎了四个鸡蛋，妹妹和马修在一边完成了各自生命中的第一次。当马修发现伊莎贝拉还是一个处女的时候，再次拥抱了眼前这个九死而不悔的女孩，身后席奥的眼神乱云飞渡。

据一个杀手说，杀人如性爱，有了第一次就很容易有第二次。马修和伊莎贝拉就开始了这样无休无止的马拉松。在某一个阳光灿烂的下午，马修问伊莎贝拉，如果父母知道了她和哥哥的关系怎么办？伊莎贝拉沉吟良久，恨恨地说："那我就自杀！"

到街上去

随着剧情的深入，马修渐渐发现，这个游戏有点不那么好玩了。无论是伊莎贝拉还是席奥都不愿意接受成长这样的现实，他们沉浸在电影中，沉浸在彼此制造的游戏里，现在他们把他也拉进这个游戏，外面浩浩荡荡的社会变革正在扩散，而这一对孪生兄妹沉浸在往事的回忆中无法自拔。马修对伊莎贝拉怒吼："你敢和我到大街上约会吗？"

在那座宫殿一样的电影院中，马修拉起刚刚落座在第一排的伊莎贝拉，"这是欣赏电影的座位，恋人应该坐在最后一排。"第一次，两个"电影的痴迷者"没有彻底沉浸在剧情里，他们缠绕在一起的手，纠缠在一起的目光，照亮了一室的黑暗。

电影的最后，三个人躺在伊莎贝拉用蚊帐、床单建立的帐篷里酣然入睡。清晨归来的父母小心翼翼地绕开遍地的垃圾和滚动的1935年的酒瓶，帐篷里一对儿女和那个金发男孩赤身裸体相拥而眠的场景，令其目瞪口呆天旋地转。

我敢保证，其后的情节一定是贝托鲁奇所设想的，这也就是梦想的动人之处。父亲到书房里签了一张支票，母亲小心翼翼地把它放到“帐篷”前的桌子上。趁薄雾未散，夫妻二人再次发动汽车离家，仿佛从来就没有回来过。

伊莎贝拉最先醒来，发现了那张支票，寻找了所有的房间之后，伊莎贝拉把煤气管道引到了“帐篷”里，煤气就那么惊心动魄地滋滋响着，两个大男孩鼾声如旧，伊莎贝拉瞪着美丽的大眼睛，泪水无声地奔涌……

我以为事情会就此结束，但贝托鲁奇的浪漫并没有绝望至此。窗玻璃被外面游行的人群打破，惊醒了的男孩子问慌乱收拾东西的伊莎贝拉是什么味道，伊莎贝拉回答是催泪弹。

三人在“到街上去”的口号声中来到久违了的人群，在激昂的人群里，兄妹两个小狼崽子一样生机勃勃。在贝托鲁奇看来，梦想的开始与结束都是极为灿烂的，那是一种颇为完美的生命方式，在应该开始的时候开始，在必须结束的时候结束，然后让回忆茂盛在一生的记忆里。

出世入世

孪生兄妹席奥和伊莎贝拉到底在逃避什么？成长？还是外面混乱不堪的世界？伊莎贝拉不准任何人入内的卧室，是不是就是她抵抗成人世界最后的阵地？那又为什么接受了马修这个外来者闯入？三人最后的“帐篷”代表了什么？回到人群的兄妹为什么表现得比马修还要激烈？贝托鲁奇如闹市侠隐般顾左右而言他，你看，梦想和梦想家原本就是我们记忆中的样子。

老辣如贝氏，其某些观点一定辛辣凛冽，但也一定有固执己见的那一部分。在我看来，这恰恰是69岁的贝托鲁奇可爱之处。经历了诸多风风雨雨草长莺飞，在尘世的喧嚣和冷漠间，这个电影顽童还惦记着自己最初时候那个出世入世的梦想。现在看来许多经历已经无法改变，但少年时候那些轻狂的梦想也没有改变，二者相生相克不死不休。三个少年身上都有他和他梦想的影子，那些出世入世的犹疑也曾徘徊在他的脑海里。只是区别在于，电影中人有选择的余地，而我们没有退路。影片中的那些情爱镜头，是贝氏作为一个生理意义上的人所无法回避的。而这可能是其梦想中最真实的那一部分了，只是，这梦想最后只能是梦想。

贝托鲁奇很可爱，69 岁的时候还没有忘记和 19 岁的自己打招呼。我喜欢影片所传达出来的那种冷静的疯狂。我不知道，我和正在看这些文字的人 69 岁的时候，是不是还保持着少年的敏感，甚至还固守着那个倾泻在树洞里的秘密吗？有些事情，我们永远也看不开，也有些事情，我们永远也不想看开。

但愿梦想依旧鼓荡如帆。

[你的妈妈也是] *YTu Mamá También*

导演：阿方索・卡隆 Alfonso Cuarón

主演：盖尔・加西亚・伯奈尔 Gael Garcia Bernal、玛里亚・奥拉 María Aura

出品：墨西哥 / 美国

年代：2001

被压抑和被撩拨的

结尾实在令人震撼，在旁白冷静的诉说下，我有些慌乱无措，仿佛从剧中那个天堂之门一下子回到了碌碌红尘。

那天看 [阳光灿烂的日子]，在人戏不分的时候，竟然有了些许艳羡的感觉。说实话，马猴和刘忆苦们的那些行为，是我相同年龄时候在头脑中完成的。我是大人眼中的好学生，那些离经叛道的想法和做法，只能存在于我纵横奔驰的思绪里。和高不可攀的老师恶作剧，和那些假想敌们厮杀搏斗，同样与自己心仪的女孩子的说话与畅游，也是在那样的场景下发生演变并最后花好月圆的。我一直觉得少年时候的记忆会影响人的一生，那些所谓的成功与失败都是有定数的，他们从一开始的时候就在你生命中留下了一些蛛丝马迹，尽管那时候的我们很少能够发觉，但他们就像午夜时候的一场梦。我们自己也常常回忆是否发生过，也疑惑着去寻找那些存在过的痕迹，但一切都已经很遥远了，我们触摸不到。

我不知道中国还有多少人曾经和我一样度过自己的少年时代，那些

年少轻狂的日子就那样死气沉沉地过去了，我们过早地学会了谦恭礼让，过早地把自己的棱角隐藏在孔孟礼教中。我们没有少年，我们从童年一下子长大成人。

[阳光灿烂的日子]是姜文一次孟浪的回忆，但这样的回忆实在是一个令人愉快的历程。同样在世界影坛上类似的回忆还有很多，其中不乏已经奠定了经典地位的一些大作。奇怪的是，我从没有怀疑过他们的真实性，我常常就把此认作了彼，把戏里当成戏外。那些年少的回忆实在是一场瑰丽奢侈的盛宴，也许这才是真正的少年？

[你的妈妈也是]就是一部这样的电影，我丝毫不怀疑片中对我来讲那些天方夜谭，确实曾经发生在墨西哥的青少年中间，我一次次地为他们的举动会心而笑，一次次为镜头下墨西哥的风光而沉醉。但那个结尾实在令人震撼，在旁白冷静的诉说下，我有些慌乱无措，仿佛从剧中那个天堂之门一下子回到了碌碌红尘。我知道少年时光总会过去，迎接我们的一定是和大人一样的那种生活——我们根本无路可逃。

天堂之门

德诺的父亲在哈佛大学经济专业毕业，现任墨西哥政府的国务卿，他一直觉得德诺应该学习经济；胡里奥出生于中产阶级家庭，靠单亲妈妈抚养，他唯一的姐姐是墨西哥左翼分子，她的大学生活大部分在游行示威中度过。暑假来了，两人的女友去欧洲旅行，在机场和他们缠绵告别。现在，两人开始考虑这个暑假怎么过？

十七八岁的年纪，正是满脑子奇思怪想的时候，他们可不愿意这样度过这么难得的一个假期。他们制订了很多计划，但是最重要的是他们想趁女友不在的时候搞点花样，可是总有许多差强人意的事情发生，比如衣着整齐地参加一个保镖比客人还多的宴会，比如和自己那个自命不凡的作家表哥周旋，听他扬扬得意地夸夸其谈……碰上这样的场合德诺总喜欢叫上胡里奥，他们趴在栏杆旁看尊贵的客人如何向总统献媚，那些衣着光鲜的美人，如何在人前搔首弄姿。

很快他们就发现不远处一个白裙女人有点郁郁寡欢，眉眼间满是落寞的样子，德诺和胡里奥围过去打招呼，像任何一个男孩一样，他们开始信口胡诌，他们吹嘘曾到过一个“天堂之门”的海滩，那里是世界上最美丽的地方，温柔的沙滩，湛蓝的海水，谜一样的小岛……他们还像真的一样向她发出邀请。谈兴正浓的时候，表哥俊诺和姑姑来了，原来她就是德诺的表嫂露莎。

一次就要成功的言语，转眼间烟消云散，两个男孩又恢复了那种无聊的生活，像什么也没发生一样，每天他们在游泳池里发泄过剩的精力。

就在他们已经忘了露莎是谁的时候，德诺接到了她打来的电话，问那场天堂之门的旅行邀请还有效吗？这让德诺兴奋异常，马上把情报通报给胡里奥，首先两人向胡里奥的姐姐讨要五天时间的汽车使用权，然后旋风一样地把各种食品搞定，又向朋友打听了一个不太近也不太远的海滩路线。在约定的时间内，他们的汽车停在了露莎的楼下。

室内露莎已经收拾好了行装，昨天醉酒的丈夫打来电话向她承认自己又一次和一个不相识的女人上了床，那一刻丈夫的哽咽显得那么遥远，露莎觉得自己应该出去走走，那两个男孩子的天堂之门就是一个不错的选择。楼下响起了喇叭声，露莎掐灭了烟，提起行李，关门离去。旅行就这样开始了。

他们在车里吃各种好吃的零食，谈论各种有趣的话题，还轮番偷偷地吸食大麻，车外不时闪过小房子，牛群和结队离去的人群，对他们没有丝毫影响，他们想那天堂之门就应该是眼前吧？晚上在一家乡村旅店落脚，露莎单独住一间房，德诺和胡里奥住一间房，但他们免不了对露莎胡思乱想，就偷偷地爬起来，到露莎房门外偷听，里面传来露莎压抑的哭泣声，他们落荒而逃。

梦幻海滩

第二天他们又上路了，露莎像什么也没发生一样，和他们大声谈笑，还问他们昨天是不是偷窥自己，这让两个少年有些不知所措。不过看到露莎毫无顾忌地大笑，他们又一次打消了顾虑。不过快乐并没有继续多久，车胎爆裂，拖到镇上后被告知明天才能修好，也就是说他们不得不在这个小镇上停留一天了。

还像昨天那样开了两个房间，露莎也像昨天那样进了自己的房间，两个男孩决定先去洗个澡，但德诺很快发现没有洗发水，就围上一条浴巾去向露莎借，但露莎要求德诺脱掉浴巾，他们缠绕在一起……胡里奥久等不来，也来到露莎的房间，看到这一幕，悄悄出门坐在了水塘边。

不一会儿德诺从房间里出来，看到坐在那的胡里奥，就提议像往常一样进行一场游泳比赛，故意输掉了比赛之后，气喘吁吁的胡里奥告诉德诺，自己曾经和他的女友发生过关系。

于是这一夜，就在德诺逼问胡里奥的求饶中度过。

上路的时候，露莎看到胡里奥有些落寞，就不住地和他搭话，并从前排爬到后排和他坐在一起，德诺感到异常生气，暴怒着摔开车门离去。

在后排座上，露莎在胡里奥的帮助下脱去了衣裤，紧紧抱作一团……

不一会儿，露莎穿上衣服来找德诺，并告诉他“昨天来到我房间的是你，如果是胡里奥，我也会那样的”。

又上路了，但他们的争吵也从此开始了。德诺不停地攻击胡里奥卑微的家庭，胡里奥就嘲笑德诺的父亲在总统面前奴颜卑膝的样子，终于争吵在那句“我也和你女友上过床”中，达到了最高潮，露莎苦劝不下，拿了行李走了。两人的争吵也在德诺的跪地求饶中结束。

他们开车追上了露莎，答应了她的各种条件之后，旅行又一次得以继续。但那个不知道在哪的天堂之门难住了他们，为了不露怯，德诺把车驶上了土路，很快就陷住无法前行，三人在车里昏睡了一晚。

在早晨的阳光里醒来，露莎发现德诺两人已经不见了，但是不远处海水温柔地扑打着沙滩，大海湛蓝湛蓝的，和远处的天边连在一起，有小岛在海面漂浮，就像水中的落叶……露莎呼唤着跑过去，甩掉衣服，一头扑进海水里……他们终于找到了天堂之门！

三人在海里游泳，在沙滩上奔跑，做日光浴，还租了条渔船来了次环岛旅行，他们和渔民共进午餐，踢沙滩足球，逗渔民古灵精怪的小女儿。

在回到营地的时候，他们懊恼地发现，营地的帐篷已经被农场偷跑出来的猪弄坏了，无奈之下，只有听从渔民妻子的建议到他们的小渔村过夜。在渔村仅有的一个小酒馆里，三人毫无顾忌地喝酒，说粗话，拿各自的糗事开玩笑，露莎放响了音乐，在音乐的伴奏下翩翩起舞，两个男孩子看着露莎妖娆的身体目瞪口呆。

晚上三人住在同一个房间里，德诺与露莎亲吻，但露莎拉起倒在床上的胡里奥，三人纠缠在一起……

黎明的海风还像昨天那样沁人心脾，早起的露莎又在和渔民的小女儿一起玩闹，而房间里的德诺率先醒来，一样赤裸的胡里奥就睡在身边，他们看见彼此赤裸的身体，回想起昨天晚上他们互相狂热的吻，慌忙穿上衣服。胡里奥故作镇定地出门，而德诺则在门旁呕吐不止。

他们后来告诉露莎要归还姐姐的车子，怕被妈妈骂慌慌张张地逃离了天堂之门，露莎留了下来，她还要在天堂之门继续一段日子。

紧接着那段有些残酷的旁白开始了，我们知道德诺和胡里奥在那个夏天之后再也没有相见，他们先后和各自的女友分手又各自有了新的女友，在双方家长的建议下，学习了他们所期待的那个专业，同时那个夏天，执政党输掉了他们 17 年以来的第一次总统大选。

我想现在应该说很久以后了，不过也不算太久，最起码在他们还是青年的时候，德诺和胡里奥在街头偶遇。喝咖啡的时候，德诺告诉胡里奥，露莎在他们分手后的一个月就去世了，其实她早已经患上了绝症。现在他们明白了，在房间里和路上打回去的电话旁，露莎为什么总是那样默默地啜泣。

后来旁白告诉我们他们再也没有相见。

情爱镜头

这部电影对于情爱的场景分外迷恋。开始的时候德诺和女友的床上镜头就吓人一跳，镜头就那么稳稳地忠实记录了两个少年偷欢时候的种种，大胆而精致，具有一种浓重的欧洲电影风格；而胡里奥和女友的偷欢，则是在女友父母紧密监控下的一次旋风行动，搞笑而香艳，有很深的好莱坞印记。

在小镇的旅馆里，德诺和露莎的床上镜头就发生在那样充足的阳光中，不十分漂亮的露莎像仙女一样丰姿曼妙，而少年德诺慌里慌张手脚忙乱，在露莎的诱惑下，少年显得青涩稚嫩，这一组镜头紧凑绵软意味深长，与露莎、胡里奥在车中不断拉长的镜头相比，像是导演的一次恶作剧。

最后在小渔村里那场令德诺和胡里奥终身难忘的情爱，被之前喝酒跳舞铺陈得顺理成章。他们沉迷于露莎海一样起伏的身体，却互相亲吻抚摸。第二天醒来的时候，都无法面对昨天了，年少轻狂最终为自己背负了一个永远的心事。

必须说明，剧中那令人不敢直视的少年与少妇的关系，在美洲一些国家习以为常，这属于民族传统问题，与道德伦理无关。

一路寻找

我们可以分明地感觉到，这是一个少年寻找自我的成长故事，导演用这样一个角度为我们营造了一组少年生活，我相信会有许许多多人心有戚戚，那样的寻找和那样的发泄，有着全人类的共性。但导演并没有停止在这样简单的寻找上面，他还借用了手中的摄像机描绘了另一种寻找——墨西哥的寻找。这个国家也和这些孩子一样，处在青涩懵懂的阶段，这样的寻找颇有些荡气回肠的感觉。尤其令人叹服的是，导演把后者的寻找放在了看似简单的一笔带过之间，胡里奥的姐姐每日的游行；建筑工人因为人行天桥太远，横穿公路时被汽车撞死，四天后才有人认尸；村民私设汽车收费站；警察在公路旁边抓捕贩毒分子；“天堂之门”的渔民面临着失去生计的危险，两个男孩子吵架的时候，用来互相攻击的出身问题……

在那样一种动荡的社会环境问题里，两位少年的天堂之门无疑具有特殊含义，但导演还是顾左右而言他，不厌其烦地告诉我们，这样一个小团体一路奔波寻找的也不过是一个海滩，至于沿途所见，只是无法躲避的无奈之举罢了。也许我们每一个人都在自始至终地进行这样的寻找，只是很少有人还能够像少年时候那样坦诚，随着时间的推移，我们越来越不勇敢了，那样的寻找也只能在心里一遍遍地跋涉，像电影。

[蓝色的四十道阴影] *Forty Shades of Blue*

导演：艾拉·萨切 Ira Sachs

主演：瑞普·托恩 Rip Torn、迪娜·克泽 Dina Korzun

出品：美国

年代：2005

宛如幻象

美国人对于爱上情人的儿子这样的命题，解构起来有些花哨，移民问题、身份认同、文化隔阂以及关于爱情的那些被盘问了几千年的疑问，都隐藏在蓝色的四十道阴影里。

我承认，是 [蓝色的四十道阴影] 这个名字牵引了我，压抑、诗意、安静，飘浮着一股淡淡的忧郁。影片还有一个名字叫作 [四十片深蓝]，一个比较直线条的翻译。不过对于影片所着力体现的倔犟的一面，倒是很传神，尽管一叶障目了些。

如果按照情爱类型来划分，影片可以归入不伦之恋，这倒是日本和法国情爱电影擅长的套路。不过美国人对于爱上情人的儿子这样的命题，解构起来有些花哨，不如法兰西人那么专注，移民问题、身份认同、文化隔阂以及关于爱情的那些被盘问了几千年的疑问，都隐藏在蓝色的四十道阴影里。喜欢极了那段女生清唱，午后的阳光、安静的桌椅、小憩的小狗，做女红的大婶，从镜头前一一滑过，世俗时光，宛如幻象。

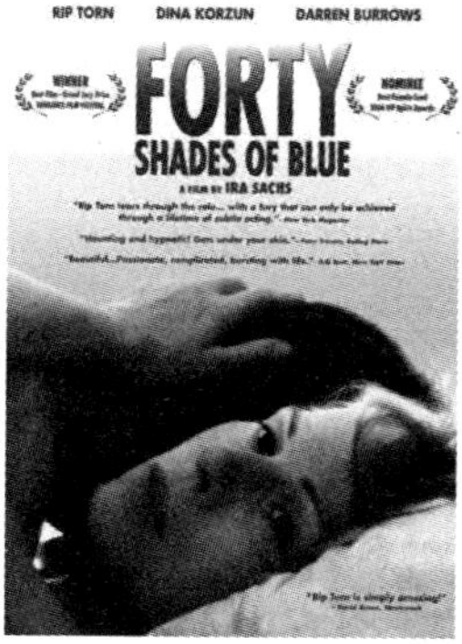

音乐家亚阑

在影片的第一个派对上，主持人这样介绍他，“我们中间的巨人，能写，能制作，还能表演”。影片关于他创作的画面有三个，其中两个都是他在咆哮，所有的工作人员噤若寒蝉。只有一个是他端坐在钢琴前，神色肃穆目光如炬，弹奏的曲子断断续续，好像有什么心事。剩下的大多数时间，就是让全世界哆嗦了一下的亚阑，理所当然地享用由此而带来的财富和声望。

和大多数人印象中的艺术家一样，亚阑大胡子大肚子嗓音洪亮精力充沛。在电影绵延的130多分钟内，举办了三次盛大的派对，咆哮两次，亲吻异性若干次，和妻子做爱一次，其余的时间就是在逗只有5岁左右的小儿子玩。

我反对有些人把他看作某种政治指代，导演艾拉·萨切用了八年的时间雕刻出这么一部电影，也不是暗藏了什么天大的玄机，仅仅是被一分钱撂倒了，但我同意把他看作一种强权的象征。在这个人数庞杂的家里，亚阑当然是国王，这和成功与否没多大关系。电影作为窥探的眼睛，看到的或者展示的自然是需要的部分，他曾经的奋斗和艰苦只存在于某种假想当中，现在他是男权的符号，不甚高大但绝对称得上强壮的身躯穿行在地形复杂的别墅中间，穿行在无数关注的目光里。他对儿子的态度，对女人的态度甚至对待音乐的态度，都不再是他自己的事情了。影片出现过一个别有深意的镜头，亚阑抱着被子等老婆回来。那一刻，父系王国山雨欲来，感情把这个强大得几乎刀枪不入的男人打回了原形。男女作为互相依赖的两个相似形，第一次在镜头前隐讳地得以平衡。

他和他漂亮的老婆一直在同居，小儿子的出生也没有改变这种格局。后来，很久没有联系的大儿子回来了，更确切一点说，影片一开头，大儿子詹姆斯就在他的客厅中眉头紧锁地装深沉。这应该是一件让人高兴的事儿，但亚阑无论如何也不会料到，大儿子的归来会让他生出尽快结婚的念头。

这个消息是亚阑通过影片的最后一次派对向亲朋好友宣布的。之前，他没有对当事人的另一方说，这和他音乐家的浪漫有关，也和他越来越迫近的危机感有关。当时，散落在草地各处正胡吃海喝的人被吓了一跳，然后是客套的掌声。亚阑姿态优雅地上前，和爱人翩翩起舞。他的大儿子站到了麦克风后面，“爸爸，你真是一个很有趣的人，作为一个父亲，你什么都没有教我，我想感谢上帝，要是你教过我的话，我想我会喜欢你的。你是一个荒唐的爸爸，是一个伟大的爸爸。”死一样的沉静之后，亚阑使劲地鼓掌。

影片关于亚阑的最后一个镜头是，坐在车里茫然地望着远方，周遭暗黑如墨。

国文老师詹姆斯

没错，他就是亚阑的大儿子。一个英俊的国文老师，妻子怀孕三个月，他和她正陷入冷战。影片没有交代他为什么离开父亲那么久，但按照国人的逻辑应该和他的小后妈劳拉有点关系，另一个和我们的传统观念相符的是，无论年轻时怎样放浪形骸，家庭怎样剑拔弩张，到了一定的年纪，亲情就大于一切了。我们常常用浪子回头这样的字眼来框定这样的变化，但残酷一点，有没有爱情变淡的因素？有没有年龄逼迫的因素？

总之，影片一开始，詹姆斯就坐在久违的父亲的客厅里，注视着面前这个他必须称呼为爸爸的男人，那个叫劳拉的后妈，身形一闪消失在迷宫一样的房间里。

是的，按照本片的定位，詹姆斯和劳拉一定会发生点什么，但正如两位当事者的感觉一样，当回头试图梳理这段感情的起点的时候，我们不知道起点在哪里，也不知道终点会是怎样一番风景。导演艾拉·萨切用了许多克制的眼神和隐忍的思念，小心翼翼地描摹他对她的张望和她对他的回想，那是影片最为繁华的一幕，灯火迷离，音乐悠扬，红酒的芬芳飘荡在已经不再年轻的心事里。每一次低头的想念，每一次不可能的眺望，都被压抑在更为深沉的挣扎之中。这也是导演才华最为光芒四射的时刻，观者被镜头牵引，和主人公一起挣扎犹豫。

男主演瑞普·托恩很好地再现了詹姆斯的思想经历，尤其是在第二次派对时，和人说话的劳拉偶然回头看见詹姆斯正注视自己，詹姆斯慌乱尴尬心如鹿撞，想掉转目光又有些不舍，怕被人发现这样的凝视，又不肯错过，害怕地兴奋着，快意地罪恶着……瑞普·托恩把这种复杂的心绪表现得异常圆熟，就凭这一幕不温不火的表现，就值得鼓掌。

有一个细节我们必须注意，对于那种不伦的罪恶感，詹姆斯并没有表现得太在意。抛弃怀孕的妻子，和爸爸的情人勾勾搭搭，怎么说都是伦理道德所不能容忍的。是的，可以想象，年轻时的亚阑，表现也不会优秀到哪去，甚至对詹姆斯母子也极有可能做出过一些出格的举动，但这都不是詹姆斯如此随意的理由，如果一定要说成是报复的话，那只能证明两点：一、詹姆斯也不是什么好货色：二、劳拉看走了眼，他的感情远没有那么纯粹。

在亚阑表白的派对上，他那番酸溜溜的祝词，我们可以看作是雄性占有心理的发作，这和那个美丽的词汇——爱情，无关。

后妈劳拉

影片的第一个镜头就是劳拉在行走，在繁华的美国街头。她经过一些人，遇到一些人，然后又错过了一些人，身旁的繁华和这个异乡女子的表情格格不入。她是一个俄罗斯移民，因为嫁给了年龄几乎大她一倍的亚阑而得以客居在这个国家这个城市。应该说，她长得很漂亮，虽然没有 [古墓丽影] 中同名女子的波涛汹涌，但金发，身材高挑，五官陡峭，有一种令人生畏的威严感。

影片大部分时间里，劳拉都在行走、倾听和观望，有时候也会在亚阑的派对上以女主人的身份招呼客人，但对于亚阑关于工作的咆哮，关于大儿子的种种无奈，她一直袖手旁观。她和亚阑的孩子几乎成了她全部的生活内容，和这个 5 岁的小男生对望的时候，劳拉的脸上满是神圣的光芒。

对于亚阑大儿子詹姆斯的出现，她并没有表现得怎样不适，这个被称为家的地方，成了她一个寄居的孤岛，来来往往的驻民都是过客。只是她不会料到，这个第一眼看去有些忧郁的男人，会在她的生命中掀起这么大的波澜。

劳拉也不知道自己从什么时候开始对詹姆斯的目光忐忑不安的，她拼命压抑那种疯长的情绪，一次次抵抗这个气质疏离的男人的眼神。在每一个喘息之机，她都告诫，是自己太寂寞了。但还是有一天，她安顿好孩子，坐进詹姆斯的车里，导演艾拉·萨切用了一个非常简洁的镜头，暗示他们订了酒店的房间，然后影片的第一个情爱镜头出现了。

我不愿意回顾这段感情的结局，开始得那么美，那么压抑，而结局又那么不堪。以民间的眼光看，一切都是劳拉自作自受。爱上了丈夫的儿子，苦苦地犹疑挣扎，而当她终于决定要奋不顾身的时候，那个被她寄托了太多期望的男人抽身而退了。

劳拉在黑暗的公路上泪流满面地狂奔，背后的车子里，亚阑望着她越来越模糊的身影，失魂落魄。

情爱镜头

影片最主要的情爱镜头有两处，导演对劳拉和詹姆斯的第一次不厌其烦地精雕细刻。看得出来，灯光和音乐都极尽铺排，但效果远没有他对二人两两相望的气氛营造传神。就勇敢而言，导演艾拉·萨切最后只保留了二人上半身的画面，被女演员迪娜·克泽称为“漫长的亲热”的拍摄过程，最后只留下了两三分钟的时间。我们不能说导演顾虑太多，操持这样的题材，本身就是一种姿态，但如果另一种姿态必须以这样的方式来表达的话，只能说艾拉·萨切别有心意。观者的感受大多都是在看图说话，我们有充分的证据说，这一段的情爱镜头因为演员的表演而欲望横生，也有充足的理由对他的假模假式表示鄙视。一个事实就是，这不是一次简单的亲热。

富有意味的是，影片的第二个镜头紧接着发生在劳拉和詹姆斯的第一次之后，女主人公还是劳拉，只是男主人公换成了亚阑。和很多类似感情的表达方式一样，画面阴暗，动作机械，劳拉痛苦不堪，下一个镜头是亚阑自责的脸。

影片最后，劳拉再次出现了这样的表情，那是她怀抱着最后的期望和詹姆斯长谈的时候。詹姆斯还是坐在他们第一次相见时的长沙发上，甚至那种逼人的忧郁都一模一样。只是桑田沧海，他们再也回不去了。从某种意义来说，詹姆斯再次扮演了父亲亚阑从前一样的角色，他曾那么痛恨这样的男人，后来他成了这样的男人，生活恶毒地开了一个大玩笑。这对詹姆斯是残酷的，可对于劳拉呢，对于劳拉这样的女人呢？怨只怨轻易就相信了这一次是真的，轻易就相信了眼前这个男人就是自己一直寻找的，轻易就忘记了曾经心动的感觉。

我们太容易忽略过去了，或者那种爱情的幻想必须寄居于未来？现实生活如此烟火，真的不适于生长爱情吗！关于爱情本身没有对错，只是时间地点是不是刚刚好，我不觉得坚持到底就是爱情的最高形式，但我也不觉得随意放纵自己的感情，就是对爱情本源的敬重。我们身处在这样一个满眼繁华的世界，我们得到了太多其他生物所无法享受的享受，我们把自己称为最高等级，可是，回想一下，爱情有没有成为欲望幌子的时候？

劳拉是不幸的，她的爱情一次次地被弃如敝履，或者我们也可以这样说，当浪荡子亚阑想回头的时候，他的岸漂走了。所有的关于感情的事，在蓝色的四十道阴影中滋生，又在蓝色的四十道阴影中完结。太阳出来的时候，生活还是昨天的样子，亚阑还在他的钢琴前眉头深锁，劳拉还穿行在迷宫一样的房间里，詹姆斯还在客厅里玩深沉。只是，我们知道，爱情再次和生活一刀两断。

[圣女性女] *The Holy Girl*

导演：卢西亚・马特尔 Juan Pablo Domene

主演：玛丽亚・阿切 Maria Alche、卡洛斯・贝洛索 Carlos Belloso

出品：阿根廷

年代：2004

又见少女心

当我们把生理冲动归结为爱时，我们不了解这个世界也不了解自己，当我们了解了这个世界之后，我们把爱归还给生活，只是再也不愿意去了解自己了。

总有一些人和一些事一直埋伏在我们的记忆深处，在某一时刻突然跳将出来吓我们一跳。但奇怪的是，我们最初以为的那个可以一起天荒地老的人反倒面目模糊了，只有关于对方的一种气息、一个手势或者干脆就是当时那些明亮得晃眼的阳光萦绕在过去。长大后的某一刻，连自己也会纳闷，现在想想也不怎么样的人，当初怎么满眼都是对方？一起到一个没人的地方去生活的愿望，为什么那么狂热地塞满了那个夏天？《淮南子》把这归结为气候的变化，所谓“春女感阳则思，秋士怀阴则悲”。而 [圣女性女] 则把责任推给了宗教，阿玛利亚在勾引加诺的过程中，不时就有《圣经》的语句破门而入，不过怎么看怎么像是阿玛利亚给自己打气的口号。

说到底，[圣女性女] 所获得的无数赞誉中，有一大半归功于它对于少女心思的细腻把握，但这些不厌其烦地送出赞誉的人，若是读过“船动湖光滟滟秋，贪看年少信船流，无端隔水抛莲子，遥被人知半日羞”这类语句，会不会还这么激动，这是个问题。当我们把生理冲动归结为爱时，我们不了解这个世界也不了解自己，当我们了解了这个世界之后，我们把爱归还给生活，只是再也不愿意去了解自己了。

邂逅

我一直觉得，对于少女情怀的描写，《古诗十九首》与《诗经》已经替我们道尽，后来者都是在此二者基础上的衍生，其似有似无的波澜具备了全部美学意义上的魂魄。当然日本的《万叶集》、中国的《飞燕外传》都得归属于另一范畴上的美学，就像 [圣女性女] 的最后，阿玛利亚用去了全部的力气去吻加诺，而加诺则试图用钱来解决问题。这是小女孩和成年男子的思维轨迹，也是《野有死麇》和 [圣女性女] 的差异所在。

好吧，让我们看看阿玛利亚和加诺的第一次见面，从一个旁观者的角度，我觉得更准确的说法是——性骚扰。当时阿玛利亚正在看一个街头艺人的表演，她的屁股感知了一个物体的迫近和摩擦，然后是生理上的狂涛骇浪。当她想回头确认这个物体的所有者的时候，加诺医生以凌波微步的功夫闪身而去了。我清晰地看见，阿玛利亚脸上的震惊、恼怒、害羞、忐忑、甜蜜以及怅然若失一闪而过。

电影的其余时间，阿玛利亚都用来寻找这个男人。在电梯里她发现了他，但她只能站在他后面努力屏住呼吸，以防止狂蹦乱跳的心脏泄露了秘密，她看见他耳边残存的刮胡膏的泡沫，闻见那种独属于一个人的体香。后来又在那个街头艺人的观众群里，她故意站在了他的前面，果然，第一次那样的暴风再一次席卷而来，当她决心不会像电梯里那样再错过，用尽所有的力气试图去抓住他的手的时候，这个敏感的、睿智的、沉默如谜语一样的男人，像一个受惊的小兔子一样弹开，迅速消失在人群里。

再后来，阿玛利亚看见他的妻子揉搓他的头发，他们相对笑着；他的孩子围在他身边叫他爸爸；看见他在大会的讲坛上做那些她听不懂的演讲；看见他一个人在走廊的尽头消失不见……

辗转

影片以少女阿玛利亚的情窦初开为主线，展示的其实是生活的一个横截面。当然以电影的无所不用的装淡手法看过去，片中的每一个女人都是阿玛利亚的一面，或者是现在内心不敢展露的另一面，或者是和生活死磕过后的未来的样子。

乔斯菲娜是阿玛利亚在宗教班里的死党，就是如果想泡阿玛利亚必须得乔斯菲娜点头首肯的那种，用无话不谈似乎也不足以形容她们的亲密。在课堂上一起说老师的坏话，课堂下除了睡觉几乎一直黏在一起，导演甚至还安排了一场乔斯菲娜在游玩的时候勇救阿玛利亚的戏，在我看来十足的画蛇添足。所以阿玛利亚会把折磨了自己一部电影的时间的苦恼说给她听，也就不足为奇了。只是阿玛利亚不知道，和自己一起被欲望折磨的乔斯菲娜已经和男友暗度陈仓了，影片安排她和男友的情爱发生在他家和她家的两张床上，每一次都极尽克制，但每一次都情欲偾张。两个年轻的身体被镜头和被单尽可能地压抑了欲望，但欲望还是穿过了物质的束缚，撞得镜头东倒西歪。可是，很久之后，我们会知道，年轻的时候，有太多东西都不堪一击，当乔斯菲娜和男友被妈妈捉在床上的时候，她的借口是“我们在商量怎么帮助阿玛利亚，她被一个医生骚扰了”。借力打力的无心之果促成另一场风暴的到来。

妈妈海伦娜是阿玛利亚的另一种形态，但在阿玛利亚看来，自打记事儿时候起，妈妈就是独自经营这个近乎失修的酒店。我们从她和员工的说话中隐隐知道，她的前夫又有了一对双胞胎，她对他似乎没什么感情了，她在乎的是后半生需要一个什么样的人一起做个伴。影片一开始，就是加诺这帮医生们入住酒店的混乱场景，因为“一场学术性的会议”即将在这里召开。加诺对这个酒店的第一个印象，就是一个曼妙的女人的背部和一个玲珑的女人的脚踝。这时候，他还不知道这些的所有者就是这个酒店的经营者，也即是他在街头用下体摩擦过的那个女孩的母亲。

影片对加诺和海伦娜关系的描绘最为筋道，那种肢体上的有意无意、似有还无，那种言语上的以进为退、各自为战，是阿玛利亚这样的小女孩所无法想象的。海伦娜每一次游泳之后，和加诺的关系都更近一层。只存在于两个人之间，只有两个人懂得的小动作因为没有挑明关系而欲望横生。女导演卢西亚·马特尔兢兢业业地经营着加诺和海伦娜的发展，只是因为彼此的社会身份和法律身份，这种关系从一开始就渗透着悲壮和绝望的意味，就像科恩兄弟镜头下那些认认真真地做着一件不靠谱事情的主人公，卢西亚·马特尔越是严肃，加诺和海伦娜的关系越是苍凉、滑稽。影片最后，被威胁过的加诺来到海伦娜的房间，试图解释自己和阿玛利亚的关系，但海伦娜对他知识分子的懦弱和犹疑会错了意，扑上去一通狼吻……

晨起

有些事情真的是一觉醒来就那么过去了。当初“愿为西南风，长逝入君怀”，现在“二十余年如一梦，此身虽在堪惊”之类的事儿，无时无刻不在毫无创意地上演着。少年时候，我们太容易把好感当作爱情，我们小心地按照听说的爱情的模样去经营和照管，而一旦发现有了掺杂，又那么骄傲而倔强地撒手而去。或许真的是太在乎反倒无法长久，或许我们那时候总是容易热烈地全身心投入，而只有后来我们才会知道，人的热情是有限额的，燃烧了就再也没有了。而这对于新来的这个人是不公平的，所以我们不得不成为我们痛恨的那种人，表面一套，内心一套这种事儿，谁想到也会在自己身上发生呢！

影片最后，加诺穿上白大褂准备会议谢幕，可是有人说在大会议结束时，要宣布一个医生勾引一个酒店女孩的事儿；乔斯菲娜的父母也已经驻扎在会议室外的走廊里准备告密了；乔斯菲娜也去找阿玛利亚了，所有的讯号都在暗示，一场风暴即将来临。但导演卢西亚・马特尔虚晃了一枪，乔斯菲娜和阿玛利亚用那种我学不会的仰泳的姿势漂浮在水上，四周有工人在往泳池里放水，哗啦啦的水声一直断断续续，更远一点的会议室里隐隐传来掌声，一切都没什么变化，生活还在以你意料中的样子行进。

撞见

我喜欢《野有死麋》的最后三句，“舒而脱脱兮，无感我悦兮，无使龙也吠”，前面几句话说少女在林间撞见一个打猎的，就发生了那种叫作一见钟情的超自然产物。一顿挑逗之后，两人心有灵犀地往树林深处去，后三句则是警告打猎的，“悄悄地，别急啊，先别碰我腰间的围裙，别惹得黄狗在身边汪汪叫”。相同的意思，我们的电影则愿意用拉灭台灯来表现。欧洲电影愿意把镜头对准镜子。韩国人把镜头贴近对方的腿或者脚，玩儿特写。而好莱坞则是从人体开始，巡视一圈房间，再回到人体。

[圣女性女]的做法是，把摄影机藏起来，把观者置于偷窥者的位置。镜头里的人物总是处于一个不平衡的位置上，在人群的某一个角落，或在门缝的边缘，或在银幕的某一方，这种双重的诱惑给人一种隐隐的心理快感，而由此及彼。小小的阿玛利亚的故事，是不是也曾经或者正在发生于我们的身上！

对于那些与会的成年男人，就像会议组织者说的“这是一次医疗会议，我们只要求一周的行为规范”，但还是有人因为和酒店女孩的“非正常接触”而被要求离开。一个传统的观点是，这是中年男人式行为，可阿玛利亚不这么看，在一个还没把爱划为生活方式之前，你无法说服她相信爱的随机性。有一个值得拿出来说说的细节是，阿玛利亚和乔斯菲娜那个仄长的亲吻，没有细节，没有预兆，就那么突然地来，又突然地去了，就像她们的友谊。那时候我们还没学会隐忍，还需要倾诉，还需要爱。就像电影最后的那一池清水，看似波澜不起实则暗流涌动。总会有人一直追问“浮沉各异势，会合何时谐”，这世界没有那么多答案，人生和爱情本来就是一个无解的过程，经历了就经历了，那些缘分之类的玄幻，都是用来安慰我们自己的借口。

我们无从去想象以后的故事，也许真相就是没有以后，随着医学会议的结束，阿玛利亚这段少女心事也会随之烟消云散。她会遇到一个心仪的人，她现在所热烈幻想过的一切都会一一发生，再后来，她曾经热烈幻想过的情爱也会变得云淡风轻，就像我们总会在书本或者银幕或者生活的某个角落里，听那些曾经沧海的人说，也就那么回事。可我们都曾有过那样一段入疯入魔的经历，都曾觉得会和某个人一辈子就这样爱下去，只是，那个人，现在已经和我们杳无音信很久了。回想的时候，甚至会怀疑到底出现过没有，那些疯狂的爱恋和追随是不是自己夏日午后的一个绮梦。真的，是吗？

[滑板公园] *Ken Park*

导演：拉里·克拉克 Larry Clark、艾德·拉克曼 Ed Lachman
主演：蒂凡尼·里摩斯 Tiffany Limos、詹姆斯·布拉德 James Bullard
出品：美国
年代：2002

谁在你的青春里辗转

[滑板公园] 在威尼斯电影节展映期间，曾有记者和观众在外面静坐抗议，理由是有太直接和太露骨的情爱镜头。

第一次，我束手无策，因为这部 [滑板公园]。

在第 60 届威尼斯电影节上，这部 [滑板公园] 就曾引起轩然大波。暴力、色情、同性、粗口、死亡、欲望、焦躁、阴暗、自我、叛逆、放纵……这是一群让人绝望的少年！在欧洲晴朗的天空下，风华正茂的少年沉溺于不可遏止的欲望与某种天然的物与物关系的扭曲认识上，然后把个体的想当然当作集体的共性认识，尤为可怖的是，负有拯救与引导责任的上一代，同时扮演了悲剧的主人公和无意识的策划者，他们在亲手营造的悲剧中悲天悯人自怜自艾。很简单，一个民族以什么样的姿态去面对其他民族的审视，是取决于过去还是现在？

其实中国人的童话心很重，武侠书里常常有少年英雄、宝马貂裘、红袖添香的描写。那是我们理想的少年时代，满是“忍把浮名，换了浅斟低唱”的洒脱风姿与“把吴钩看了，栏杆拍遍，无人会，登临意”的家国情怀。

我不敢苟同二者对少年风华的偏激、成人意志的强暴介入，损害的不仅仅是某一个体的健康思维，潜意识里一加一大于二的多米诺效应就会像毒品一样泛滥开来。我希望 [滑板公园] 最好只是一次危言耸听，阴霾过后，依旧水草丰美，依旧天高云淡。

阿桑

阿桑是这段故事的讲述者，一个打着眉环的滑板少年。他和单身的妈妈同住，有一个同样喜欢滑板的小弟弟，他是他的小走狗，也是他的出气筒。他曾把他压在身下，强迫他说“我爱你”，他喜欢看他气急败坏而又无能为力的样子，每次弟弟落荒而逃的时候，都不忘了带走滑板，只有奔驰的快感，让他觉得自己是一个男子汉。

阿桑还会经常光顾女友汉娜的家，与汉娜一脸甜笑的小妹妹打过招呼之后，他会径直上楼。楼上是一间让人想入非非的卧室，有厚重的窗帘和一张宽大柔软的床。关上房门，这就是他和她的世界。每一次他都在她的引领下，用各种让他心惊肉跳的方式满足她，之后他就会和她相拥而眠，偶尔皮肤的接触和她呼吸的气息，让他南北莫辨。必须说明的是，她是汉娜风韵犹存的母亲。

阿桑每天都会在校园里和汉娜手挽手地出入，那时候他记不起那个让他魂不守舍的女人，也不想记得汉娜应该叫那个妇人妈妈。平心而论，汉娜是一个很不错的女孩子，漂亮、活泼，最要紧的是对他忠诚。每次放学阿桑都会送汉娜回家，在门口往往会遇到汉娜的父母，他们会很热情地邀请他进去坐坐或者留下来吃饭。这时候，阿桑觉得那妇人犹如洪水猛兽，令人不敢逼视。汉娜的爸爸阿卜很热情，他视妻女为宝，总是一副乐呵呵的表情。有时候阿桑会恶作剧地想象，如果这个胖胖的男人知道了他和她的事，会绷紧他那张已经笑得肌肉松弛的脸吗？

哥迪

哥迪的妈妈又怀孕了，爸爸还是每日不停地喝酒锻炼，全然不理会家中的一切。他的肌肉像铁块一样坚硬，这每每让哥迪刚刚蠢蠢欲动的教训他的心思，很快偃旗息鼓。爸爸逼迫他锻炼，讨厌他不把衣服穿得规规矩矩，不喜欢他玩滑板，甚至在一次酒后，用一只蹬踏铁器的脚，把哥迪的滑板变成一堆废物。

和妈妈在一起是哥迪最为放松的时刻，但现在妈妈把全部的心思都放在肚子里的孩子身上。潜意识里，哥迪长大了，已经不需要她的关心了。

一个月黑风高的夜晚，把自己灌得烂醉的爸爸回家了。路上他像一个真正的绅士那样，拒绝了一些站街女的纠缠。但一看到熟睡的哥迪，他丢掉了自己的社会身份和伦理道德，摇身变化为一个纯粹生理意义的动物——他摸上了儿子的床，颤巍巍地解开哥迪的衣服。

哥迪惊醒，男子汉一样地把身上的男人踢下床，他看见五大三粗的爸爸像牛肉一样堆在地上，哽哽咽咽地哭。

第二天，哥迪不顾妈妈的苦苦哀求，收拾东西离开了家，背着大皮包，夹着心爱的滑板，哥迪站在路口，不知道该向何方。

蜜桃

蜜桃是老爸的乖乖女，懂事、成绩优异、从不出去胡闹。自从妈妈去世之后，她就和爸爸相依为命。失去妈妈，爸爸整日沉浸在《圣经》里，女儿蜜桃是他唯一的安慰。他知道有几个小子对蜜桃跃跃欲试，他也试探过她，但女儿不为所动，这让他尤其宽慰。今天有一个叫考迪的小子会来，他对他的印象还好，因为考迪在《圣经》研读班的成绩不错，懂礼貌，从不对蜜桃毛手毛脚。

吃饭的时候，他拿出了当初的相册，和考迪谈起蜜桃的妈妈、小时候的蜜桃以及他们三人在一起的日子，他摇摇头，“蜜桃和她妈妈长得一模一样。”

饭后，爸爸决定去墓地。蜜桃知道，每次想念妈妈的时候，爸爸都会在墓地和妈妈待上一整天。看着父亲驾车离去，蜜桃一转身，把考迪推倒在床。像电影里的一样，蜜桃把考迪的双手绑在床上，蜜桃喜欢极了这样操纵一切的感觉。考迪在蜜桃的挑逗下心急火燎……

门开了，蜜桃飞了起来又落在地上，考迪看见一个黑影扑了过来，浑身各处重创般地疼痛，蜜桃撕心裂肺地叫：“爸爸，不要！”

爸爸领着蜜桃逐字逐句地复习《圣经》里关于女人的部分，对蜜桃的哭泣和道歉置若罔闻。爸爸把妈妈的结婚时候的婚纱找出来，要蜜桃装扮一新，他自己也穿上当时的礼服。在圣主耶稣的面前，他像新郎一样亲吻蜜桃，并为蜜桃戴上戒指。他告诉蜜桃，“妈妈结婚的时候，是一个纯洁的处女。”

泰迪

泰迪和爷爷奶奶住在一起，他有一台属于自己的电脑和一只三条腿的澳洲雪橇犬。但这几个家伙总在他耳边没完没了地聒噪，他用毛巾绑住了狗的嘴巴，把送水果的奶奶推出门外，但还是烦躁不安，泰迪在自己的卧室里马不停蹄地烦乱着……

玩拼字游戏时，爷爷不懂装懂自以为是，奶奶装聋作哑为虎作伥；邻居小姑娘丽碧玩跳绳的样子像一个蹦跳的青蛙；电视里女人打网球发出的声音，像是某种诱惑……泰迪相信死亡和快感一同光临是一件盛事，但他只能在自己的房间里演练肉体的死亡和生理宣泄的快感。

在某一个没有月亮的夜晚，赤身裸体的泰迪来到厨房，冰箱里有奶奶为他做的蛋糕，那是他最爱吃的，但今天他只吃了一小块。他打开爷爷的房门，看见爷爷奶奶睡得正香甜，就径直走了过去，把刚刚切过蛋糕的刀子插在爷爷的脖子上，鲜血喷溅的声音让他领略到一种异样的快感。奶奶醒了，看着他木木地说“我爱你，泰迪”，泰迪相信那是真的，但他还是再次举起了刀。

天还没亮的时候，泰迪已经坐在警车里欣赏车外的大雨了。他告诉那个胖乎乎的警察，不穿衣服杀人，就可以不把血溅到衣服上了，“血很难洗。”最后他总结道。

其他

电影最开始的时候，是一群滑板少年在城市的某个角落玩闹，一个穿格子衣服的家伙滑翔得异常优雅洒脱。在一个最高处静止下来，他打开背包，拿出摄像机，让镜头对准自己的脸，然后掏出一把黑乎乎的手枪，对准太阳穴，扣动扳机，然后扑身于地，很快他需要用尸体来称呼的身体四周围满了滑板少年。

在电影最后，是他和怀孕的女友坐在一起，女友告诉他，她不想打掉肚子里的孩子。

画外音告诉我们，他是阿桑的一个朋友，但已经很久不联络了，名字叫 PK。

后来阿桑、哥迪和蜜桃住在了一起，他们不穿衣服，每日做爱，像动物一样等待明天的太阳。偶尔也会讨论一下未来，“你是歌手吗？”“你在这里生活吗？”“你很有名吗？”“你知道你到底是谁吗？”

情爱镜头

如果你看过［半熟少年］，那么影片中所展现的裸露、性爱以及赤裸裸的语言，就会不足为奇了。拉里·克拉克和艾德·拉克曼联手，展现给我们的就不会是阳光、青春以及朝气蓬勃的少年。说他们绝望黑暗也可以，说他们反思警醒也可以，他们对准的是社会的某一个角落，那角落可能会像癌细胞可怕，但没人知道，它什么时候就如鬼魅一般上身。

阿桑和汉娜母亲的情爱被导演展现得近乎赤裸，镜头像一个恶人那样死死地盯着，阿桑犹疑、被动、欲罢不能。这个情窦初开的少年，彻底沉沦于原欲之中，在他小小的得意还没有完全绽放开来的时候，他必须面对另一个事实，即在汉娜的母亲面前，他只是一个工具，而在他面前，她又何尝不是一个工具？他们赤裸着依偎在一起，像暂时互相取暖的小兽，严冬过后，他们依然会厮杀得鲜血淋漓。

蜜桃和考迪的情爱更像是一场玩笑，只是懵懂少年之间的一次游戏而已。导演努力营造一种参与感，对裸露也是斤斤计较，他小心翼翼地保护蜜桃身上最后一丝衣物，这是他坚守的最后的阵地了。相反对考迪则毫不留情地予以展示了饥渴的表情和不安分的眼神，这个《圣经》研读班的好学生，摇身一变成了一个地道的色狼。

影片最后导演用将近20分钟的时间，向我们展示了蜜桃和阿桑以及哥迪的情爱，他们发泄欲望也在发泄失落，在一起互相爱抚也是互相偎依。镜头落在他们的脸上、手上、腿上、脚上，就是不肯展示他们完整的身体。

PK

电影最开始自杀的那个孩子叫作PK，我们都知道PK的意思就是对决，是人们互相展现征服欲的一种手段。女友怀孕只是一个引子，骨子里在与成长和责任的 PK 中，他败得一塌糊涂。其实剧中的每一个孩子都面临着这样的迷茫与困惑，阿桑在欲望面前学不会固守；哥迪在伤害面前学不会坚强；泰迪无法战胜成长的阵痛；蜜桃在变化的爱里放任自流。

人一出生就面临着许多义务和责任，每长大一岁，肩上的担子就重了一分，就在你认为自己已经大到可以承担一切的时候，其实心理还没来得及断乳。成长就是一场无声的 PK，不要幻想某一天练成独门武功或者拥有千古神兵，投机者大都毙于投机之时。人生的 PK 需要自己一点点地去拼抢战胜，对手是眼前的，自己是心里的，高手过招不允许懈怠分神，逃避一时，影响的可能就是一世。所谓理由都是借口。如果阿桑没有遇到汉娜的妈妈，如果哥迪没有那样特殊取向的爸爸，如果蜜桃的母亲没有过世，如果他们和自己过招时，再义无反顾些，再坚韧决绝些，人生是不是就可以改写？

在人生流光溢彩的殿堂中，冷兵器的光泽凌厉而高傲，雁阵惊寒虹销雨霁。

大人

和 [半熟少年] 不同，[滑板公园] 里出现了大人。也就是说与 [半熟少年] 相比，[滑板公园] 更像是生活本身。但大人的先哲作用让人分外泄气，同时我们也见识了某种递延作用的杀伤力：阿桑生长在单亲家庭，哥迪的爷爷是顽冥不化之辈，蜜桃的爸爸把她当作妈妈，泰迪的父亲是个恋童癖……电影最后，少年问自己：“你知道你到底是谁吗？”上一代迷失了，新一代依旧在迷失，一个迷失的民族怎样寻找属于自己口耳相传的那部分文化和道德操守？这个民族还是当初那个民族吗？

[滑板公园] 在威尼斯电影节展映期间，曾有记者和观众在外面静坐抗议，理由是有太直接和太露骨的性镜头。像极了一群被圈养的老虎在

被小牛戏弄之后的举动。问题是，影片情爱背后的思考怎么没有人去注意？性镜头前大人的种种无良之举，怎么没人去反思？习惯做鸵鸟的一代怎么去承前启后？又有什么理由去责怪或者去愤慨？

影片参加了很多电影节，大多铩羽而归，克拉克意图以民间的姿态登堂入室，和这部作品一样，心急了些。

[九歌] *9 Songs*

导演：迈克尔・温特伯特姆 Michael Winterbottom

主演：基尔兰・欧布列恩 Kieran O`Brien、玛戈・斯蒂丽 Margot Stilley

出品：英国

年代：2004

唯摇滚和爱不可辜负

影片通过了英国苛刻的电影审查，一刀未剪得以公映。我不知道个中的缘由，但显然“单调沉闷的剧情令审查者头晕脑涨所做出的欠揍举动”的借口，根本说不过去。

我知道，这是一个不个性张扬即可耻的年代，但作为艺术的一种模拟真实的龙头老大，电影的危险性也是显而易见的，所以电影的社会责任也就更应该责无旁贷。我说过，凯瑟琳・布蕾娅已经从一个斗士蜕化为令人齿冷的伪斗士，因为现实的巨大压迫力，因为女性天然的母性，她的愤怒在慢慢平息。但愤怒所带来的光环令她欲罢不能，所以她只好在她的作品面前硬撑——只是当一种纯粹的心思，被迫渗入了太多思虑的元素之后，无论是凯瑟琳・布蕾娅本人还是她的电影都不那么可爱了。如果说，之前她的愤怒源于一种朴素的本能的话，那么现在 [地狱解剖] 时期的她，已经开始毫无节制地宣泄了，和其遥相呼应的就是迈克尔・温特伯特姆。

这个曾凭 [尘世之间] 令我念念不忘的英国佬，再次剑走偏锋，虽然他一如既往地桀骜，“电影太保守了，让人觉得是在假正经。我拍摄这部影片就是要向人们提出质疑：‘在电影里表现性难道是错的吗？”英伦绅士无赖起来比大不列颠的足球流氓更为登峰造极！迈克尔·温特伯特姆把电影当作其自家后花园还是一种公众文化？他是否是一个偷窥癖患者？冠冕堂皇的言辞背后隐藏着怎样一种不可告人的心思？当然，有人视其为摇滚精神的一种视觉化，只是这么说有点轻慢摇滚精神了。

两个人的爱情

按照江湖规矩，我必须向读者交代故事的来龙去脉。

影片中那个除了满脸胡子大部分时间都光溜溜的男人叫马特，抱歉的是，我实在无法判断他的职业，在100多分钟的放映时间里，他的主要任务就是和女主角丽萨纠缠于床榻，偶尔也会出去看看音乐会，但即使在人山人海的音乐会现场，他仍然忙中偷闲对丽萨动手动脚。电影的最开始，是他驾机飞跃南极上空的镜头，所以我们也可以理解为这才是他的老本行，而和丽萨的那场欲望之旅，则可以看作是其一次休整期间的小插曲。

是的，女主角叫丽萨，一个长相平平，喜欢穿黑色的长筒尼龙丝袜的女子。和马特一样，影片中几乎看不到太多她穿衣服的镜头，但令人印象最深刻的却是她的头发，这倒不是说她的身材没什么看头，事实上，任何一个青春女子如她镜头中的打扮，都能把人晃晕。但事实是，飞扬跋扈的头发打败了她的身体，慵懒或者倦怠，娇媚或者愤怒，她的头发很好地张扬了正爱着的女人的情绪流转。我说的是，如果迈克尔·温特伯特姆所说的，肉体关系是爱的重要组成部分成立的话。事实是，由不得你进行任何的思虑，迈克尔·温特伯特姆用排山倒海一般的镜像组合，轰炸了我们的神经底线。

飞跃南极的时候，马特自言自语地泄露过，他和丽萨相识于伦敦一家学院，但无论是导演迈克尔·温特伯特姆还是当事人马特都没有耐心去回忆他们的开始，镜头无比干净利落地切入到，在以后若干时间都会重复的动作与场景中。迈克尔·温特伯特姆当然不会愚蠢到只是简单地重现或者实践肉体关系即恋爱的理论，他在这过程中不厌其烦地展示了尽可能多的花样，甚至让他们在做爱和看演唱会的间隙，去找了一个艳舞女郎。也就是在这一段，导演温特伯特姆安插了他的第三处伏笔，这使得影片在单调和沉闷中多了一点厚重的色彩。

虽然我们没有看到马特和丽萨杏花春雨的开始，但温特伯特姆向我们展示了一株挺拔的玫瑰如何慢慢凋落的过程。几乎所有的爱情都会有争吵，可是这并不妨碍爱情的完整性。也许温特伯特姆未曾注意到，马特和丽萨短短几天的爱情是否验证了，肉体关系最终还是代替不了爱情。这似乎是一个左右互搏的悖论，就前半段的如胶似漆而言，他们和所有的爱情并无二致，但太热烈的终究是无法天长地久，那么爱情的真相又是如何呢？

这是一个见仁见智的问题，迈克尔·温特伯特姆无法梳理出一个真实的脉络，两个人的甜蜜与苦恼只好留给两个人吧。所以迈克尔·温特伯特姆之流也就不要费心什么肉体和爱情的细枝末节了。

勇敢者的游戏

对不起，迈克尔·温特伯特姆还无法负担勇敢者的称呼，他是一个投机者，一个蝇营狗苟的小人、一个现实主义的跳梁小丑。勇敢者是男女主演基尔兰·欧布列恩和玛戈·斯蒂丽。如果你对 [24 小时狂欢派对] 还有印象的话，那么总爱耍酷的斯蒂文·库甘和精灵可人的雪莉·亨德森，都不过是过眼烟云。在这部 2002 年为数不多的几部可以不用垃圾相谓的电影中，除了那个在台上一个人闷闷地弹吉他、看起来瘦弱到风一吹就会飘走的 ViniReily 以外，令人印象最为深刻的就是基尔兰·欧布列恩了。影片中他展示了一种罕见的表演天赋，以及一种近乎天然的对角色的把握能力。在 [九歌] 中，他继续发扬了对摄影机的敏感，尤其令人欣喜的是，他对眼神的使用越发炉火纯青。在丽萨自慰的一场戏中，他站在厨房门口，看午后温暖的阳光匍匐在散乱的床铺上，丽萨平坦的小腹如波涛一样起伏，年轻的身体以令人惊叹的柔韧度，摆出一个华美的造型。那一刻他的眼神哀伤而复杂，具有一种洞彻心扉的力量。

饰演丽萨的玛戈·斯蒂丽还是一名在校大学生。据导演说，双方合作在友好的气氛中最终完成。所谓的友好就是指用一段时间让男女主演接触，让此后的所有事情自然而然地发展发生。和 [感官王国] 一样，电影画面上的事情在拍摄中也如常发生了，在温特伯特姆看来，这才是体现其肉体关系在爱情中举足轻重观点的重要手段。但事实是，玛戈·斯蒂丽不但不参加首映式，甚至要求不许在影片最后出现她的名字，但温特伯特姆还是在女主演的后面加上了她的本名。她的家乡北卡罗来纳州是深受基督教影响的中心地区，玛戈本人也是一位虔诚的基督教徒，现在母亲整天在家为她祈祷。

我说过，玛戈令人记忆深刻的不是她的身体，而是头发。在一场巅峰之后，赤裸着的玛戈在餐台前慢慢转身，上身完全趴伏，抬眼看着微笑的马特，短短的头发覆盖了大半张脸，澄净的眼神隐藏在头发的后面——如妖精一般蛊惑！

床第之光

影片中最令我激赏的是镜头的运转和光影的流泻。

马特和丽萨在房间纠缠的时候，一种类似北方的植物和狭长的窗棂，构成了一幅写意的山水。一缕圣灵一样的光芒斜斜地洒满丽萨的胸膛，包括款款深情的马特，包括房间周遭的景物，都在暗影中沉默。在舒缓的萨克斯中，迈克尔·温特伯特姆用慢镜头放大了丽萨的动作，举手投足，宛若神祇。但更多的时候，温特伯特姆用的是一种招摇的强光，毫无顾忌地倾泻在两人的身体上。这时候，很难分清人与动物的区别，身体、欲望、声音的回转……温特伯特姆这厮，假借电影之名，行偷窥与发泄之实。

“SUPER FURRY ANIMALS 与 MTOTORCYCLE CLUB 乐队”的演出被夹杂在马特与丽萨的床笫之间，台上小王子一样的歌者抱着吉他在努力地唱着，灯光从下方打过来，在舞台上形成一个小小的中心。台下的人群被射灯游弋的光不时点亮，沸腾了一样山呼海啸。马特和丽萨在人群中相拥而吻，台上歌手如神。

难得的是，迈克尔·温特伯特姆抽出时间，让马特和丽萨到户外短暂地旅行了一番，或者更确切地说法应该是兜风。和许许多多的俗套电影一样，不知羞耻的雨总是不忘掺和一下。让人最为惊艳的镜头出现在稍后的五分钟内，一座坚硬的山脊，两人相拥着走过，如一幅流动的剪影。远处乌云密布，偶尔有阳光从遥远的云彩挣扎而出。

摇滚以及南极

迈克尔·温特伯特姆所要展示的各种形状的情爱，被打乱掺杂在音乐会和飞跃南极大陆的回忆之中，这是一个用意极深的安排。

一片白茫茫的大陆，分不清时间和空间，对人的意志以及精神承受力都是一个巨大的挑战，马特轻易就陷入到一种南极综合征里面，亢奋而忙乱——如同他和丽萨那段短暂而灼热的爱情。那么是不是所有的爱情都要经历一段这样的狂热时期？放纵的结果就如同现在的马特和丽萨吗？那么理智在爱情的过程中该以怎样的面孔出现？迈克尔·温特伯特姆没有给出任何答案，我相信，他的答案对问题无任何裨益！一个伟大的结果，注定了是氤氲在所有的细枝末节当中的，中间的细节可以琐碎可以婆婆妈妈，可以让任何清高人士不以为然，可是过程之后的那个结果可能就是任何人也无法逾越的。问题是，还是有太多的人不知道，在结果的前面需要铺陈太多的原因，急功近利者又岂止一个迈克尔·温特伯特姆？

演唱会选择了几个摇滚的闪回。台上愤怒的歌手用音乐表达自己对生命以及这个社会的控诉，台下无数被吹成气球一样的安全套飞起，又被人群扎破，噼噼噗噗地散落于狂欢的人群。在巨大的射灯映照下，现场如同末世，人群在进行最后的狂欢。摇滚是不是愤怒的产物已经不再重要了，至少在影片中，这是一种被扭曲的音乐形式。一些热血青年奉若神明的精神产物，成了一场狂欢，一个借口，一种姿态！还记得那个艳舞女郎吗？最后忍无可忍的是马特，丽萨自始至终都屏神静气。远远地看去，她和她已经浑然一体。迈克尔·温特伯特姆所要说的是，爱情只是男女关系的一种形式，从某种意义上来说，在马特的生命中，丽萨和那个艳舞女郎没有太大的区别，最后无一例外都是离开。在我看来，这也是其操持肉体论的必然结局。“持兵者，以兵进犯，持言者，以文载道”，从一开始的时候，有些事情就是注定的了。

马特和丽萨还参加了麦克尔·纽曼庆祝 60 岁的音乐会，大师在位于伦敦东部的哈克尼帝国音乐厅演奏钢琴的镜头也被收录到影片中。“我很高兴在英国历史上性描写最具体的影片中出场，尤其是我并没有在片中有任何过火的举动”。大师坐在巨大的黑暗中，仿佛世界上只剩下钢琴和音符，遥遥地，神体通透。

是的，他就是锻造了 [钢琴课] 中，天籁一般绝响的那个老头子。

在出现最后一次南极之前，马特赤裸身体站在起伏的海浪中间，张开双臂对着女人喊“我爱你”，当时口琴和架子鼓的声音，在影片外围游弋。一种淡淡的哀伤的感觉，像是故乡山坡上的风，永远飘浮在游子的周遭而又触摸不到。

影片通过了英国苛刻的电影审查，一刀未剪得以公映。我不知道个中的缘由，但显然“单调沉闷的剧情令审查者头晕脑涨所做出的欠揍举动”的借口，根本说不过去。再次提醒，这不是一部善良的电影。

[深蓝即是黑] *Dark Blue Almost Black*

导演：丹尼尔・桑切斯・阿雷瓦洛 Daniel Sánchez Arévalo

主演：玛塔・埃图拉 MartaEtura、卢尔・阿雷瓦洛 Raúl Arévalo

出品：西班牙

年代：2006

年少时的挣扎

生活给你一个浮想联翩的笑脸，然后一转身就冷若冰霜——深蓝即是黑，你没有任何还手之力。

喜欢极了他们所说的少年情怀，简单、纯粹、倔强、骄傲，少年郎会挽雕弓如满月，大声唱玄诗，大碗拼老酒，建功立业，美眷如花。按照事物的发展规律，所有最美的风华，都应该在少年时绽放，文艺作品也总是让那些世家子弟撒开缰绳任马儿一路踢踏，沿途风光壮美，胸中跌宕成诗。这帮小子总能在最合适的时候遇到最美的人，在最绚烂的时刻被人写进诗篇，然后，我们以为那就是一生了。可是谁说过，从来英雄如美女，不许人间见白头？《唐才子传》近乎巴结地写道："勃欣然对客操觚，顷刻而就，文不加点，满座皆惊。"可是它没有转到时间的背面，这篇名垂千古的《滕王阁序》后不久，王勃中途溺水，闷闷不乐的 27 岁，成为他一生的最大值。

更多的人则像乔治・马里奥・聂托那样，少年时挣扎了那么一下，然后就再也没有力气了，他的生命和他的爱情一样未老先衰。我们可以

想见，如果没有鲍拉，乔治会一直以为，和娜塔莉亚那样若即若离小心谨慎就是爱情了，万幸的是，鲍拉让他燃烧了……

遇见了一个不讨厌的人，生长了一段时时牵挂的感情，我们以为这就是他们所说的爱情了。怕就怕，终于有一天你远远地看到了那个人，知道了他们说的爱情，可你已经不得不低下头去忙碌。生活给你一个浮想联翩的笑脸，然后一转身就冷若冰霜——深蓝即是黑，你没有任何还手之力。

络腮胡安东尼奥·马里奥

奇怪的是，我一直回忆不起来安东尼奥为什么入狱，明明记得，在他被戴上监控手环，允许回家的路上和弟弟说起过。但影片结束后，我已经全然忘记他所说的原因，可见那个原因也不是什么决定性因素。对他的印象只停留在三个画面上：一是在监狱的戏剧班，他向一个女人献殷勤，说要在脖子上文一个老虎，还用手做了一个虎嘴大开的姿势，当时他的络腮胡只是一片春天的草原；二是在保险局，对老爸关怀备至的一通表演后，也没能把受益人改成自己，出门就把轮椅上的老爹和轮椅一起飞出画面。让我担心导演的下一个镜头，老头子和轮椅倒地的形状会不会太古怪。三是在弟弟女友的生日聚会上，他趴在生日公主的耳朵旁问："我弟弟是不是有一个傲人的，让你留恋的大家伙！"

他是整部影片中最不安分的一个，性格和他的络腮胡一样剑拔弩张，只是低寒的出身，注定了他的努力需要更多的自我控制力。事实上，任谁都看得出来，安东尼奥最不擅长的就是自我控制。影片关于他的第一个画面就是和旁边一起参加戏剧班的女人套磁，第二个画面就是他们在后台热火朝天地做爱。注意，事情的转折也是因为这次莽撞的情爱，被发现后，身体如牛一般强壮的安东尼奥竟然一脑袋栽倒在地。诊断结果有两个：一个是左睾丸静脉曲张，也就是说，他这辈子甭想孩子的事了，另一个就是他允许在被监控的状态下，在监狱外完成刑期。

从他迈出监狱大门的那一刻起，安东尼奥分裂为两个人：一个是以前的安东尼奥，对物质，对所处的生活愤懑不已，又无力改变什么，只好从最有可能的入口下手，包括他瘫痪在床的老爸的退休金；一个是镜头极力安抚下的安东尼奥，他爱上了那个和他在监狱中有过几次肌肤之亲的女人，他要为三年后出狱的她做点什么。

工商管理学士乔治·马里奥

很多同事都对乔治的英俊念念不忘，尤其是他撞碎橱窗，穿上那套觊觎了七年的西装时。一些评论故作聪明地说，影片名［深蓝即是黑］指的就是乔治一直窥视的那套西装品牌，电影看到这个份上，不知道是不是该咬舌自尽，如果导演胆敢站出来说就是这个意思，嘿嘿，左右，给我拉下去，三条腿全部打折。

影片有一个含义模糊的开始，如果不是看到最后，你很难明白这个开头的信息指向。其实绕了一个大圈子也不过是在暗示说，爸爸也是一个垃圾回收员，乔治在影片开头的一路疯跑，于是就有了叛逆、突围等若干革命色彩。可是命运在这里再一次显示了他强大的不可抗力，就在乔治翻过了那道象征意义浓郁的高墙时，这一边的老爸一头栽倒在地。在影片中段，乔治曾向哥哥详细解释老爸的病不是一般的中风，但还是被哥哥一句，“那还是中风”顶了回去。

乔治只好子承父业，每晚推着垃圾桶一层楼一层楼地收垃圾。乔治的圈子很窄，每天晚上他都会在固定的时间里，诅咒一次三楼的胖女人，因为每次扔垃圾的时候，她都一副爱答不理的欠揍架势；每天在固定的时间里帮爸爸翻身、洗澡，和他吵模式雷同的架；和死党伊萨尔在天台上看对面的私人按摩师工作，他们越来越怀疑，那个按摩师给客人提供特殊服务，顺便说一句，他叫伊萨尔为西恩，如果你认识那个脾气暴躁的叫西恩·潘的美国人，就知道其中原因了。他有一个青梅竹马的女友，现在国外留学，每月都有明信片寄回来，对了，他还在学习，他用了七年的时间，得到了一个工商管理学士的毕业证。导演还特意用了几个镜头来展示他毕业时的盛况，这和之后他每次面试时的尴尬形成了一个极大的反讽。

文艺作品的套路是，把冲突集中在一起，用来强调主人公的幸抑或是不幸。影片后半段，横亘在乔治面门的冲突是，他爱上了一个女人，在国外游荡的女友却回来了；他用七年的时间得到一个学士毕业证，却不得不继续做门卫，他换了工作，在另一个地方做门卫；他换了工作后，在新的门卫室里翻报纸留意合适的工作——他一直像在影片开始那样没命地跑。

渴望怀孕的鲍拉

当代社会里，女人怀孕似乎不是什么太难的事，可如果这个女人是在监狱里，就有些难度了。好在，鲍拉是个西班牙女人，她被囚禁在西班牙的监狱里。她的措施之一是，参加戏剧班之类的组织，她对戏剧的热爱更多地体现在男主角的身上。为此她曾在影片开始不久，被一群女人揪住狠揍，红尘世界里争风吃醋这样的事，在这儿的解决方式就是拳头和棍子。后来，她把目标锁定在一个络腮胡的男人身上，理由之一是，他是唯一没有文身的一个，尽管他说他想在脖子上文一个老虎。理由之二依旧没有什么新意，她想怀孕。当络腮胡男人出狱后，她不得不启动第二个措施，即尽可能地使用监狱“面对面”的机会，为此，她夜以继日刷了无数的马桶。

我喜欢玛塔·埃图拉的表演，她不漂亮，脸部线条甚至有些强硬，但由内而外透着一股力量感，最奇妙的是，她能把这种力量感运用得很温情或者很坚硬。比如当她得知络腮胡男人无法生育，满足不了她怀孕的需求后，默许了他由弟弟代替“面对面”的提议。尤其是她在一个陌生的身体面前脱光衣服，半遮半掩地在床上等待的表情，信息量非常丰富。

影片没有泄露鲍拉是多少年的刑期，但有意无意地告诉过我们，她还需要三年零八个月的时间才能见到自己的爱人，所以在影片期间，她一直待在监狱里。最后她终于从一般的监室来到了梦寐以求的育婴室，甚至在影片的结尾，还出现了一个她抱着孩子的镜头。

她为什么这么渴望怀孕，以及是什么原因让她身陷囹圄，在影片中段终于给出了答案。面对络腮胡的弟弟年轻的身体，她对他坦诚了一个女人如何因为爱而被伤害，最终需要在监狱里完成救赎的俗套故事，而我听到的则是一个女人如何渴望爱，为了爱不顾一切地付出故事。那么她迫切想要怀孕，也不单单是育婴室的诱惑了。孩子是她的希望所在，是爱情另一种形式的延伸，当一切都抓不到的时候，这个女人只能伸手去抓最有可能抓住的。

娜塔莉亚的新衣服旧衣服

她的名字在影片第一次出现是在一张明信片上，前面一段话是“这是你卧室的另一扇窗，吻你”。这是她邮寄给青梅竹马的恋人的卡片，当时她只是模糊的在国外求学的女人。第一次在影片现出面孔时，是在一个夜晚，那个男孩子摁响隔壁的门铃收垃圾。

她对一起长大的男孩子的感情，没有被导演刻画得如何惊天动地，倒是像这个世界上许多老夫老妻那样老气横秋。他们那天晚上的第一次见面，彼此也都是客客气气的，并且两人把这种交往方式绵延到了最后。比如她生日的那天，他们在一起做爱，尽管导演把这段情爱拍得近乎火辣，但风平浪静之后，她还是用那种平静的语调要求送给他一套西装，男孩子还是不阴不阳地拒绝然后默许。

两人的关系有两个高潮点：一是她推荐他去面试，男孩子穿上了她送的西装，回来后把她在国外邮寄给他的卡片，全部扔进垃圾桶，就在垃圾桶旁，他们吵了早该就吵的一架。他对她和别人说他是看门的耿耿于怀，其实更耿耿于怀的，是她介绍的工作还是一个看门的。于是，娜塔莉亚第一次流露出软弱的一面，说了很多自身的不如意以及人微言轻之类的话。二是在影片后段，男孩领她坐在一个土堆上，用手指点着远处的监狱，告诉她，他爱上了那里面的一个女人，他总和她“面对面”，现在她有了自己的孩子，他的最后一句话是，“她需要我……对你来说我就像一件旧衣服”。她靠在他的肩上，一耸一耸地哭。

时间改变一切

他们都曾经年少轻狂，可也都老气横秋了，在强大的生活和时间面前，他们都先后败下阵来。安东尼奥只好把目光对准迷迷糊糊的老爸，娜塔莉亚只好眼睁睁地任青梅竹马的人转身离开，鲍拉的要求低到只要能怀孕，只要能住进育婴室。只有乔治还在挣扎，还在努力地去爱自己爱的人，还在追求自己希望得到的生活，那张工商管理的毕业证，是他手中最后一张牌。我喜欢影片缜密的语言和张弛有度的结构，喜欢导演置身事外的冷静和身处其中的起伏，包括情爱镜头的舒展和流畅，这和他的老乡阿莫多瓦异曲同工。一沙一界，一尘一劫，这个世界从来都是细微处观风云。

凡是伟大的作品，都带有一种超越时间和空间的共性情感话题，每一个时代的年轻人都曾经这样挣扎过吧，只是好像我们长大后，慢慢就忘记了，因为事情太多，已经无暇顾及灵魂了。

对了，差点忘了说，片中的哥哥是安东尼奥，弟弟就是乔治，弟弟青梅竹马的女友是娜塔莉亚，他们一起爱上的那个女人就是鲍拉。

[秘书] *Secretary*

导演：史蒂文·谢恩伯格 Steven Shainberg

主演：玛姬·格兰哈尔 Maggie Gyllenhaal、詹姆斯·斯派德 James Spader

出品：美国

年代：2002

困着我束着我

这个有些变态的女人，其实要比许多人可爱得多。

现在老板和秘书的关系，就像过去的表哥表妹一样，是容易让人想入非非的字眼。老板爱德华和秘书莉也不可避免地发生了一段感情的纠葛，这完全符合了大众最普遍的思维模式。但好电影如好文章，跌宕起伏推陈出新是永远的卖点，而这正是本片的必杀技。

我更愿意承认这是一部爱情电影，虽然因为男女主人公的施虐和受虐心理，而使得本片氤氲了一种别样的氛围，但那种爱情的力量，让任何企图关注下三路的人都会觉得不太好意思。是的，片中充斥一些颇为露骨的暴露镜头，但我们绝不会感觉刻意，情之所至的任何举动，都会让人觉得那是一种美好的行为。同样这部影片之所以让人舒服，也是因为它的真诚，露与不露都是剧情所需，规规矩矩的绝不哗众取宠。

秘书莉

在最开始，影片遮遮掩掩地向我们透露，主人公莉刚刚从精神病院出来，这样我们就会多少理解一点，在父母争吵或者是受到意外刺激的时候，莉会用尖状的物体或者烧开的水壶折磨自己的大腿的行为。尽管在我们看来，那有些残忍，但莉的表情显示颇有些受用。导演狡猾地在开始设定了一个假象，让我们错以为莉的反常之举，都来源于她的精神问题，但在打字学校，莉在快速打字中又露出那种满足的微笑，暴露了她的倾向有一些异于常人。对此我们并不陌生，在 [午夜守门人] 和 [苦月亮] 中，我们已经领教了这种虐恋的惊世骇俗。尽管物外之人永远也不明白两人在互相折磨中加深爱欲是一种怎样的心理，也不明白鼻青脸肿怎么就成了爱情的极致？但本片似乎在向我们暗示，这样的心理缘于一种非常态的环境，在各种意外的刺激之下，我们的女主人公只能通过这种折磨自己的方式来发泄欲望，这也不能不令我们为她担心，在影片的最后，导演会怎样安排她的命运呢？

这种担心似乎有些杞人忧天，两个人的事，第三人永远也无法洞烛。所以在我们看来，那些不可思议的事情，因为子非鱼，所以永远也无法知晓鱼之乐。其实我更大面积的担心还在导演史蒂文 · 谢恩伯格身上，这样一部关于虐恋的电影，全实则死，全虚则诞，只有运斤成风的高手，才有可能像庖丁解牛那样纵横捭阖游刃有余。谢恩伯格是一个好厨子吗？

老板爱德华

影片用了大段的时间来描述莉与老板爱德华的初次见面，并利用一切可以利用的机会来暗示爱德华的施虐倾向。看得出来，导演太想把这一段处理得行云流水不着痕迹了，但他犯了拔苗助长的毛病，反而使这一段成为整部影片中最令人失望的部分，不但显得冗长而且音效和灯光也有些故弄玄虚，但还好不至于太拙劣，起码达到了铺陈渲染的作用。

如我们所预料的那样，莉顺利进入公司成为爱德华的秘书，这也就意味着一场施虐与受虐的好戏要上演了。也如我们所预料的那样，在这场试探与爱慕夹杂的争斗中没有输家。爱德华在满足了自己施虐心理之后，惊恐地发现已经开始在乎这个傻乎乎的姑娘了，而莉觉得这个充满神秘气质的男人，似乎很久以前就在这里等待自己了。这样的感觉令双方一时之间都有些不知所措。

接下来出现了我颇为欣赏的一段，一方面是因为他们的你来我往显得异常从容，整个过程就像一场被老艺人操控圆熟的皮影。哪里应该转折，哪里应该跳跃，绝对不会有丝毫的牵绊；一方面是因为导演在这一段表现了自己正常的心态，这才是让人不觉罪恶的关键。所以尽管有爱德华命令莉双手放在桌上，大声诵读文件，而爱德华在后面打她屁股的镜头，但我们并没有因此感到不适。也许对于一个导演来讲，心态是最不成问题的问题，只可惜的是现在急功近利，所以哗众取宠的人太多，安静下来的反倒成了不合时宜的异类。

我一直认为一个人应该坚持一些东西，它有可能成为你一生的财富。我也一直认为这道理人人都懂，那种叫作信仰的东西，每个人都在用不同形式坚持。可是总有人喜欢把信仰当作借口，那种廉价得如同皇帝的新衣的信仰被人说得理直气壮，而这已经不能用可怜来形容了。所以我对莉毅然断绝与未婚夫的婚礼，就那么痴呆呆地把手平放在桌上等爱德华回来而感动。这个有些变态的女人，其实要比许多人可爱得多。

接下来，许许多多正常的人出场了，他们运用各种各样的哲学理论和现实实例，辅以听了足以让人泪流满面的爱心，来规劝这个不肯回头的女人，像穿花蝴蝶一般地在镜头前来了又去。门前的人越聚越多，有人还支起帐篷，发誓要守候一个结果；电视台也来人了，他们把莉的行动策划为一个大型特别报道，摄像机不知疲倦地记录下一切……莉依然把手平放在桌上，不吃不喝地等待爱德华回心转意，对眼前的一切视若无物；爱德华在电视机前注视着事态发展。

莉已经绝食四天了。

第五天，爱德华带着一杯巧克力奶来到了莉的身边，给莉喂下巧克力奶然后拥抱，四周掌声如雷。

说实话，我不知道这些掌声中包含了多少真诚，也许是因为事件终于有了一个结果，生活中终于发生了一个圆满的喜剧，但对于当事人来讲，这样的掌声有些悲剧意味。

巨大的反差

在这过程中，莉的父亲是最令人感动的一个，开始时他和别人一样苦口婆心地规劝女儿，当他了解事件的真相后，就无比坚定地支持莉。在人最需要帮助的时候，这样一双可以依靠的臂膀显得是那么的厚实。可是在前面的铺陈中我们知道，父亲也是一个让人无法接受的异类。

他们肯定不是生活的大多数，但这并不代表他们的爱情就因此打了折扣，相反那种不离不弃的坚持让人心生嫉妒。谁也无法给爱情划定一个模式，适合自己的就是最好的，爱情可以任何形态存在，只要当事人觉得没有问题。影片一开始就是姐姐的婚礼，但不知道为什么，以后导演一直把目光放在莉的身上，对于姐姐的婚姻只字不提，也许他在暗示，姐姐的婚姻和这世界大多数婚姻一样已经不值一提了。而这似乎也在暗示莉，你愿意飞蛾扑火吗？最后导演还是下决心否定了自己，莉和爱德华的婚礼开始了。

导演不厌其烦地展示了他们的婚礼，他们互相虐待的新婚以及他们婚后的生活，奇怪的是，婚后他们并没有继续那种变态的情绪，变得传统而古板，与生活中的任何一对夫妇没什么两样。仿佛那些惊天动地的过去从来没有发生过，那个坚强而柔韧的女子一下子变得循规蹈矩。

有人因此而断言，史蒂文·谢恩伯格是不是像 [罗曼史] 的导演那样，到最后向世俗投降。但我的确无法接受这就是他们爱情的最终模样，看他们男耕女织的生活让人有一种叶公好龙的感觉。我不知道所谓的圆满是不是就是这个样子，但我知道爱情和婚姻的形状可以很不同，所以，我们对爱情要求严厉，这是俗世男女唯一的出口了吧。

至于，秘书莉跑到了哥谭镇，和当时的检察长丹特交往，被蝙蝠侠追求，则是很久以后的事儿了。

[爱不再回来] *We Don't Live Here Anymore*

导演：约翰・卡兰 John Curran

主演：马克・鲁法洛 Mark Ruffalo、诺米・瓦茨 Naomi Watts

出品：加拿大 / 美国

年代：2004

你的样子

在人的生命里，感情这东西，有时候只是一段时间上的沉迷，区别只在于，有的人沉迷了一辈子，有的人只是一瞬而已。

他们说天长地久，他们说生死契阔。

我看的第一部武侠小说写的是关于一对父女杀手的故事，两人在一本书的绝大多数时间里，最常态的表情就是冷漠、冷酷，最常干的就是出手伤人、一招毙命这样的事儿。小说的名字已不可考，在那样一个全民童话的年代，这样的书和这样的故事，似乎毫无价值可言。整本书我只记住了这样一句话："岳天华几乎把整个身子都吊在了杨镇肩膀上，低声央求他一起走，老镖头跟在两人身后，呵呵地笑。"小妞岳天华板着脸快意恩仇了一本书的时间，最后对她一直横眉冷目指手画脚的傻小子杨镇露出了小女孩情怀。

所谓的爱情，大抵如是了！

这也是我喜欢 [爱不再回来] 的一个原因，光影的流转之间弥漫了一层烟火气。两个家庭在日常生活中上演了一场场惊心动魄的心理角

力，一对男女在爱了一个人很久之后，又爱上了另一个人，这种内心的变化在伦理道德面前引发了一场天人交战。我喜欢他们在孩子面前是父亲是母亲，在喜欢的人面前变成孩子。喜欢他们的故事发生在那样的春天，喜欢他们的爱情辗转在木制和水泥的房子之间，也喜欢他们的勇敢和犹疑。

所谓的婚姻，真的即是如此吗？可是他们说的天长地久呢！他们说的生死契阔呢！

乱翻书　买啤酒　告别时

影片开始于一个普通的房间，一个红衣的女子在舞蹈，没什么章法可言，但随意、满足，符合舞蹈的原始精神。接下来的镜头是一个帅哥在翻弄书本，镜头随着他的视线落在一个短发女子身上，帅哥走过的时候，拍了她屁股一下，两人相视而笑。红衣女子邀请短发女共舞，画面越发朦胧飘逸，音乐在一边淅淅沥沥地流淌，她们笑，她们撞翻家什，她们在另一个男人的注视下，舞蹈得越来越不像样子。

通过当事人的一些只言片语，我们知道，红衣女子叫特里，她和站在门口观望的络腮胡子男人杰克结婚经年，有了一对儿女。短发的女人叫伊迪斯，她和拍她屁股的帅哥汉克也是结婚已久，有两个可爱的女儿。他们的关系似乎可以用同事来形容，因为在后面的段落里，有两个男人分别给学生讲课的画面。但在影片开始另一个让我无法忘记的画面是，借着出去买啤酒的机会，杰克和伊迪斯在车上有过一次短暂的亲热。

这当中，汉克站在房子中间，以手捶胸发出狼一样的嚎叫，旁边特里舞蹈得越发癫狂。

需要特别提及一下双方告别后的情况，特里和杰克的争吵是在厨房里进行的，伊迪斯与汉克的嘴上风暴发生于卧室。通过对他们争吵的近距离观察，结论为以下两点：一、双方中，特里和汉克处于主动进攻方；二、他们四个人彼此了解的程度，都比对方想象的要深入，尤其是身体。

童话书　荞麦片　修理厂

第一个拥抱发生在伊迪斯和汉克中间。当时，早晨的阳光从窗户倾泻进来，室内一地阳光，伊迪斯站在阳光中忙活早餐，她和汉克的一双女儿在一边跑来跑去，发出只有小孩子才有的笑声。汉克穿好衣服，坐在餐桌前给女儿读童话书，像影片开头时候一样，伊迪斯回头和汉克相视而笑。上班之前，他和她拥抱，她牵扯着不肯让他走。汉克走后，伊迪斯呆呆地注视着孩子们奔跑嬉笑，她长身而立站在客厅里，一副若有所思的样子。

“如果你要早饭的话，是荞麦片；如果你要中饭的话，就是龙虾。”这是特里一早对丈夫杰克说的，当时，杰克正在卫生间刮胡子。这是一个再普通不过的早晨，让人怀疑，昨晚他们真的像两个仇人那样争吵过吗，杰克真的和伊迪斯有过什么约定吗，汉克真的和特里说过那么多私密的话吗？特里甚至主动提出，今天可以和丈夫一起去修车，但杰克拒绝了。

修理厂的位置有些偏远，在一片宁静的树林边上。好像还没有人真的到过这片树林深处，城市人对于它的概念是陌生甚至是害怕的，习惯了程序性生活的都市人，已经丧失了探险的渴求了。特里到达的时候，不远处已经停了一辆车子，伊迪斯正坐在车上微笑。

他们一边谈论各自的丈夫妻子，一边走向树林深处。在一个平整的地方，杰克铺展了毯子，两人继续一边有一搭无一搭地说话，一边各自卸下了衣衫。扮演伊迪斯的是诺米·瓦茨，她不漂亮，但有一种韧劲，浑身上下渗透着一种不达目的誓不罢休的精神头。这也和她自身的经历相得益彰，直到现在很多狗仔还对她在好友妮可·基德曼声名鹊起的那段时间里，她的心态如何保有高度的好奇，但她慢慢地出现在 [穆赫兰道] 里，出现在 [金刚] 里，传奇的讲法本来就有很多种。

早在 [穆赫兰道] 里，我们就已经领教了诺米·瓦茨的扁豆身材，但还是震惊于她和杰克老夫老妻一样漫不经心地褪去衣衫，漫不经心地做爱。草地已经开始泛绿，矮小的灌木已经开始伸展，树木在春天的阳光中婆娑作响，蓝天里，云彩水一般流淌……

导演有些害羞，扭扭捏捏地暗示，他们曾进行了一场怎样雨横风狂的过程，又在风平浪静之后，进行了一场限制级的谈话。让杰克不寒而栗的是，伊迪斯提出，“要不，我们住在一块？！”

跑步走 做早餐 去旅行

每天下午的跑步是汉克和杰克的专属时间，导演有意无意地暗示，这也是他们在众多同事中走到一起的原因所在。但导演更聪明的地方体现在，让杰克和汉克完成了一些渲染友情功能的小动作之后，把回忆塞给了杰克。关于他和伊迪斯在一起时的若干亲密动作，闪回在他和汉克跑步的每一段路面。一边和朋友跑步，一边回忆和朋友老婆的做爱细节，这种恶心事儿最终把杰克自己都弄吐了。

关于两人在跑步之后一边喝啤酒一边聊天的细节，我就不再赘述了。这是导演的一个蓄意行为，或者说，导演必须得见缝插针地罗列一下两人的交情，以及各自的性格。如果所谓悲剧真的就是打碎的话，那么之前的有多美，之后的碎裂也就有多决绝。走投无路的导演只得专门开辟了一块，用来发泄。

在第二个早餐到来前，他们必须得度过一个黑夜，而黑夜天生是属于电影的。摄影机奔波在两个家庭的两个卧室中间，各自的隐秘呼之欲出。在丈夫杰克的逼问下，特里坦承，在杰克和伊迪斯买啤酒的那个时间里，她和汉克做爱了。影片的内容简介上说，特里两人是为了报复才走到一起的，其实人的感情如此复杂，报复的概念之外，这场欢爱还披挂了焦虑、不安和……险恶。在杰克逼问妻子特里期间，另一边的汉克正和妻子伊迪斯做爱。于是，一边是特里逼迫丈夫杰克做爱，一边是汉克带有强迫性质地要求妻子伊迪斯贡献身体。当人类受到精神上的伤害，最有力的报复竟然是回到最原始的状态，用最原始的武器互相攻伐！

第二天，两个家庭的早餐都是由男主人完成的，两人都做了类似的举动——和孩子说话，没有搭理妻子。

特里决定去旅行，她不知道，这次旅行之后，会有什么结果等着她。

做爱吧　流泪吧　出走吧

“那天我还了汉克 50 块钱，是我一直欠他的”，汉克的表现是，“天啊，这家伙居然还钱了”。其实，无论是导演还是汉克怎样掩饰，汉克和杰克交情的裂缝都是掩饰不了的。因为女人而友情生变这类事儿，古今中外，他们不是第一份，也绝不会是最后一份。接下来，杰克的叙述是，“在我还钱的那天下午，汉克和特里在汽车后座做爱了”。杰克在妻子特里蹑手蹑脚地返回时，拉亮了屋灯，接下来的对话弥漫着怨毒和诅咒。

第二天，也可能是第三天，杰克来到汉克家里，趁着“汉克在楼上睡觉”，在汉克家的客厅里，和汉克的妻子伊迪斯做爱。一个细节就是，在做爱的当口，他一直捂着她的嘴。

影片流泪最多的是特里，这个我第一眼看到就不喜欢的女人，在影片后半段用她的执拗和眼泪打动了我。她和孩子玩闹，等着丈夫回归，在汉克面前由坚强到柔软。她也歇斯底里，喝酒、哭闹、和汉克上床，但在人群面前，她微笑着安慰汉克，“你的小说发表了，真好”，逗弄伊迪斯的孩子，“你这个漂亮的小公主”，那一刻，这个女人是真实的，甚至可以说是……美丽的。

影片屡次出现疾速行使的火车和火车道上闪烁的红灯，在人生这趟列车上，有红绿灯可供选择吗！一旦被带到一种速度，一种状态上，我们可以停下来吗？人生更多时候，没有选择就是选择了，没有结果就是最后的结果了，但电影不是，无论怎样，我们都必须迎来那个轰隆隆驶来的结局。

杰克和伊迪斯决定离开各自的家，去组成一个新的家。但在特里的挽留下，杰克的背包轰然坠地，而伊迪斯则在汉克的目光中，穿过铁路……一辆列车远远地开来，红灯闪烁，当当的警告声响彻银幕！

影片的结局遭到无数的攻击，很大一部分原因是认为导演性别偏见，约翰·卡兰也一度跳出来辩解说，生活本来就是这样子的。这似乎可以归于男性和女性的感性指数，但我们不得不承认的是，在人的生命里，感情这东西，有时候只是一段时间上的沉迷，区别只在于，有的人沉迷了一辈子，有的人只是一瞬而已。

在外人看来，杰克一家或者是汉克一家都没什么特别之处，符合社会学最普遍意义上的关于家庭的定义，个中人也符合各种指数的衡量。

可是幸福与否真的就只在于男主人或女主人的出轨吗？在这一连串的变故中，他或者她真的就只为彼此而存在吗？我喜欢导演讲述故事的方式，淡淡的，如风过水面，而生活则是水下二百米深处的洪流。

发生了，又消失了，好像什么都没有发生过，但有些东西真的一旦消失就再也回不来了。

[青春珊瑚岛] *The Blue Lagoon*

导演：兰德尔・克莱泽 Randal Kleiser

主演：利奥・麦克恩 Leo McKern、波姬・小丝 Brooke Shields

出品：美国

年代：1980

青春奇幻漂流

那些隐匿于文字间的爱与青春的秘密，那深奥的生命的咒语，淡忘了，消散了，最终成为电影中一个漫长的长镜头。

2002 年增补本的《现代汉语词典》对“青春”的释义有两条：一是青年时期，一是青年人的年龄。和所有机械主义的教条保守一样，2002 年版的字典关于青春的定义一本正经得令人发指。相对而言，歌德就有趣多了，他说“无酒而醉才是青春”，他的释义是，“有湖相伴的乡村小屋，月光下恍如画中仙境。青春期向往的美好真是简单，有酒有诗，有烛光有爱人，并且无条件地、全身心地信任爱情。”好吧，我得说，我对青春与否的界定是，还相不相信爱情。扪心自问，你还会因为一个名字而心头一震吗？还会不计得失地为一个人付出，并坚信你们是世界上最好的吗？或者说，你惦记那个人是不是因为当初没有得到？

我喜欢 [青春珊瑚岛] 所描述的爱情，但那种天然的与世隔绝总是愿意在文字和电影里闪现，与其相伴相生的不含杂质的爱情更多被流传于江湖之远。这个世界侵蚀能力太过强大，我们慢慢地习惯了映衬和模仿，习惯了用别人的眼光看自己的爱情，而我们曾经相信的，变成了语意复杂的。或者说，一旦跨越了某一个时间点之后，曾经的爱情就会变得似是而非，所以，感谢导演兰德尔·克莱泽让叙述停留在他们被解救的那一刻。因为我无从预料，对于他们的爱情来说，这样的解救会不会是一个让人黯然的转折！

开始和开始的碰撞

影片一开始，导演就用色眯眯的镜头把南太平洋海岸非礼个够。在他的镜头下，色彩变幻的海水、沉默行走的木船、若有若无的海风、鼓荡张扬的船帆、一掠而过的海鸟以及悬挂在不远处的太阳，构筑了一个美丽的属于大海的早晨。尤其是船上不时传来大胡子水手粗鲁的笑声和小孩子欢快的尖叫的时候，这样一个早晨，想不用美好来形容都不行。

一丝不苟的船长先生又站在船舷那摆弄他的望远镜了，船员们知道，新的一天开始了。帆再次被张满，汽轮再次冒出浓烟；大胡子的印度大副和没有胡子的巴西机轮手养足了精神头又开始打嘴架了；负责清洁的澳籍小子，又开始哼唱他的原创歌曲了；查理和莉莉在甲板上跑来跑去，他们金色的头发隐现在劳作的人群中间……

说实话，我很害怕在一部电影的开始看到太美好的画面，蛇蝎心肠的导演们总愿意营造一份美好，然后狞笑着在人猝不及防的时候敲碎它。

还好，镜头始终盯着查理和莉莉，他们在船头藏猫猫，在船长身后扮鬼脸，溜进大胡子厨师的卧室，偷看他藏在枕头下的“不穿衣服的女人图片”……身为男孩子的查理是这一切行为有力的执行者，而小女孩莉莉则不出意外地成为幕后主使，所以大胡子厨师打完查理的屁股，又一把摁住了莉莉，举起了他硕大的熊掌……

我希望查理能够效仿莉莉营救他那样，照着厨师汗毛林立的胳膊就是一口，但此刻导演已经迫不及待了，只是，他营救的方式有点破釜沉舟。

外面传来锐利的呼喊，船舱底传来滚滚浓烟，甲板上人群杂沓，应急舢板被放下来了，查理和莉莉被一个粗鲁的胳膊抱起来扔进舢板……很多年以后，查理和莉莉还不止一次地回想这一幕，但关于这艘船的记忆，竟然是它最后被烟尘裹挟着慢慢沉入太平洋的样子。

海对海岸的记忆

我们有必要对现场进行一番检视，救急小艇上现在一共有不到 8 岁的查理，不到 7 岁的莉莉和看不出多大年龄的大胡子厨师三人。另一艘小艇上看不出有多少人，隔着越来越浓的烟雾，只能大致判断起码比他们这艘要丰盛一些。和他们一样，那些大人们也在惊惶失措地大喊大叫。不远处，他们刚刚还在玩耍的天堂，正慢慢变小……画面慢慢暗淡，最后被裹挟在黑暗里。

再次明亮起来的时候，还好，三人仍然还在那艘小船里，只是，他们不知道小船到底在海的哪一边，让人心慌的漂流已经不得不开始了。

按照文艺作品的套路，他们早晚会找到落脚点，不是一艘路过的船，就是一个屹然的海岸。我们的导演先生可没那么急，再次坦诚了他对大海的贪婪，让摄影机一次地高速越过海面，南太平洋慵懒妩媚、夺人心魄。

导演兰德尔·克莱泽为他们选择的是一个物质丰富的热带小岛，当然在抵达之前，没有忘了让他们的小舢板撞到一个漂来的大箱子，是的，箱子里是他们以后生活必需的若干衣物、工具，甚至还有一叠画片。在以后的生活中，这叠画片成为他们最重要的精神食粮。

导演用了很多细节来告诉观者这个小岛多么适合居住，有一条小溪可以洗澡，也可以饮用，有大串的香蕉可以食用，有硕大的芭蕉叶和竹子可以遮风挡雨，甚至，莉莉还发现了一个木桶，经实验证明，桶里装的是朗姆酒。

查理和莉莉很快就恢复了在船上时的样子，在一起叽叽喳喳打打闹闹，而大胡子厨师则在日常的生活中有意识地教查理怎么打草绳，怎么将竹竿固定，怎么钻木取火。

[青春珊瑚岛]是八十年代一部著名的青春片，原创者本意是往亚当、夏娃方向努力，应该说，最终呈现出来的效果还有那么点意思，那么我们知道，在亚当、夏娃的世界里，没有大胡子的空间。而导演踢大胡子出局的手段很高明，不错，那桶朗姆酒。

一天清晨，查理和莉莉发现大胡子厨师不见了，就循着痕迹一路找来，豪爽的大胡子此刻俯卧在沙滩上，那桶朗姆酒被他抱在怀里。接下来，要对导演提出严厉的批评，为了让观众知道大胡子死于非命，但也不至于让查理去把他翻过来，让查理把他翻过来也不要紧，干吗让一个虫子从大胡子的嘴里爬出来？对于这样一部青春片来说，这样一个镜头比那个虫子还惊悚、恶心。

珊瑚对珊瑚岛的微笑

这一段，美丽的波姬·小丝终于出场了。

电影中让孩子长大的手段基本大同小异，比如一个回头就已经沧海桑田，比如跃起是孩子，落地已是大人。很少有人像兰德尔·克莱泽这样，让少年的查理和莉莉在水中游荡，在一系列转折和伸展之间，慢慢长大。四周海水蔚蓝、水草丰美，各种水中生物张扬着它们美丽的触须，海底的流沙洁白柔软，身畔的珊瑚恬静高洁。平静的海面被破水而出的查理和莉莉搅乱，少年已经眉眼清秀、英气迫人，少女已经皓齿内鲜、明眸善睐。

接下来的事情，就是用脚指头都能想到了，那么剩下的则是考验导演叙述的能力了。

我喜欢导演在最开始的时候，还让他们打打闹闹的做法，在那样一个渺无人烟的小岛上，两个情欲懵懂的少年对人类先天的进化和后天的环境影响课题，提出了一个新的论证方式。我的结论是，归根结底，人类还是一种群居动物。

让我想想看，他们第一次亲吻是在什么时候？实际上，这已经不重要了，让人印象深刻的是，亲吻之后，莉莉脸上复杂的表情和查理皱眉回味了一下，然后是更猛烈的进攻。这样令人莞尔的细节比比皆是，比如一天在水中玩耍的莉莉，发现身下的水已经一片殷红，但对听到尖叫拍马赶来的查理怒喝，不许他靠近，在她纯朴而原始的内心中，隐隐感觉到了什么；比如，他们拥抱在一起亲吻，忽然都停下来，查理傻乎乎地说“我的胃里有一股气在动”；还比如，在莉莉怀孕之后，紧张地对着小岛另一端的石像祈祷。

客观地说，影片的水下摄影令人着迷，摄影师尼斯特·亚曼卓果非浪得虚名，如果说 [天堂之日] 获得奥斯卡最佳摄影奖有运气的成分，我相信 [青春珊瑚岛] 会让很多人闭嘴。

总会有一些意外的，在这个天堂一样的小岛上，查理和莉莉一共遭遇了两起意外。一是莉莉在小岛背面发现的那个石像，她把它当作了倾诉对象。可见就本质而言，人类还是喜欢给自己设定一个偶像，这样会安心很多。但实际情况是，更多时候，这个石像是在吓唬莉莉，比如突然出现在石像上的血迹，不翼而飞的石像的鼻子等；另一件意外出现在莉莉生产的夜里，查理终于找到了那个隐隐约约的鼓声的来源，当地土著驾船来到这个荒凉的小岛上，实行私刑，鲜血和睁大的眼睛组合在一起，构成了巨大的恐惧，查理望风而逃。

人的气息还是到来了。

孩子和孩子的梦想

“蓝天白云，椰林海风，水清沙白”，“一亩地一头牛，老婆孩子热炕头”，对生活的设想总是被各种各样朴素的先入为主填满。我们梦想，我们追求，我们获得，然后我们视若无物，我们弃如敝履，然后我们再梦想，再追求……我要说的是，我喜欢《归去来兮辞》。但我不觉得陶渊明的做法是伟大的，因为他只对他的内心负责，无论如何，他也不是一个合格的丈夫和父亲。比他更欠踹的，是那些邯郸学步的王八蛋，没有他那样高远洁净的内心，只去效仿其狂放不羁的行为，沉迷于一些宵小之徒的谄媚，说到底，思想也成了化妆品。

所以，我喜欢查理和莉莉与孩子在一起的镜头，这些未经任何人工抛光的呵护，是人类最为朴素的情感，这种情感已经放倒了他们回归社会的心思。还记得在他们刚刚流落荒岛不久，查理第一次对莉莉发脾气，就是因为莉莉没有及时点燃求救的烟火，导致远方初现的桅杆最终还是只停留在远方。这一次，他们已经看到了越来越近的帆船，甚至感觉到了船上的人正用望远镜观望，查理还是扛着孩子，拉着老婆，回家去了。

好吧，让我们来到影片结尾。

他们想去弄一些香蕉回来，就划船到另一个更小的小岛上去，小孩子弄丢了船桨，鲨鱼又凑热闹似的在小舢板边转悠，他们不得不开始了再一次的漂泊。我对查理和莉莉自杀的镜头印象深刻，在浩无边际的大海上，已然不抱任何希望的他们，平静地吞下据大胡子厨师说，能致人死命的红色浆果，一家三口拥卧在一起。

他们不知道，就在他们昏睡的时候，一直在寻找的船长正指挥他的船员接近他们的舢板。当时，色彩变幻的海水、沉默行走的木船、若有若无的海风、鼓荡张扬的船帆、一掠而过的海鸟以及悬挂在不远处的太阳，构筑了一个美丽的属于大海的早晨。

毫无疑问，查理和莉莉的感情值得书写一番，或许他们的爱情最接近于爱情的本源，可我总是忍不住去设想，如果他们都有另外的选择呢？回到陆地，那段青春珊瑚岛的经历，对他们是幸抑或是不幸呢？你看，这就是人类社会下的惯常思维，我们已经不记得爱情的最初模样了，我们日常所说的“爱”，更像是“值不值得去爱”。“那些隐匿于文字间的爱与青春的秘密，那深奥的生命的咒语”，淡忘了，消散了，成为电影中一个漫长的长镜头。

[爱经] *Kama Sutra*

导演：薇拉·奈尔 Mira Nair

主演：萨里塔·乔杜里 Sarita Choudhury、纳纹·安德鲁斯 Naveen Andrews

出品：印度

年代：1996

异域风情录

这世界上的每一个女孩子都是另一个人的莲花女，都会被人最终捧在掌心。

无论如何得先介绍一下这本纵横四野睥睨八荒的旷世之作。《爱经》与古希腊的《天生尤物》双峰并峙，执世界经典性学读物之牛耳。相传该书由一婆罗门教士收集整理，所述细节最远可以追至公元1世纪，成书时间约是印度文艺复兴的笈多王朝时期。全书共7篇，35章，主体逻辑是"让幸福的爱人获得更幸福的婚姻"，触及男女双方的社会关系、感情和睦，最后才是肉体上的快感。所以，《爱经》不仅仅是一本性爱手册，更是一本关于古印度社会如何进行求爱、结婚及两性关系的社会档案。1883年，理查德·F·伯通爵士将此书翻译成英文，不过迫于压力披挂了一身学术著作的铠甲。翻译成中文的则是诸位熟知的戴望舒，在悠长的小巷徘徊意淫之余，戴先生，雅人也。

"[爱经]描写的不是做爱，而是生存。它是以女人为中心主宰其命运的历史时期为背景的，那时性与单调的生活是浑然一体的。我发现在这个灰色的国度里，人们不会用美学的眼光来处理问题，以至于把所有

裸体画面都看成是色情的，而根本不考虑创作者的本意。”这是本片女导演薇拉·奈尔在接到电检官们明确指令，要将所有裸镜以及其他八个“不堪入目”的画面从这部耗资百万英镑的[爱经]中剪掉时的愤慨之词。传说影片的灵感来源于一次15世纪文物展，当时导演看见梳子、头饰、水罐、法器等一件件古老的文物静躺在展台上，“无言地向人们讲述着发生在它们身上的美丽传说”，心神激荡之下有了拍摄一部女性电影的想法。4年后，印度作家魏达·塔巴桑的描述一个贫穷女孩用身体报复富贵女友的短篇小说《交给我》，为这一想法提供了具体框架。

[爱经]如是。

婚典之变

千余人的队伍着印度传统服装，与大象、长鼓、司仪一路蜿蜒行来。古印度特有的空灵的歌喉在画面之外轻声吟唱，祭师神情庄严举止高贵、七种木柴点燃的圣火堆，大米、树叶、燕麦、玫瑰花瓣等象征财富、健康、幸福、繁荣的各种祭品摆在祭坛上……导演薇拉·奈尔在影片开场不久，就借一场盛大的婚典，显示了自己对古印度传统习俗的考据能力。导演一门心思地铺排这场极尽奢华烦琐的婚典，几乎忘掉了这场庆典的主人公是辛格王和塔拉公主。事实上，人们的注意力也确实被塔拉公主的一怒而转移到了一个叫玛雅的侍女身上。当时，辛格王撩开纱帐想确认一下正在上妆的新娘是否物有所值，却被她身边的侍女牵引了视线，于是塔拉公主风度大失地啐了玛雅一脸口腔分泌物。要是她能知道，这口唾沫最终改变了自己和玛雅两个人的命运的话，我想，尊贵的塔拉公主无论如何也不会这么冒失。

按照江湖规矩，在玛雅下狠心单挑之前，我得向诸位隆重介绍一下这位经常抱怨“怎么总穿塔拉旧衣服”的妞儿。事实上，在每一种美的事物面前，文字都会变得孱弱，但后来在全国范围内寻找玛雅的执行官用了“肌肤淡黄如刚收割的小麦，四肢修长柔韧如攀藤”这样的字句，倒也曼妙。但我觉得，更适合的是比兴，比如，塔拉公主之美已经是“飘飖兮若流风之回雪……皎若太阳升朝霞”，但和玛雅一比，也就一柴火妞儿。

在影片一开始，导演就让玛雅拒绝了王子的示爱，说出了“我的命运我自己操纵”之类的话，暗示了这又是一个目下无尘的主，所以其行事也如段誉的六脉神剑一样出其不意。比如她和塔拉公主的单挑，就是在她和辛格王之间进行的，至于方式还是千百年来女人最有力也最有效的武器——身体。

这也是影片的第一个情爱镜头，在一个遍布丝绸、紫气笼罩的神秘帐篷内，玛雅顾盼流香辗转生姿，伟大的辛格主公如野兽一般撕扯了玛雅的薄纱，并用身体覆盖了玛雅，那一刻香炉缠绕，梵歌摇荡……导演有意把这一段情爱营造得如两头野兽的博弈，粗野、浅显、出手狠辣，这样的风格也延伸到辛格和塔拉的洞房中。只是辛格不小心喊出了玛雅的名字，塔拉这才惊觉，行前玛雅说的“我一生都用你用过的东西，现在我用过之物就给你了”是什么意思。于是，伟大的辛格王子的洞房之夜，以与王后的互相谩骂和厮打草草结束。

其实，影片中段还有一个婚礼，只是仪式简化了许多。历朝历代，迎娶嫔妃的仪式总是无法和王后相提并论的，只是面纱揭起，这一次的主人公是……辛格和玛雅。

雕刻家的故事

这位名满印度的雕刻家叫贾古马，长发、无须、一身腱子肉闪闪发亮。他和玛雅第一次见面其实是在塔拉的婚礼上，但直到玛雅因为不贞被驱逐后，两人才有机会有了第一次对话。和许多言情小说的俗套情节类似，玛雅和贾古马也在一来二去之间情愫暗生。先是各自欲言又止，然后是彼此眉目传情，然后就像诗人总愿意为自己的女孩吟诗一样，贾古马为玛雅雕了一尊石像。之后，就在石像的身畔，两人宽衣解带以天地为床，行了男女相悦之事。这是导演最为精心营造的一处情爱镜头，除了在灯光、角度，运动镜头等常规手段上精益求精之外，还有意对《爱经》以图像解说，比如玛雅的一双画有符咒的脚，合在一起是一个对称图案；比如贾古马用身体托起玛雅的姿势，颇有古时拜祭天神的仪式感；还比如运动间隙，玛雅把颇具象征意义的五谷撒在贾古马的胸膛上……无论从哪个角度看，玛雅和贾古马都像极了传说中天造地设的一对，两人在岩石间穿行打闹一段，被镜头赋予了无限的美感。玛雅鲜艳的长裙，贾古马黝黑的肩膀，与肃穆的岩石浑然一体，让人恨不得把“岁月静好、相忘于江湖”之类的词儿都砸过去。但别忘了，这是一部电影，而贾古马还是一个搞石雕的艺术家，于是，之后发生了影片中我最为反感的一段。

在两人最为热烈的时候，贾古马捧着脑袋撕扯着头发对玛雅说：“人家创作不下去了，满脑袋都是你，我的雕塑哪去了？”

于是，悲愤之下的玛雅拜倒在全印度最知名的《爱经》老师哈莎门下，学习“魅惑之术”，既然不能献给最爱的人，那就献给最值得的人。

但这世界上总有一种贱人，在知道自己的妞儿成了别人的老婆的时候，才想起珍惜，但结果不是伤人就是自伤。只是贾古马伤得有点大发，先是被脚镣手铐着去砸石头，最后被大象一脚踩扁了事。是的，这小子珍惜的是辛格主公的妃子——玛雅。

妃嫔与王后之事

玛雅成为辛格的妃子还是拜贾古马的那尊雕像所赐，这从另一方面反映出贾古马神乎其技的刀功，起码引得一国之王都过来观看。只是他无法预料的是，辛格和这个雕像的实体曾有过那么一档子事儿，更让人意外的是，辛格主公在自己众多的女人当中，居然还记得这个惊鸿一瞥的女人。于是王令如山，全国翻找玛雅。

寻找的过程属于广告时间，但导演把这个垃圾时间变废为宝，成为歌颂玛雅之美之贤德的侧面描写。当全国人民都在歌颂一个女人如何美貌如何贤良的时候，意味着这个女人就要登堂入室了。而这，是王后塔拉所不曾也不想去预料的。

我对导演薇拉·奈尔 2004 年的那部 [名利场] 不以为然，她其实根本没弄明白萨克雷顾左右而言他的酸劲儿何解，只是停留在皮毛的一二三阶段，但这并不能代表其导演功力，就是如此。在这部 [爱经] 中，除了对那部天下无二的《爱经》食髓入味的图解，还隐隐有驾驭史诗的风云之笔。比如在辛格的床笫之外，暗示了他荒淫蛮横的蝴蝶效应，宫廷之变以及外族的入侵等。天下兴亡，千古一念，这世界从来都是一屋不扫何以扫天下，处理不好小弟弟，就处理不好自己。而最终占了辛格宝座的就是那个王子，一个科学寓言。

我对导演处理玛雅和塔拉关系的手法持保留态度，情绪转变幅度之大之生硬，比波兰斯基鄙视的“用对话推动故事”还有过之而无不及。但我喜欢研习了《爱经》的塔拉勾引辛格那一段，事了拂衣去的架势有了点仗剑江湖的味道。君子之报，大概也就如此了。

我不知道贾古马是否知道，在距离他们国度不远的土地上盛产“世上没有不透风的墙”这样的话，除此之外，还有一句他应该知道的是，“泡老大的妞儿，你还想活吗”。导演特意把贾古马受刑一段营造得极尽宏大，与影片之前的那段婚典遥相呼应，好像是告诉大家，前一段的婚典是辛格和塔拉的婚礼，而这一段就是贾古马和玛雅的婚礼。影片最后，玛雅一个人浪迹天涯。

情爱镜头

影片在印度的马哈雅普拉德什村拍摄，这里曾是大卫·里恩同志[印度之行]的外景地。其实，这是一个在印度平常得没有任何特点的小村子，之所以被两位大导演相隔12年的时间先后慧眼识中，主要是村子附近至今仍保存着大量男女交欢的寺庙塑像。这些石像在大卫·里恩眼里，“揭示出比史实更富于哲学意味的人生意识和执着的造型意识”，但到了女导演薇拉·奈尔手里则“不但揭示了两性性观念的差异，也表达了性对女性而言具有不可思议的力量这一主题”。

导演之前的[你好，孟买]曾因描写流浪儿与妓女而遭禁映，这一次的[爱经]也害得她不得不向印度最高法院提出申诉。但不可否认的是，裸露、交欢、性暗示遍布在[爱经]的各个角落，甚至还出现玛雅教塔拉《爱经》时候的疑似同性镜头。而且每一段，导演都有意无意地把情爱塑造成双方搏斗的武器，交流的语言，唱给对方的情歌，性成为这个古国那个时代的图腾。片中玛雅的《爱经》老师哈莎就说，爱的最高境界，就是将肉欲升华到绝对的信任，二者合二为一。可在我看来，《爱经》变成了女人俘获和取悦男人的一种手段，对女性而言也就是一种高尚的麻醉。释放女性神秘魅力这样的话，也就可以用来糊弄一下影片开场时候玛雅那样的小女孩或者是影片后段得不到满足的塔拉王后。

如果就电影而言，[爱经] 的画面、音乐都堪称绝配。蓝色的圣河中沐浴的女人，嶙峋的岩石间挥汗如雨的男人，灯火闪耀映衬着黄金丝绸的王宫，阳光遍地照耀了满眼的琼台楼宇，都泄露着掩饰不住的欲望和心思。至于印度音乐的撩人之处，除了回收音的挑逗，还在于慵懒的哼唱和低回的舌音。

最后想对贾古马说两句，这世界上的每一个女孩子都是另一个人的莲花女，都会被人最终捧在掌心，你的艺术一半在于你的石头，一半在于你的女孩，两者之间没有势不两立的鸿沟，有的只是雄性的借口和时间的消极磨砺，你要做的应该是像对待你的石像那样去珍惜，说到最后，这世界上没有什么是必须属于你的。

就这样。

[小甜甜] *Candy*

导演：尼尔·阿姆菲尔德 Neil Armfield

主演：艾比·考尼什 Abbie Cornish、希斯·莱杰 Heath Ledger

出品：澳大利亚

年代：2006

写在树上的誓言

那一年的爱很热烈，所有的誓言都写在了树上，他会回头看她，为她做任何事。所有的树木和小鸟都仿佛不存在了，一切都是金子，一晚上燃起了所有的火光。

爱别离，怨憎会，在我看来，不过都是心境使然。

这世间唯一可以和时间相抗衡的也只有“心境”二字了，所以我相信瑛姑一夜白头的可能，也相信“悲莫悲兮生别离”的时候，只是在以结束迎接开始。这说来有点残酷，但想想看，在“刬袜步香阶，手提金缕鞋”“酒酣胸胆尚开张”面前，什么不显得小？甚至我们以为的理想也可能只是一时小小的心魔而已。[甜蜜蜜] 里，黎小军就对妻子说，“娶你是我的理想”，其实，他结的只不过是全世界都希望他们离的婚。心境成了开始，却未必成为结果。

所以，如果时间允许退一万步的话，我想，肯蒂差不多还会选择和丹在一起，而一旦做出了选择，那么以后的事情就都在劫难逃了。需要强调的是，肯蒂喜欢的丹正是我所不齿的那种男人，尤其是他在车中等肯蒂卖身回来时的欠揍样子，可我也不得不承认，这是很少可以用爷们这样的字眼来形容的家伙，其实，这样奇怪的存在一直匍匐于影片的各个角落，我们从头察看。

天堂

这个滥大街的小标题来自影片自身，导演把 [小甜甜] 分为天堂、现实、地狱三部分，如果我再泄露说，这是一部关于爱情和婚姻的电影，那么影片的基本轮廓就可以触摸了。这不是一部很有智慧的电影，每一步走向都有迹可循，值得鼓掌的只有临近结尾时，肯蒂写在墙上的那些话，在这里请允许我先卖个关子。

有必要在影片开始的时候，介绍一下主人公的身世背景，这是影片很容易被忽略的一个埋伏。在柏林电影节的时候，导演尼尔·阿姆菲尔德强调，丹是一个年轻英俊的演员，恕我眼拙，前者我可以认同，而后者我保留意见。但起码，我们能够确认，丹是一个演员，身世背景不明。肯蒂是学画画的，片中只有两处展示了她这一才能，一是在天堂部分，她画了一幅《狂欢的午后》，有点抽象的意思，但还是可以看出是她和丹两人的云雨状态；一幅则是在地狱部分，她胡乱在桌上画了一晚上，目光所及基本都是凌乱的符号，十几分钟之后，肯蒂服药自杀。肯蒂是一个美得可以撑得住任何形容词的女孩子，不厚道一点，我以为除了自身基础稍好以外，年轻是主要筹码，这和导演的表达倒有些一致。

至于他和她怎么认识的，影片没有具体交代，但在丹第一次和肯蒂的父亲谈话的时候，我们了解到，那时候他们还认识不到二十天。导演是一个急脾气，几个起落之后，就让肯蒂尝试丹的方式。当时，她穿了一件极不尽职的背带裤，坐在丹的对面，左手是丹的一个死党，这个家伙只简单地在镜头前晃荡了几次之后，就彻底消失不见。所谓丹的方式就是注射，而不是吸食，于是影片出现了第一组关于肯蒂被毒品折磨的镜头。导演很老到地运用了手提摄影机，把肯蒂窒息时，丹的紧张和慌乱很好地烘托了出来。有一点需要标注的是，这一段还出现了影片的第一个露点镜头，肯蒂的身材绝对不是盖的。

和很多二流小说的描写差不多，丹和肯蒂开始了甜蜜的爱情生活。他们在纽约有月亮的夜晚出去散步，在小小的餐厅里相视而笑，在公园里拥抱亲吻，在房间里无休无止地做爱。和很多二流小说稍稍不同的是，他们更爱恶作剧，比如在便利店里偷东西。有影评人把这归结为毒品的刺激，我的回答是，无耻！或者是，写这话的哥们压根没有爱过。总之，如果您看过五部以上的欧洲爱情电影的话，那就不用我再啰唆两人怎么甜蜜怎么天堂一样的爱情生活了，在这一点上，人类的男男女女们至今还没有太行之有效的创新。

现实

导演别有用心地让现实部分从肯蒂和丹的婚礼开始。

希斯·莱杰是一个好演员，这一点我任何时候都承认。但他在本片中长了一副窝囊样，这一点任何时候我也都认。影片中，他只有两处显得神采奕奕，一是在地狱部分，老哥从诈骗的可实施性的角度，把自己收拾得很像一个白领，还有一次就是他和肯蒂结婚。影片展示的澳大利亚款婚礼的小巧简洁，他和肯蒂也都穿着随便，不过看出来，在宣读誓词的刹那，两人都很隆重，有一种完全托付了彼此的感觉。

岔子出现在教堂仪式之后“随便喝点什么”的过程中，丹越来越萎靡，最后不得不甩开众人，独自躲在卫生间中，被肯蒂拉出来后，几乎当场睡倒。没吃过猪肉，总该见过猪跑吧，如果您自认和肯蒂的老爸差不多聪明的话，就不难发现其中端倪。

毒品是影片一个非常重要的元素，甚至看过影片之后，你可以把他们所有的不幸都归罪于此——丹的穷困潦倒，肯蒂被迫卖身，孩子的夭折，到一个家庭的分崩离析！可是，我们知道，毒品只是一个极端的个案，它负责扩大和加重他们的不幸，而始终没有学会正确面对彼此，才是主要因素。

对于丹和肯蒂来说，在这一段发生了几件大事。一是银行信用卡部的人，在一天早上追杀过来，按照他们的说法，两人已经欠了银行 2000 多，而肯蒂卖身一次才能得到 50 元。更要命的是，丹和肯蒂只能接招。二是肯蒂怀孕了。有那么一刹那，丹有点怀疑这个孩子的原始归属问题，但他马上就努力地微笑着说："这是好事啊，生下他。"

兔子急了还咬人呢，被逼到墙角的丹只能绝地反击了。在一次毫无意义的游荡中，丹瞎猫碰死耗子似的看到一辆车的前排座位上扔着一个鼓鼓囊囊的钱包，更绝的是，车门没锁。丹的第一念头就是，这辆车一定是那个正在洗手间里和一个男人忙活的家伙的。好运来了似乎就挡不住了，把那小子的几百块收归已有之后，丹发现，自己稍微收拾一下，活脱脱就是钱包里面那张身份证上的照片。看来，不用我太详细地复述过程，诸位也能猜到结果了，丹不但还清了所有的欠款，还顺手把那张卡上的 7000 多都收入囊中。

对于第二件大事，丹和肯蒂再次下了戒毒的浩大决心。如果您看过 [猜火车][门徒] 之类的电影，就会知道单枪匹马地野蛮戒毒，是如何痛苦了。这也是整部电影最令我难受的一段，甚于看到纯真的肯蒂去卖身。肯蒂蜷缩在床上，发出不似人声的号叫；丹在洗手间里闷哭，像捶打破口袋一样殴击自己的脑袋；有阳光从不很尽职的窗帘中泄漏进来，成为一道耀眼的光束，这时候如果让目光越过窗台，可以看到楼下有一个健壮的男人在搬运东西，有小孩子在旁边踢足球……生活在窗外那么美好地行走着。

影片没有显示丹的那次诈骗造成了怎样的后果，那 7000 块钱也没起到我所想象的作用，但他们必须得接受这次粗暴戒毒的后果，他们的孩子胎死腹中。肯蒂瘫在病床上号哭得声音嘶哑，丹捧着已经成形的儿子哭得上气不接下气。

地狱

一开始就是瓢泼大雨，丹坐在车里等肯蒂回来，令他稍稍放心的是，已经过了一段日子，肯蒂的价格还是 50 块。

他们再一次无家可归，他们只能在野外的车里做爱，好在，他们很快就在郊外找到一座废弃房子。影片后半段的主要冲突都在这所房子里发生，肯蒂那段百转千回的独白也写在这个房子的墙上。

我们无论如何也回避不了肯蒂的父母了。影片各种信息都在暗示我们，肯蒂出生于一个中产家庭，这对父母的表现，使中产这个名词让人尊敬。肯蒂的父亲第一次见到丹的时候，丹的表白是“我想做一份杂志”，后来，他看着他们结婚，看着丹在婚礼上毒瘾发作，终于在丹宣布肯蒂怀孕的时候，老爷子抱着女儿大哭。当他们在郊外摇摇欲坠的房子里定居之后，丹和肯蒂邀请父母过来做客，母亲终于爆发，老父亲则在一边轻声劝阻。老人一直在等，等着他们长大，等他们学会生活，学会负责。他对丹说过的最重的话就是，“我不介意你要处理多久，我只在乎我的女儿”，“你有什么能力挽回，一切都太迟了”，当时是他们都站在医院的院子里，服药自杀的肯蒂刚刚苏醒。

影片正面展示了肯蒂和丹的两次冲突，一次是在现实一段，肯蒂忍受不了丹整天看电视，玩填字游戏，任何一点光，任何一点声音都让她心烦意乱，最后飞出一个杯子，砸到丹的额头。令人感慨的是，看到血流如注的丹，肯蒂扑过来包扎，脸上的呵护之情依稀在天堂一段出现过。

从医院回来后，两人竟然柔情蜜意地做爱。我相信，两个人之间一定要有外物的刺激，才能更珍惜彼此，否则以人类的劣根性，早早就学会了麻木和习以为常。比如肯蒂服毒自杀的直接原因就是丹的吃飞醋，他可以默认妻子身体的背叛，绝对不能容忍她精神上的出轨。

人间

好了，请允许我占用一些版面，来复述肯蒂写在墙上的那些话，写完之后，美丽的纯真的可爱的坚强的……肯蒂服毒自杀。“曾经有过的肯蒂和丹，那一年的爱很热烈，所有的誓言都写在了树上，他会回头看她，为她做任何事，那是丹。所有的树木和小鸟都仿佛不存在了，一切都是金子，一晚上燃起了所有的火光。他很帅而且性格很好，他们经常一起吃巧克力棒，下午的时候他们一起休息，丹的情绪很好，日子每天都充满阳光。你很快走进了我的生活，我喜欢，你代替了妈妈应给予的爱，我很满足，很幸福。我们收集着以前的种种，犹如环游整个世界，这是我们经历过的，如果你在我的心中，请仔细地看吧，再看一次！生活是残酷的，很多事情，逐字逐句地看一遍……与此同时我恨你，星期五，我说的不是那个意思，我讨厌那样的事情，我讨厌那样的自己。一切都回不去了，一切都再次涌上脑海，孩子在早上夭折，他的名字叫托马斯，我这次要离开你的生活了。你看到的时候，一切都已经无法挽回。”

丹到一家餐馆刷盘子了，导演用诸多细节来强调他的重生，健康的肤色，乐观的心态，以及那段“生活还在继续，而支柱却丢了，世界不按照你的意愿来运转。我不能思考，不能呼吸，我害怕现实重新再来一遍，因为她就是我的一切”的独白。

肯蒂出现在丹打工的餐馆，两人坐在昏暗的餐厅里说话。当时正是一天的早上，阳光正慢慢地丰盈起来，餐馆内还没有客人，斑斑驳驳的阳光洒落在每一个可能的角落。一个经历了很多的男人和一个历经了很多的女人坐在一起，慢慢地说话。女人起身出门回到父母那里，一下子阳光满屋，然后房门闭合，昏暗依旧。丹坐在角落里眼泪无声地奔流。

丹对肯蒂说的最后一句话是，“回不去了”。我记得，不是很久的很多年前，有一个叫顾曼帧的女人曾对许世钧说过这样的话。我也记得，不是很久的很多年以前，一个精灵一样的女孩子，也对我说过这样的话。好像很多年过去了，不知道她现在好不好。

[丑闻] *The Scandal*

导演：李在容

主演：裴勇俊、全度妍

出品：韩国

年代：2003

朝鲜男女相悦之事

在我看来，儒之风神有如一本经过梅雨的线装书，有的书页枯黄了，有的书页干脆就变形了……

我终于相信了许多欲望和感情的纠葛，相信了二者真的可以在某一时刻，让人忘却了一贯坚持和一贯秉承的。现在想来，影片所反映的时代，也就是中国的清朝中前期，被皇上赐为七世贞女的郑姬燕面对赵元的圈套，终于无法自拔的时候，那个衔玉而诞的世家公子，在他们所盛传的有两万七千亩集市的京城，对再嫁之类的混账话抚掌大笑。我想，我们现在对儒家文化的评价有些小气。战国时代那种泱泱大国之风，“不困人于厄，不鼓不成立”的君子之道，成为我们现代人所向往的。所谓儒家风神，奠定了北方“帝王将相”的家国情怀和南方“巨贾豪商”的文化底蕴。但我绝不认同影片所反映出来的妇人之道。在我看来，儒之风神有如一本经过梅雨的线装书，有的书页枯黄了，有的书页干脆就变形了，怨只怨依旧有人抱着古训凌驾于人性之上，更为可怜的是，世人被那样的光华欺骗了几百年，就是有人偶尔参透，也不敢把冥想妄加于

斯。郑氏在最后自沉水底的时候，仍然喃喃自语：“不是说世上没有姻缘吗？但是在那边我们可以自称夫妻……没有人会说闲话了！”

朝鲜男女相悦之事

相对于［丑闻］，我更喜欢［朝鲜男女相悦之事］这个名字。这是大韩民族的一段鼎盛时期的风流韵事，那本关于这段故事的记载被称为朝鲜的“春宫图”，在影片男女主人公相继身亡后，在民间广为流传。影片开头就告诉我们，这本书始印于1792年，这一年世界上发生了很多事，汉谟拉比当政，葡萄酒出现，乾隆打着微服私访的幌子，忙着在江南喝酒打架泡妞。1803年本书再版，不过这时期的读者对赵元和郑氏的形象已然模糊了，更多起到了某种启蒙的作用。我想，这无论对于后背中剑依然坚持前往江华的赵元，还是最后终于没能抵御欲望的郑氏来说，都是一个可以认可的结局。毕竟开始的时候，他们都有点不那么光明正大。

确切一点地说，这场最后令人唏嘘的爱情开始于一场阴谋。如果您对拉克洛的那部［危险关系］足够了解的话，就会觉得本片剧情有点似曾相识。看得出来，导演故意把剧情安排在朝鲜的鼎盛时期，京城里才子佳人，肥马轻裘，油壁香车，和原著中法国的衣香鬓影类似，这是一个适合谈情说爱的时代。但是电影一开始，就有破题之语说，“儒家文化在当时成一派繁华之势”。所以圆桌武士一时的喜好，成了后来骑士追求已婚妇女的传统，而朝鲜男女相悦之事却不得不以悲剧结尾。

赵元的堂姐嫉妒丈夫将要迎娶小妾素玉，就找来号称从未失手过的风流种子赵元，要在素玉入洞房之前先行占有她，报酬就是自己的身体。而狡猾的赵元附加一个条件就是要堂姐帮助自己把那个被御赐为七世贞女的江华郑氏弄到手。当然在具体实施的过程中，又掺和进来一个权家小公子仁浩以及赵元和郑氏各自的仆人。总之我曾试图把这些人物的关系理顺，但我发现导演根本就没有让人理顺的想法，在越来越混乱的关系和越来越无法控制的欲望中，导演又以禁天主教之名在结局安排了泪水、死亡和一帮卫道士密谋的场景。我承认那场景有点令人忍俊不禁，但是，我相信没有人能笑得出来。人真的微不足道，但是在一个人的感情和一个人的生命面前，我们需要反思的太多了，这反思庄严得让我们不寒而栗。

赵元的诱惑法则

对这一段，导演耗费了大量的时间和情绪去渲染，从最初在堂姐厅前看似偶然的相遇，施施然地拿出新茶来故作风雅，到最后欲擒故纵，让我怀疑导演是不是熟读了《水浒传》中有关于潘金莲那一段。面如冠玉的赵元由裴勇俊扮演，在天然条件方面，首先就打消了我们的怀疑，加之在随后的情节中，又有意无意地暗示了这个赵元也的确算得上是江左名流，起码在吟风弄月方面绝非浪得虚名之辈。第一次之后，赵元如同附骨之疽，进一步提出要湖中泛舟，尽管郑氏百般推托，但在各位大臣和贵族妇人的怂恿下，还是勉强同舟了一段。

从这时候开始，我对赵元的厚脸皮五体投地。他一路追赶为郑氏送茶，对郑氏女仆严词厉色，对郑氏文雅谦恭判若两人。他的第二步行动就是降服郑氏的女仆，当他把她和一个男人堵在一块儿，最终又拒绝这个女人的诱惑的时候，我们知道他成功了。这个成功最直接的结果就是，他得到在学院和郑氏独处一会儿的机会。在我看来，在怀抱《热河诗集》的郑氏面前，他的确具有了很多文人的多愁善感和自作多情——这让人还舒服一点。

在一次英雄救美之后，他们终于开始鸿雁传书了，虽然郑氏的回信每每都是拒绝和规劝，但毋庸置疑，这是一个令人鼓舞的信号。后来赵元还在一个月黑风高的夜晚闯进了郑氏的卧室，这一番表白让没有看过之前密谋的观者很容易以为，他真的情种深陷了。同时我们也看得出来，郑氏冰冻的心灵开始春风鼓荡。“恨不相逢未嫁时”的心思已经隐约可见了。最后眼睛红肿的赵元长身而起，大步离开，对着镜头狞笑的嘴脸，犹如胜券在握的赌徒。

真正让郑氏束手就擒的还是那次长途跋涉，赵元狡猾地在瓢泼大雨中赶到江华，然后又透露自己会在寺庙中借宿一夜。当郑氏寻来赵元，即将得手的刹那悬崖勒马，呼唤仆人纵马而去。后来郑氏对姐姐说，从这一点可以看出，他不是为了欲望。

接下来的事情就是我们所能预料的了。导演把两人的幽会安排得很是香艳，赵元那双罪恶的手颤颤巍巍地替郑氏宽衣解带，两具令人惊叹造物主偏心的人体，在镜头前肆意绽放。镜头跟拍、推拉，然后定定地一眼不眨，特写场景欲擒故纵，一室春光峥嵘旖旎。

素玉的盲目爱情

这个即将为人小妾的小女孩，是影片中前后反差最大的一个角色。开始她在赵元堂姐，也就是其未来的大姐面前学习妇人之道，某一个夜晚中了赵元的诡计，近乎强迫地和这个尽人皆知的色狼，发生了超友谊的关系。当然，这一切都没有逃脱所谓大姐的耳目，大姐一番肺腑之言令其感激涕零，开始幻想“贵族都有几个情人”的上流生活。甚至之前和她情窦暗生的权家小公子仁浩也被置之度外。其实那个仁浩也没有闲着，在赵元一次闯堂姐卧室的情节中有过暗示，堂姐和仁浩也发生了点超友谊关系——在赵元和素玉一次不成功的约会之后，堂姐巧妙地帮助他们躲过了仆人的眼睛，也顺势把这个面目俊秀情窦初开的小男子汉收归麾下。

导演最后也没有交代素玉的结局，但我们想来，这个面目不错的小丫头恐怕就是下一个堂姐，她早晚有学会钩心斗角卖弄风姿的那一天，只是希望堂姐最后远走天涯落魄于江湖的命运，能对她有点警戒的作用。那么按照这个逻辑，下一个赵元就是那个情天情海幻情深的仁浩，在和某位贵族妇人纠缠的同时，他还没有忘记赶考和对爱情的渲染。我对他的感情的真伪保持怀疑，或许他爱上的只是自己刹那的感觉，对方是素玉也好，是贵族妇人也好，都无足轻重。如果时间能慢慢平息了感情或者坚硬了心肠，那么素玉的那封信，根本造成不了伤害。但是导演肯定等不及那一天，所以仁浩在得知素玉和赵元的关系之后，就把赵元和郑氏的传闻捅给郑氏的小叔，于是这个被赵元戏谑为“是不是也对嫂子动了情”的家伙，最后很没有风度地在背后给了赵元一剑。

华贵与奢靡的界限

影片号称花费20多亿韩元，成功再现了某段让人趾高气扬的时代。在我看来，影片所秉承的，是韩国电影一贯以来的精耕细作，女人们精巧得玲珑剔透的饰物，男人们被仆人修剪得整整齐齐的胡须，从房屋的建筑和布局，到寺庙里缭绕的烟火，从荷湖画舫到江上舟摇，导演李在容表现出兰心蕙质一样的严整和淡定。从我们的角度来看，鼎盛时期的朝鲜根本无法和我们的大唐盛世、乾嘉之风相提并论，听说了唐风宋月尺击珊瑚的我们，也许对影片精致的理解，绝不仅仅是这些手眼可及之处。

赵元的堂姐一角的服装极为出彩，在影片开始的时候，她一袭朱红，给人以富贵雍容之气；收归仁浩之时是妖娆的粉，声色犬马的欲望呼之欲出；最后落魄流浪的船上，是暗淡的黑灰，这个极力笼络男人的女人，最后完全失去了男人，宛如一丧偶之妇，她以后的命运恐怕再也难以鲜亮起来了。这种服装方面的小把戏还体现在素玉的身上，影片开始，她和人学妇人之道的时候，是一身纯真的绿和活泼的红，被赵元在花园中勾引那一段，绿已然变化为鹅黄；最后沉迷爱欲无法自拔的时候，是一套招摇的潭碧之色。不难想象，导演不会放过郑氏，影片初始，郑氏一身素服，随着心理的变化，慢慢在素服上加以各种颜色的变化。最后，她决定和赵元远避北京的时候，是一身耀眼的白配以一条触目惊心的红围巾。当赵元告诉她和自己要相守于故土的决定，红围巾飘然坠落，曾捧新茶的素手挣扎着拾起围巾，决然离去。

飘香一剑

我不知道这是不是恶毒，但我真的为赵元所受的那一剑而击节。我不知道，如果不是那一剑，赵元会不会坚持着去江华，会不会在郑氏最后的生命里，为其制造一个眩晕幻灭的梦。如果没有那些古板刻薄的老头子们鬼魂一样的聚会，郑氏会不会也成为风流种子赵元的一个过客？人之将死，其言也善，在生命的最后一刻，赵元想到了江华，想到了江华那个恬淡如菊的女子，想到在江华那十天里的种种。这个情场浪子终于开始以一个女子的情怀来思考爱情了，但是他没有机会了。佛家用前生今世来界定姻缘的有无，但我更喜欢因果的轮回，没有任何一个爱情是偶然的，同样任何一次心动和心碎也都是反因为果。影片中，赵元和仁浩在偷情的墙上相遇，两人像是老朋友一般点头致意，然后各自飘然离去。我无法用语言来概括那一刻的感受，当某一种龌龊，最终演变为群体力量的时候，当正义和人性沦落为弱势，瓜田李下的又该是谁呢？我们总愿意用那些翩跹的赐予来定义爱情，可是你相信爱情的偶然性和不确定性吗？当你终于愿意正视感情的时候，那种心灵的碰撞和灵魂的震颤还一如当初吗？

影片没有向我们展示郑氏和前夫的感情，所谓“七世贞女”也极有可能是礼教的力量，她以为自己终于修成正果，但是赵元的出现，同时击溃了她爱情和精神两座城堡。灵魂碎裂为无数片回响，狠命地敲击着她曾经的防线，最后郑氏自沉江底带有一种邪恶的美，或者，我们可以说……她解脱了！

影片中人几次提到中国，提到北京，那是他们的香格里拉，以为那里瑞雪无垠雪莲盛开，人们锦衣华服，风姿绰约，就像爱情成了纵欲时代的一个寄托，恍若触手可及，而又相隔千里万里。我们以为爱情就如同《热河诗集》里所吟诵的那样，以为上苍允许错过第一次就会补偿第二次，后来，我们知道，这世界不是女娲曾允诺给我们的那个蓝图。

我们当好自为之。

[姐妹情色] *À ma soeur!*

导演：凯瑟琳·布蕾娅 Catherine Breillat

演员：安妮丝·瑞邦 Anais Reboux、罗珊妮·玛丝奇达 Roxane Mesquida

出品：法国

年代：2001

第一次

在早晨的阳光里，战战兢兢的海伦纳，眼神空洞而迷茫，像极了那天费南德借口“被你妈妈看见”而落荒逃走后伊莲娜的表情。

时至今日我依然相信爱情！尽管他们说，那个长翅膀的小孩已经失明了。其实很简单，是不是曾因为某一首歌或者某一片风景而让你记起了某一张面容？关于某个人的每一次消息，是不是还依然令你怦然心动？好了，那就是传说中的爱情了。富兰克林说，爱情与战争相同，都是不择手段的！虽然有些不那么光明正大，但占有永远比拥有来得直接，也更能说明问题。

据一位有幸造访过歌德故居的朋友说，这位“魏玛的孔夫子”的住宅平常得很，与他笔下的浪漫气势迥异。我知道我们都曾经被少年维特的故事折磨得辗转反侧，也曾经为他 74 岁时爱上了 19 岁的莱维佐夫而目瞪口呆，可是眼前的和心里的歌德才是完整而实在的，否则歌德也就只能是德意志的一个幻想。

这是个问题，你怎样对待自己的第一次？爱情或者是性！

[美国派]是一个玩笑，我们当不得真；[半熟少年]更是导演的一次梦魇。在浩瀚的江湖面前，少年只是一瞬。你不得不承认，总有一天你会变成自己曾经厌恶的样子，那么爱过的人，还依然在你心中隐隐作痛吗？

甚至爱情出现三人行的时候，你怎么办？不要听莎士比亚装模作样地说，我走开吧！在文字之外，他曾因此和人动家伙。

打赌

姐姐伊莲娜用比赛来称呼这次赌局。在一次乡间行走的时候，胖胖的海伦纳看着蝴蝶一样的姐姐，轻轻松松地说出钓一个帅哥的主意后，愣愣地一声不响。她知道这场即将开始的比赛，其实早已经注定了结果。用姐姐的话说，她们是那么不同。海伦纳眼睛小，而姐姐眼睛大；海伦纳塌鼻子，姐姐鼻口挺拔；海伦纳肥肥胖胖，姐姐苗条凸凹；姐姐像一个可口可乐瓶，而海伦纳则像一个可口可乐罐。

她们一家来到这个城市以外的地方度假，四周满是树、落叶和不时呼啸而过的汽车。海伦纳喜欢脚踩树叶时发出的声音，一种尖锐的痛霎时就会布满全身，她想，这是一个容易遭遇爱情的地方。与别墅区相隔不远的是一个露天酒吧，她时常和姐姐来到这里，叫上一杯冰淇淋，然后看男人们大声地吹牛，看恋人们旁若无人地亲热，看天空中有王子骑着白马翩然光临，那一刻她相信天长地久。

姐姐永远是焦点，她知道，所以她总是顺从地起身为她让座，然后看着她像只骄傲的小母鸡一样环视全场。这次也是一样，海伦纳看看身边那个帅帅的小伙子，不情愿地起身坐到了对面。在姐姐坐到位置前，他们的目光已经纠缠得难舍难分了。

在海伦纳吃第五口冰淇淋的时候，姐姐和那个被钓的帅哥互相中招，他们像街上任何一对恋人一样拥抱亲吻，姐姐的咖啡氤氲着一丝苦涩的香气，紧紧地环抱了他们，白马、少年、宝剑、城堡、赞美诗……海伦纳看见上帝在慈祥地笑。

失利

失利是意料之中的事。海伦纳对姐姐扔下她与那个叫费南德的家伙扬长而去，已经见怪不怪了。她可以把第一眼就让她心如鹿撞的费南德，看作原本就是姐姐的，可以把晚餐上的聚会，看作是姐姐和他的某种意味深长的宴会，但她一直对爸爸妈妈的冷淡耿耿于怀。

海伦纳又一次在他们的逼视下，扫荡了一大盘食物，然后心满意足地留给他们一个庞大的背影。背影之前是她一张青春而麻木的脸。

海伦纳被姐姐的灯光唤醒，她看见花一样的伊莲娜正为自己的嘴唇着色。“你去约会吗？”她真的很怕她说出费南德的名字，但在姐姐“睡觉”的命令下，海伦纳翻一个地动山摇的身，闭上了肥厚的眼睛。

她听见开门声，听见伊莲娜压抑着说话。她还听见魂牵梦绕的费南德的声音，梦一样地说着情话。海伦纳不敢睁开眼睛，怕现实击溃她最后的幻觉。她听见费南德男子汉一样地吸烟，用最令人心动的声音，说那些让她脸红心跳的语句，她听见他们窸窸窣窣地脱衣服……

在海伦纳张开的五指间，她看见姐姐和那个男子汉一样的男孩，赤条条地拥抱在一起；她看见姐姐迷乱的眼神和费南德棱角分明的脸，看见上帝尴尬地起身离去，看见自己的心，碎裂了一地……胖女孩海伦纳在这样一个春风沉醉的夜晚泪流满面。

黎明在海伦纳的抗议和姐姐打在海伦纳脸上的巴掌中如约而来。伊莲娜穿着睡衣追了出去，她和费南德再一次纠缠在黎明的阳光里，身后的木门发出抗议的吱扭声，就像海伦纳已经麻木的脸。

在早晨的阳光里，海伦纳一动不动地侧卧在床。

风波

爸爸因为公司有事不得不先行离开，妈妈因此而抑郁，换句话说，他们都没发觉两个女儿的变化。其实世界上的爱情都是一样的，只是沉浸其中的人都愿意相信，自己的，才是最完美的。晚上费南德会用各种理论和理由说服伊莲娜心安理得地享受欲望；白天海伦纳漂浮在游泳池里，哼唱那些诡异的歌曲；暴躁的妈妈在宁静的别墅里自怨自艾……

“我的第一次会是谁呢？”海伦纳想。

一天晚上，在费南德到来之前，伊莲娜向海伦纳展示了他送给自己的蓝宝石戒指，那是费南德奶奶的遗物，也就是说，他们准备把自己彻底献给对方了。海伦纳无声地回到自己的床上，用被子蒙住眼睛之前，警告姐姐：“不要吵醒我！”

在她们以为假期就会这样结束的早晨，门铃响了。一个山一样的女人用毫无表情的面孔迎接了一脸诧异的伊莲娜。在确认是她之后，胖女人灵巧地绕过伊莲娜，向后花园妈妈的方向匀速移动。身后伊莲娜惊惶的面孔渐渐显露。

在妈妈对面，胖女人用和自己体重相等的声音，生动地把伊莲娜描绘成一个不要脸的小妖精和一个下作的小偷——证据就是儿子的夜不归宿和那颗蓝宝石戒指。海伦纳在妈妈的尖叫声中出现在她面前，迎接了天旋地转的一耳光之后，向妈妈表示自己毫不知情。此刻，姐姐伊莲娜已经逃得无影无踪。导演没有向我们展示伊莲娜是如何出现的，也没有向我们展示那个胖女人如何趾高气扬地离开的，总之，她们必须结束这个假期了。

在路上

影片行进到此，有些公路片的意味了。妈妈一边开车在那些大大小小的车辆中间横冲直撞所向无敌，一边眉头紧锁吞云吐雾；姐姐伊莲娜眼角眉梢泪痕点点苦大仇深地盯着车前奔驰的标志。在吃零食的间隙，海伦纳差点开口告诉姐姐，那是横行海陆空的三叉戟的意思。在来点音乐的请求被拒绝之后，海伦纳终于不再坚持，歪倒在后座酣然入梦，但是她不能入梦，一入梦就满是费南德的情话，而她知道那是说给姐姐的。

在加油站附近的超市，她们简单地吃了点东西就又上路了。姐姐已经不再哭泣，妈妈也不再吸烟，但车中的空气依然压抑。妈妈咬着牙一辆一辆地超车，那些轰鸣的大家伙被一个个地甩在了后面，海伦纳觉得自己也可以超越别人的。

终于，海伦纳晕车了，姐姐扶着她到路边呕吐，翻江倒海的时候，海伦纳听见姐姐在一旁喋喋不休地抱怨妈妈，“她是不是全都告诉爸爸了？”“我想杀了她”“和她一起死也行”。

在夜幕笼罩了高速公路的时候，妈妈再次把车停到了路边，“在这休息一下，受不了了”，然后妈妈放下座椅闭目休息。海伦纳无聊地看着花一样的姐姐离开了又回来了，看着车外不时飞驰而过的大小车辆，渐渐也有了睡意。

死亡

刺耳的玻璃碎裂声惊醒了海伦纳，一把斧头在姐姐头上发出一声闷响，然后一张狰狞的脸出现在车前，硕大无比的手有力地掐住妈妈的脖子，海伦纳看见妈妈在挣扎扭动然后不动。她麻木地打开车门，向树林狂奔，她听到背后有脚步声，然后摔倒、衣服被撕开、一个男人压在她身上，海伦纳竟然……拥抱了他……

黎明再次光临，警察在有条不紊地采集证据，处理后事。爸爸木然地看着眼前的一切，两个结实的警察把海伦纳从森林里扶了出来，一个人告诉爸爸，“她被强奸了。”

情爱镜头

影片导演就是那位呵佛骂祖的凯瑟琳·布蕾娅，所以出现任何疯狂的镜头都不足为奇。还记得 [罗曼史] 最后那个著名的生产镜头吗？在影像的世界里，布蕾娅像一个义无反顾的女斗士，尤其令人震惊的是她竟然与我们同时代。

和预料中的不同，[姐妹情色] 的情爱镜头被极端艺术化了，虽然偶尔横陈的身体毫无遮拦地张扬着布蕾娅的嚣张与桀骜，但更多的是靠声音和观者的反应来传达类似的信息，我们知道所谓观者更多的是指妹妹海伦纳。对于情爱电影来讲，这是一个可以偶尔为之的把戏，可布蕾娅偏执狂一样一再为之，目的只有一个——暗示。暗示这只是年轻时汹涌的欲望，与感情毫无瓜葛。

清晨着睡衣的伊莲娜和穿着夹克的费南德在门边亲热，纤细的阳光从上方照射过来，像披上了一身彩霞，青春的身体在欲望面前显得生机勃勃。不协调的是，费南德漫不经心，伊莲娜手忙脚乱！

欲望

这是一个永远的话题，我知道我没有资格对任何一种欲望指手画脚，但我知道爱情和婚姻于人的意义。尽管我曾试图承认，爱情有时候太过偶然，尽管在以前或者以后，你可能会遇到一个更适合你的人，但因为时间地点等原因，现在的可能就是你爱情的全部了。当然这是责任的问题，而不是爱情。

布蕾娅是反传统的，她当然有理由对以上的理论表示不屑一顾。可事实是，在对传统的背叛和对自我的探求中，她常常迷失自我，因为这条路没有规则可循。歌德崇尚的是爱情至上，而布蕾娅一定是一个欲望论者，这风马牛的两件事，彰显的可能是同一个本质，你怎么对待自己的责任？这倒成了欲望的问题。

伊莲娜遇到的是老练的费南德，如果她遇到的是柳下惠呢？她游移不定的爱情观可能就此面目全非，那么连带的海伦纳就不会在被强奸的时候，动情地拥抱那个施暴者了。是的，这不是布蕾娅要表达的，因为这是布蕾娅所无法回答的。

布蕾娅从不认为年轻时的欲望是一件多么重大的事情，重大的是如何表达，尤其是妹妹海伦纳那样的不引人注目的女子。当一个青梅少女对爱的渴求，最后转变为对性的饥渴的时候，自省的应该是社会或者是文化本身。制度的确立源于欲望，但往往到了最后制度束缚的也正是欲望，就像爱情，有时候我们分辨不清来的是爱情还是原欲。

规则

和伊莲娜一样，布蕾娅也不认为规则是什么大事。她时时处于挣扎和打破的阶段，但据我所知，她的挣扎已经越来越软弱。[姐妹情色] 上映的时候，闹出了加拿大安省电检局局长换人的事件，也正是那次让布蕾娅感受到了群体的力量，或者说她第一次开始注意别人的感受。对于一名斗士来说，这是一个危险的信号，因为知“我”已经不再单纯了。她对妹妹海伦纳给予了一个旁观者所能给予的全部的关怀，影片的英文名甚至以 *Fat Girl* 命名，但骨子里她要的是姐姐那样的自由，虽然她自己也知道，所谓自由，只是自己的一厢情愿罢了。如此说来，费南德代表的也不仅仅是浪荡公子，那是根深蒂固的观念和令布蕾娅咬牙切齿的男性意识。影片的后半段他没有出现，但接替他的是另一张更为狰狞的面孔，可是布蕾娅的偏激也表现得仅此而已。这与片中姐妹二人的心路历程惊人的相似，年轻的时候，有足够的理由愤世嫉俗，也有足够的资本让自己特立独行，只是这样的坚持能否和岁月的流逝抗衡到底？难免不被招安或投降，因为我们都身在红尘之内。姐姐再也没有机会思索或者实践了，妹妹的思索才刚刚开始，尽管这样的开始有些残酷。

妹妹的第一次来得可悲，虽然从某种方面来讲，她与姐姐的第一次可能殊途同归。在早晨的阳光里，战战兢兢的海伦纳，眼神空洞而迷茫，像极了那天费南德借口“被你妈妈看见”而落荒逃走后伊莲娜的表情。在布蕾娅眼里世间女子命运大抵如此，只是有人顽强地活着，有人不堪而亡。

但不管怎么样，我还是相信爱情。相信这人世间总有一个人在远方等着我驱马赶来，所以我从不敢懈怠。

[年轻的亚当] *Young Adam*

导演：大卫·麦肯士 David Mackenzie

主演：伊万·迈克格雷格 Ewan McGregor、蒂尔达·斯温顿 Tilda Swinton

出品：英国

年代：2003

生命不能承受之轻

故事发生在我颇为神往的 20 世纪 50 年代的苏格兰。从水上女尸到最后的法庭冤案，人情冷暖，沧桑无尽。

这就是 2003 年那部差点被打了满分的电影，伊万·迈克格雷格浑蛋一样和片中出现的每一个女人上床，却保持着不让人讨厌的敏感、细腻和能杀人的满不在乎的眼神。影片中总有一艘轰隆隆的驳船，行驶在肮脏的河面上，低矮的丛林、山一样高耸的煤堆以及偶尔有歌声和人影晃动的劣等酒吧，在镜头前落荒而逃。这是一部让人伤感的电影，伊万扮演的祖，乱云飞渡一样的眼神萧条而零落，他无所谓对错、无所谓公平还是真诚。对他来说，驳船女主人最后慷而慨之的依赖，和她之前的不善良，都是一样的蹩脚。影片最温暖之处出现在后半部，他给陪审团写了一封信，虽然没能扭转颓势，但人性的光辉给这部冷色调的电影，涂抹了温暖的力量。大卫·麦肯士不像是洞若观火的智者，倒像是一个阴郁苍白的讲述者，我们有理由相信，那一切都是他自己的亲身经历。镜头间流淌着慌乱、伤感以及淡淡的哀愁，如那艘气喘吁吁的驳船，拨开杂草，行驶在他的河面上。

两个男人和另两个女人

喜欢极了影片开头，水波潋滟，一湖如碧，一只高贵的天鹅骄傲地游弋，镜头跟拍、旋转并最终以俯镜的姿态，从水下仰视。然后巨大的阴影笼罩了镜头，那天鹅成了一具女尸，黑发散乱，水波动荡。

然后，我们的主人公祖叼着好像永远也吸不完的烟出现在镜头前，在驳船上他和雇主李斯刚刚结束一天的工作。然后那具被李斯谈论了很长时间的女尸也出现了；然后警察来了，例行询问之后，抬走了尸体；然后是报纸上豆腐块一样的新闻；一段日子之后，警方逮捕了那个女人的前男友。寥落的李斯把发现当作破获，时不时拿出来谈论，他的妻子艾娜总用摔摔打打来回应。只有祖一如既往地沉默，不工作的时候，烟不离口，手不释卷。

祖好像是一个木讷之人，明明看见李斯盘中还有鸡蛋的痕迹，但对艾娜“今早没有鸡蛋，忘了买”的解释无动于衷。他懦弱，他敏感，他阴郁、他对女人却出了奇的胆大。晚饭的时候，趁李斯在桌前看报纸，孩子沉溺于玩乐，怯懦的祖把腿伸向女主人艾娜，他野兽一样毛茸茸的腿碰触艾娜裙子下裸露的小腿，两人用沉默互相回应对方。就在祖想进一步有所行动的时候，艾娜推开他的手，冲着痴迷于报纸的丈夫咆哮。

影片并没有交代艾娜的过去，但是安排了她两次走出驳船，每次她都打扮得尽量和城里人一样，可总是在某一扎眼处暴露了真相。可以想见，这个也曾花一样的女人，不甘于眼前的一切，可又无力挣脱。驳船每日往返于格拉斯哥和爱丁堡之间，女人丰润饱满的青春渐渐干瘪，祖不是最佳的人选，但意外的激情总是能唤起某段回忆，饮鸩止渴也罢，那种无奈和挣扎与祖何其相似。

祖是一个谜一样的家伙，在他心中没有道德底线，趁李斯出去玩飞镖或者驾驶驳船的空当，他忙着在船舱里和艾娜翻云覆雨。在艾娜的妹妹新寡期间，还和她出去喝酒做爱。事发后，面对艾娜剥皮一样锐利的目光，镇定自若地吸烟饮茶毫无羞愧感。但就是这样一个不可救药的败类，在李斯发现他鸠占鹊巢之后，若无其事地抽完最后一口烟，坦坦荡荡地出来面对他，那一刻这个猥琐的流浪汉光彩夺目。

李斯是我第二个另眼相看的人物，之前这个粗鲁的驳船手没有任何可爱之处，但是在发现艾娜和祖的关系之后，他只是在船顶来来回回地踱步，并不去惊扰他们。第二天他取走了自己的东西，把艾娜和这条驳船留给了祖。李斯没有寻找任何理论来支持自己的行动，也许他根本就不知道还有所谓的宽容和本真，但是影片中，他是最懂得爱为何物的性情中人。

影片中最令人叫绝的一幕出现在李斯走后，如释重负的艾娜终于可以和祖尽情享受这条驳船了，但是每到月底她还是和李斯一样，数出属于祖的所得，扔到桌上，祖也见怪不怪地收起。晚上，他们的做爱现场依旧情绪激昂。所以对于影片最后艾娜依旧回到李斯身边，我们也就不足为奇了。

行进到此，不能不去可怜艾娜，老套的梦想与现实的巨大冲撞，让她根本没得选择。与其说遇人不淑，还不如说她根本没有可能遇淑了。兜兜转转之后，终于发现李斯几乎就是那个梦想中人！这结论有点太过黑色。

祖和她的女友

对于祖的从前，影片是利用回忆的形式展开的。和许多电影一样，他和她也开始于海滩的偶遇，几分钟后，在一块巨大的岩石背后，他们开始了此后无数情爱的第一次。现代人太寂寞、太容易被喧嚣的都市生活剥夺了那种简单的快乐，怀疑自己，怀疑别人，怀疑这个赖以栖身的世界。当作为人的一面动摇之后，动物的一面就势不可当了，而陌生人就成为最佳选择。他们的对话少得可怜，所有的交流都是用那种原欲的形式进行。

其后的某一天，祖和那个女子不期而遇，我们知道一场孽缘已经无法避免了。这是伊万·迈克格雷格表现极为精彩的一幕，他犹豫、试探、害羞，到最后激情勃发，瞬间的情绪转换自然流畅绝不拖泥带水。根据画面，我无法判断那是一个什么所在，空空荡荡，破破烂烂的，总有一个脚手架一样的东西遮挡镜头。但这丝毫也掩盖不了影片扑面而来的情欲讯息，两具人体互相撕扯，互相占有、互相伤害，互相把对方变成直立行走时候的旧模样。

后来，我们终于知道，原来祖是一个落魄文人，一直窝在家中写小说，全靠女友的供养。但最初激情过去之后，女友对他的梦想越来越不屑一顾。两人不断争吵，不断升级伤害。在生活面前，梦想远不如一块面包实在。

好像在某一天的午后，女友再次对祖的文字冷嘲热讽，而祖则用身体和供养身体的食物，狠狠地教训了她。和［爱你九周半］中那段闻名遐迩的情爱不同，祖的手段太富攻击性和侮辱性，这段镜头以满地果酱映衬着女友已经分不出颜色的身体作结，给人一种行为艺术般的荒诞和冷酷。

我几乎找不到一个合适的词来形容对祖的感觉，这个极富魅力的浑蛋、情虽不专，却也不伪的色鬼，他绝没有普通登徒子的轻浮和佻达。我甚至想为他开脱，起码在床上的那一刻，他对每个女人都是真诚的。

我知道，这就是导演大卫·麦肯士想要的结果，我想不出还有什么理由可以把祖放置于道德或者伦理的沟壑中，也许，我们都曾经和他一样，对梦想太过狂热，现实太过尴尬。只是他有勇气面对自己的真实欲望，而我们已经学会了隐藏自己，隐藏得自己都不愿意正视自己。

好了，我想应该解释那具女尸了，为什么祖在发现尸体之后有一刹那的失神？为什么他要为那具尸体掩盖？为什么在警察抬走尸体的时候，祖对女尸突然露出的腿感到慌乱不安？或者如其所言，为什么那个女人只穿一条底裙？

导演用了一个很利落的手法，交代这次幽会，是女友消失了一段日子之后的事情，地点就是最初那个仓库一样的所在。像伊甸园的亚当、夏娃一样，当最初的欲望满足之后，就会衍生出很多附属问题，比如女友说："我怀孕了。"这时候，祖表现得一点也不像英伦绅士，暴跳如雷连连咆哮，女友跟在后面试图用未来、家庭等字样诱惑他，当一一失效之后，只好动用武力试图拦截。祖一甩手，女友像一片树叶一样落到河里，水面漆黑，波浪翻滚，工业文明的废弃物隐约可见。

后来，这条河接连吞噬了女友的衣物、皮包、祖的打字机和梦想。祖的流浪生活开始了。

水管工和一场莫名其妙的官司

还记得祖在沙滩勾引的那个女人吗？我想大家都已经猜到了，她就是那个失足落水者。此前消失的那段日子，用她自己的话说是看上了一个水管工，因为之前她也苦苦挽留，但祖执意说，要到中国去！她无法忍受那么长时间的寂寞。

在这里，中国只是一个符号，承载了一种虚幻的遁世思想。很多人都曾经为自己的不成功找过类似的借口，罗马、英伦或者更为久远一点的天竺。但祖永远也没有东渡佛陀一样的勇气和决心，虽然他也为梦想苦苦挣扎，但和生活中随处可见的凡人一样，虽然也执着于梦想，但远没有执着到不顾一切的程度。还有顾虑，还有私心，还有不想抵御的原欲。

祖决定离开驳船，当然这与艾娜妹妹的私情无关。歇歇脚，浪子注定要四海为家。其实报纸上关于女尸案的报道让他隐隐不安。报纸上说，警方已经逮捕了女人的前男友，他是一个水管工。

祖每次都准时出现在法庭，法官和律师像互相抢了老婆一样穷凶极恶唇枪舌剑，还不忘像子路那样，记得舌战的间隙整理衣冠。随着开庭次数的逐渐增多，各自双方用无可辩驳的事实和铁一样的法律条文，把凶手的罪名名正言顺地戴在那个倒霉的水管工头上。

越来越不安的祖给法庭写了一封匿名信，但并没有改变最后的结果。影片最后祖再次背上包裹离开刚刚租好了的房子。在那条永不停歇的河边，他把关于那个永远也不会再出现的女人送给他的镜子，扔到水里，大踏步离开。

我曾经说过，他给法庭写信是影片最温暖的一段，但此前他刚刚从新租住房间的女主人床上离开，而女主人的孩子天使一样睡在梦里。你看，这就是导演大卫·麦肯士眼中的人性。没有什么是永恒的，也没有什么是不能永恒的，当用任何一种单一的语言和思维，去界定人的时候，我们都难免盲人摸象。这问题太复杂，常常会错失了最初的方向，因为我们就置身其中。

真的有伊甸园吗

影片改编自苏格兰小说家亚历山大·特洛治的旧著，故事发生在我颇为神往的 20 世纪 50 年代的苏格兰。从水上女尸到最后的法庭冤案，人情冷暖，沧桑无尽。现在回头看祖、艾娜、李斯或者是失足落水的嘉菲，有一种无法言说的手足无措。怕只怕仔细一回想，我们就成为其中的一员。这世界真的有伊甸园吗？处处留情而处处无情的祖就是传说中的亚当吗？神秘的中国绝不是他最终的梦想，或许他早就没有了梦想，而所谓的梦想之说，只是他的一个自我安慰的梦幻罢了。

影片的情爱镜头坦诚不做作，野兽撕咬一样没有丝毫美感可言。导演大卫·麦肯士要告诉我们的是，当爱情也被工业废弃物浸泡之后，我们已经没有资格再谈论类似的字眼了。鸳鸯蝴蝶一样的浪漫，早就成了传说。我也相信，某一段时间内，世界的某一个地方，真的就有这样的人和这样的事，但我也绝不同意大卫的颓废就涵盖了所有。昨天看朋友的文字，他说自己和女友相依为命。我就知道，那些传说其言不妄。

图书在版编目（CIP）数据

春天对樱桃树做的事 / 阿郎著 . — 南昌 : 百花洲
文艺出版社 , 2017.4
ISBN 978-7-5500-2123-5

Ⅰ . ①春… Ⅱ . ①阿… Ⅲ . ①随笔—作品集—中国—
当代 Ⅳ . ① I267.1

中国版本图书馆 CIP 数据核字（2017）第 035069 号

出 版 者 百花洲文艺出版社
社　　址 江西省南昌市红谷滩世贸路 898 号博能中心 A 座 20 楼　　邮编：330038
电　　话 0791-86895108（发行热线）0791-86894790（编辑热线）
网　　址 http://www.bhzwy.com
E-mail bhzwy0791@163.com

书　　名 春天对樱桃树做的事
作　　者 阿　郎
出 版 人 姚雪雪
出 品 人 李国靖
特约监制 王　瑜
责任编辑 杨　旭
特约策划 王俊艳
特约编辑 王俊艳
封面设计 施　军
封面绘图 六厘蛰羊
版式设计 王雨晨
经　　销 全国新华书店
印　　刷 三河市兴达印务有限公司
开　　本 1/32　880mm × 1230mm
印　　张 11.5
字　　数 276 千字
版　　次 2017 年 4 月第 1 版
印　　次 2017 年 4 月第 1 次印刷
书　　号 ISBN 978-7-5500-2123-5
定　　价 39.80 元

赣版权登字：05-2017-64